वीरेन्द्र सारंग

वीरेन्द्र सारंग का जन्म 12 जनवरी, 1959 को उत्तर प्रदेश के जमानियाँ, ग़ाज़ीपुर में हुआ। घुमक्कड़ी और स्वतंत्र लेखन के साथ-साथ वे सामाजिक कार्यकर्ता के रूप में भी सक्रिय हैं।

उनकी प्रकाशित कृतियाँ हैं—'कोण से कटे हुए', 'हवाओ! लौट जाओ', 'अपने पास होना' (कविता-संग्रह); 'तीसरा बच्चा', 'हाता रहीम', आर्यगाथा', 'जननायक कृष्ण' (उपन्यास)।

उन्हें 'महावीर प्रसाद द्विवेदी सम्मान', 'विजयदेव नारायण साही पुरस्कार', 'भोजपुरी शिरोमणि अलंकरण', 'प्रेमचन्द स्मृति सम्मान' समेत कई पुरस्कारों से सम्मानित किया गया है।

फिलहाल लखनऊ में निवास।

ई-मेल : virendrasarang@gmail.com

हाता रहीम

वीरेन्द्र सारंग

राधाकृष्ण पेपरबैक्स

पहला पुस्तकालय संस्करण
राधाकृष्ण प्रकाशन प्राइवेट लिमिटेड द्वारा
2014 में प्रकाशित

राधाकृष्ण पेपरबैक्स में
पहला संस्करण : 2023

राधाकृष्ण पेपरबैक्स : उत्कृष्ट साहित्य के जनसुलभ संस्करण

राधाकृष्ण प्रकाशन प्राइवेट लिमिटेड
जी-17, जगतपुरी, दिल्ली-110 051
द्वारा प्रकाशित

शाखाएँ : अशोक राजपथ, साइंस कॉलेज के सामने, पटना-800 006
पहली मंजिल, दरबारी बिल्डिंग, महात्मा गांधी मार्ग, प्रयागराज-211 001
1, अनमोल सोराबजी संतुक लेन, धोबी तलाव, मरीन लाइंस, मुम्बई-400 002
वेबसाइट : www.radhakrishnaprakashan.com
ई-मेल : info@radhakrishnaprakashan.com

बी.के. ऑफसेट
नवीन शाहदरा, दिल्ली-100 032
द्वारा मुद्रित

मूल्य : ₹ 299

HATA RAHEEM
Novel by Virendra Sarang

ISBN : 978-81-19989-57-7

यह कथा उन्हें समर्पित है

जो इस देश की जनसंख्या का हिस्सा हैं, जैसे मैं हूँ...
और इस तरह यह कथा मुझे भी समर्पित है।

पुष्पेश पंत, वीपी जैन, संतोष कुमार, अजय
विक्रम को सादर

और
अमित, अमिताभ, नीरजा, अंजनी, विजय,
अशोक, रंजना, रामलखन, जुबैर, इस्माइल,
नंदलाल, झब्बो के प्रति आभार

कुछ कहने से पहले
कुछ कहा जाए
यह जरूरी नहीं है

इस कथा के पूर्व में कुछ कहना नहीं चाहता। जो कहना था वह कथा की चाशनी में डूब गया है। इतना अवश्य है कि कथा के अध्याय आगे हैं, इसके बिना मैं कथा में या जीवन में नहीं हो पाता हूँ...जैसे सबकी चाहत रहती है वैसी मेरी भी...मैं अलग थोड़े हूँ!

कथा के सम्बन्ध में घोषणाएँ जरूरी नहीं हैं। पात्रों के नाम काल्पनिक हैं कि वास्तविक, यह कह देने से क्या फर्क पड़ता है। और घटनाएँ तो घटती रहती हैं। बिना जाने-बूझे मैं कलम उठाने की हिम्मत कैसे कर सकता हूँ। हाँ यह प्रमाणित करता हूँ कि यह कथा मेरे बहुत करीब रही है-सौ प्रतिशत मेरे पास! और कभी जान नहीं पाया कि यह मेरा हिस्सा नहीं है।...कथा पर ही कथाकार का जीवन टिका है, यह मेरे लिए गौरव की बात है।

कथा-संवाद से लेखक का सहमत होना जरूरी नहीं है। संवाद पात्रों के हैं, फिर भी लेखक का इससे लेना-देना है।

चलिए, देखते हैं आगे...

'साउंड दो, साउंड!' मंच पर खड़ा एक व्यक्ति लाउडस्पीकर वाले से कहता है। हैलो! हैलो-हैलो...हैलो!' वह व्यक्ति ध्वनि तेज करने का संकेत करता है।

मंच पर माइक लटक रहे हैं, एक नहीं, तीन-चार। वह व्यक्ति इधर-उधर घूम रहा है, उसके सिर से छूकर एक माइक हिलने लगता है, वह पकड़कर रोकता है। कुछ बोलना चाहता है वह, लेकिन दर्शकों को देखकर सिर्फ माइक में फूँक मारता है। साज-बाज वाले वाद्यों को कस-कुस रहे हैं। वह व्यक्ति फिर माइक में फूँकता है-कोई ध्वनि नहीं होती।

भीड़ खूब है। गाँव वाले लोक गीत-संगीत और नाटक का आनन्द लेने के लिए जुटे हैं। बहुत खुश हैं अधेड़ और बूढ़े, वर्षों बाद नर्तकों का नृत्य देखने को मिलेगा। उन्हें पता है कि लवंडे खूब उछल-उछलकर नाचते हैं। एक लेडी डांसर भी है, लेकिन लवंडों का मजा कुछ और ही है, जो देख चुके हैं उनसे पूछिए। आज समय बदल गया है, आगे और आगे...नृत्य, संगीत, नाटक क्या कहना है-बिल्कुल मशीन की तरह रोबोट नृत्य! लेकिन हमारा स्वाभाव है लोक, इसे कैसे छोड़ दें। लोक ने हमें गति दी है। यह कार्यक्रम लोक को बढ़ावा दे रहा है।...मेहमान कुर्सियों पर हैं, खास मेहमानों के लिए गद्देदार कुर्सियाँ हैं। रस्सी बाँधकर घेरा बना दिया गया है-यह महिलाओं के लिए, यह पुरुषों के लिए, लेकिन कहीं कोई संकेत नहीं लिखा है। लोग ऐसे बैठ रहे हैं जैसे वे जानते हों बैठने की अपनी जगह। अतिथियों की तरफ कोई घेरा नहीं है, लेकिन छोटे-बड़े का एहसास है।

'दुनिया एक रंगमंच है और हमारा जीवन एक नाटक, हम उसके जीते-जागते पात्र हैं।' देवी प्रसाद वही पुराना जुमला सोचते हैं। उनकी कुर्सी गद्देदार नहीं है लेकिन वे यहाँ के अतिथि हैं। सौ किलोमीटर दूर अपने अधिकारी मित्र कृष्णचन्द के भतीजे के तिलक में उन्हें आना पड़ा है। अधिकारी है तो काम पड़ सकता है। वैसे तिलक-विलक में बेवजह समय खोना है। देवी को पता है कि काम बनाऊ दिमाग कैसा होता है, और वे अपना दिमाग बनाते रहते हैं। आज वे 'कृष्णचन्द जी' कहते हैं, पहले 'कृष्नचन्दरवा' भी बोल देते थे, रे-तुकार तो रोज होता था। बड़ी बात तो यह है कि मित्र को देखकर अपना खास काम कहना भूल गए हैं देवी।

परदा गिर गया है। वाद्य सावधान हो गए हैं। अभी भी 'हैलो-हैलो! माइ टेस्टिंग...' की आवाज आ रही है। माइक ठीक हो गया है। साज बजने लगे हैं—मऽनऽरेऽऽ... साऽऽरेऽऽ टन्-टन् टन् ढिब्ब्-ढिब्ब् टन्-टन्...पेंऽऽपेंऽऽ पींऽऽ...पोंऽऽ

'घंटाभर से का हलो-हलो कर रहा है भाई! ई कौन पाठ हो रहा है—मटक-मटककर!' दरी पर बैठा एक व्यक्ति बोला।

'चुप्पे रहो भैया! उनका यही काम है।' बगल में बैठे व्यक्ति से रहा नहीं गया—'अपना टाइम पास करते हैं, जब तक दुरुस्त न हो जाए।'

'अरे, इन्हीं को मंच पर चढ़ाय दो! गाँड़ फट के दो टूक न हो जाए तब कहना! नीचे बैठकर बकर-बकर बोलना आसान है।' यह एक अधेड़ की बोली है।

'मरद तो औरतों से भी बढ़ि गए। बकबक बकबक...हे बुढ़ऊ चुप्पे रहो! सरम नहीं लगती का!' एक अधेड़ महिला ने जैसे स्त्रियों का प्रतिनिधित्व किया हो।

देवी प्रसाद की आँख मंच पर है लेकिन दिमाग कहीं और। प्लास्टिक की जिस कुर्सी पर वे बैठे हैं, उसके हत्थे पर मैल की काली परत चढ़ी है। वे उठे और कुर्सी को उलट-पुलट कर देखने लगे, जी में आया कि कुर्सी को उठाकर पटक दें लेकिन वे बैठ गए-'मैं तृतीय श्रेणी कर्मचारी हूँ तो क्या चूतिया-चिरकुट हूँ। प्रतियोगी परीक्षाओं में तीर नहीं मार सका तो क्या! न कभी टूटा, न हारा, न थका। अरे, तुम पच्चीस तो मैं भी घसीट। जीवन इसी को कहते हैं भैया कि अभाव में रहो तब भी मजा लो, दुनिया देखो। सारी युक्ति मुस्कान के लिए ही तो है! कृष्णचन्द किस बात के बड़े? कौन सा बड़ा काम किए हैं? धन से कोई बड़ा हुआ है क्या! रुपया तो गुंडे-बदमाश भी कमा लेते हैं, कृष्णचन्द पढ़ने में कितना गदह-गोबर था! मैं उसकी सारी प्रॉबलम हल करता था। सफलता मिल गई तो तेजू खाँ बनता है...ससुरा...घूसहा...कमीशनखोर। घूस-कमीशन निकाल दो तो जिन्दगी दो कौड़ी की हो जाएगी। मेरा तो अभ्यास है जीने का...और खर्च की सीमा है। खाँटी वेतन में पतिव्रता की तरह जिन्दगी गुजर रही है। अगर कृष्णचन्द को मेरी तरह रहना पड़े तो गाँड़ सूख जाएगी, ऐसे नहीं पिछाड़ा फूलता। यह तो संयोग है कि उसे ऐसा मलाईदार विभाग मिला है कि ईमानदार भी बने रहो और बोराभर रुपया भी गाँज लो। एक मेरा विभाग है—झँटुल्ली, चाय भी अपने पैसे से...और जब पकड़े जाएँगे तब लौंड़े के तीन हो जाएँगे लेकिन यह कोई सोचे तब न!'

लगता है मंच का माइक फिर खराब हो गया है। वह व्यक्ति फिर आकर 'हैलो-हैलो' करने लगा।

'अरे! ये चूतिया फिर कहाँ से आ गया भाई!' भीड़ से आवाज आई।

'चुप्प-चुप्प...नौटंकी होगी...ठीक हो गया माइक।'

'तिरकिट तिरकिट धम्म...तिरकिट धम्म...' सुल्ताना डाकू का नाटक खेला जा रहा है। एक नौटंकी वाला हाथ उठाकर गा रहा है—

यू पी में बिजनौर की है पुख्ता बुनियाद
उसी जिले में एक शहर नाम नजीबाबाद

चिंता थी अंग्रेजों को कैसे बचे खजाना
कौन नहीं है जानता वह डाकू था सुल्ताना।

'तिरकिट तिरकिट धम्म...' देवी प्रसाद को सुनाई देता है-'किड़विच किड़विच बिमक...बिमक बिम-बिम।' उन्हें यहाँ कोई पहचानता भी नहीं सिवाय कृष्ण के। सिर्फ किशोरकान्त हैं जो साथ आए हैं, वे भी भीड़ में कहीं बैठे होंगे। देवी कृष्णचन्द से बात करना चाह रहे हैं लेकिन साथ आकर वे बैठें तब न!

नौटंकी चल रही है। एक स्त्री अभिनय करती हुई गा रही है-

पान खा लो मेरे प्राण प्यारे मेरे,
जी पान खा लो मेरे...
जो कितनी ही देर से लगाई हूँ मैं,
पान खा के दिखाओ...

लगता है कि माइक में हवा भर रही है, एयर खींच रहा है। जब देखे तब सीटी मारने लगता है। मूड नहीं जम रहा है। भीड़ फिर शोर करने लगी है। भीड़ जरूरी है, आँकड़े ताकत दर्शाते हैं-कृष्णचन्द की स्थानीय ताकत!

'चकई क चक् धिन् चकई क चक् धिन्।' नौटंकी का मजा तब है जब बीच-बीच में लवंडे तो कभी लेडी डांसर नृत्य प्रस्तुत करते हों और यहाँ ऐसा है। लेकिन सब कुछ लोक में रचा-पगा...

देवी का पेट ठीक नहीं है, गुड़गुड़ कर रहा है। हवा खुल जाती तो आराम मिल जाता, उदासी कम हो जाती और वे ठीक से बैठते भी।

भीड़ से एक युवा नाचने लगा है, उसके बगल वाले साथी मुँह से साज देने लगे हैं-'हट्-हट् रजा के हट्...जियो राजा जियो! भागलपुर पटना बनारस।'

अच्छी बात यह है कि कृष्णचन्द को लोक पसन्द है। लोक में विश्वास है। खुद का जीवन दिखता है, और यही सुच्चा जीवन है, प्रकृति है, ललक है। लोक परम्परा में मुसकराना होता है देर तक। तोष होता है, थकना नहीं होता। जीने की इच्छा बनी रहती है। देवी प्रसाद को यहाँ लोकरंजन का सुख लेना चाहिए, खूब जीना चाहिए लेकिन अभी भी वे पेट की गैस से परेशान हैं।

परदा गिर गया है। परदे के आगे एक डांसर लय में गा रहा है-

पिया पिया कहत पियर भइल देहिया,
लोगवा कहेला पिंडरोग।
गँउवा के लोगवा मरमियों ना जानेला,
भइले गवनवाँ ना मोर।
...और वह परदे के भीतर चला जाता है।

बहुत दिनों बाद एक पीढ़ी अपने पुराने रंग में दिख रही है। लगता है बरसों गुजर चुके दिन एक बार के लिए लौट आए हैं।...गुजरे दिनों की स्मृति वर्तमान को बल देती है, भविष्य के संगीत की लय को प्रगाढ़ करती है...रात आधी बची है। बैठी पब्लिक को अभी और आनन्द चाहिए।

'अरे, हटाओ! ई का ढिबुक-ढिबुक बजाय रहे हो! चलो! हो गई नौटंकी। जरा झलकदार हो जाए।' फिर आवाज आई।

भीड़ सब पर भारी...और माँग मान ली गई। एक नर्तकी स्टेज पर थिरकने लगी–

कवने खोतवा में लुकइलू
अहि रे बालम चिरई...

एक युवक फिर खड़ा हो गया–'जियो रजा! हिला के रख दी।'

'अरे, बैठ जाओ बैशाखनंदन! ज्यादा मरद न बनो।' एक अधेड़ व्यक्ति ने नाच रहे युवक को बैठाना चाहा–'उतर के चली आवेगी तो पाँच सौ हगाय लेगी।'

'तब तो इनकी गँड़िए फट जाएगी।' दूसरे अधेड़ ने मजा लिया।

ढोलक, नगाड़ा, हारमोनियम...सभी वाद्य जमकर झूम रहे हैं। नर्तकी आपे से बाहर होकर नाच रही है, उसने दूसरा गीत पकड़ लिया है–

छलकल गगरिया मोर निरमोहिया रे
छलकल गगरिया मोर

युवक बैठा नहीं, मस्ती पर कोई असर नहीं, वह ताल से ताल मिलाकर ठुमक रहा है।

'अरे, का चिल्ल पों मचाय रहे हो।' एक वृद्ध को नाच देखने में बाधा हो रही है–'बड़े-बड़े सहबान आए हैं और तुम लोगों को लड़परेतन सूझ रही है! करा लो गाँव की जगहँसाई!'

देवी प्रसाद को लग रहा है कि कृष्ण उनके गाढ़े मित्र हैं। इस समय वे कृष्ण के बगले में बैठे हैं।

'लोगों को खूब मजा आ रहा है।' कृष्ण बोले।

'इसमें आप दर्शन खोज सकते हैं।' देवी ने कहा।

'यहाँ दर्शन समझेगा कौन?'

'आप ठीक कहते हैं, लोग अपने हिसाब से आनन्द खोज लेते हैं।'

'वो देखो! बूढ़े बाबा सुध-बुध खो चुके हैं, मुँह बाकर देख रहे हैं। सैक्सी सबको अच्छा लगता है।'

देवी प्रसाद को किसी काम के लिए सिफारिश हेतु कृष्णचन्द से कहना था लेकिन डांस के आगे सिफारिश की बात याद नहीं आई। अधिकारी मित्र को बगल में पाकर वे सीना तानकर बैठे हैं।

इस बार एक नर्तक जोड़ा मंच पर है। दोनों पुरुष हैं और घाघरा पहने हैं। एक स्त्री बना है नोकदार चोली पहनकर, दूसरा बाकायदा मूँछ लगाकर पुरुष। दोनों मटक-मटक कर नाच रहे हैं। नर्तक के हाथ में दंड हैं–'तोर मन करे कि ना रे पतरकी, मोर मन करे हो तोरे में...' यह सुनते ही देवी का मन हुआ कि स्टेज पर चढ़ जाएँ और दिखा दें कि ठुमकना उन्हें भी आता है।

'यह तो नींद भगाने वाला गाना है।' कृष्ण ने कहा।

'वाह! भीतर तक मजा दे गया।' देवी बोले और सोचने लगे कि चलो तनाव तो दूर हुआ...'कृष्ण जी, फोक में दर्शन भी है, प्रेम है, आध्यात्म है...निर्गुन के तो परत दर

परत अर्थ खुलते हैं।'

'नोकदार का मजा लो, दर्शन मत घुसेड़ो! इतनी देर से मुँह बना था, अब तो थोड़ा सीधा हुआ है।'

देवी और कृष्ण देर तक हँसते, बतियाते, मजा लेते रहे। रात-भर लोक रंग में गाँव-रँगा रहा। भोर होने में अब देर नहीं है, यह किसे पता है। और देवी की छुट्टी भी बची नहीं है।

सुबह के सुख का क्या कहना! जैसे एक चम्मच में ताजगी की दवा हो। नेचुरल रहें तो मौज ही मौज। लेकिन आज कौन है जो प्रकृति के लिए वास्तव में चिन्तित है, जहाँ हमारा असली जीवन है। भाषण देना, योजनाएँ बनाना और बात है, व्यवहार में लाना, प्रकृति के लिए स्वाभाविक हो जाना और बात।...जैसे टट्टी-पेशाब जरूरी है, खाना-सोना और नहाना...वैसे ही जरूरी है पर्यावरण-स्वभाव।

रतजगा का पूरा असर देवी पर है। वे चाहकर भी सो नहीं सकते, अब मिनट-भर भी रुकना ठीक नहीं है। आने वाली चिन्ता की रेखाएँ गाढ़ी होती जा रही हैं। भोजन के बारे में जब कृष्णचन्द ने पूछा तो देवी ने खूब प्रशंसा की-'इसे कहते हैं अंगुली चाटना...भई, स्वाद की गरिमा तो आप ही जानते हैं। कृष्ण गद्‌गद हो गए, उनकी प्रतिष्ठा रह गई, लेकिन उनकी इज्जत तो रुपये के जाल में फँसी तड़फड़ा रही है-यह तो देवी ही जानते हैं।

कृष्ण बड़े रसिक मन हैं। चलते-चलते देवी के कान में उपहार स्वरूप बोले-'दिनवाँ बितेला सैयाँ बटिया जोहत तोर, रतिया बितेला जागि-जागि रे बिदेशिया'...घर जाकर टाँग फैलाकर जी भरकर सो लेना जरूर!'

देवी भूल गए थे लोक, जो कितना जरूरी है! यही लोक जब तक ठीक से प्राणवान था, लोग कितने भावुक थे।...वे सोच रहे हैं कि किसी न किसी दिन नौटंकी वगैरह खत्म हो जाएगी। लोक व्यवहार सिर्फ पुस्तकों में ही दर्ज रहेगा। हम सब बनावटी और बुनावटी मुस्कान व्यवहार में जी रहे होंगे, किसी प्लास्टिक के खिलौने की तरह।

लोक की यही गठरी बाँधे देवी घर की ओर अपना मुख मोड़ लिए हैं।

मई का महीना अपने वाजिब तेवर में है...मौसम अपना स्वभाव जी रहा है, मानो गर्मी कह रही है कि 'मैं हूँ अपनी तबीयत में।' चलो भाई! खूब पानी पीते रहो और नहाते रहो दोनों टाइम। तासीर समझकर अपना तय करते रहो। लेकिन पानी बचाओ तो! लोग कितने मूर्ख हैं कि 'बूँद-बूँद पानी बचाना' पढ़ेंगे, टीवी में देखेंगे, लेकिन बहाएँगे भर-भर कई बाल्टी-बेवजह। देवी ने शाम को आधी बाल्टी से नहा लिया है, भई नहाना आना चाहिए।

देवी इस समय चाय पी रहे हैं-आधा कप।

सुशीला पति के कष्टों से दुखी तो होती, लेकिन यह जताती कि 'कुछ नहीं होगा, आप चिन्ता क्यों करते हैं।'...और देवी हैं कि काँटा चुभ जाए तो ऐसा प्रदर्शन करेंगे

मानो बल्लम धँस गया हो।...लेकिन हैं बहुत सही व्यक्ति–साफ बोलते हैं, ठीक से सुनते हैं, लजाते नहीं हैं, कहीं भी कायदे से पिछाड़ा खुजला सकते हैं, जो देखते हैं बक देते हैं। देवी 'पेशाब लगी है' कहेंगे, यह नहीं कि 'बाथरूम करने जाना है'। सच पर मुलम्मा चढ़ाना उन्हें पसन्द नहीं है।

सुशीला के पास आठ पास का प्रमाण–पत्र है, वो भी थर्ड डिविजन। लेकिन बुद्धि खूब है, आगा–पीछा सोचने की अच्छी क्षमता है। वह कभी–कभी जिद्दी हो जाती हैं, लेकिन कुछ–कुछ पतिव्रता है। पति को श्रेष्ठ तो मानती हैं लेकिन देवता नहीं। सुबह पहले सुशीला ही नमस्कार करती हैं लेकिन भूल जाने पर कहती हैं कि पति जी पहले गुडमार्निंग क्यों नहीं कहेंगे। तीज–त्योहारों पर पैर छूने और गाढ़ा सिंदूर लगाने से गुरेज नहीं करतीं। वैसे सिंदूर ऐसे लगाती कि पता न चले–कहीं हल्का सा छुआ दिया। पैर छुआना और गाढ़ा सिंदूर देखना देवी को अच्छा नहीं लगता लेकिन कौन बतरस करे, चुप रहना ही भला है। सुशीला पति की दीर्घायु वाला कोई व्रत नहीं रखतीं चाहे तीज हो या करवा चौथ। यहाँ देवी की मुस्कान देर तक फैली रहती है। अच्छा तो तब होता जब सुशीला के हाथ स्त्री विमर्श वाला लेख लग जाता। सुशीला कहती भी हैं–'सम्पादकीय पढ़कर क्या करेंगे–कपार का बोझा। घटनाएँ पढ़िए और देश–दुनिया की तस्वीर देखिए। विद्वान तो अपने–अपने तरीके से लिखेंगे और बात–बेबात लाद देंगे।...मैं तो उकता जाती हूँ, आधा बूझती हूँ आधा ऊपर से...'

'आने में इतनी देर क्यों हो गई? आप उदास भी है।' सुशीला ने पूछा।

'दफ्तर गया तो अनिल बाबू जनगणना की ड्यूटी पकड़ा दिए और ऊपर से उपकार लाद रहे थे कि रोके था ड्यूटी, नहीं तो एफ आई आर की नौबत थी।' देवी का स्वर तेज था–'जिसको जहाँ जगह मिलती है मार लेता है, मित्र तो पहले...'

'आपको उम्मीद तो थी कि ड्यूटी कट जाएगी। कृष्ण भाई साहब के तो बड़े–बड़े साहेब जानने वाले हैं।'

'पता नहीं क्या फोन किया है कृष्णवा ने, लेकिन किया तो था सामने! हरिशरण को जो आई ए एस हैं। कृष्ण के माध्यम से मुझे भी थोड़ा–बहुत जानते हैं। लेकिन सब फुस्स...! उन्हीं के कहने पर बीमारी की अर्जी भी दी थी कि–घुटने में दर्द है। और है भी दर्द, आप लिखते रहिए अपनी तकलीफ कोई सुनने वाला नहीं है। हाँ–हाँ तो सब कहते हैं, लेकिन काम हो तब न! अब तो ड्यूटी प्राप्त कर लिया हूँ–जीना है तो जाना है और जाना है तो मरना है।'

देवी प्रसाद जोड़ों की पीड़ा से दुखी हैं। कमर का दुखना तो तीन साल से हैं।...'एक अमर कुमार है कि चाहे जब ड्यूटी लगाओ, कट जरूर जाएगी। पता नहीं किस घानी का तेल अफसरों को लगाता है! दफ्तर में मुझे देखा तो फोता खुजलाता हँस रहा था। उसके मित्र निभाते भी हैं–दोस्ती। एक मेरा दाँत काटी दोस्ती वाला दोस्त है कि...अरे, भाई आई ए एस एक फोन कर दे तो सब मूत मारे, ड्यूटी क्या चीज है।...शायद मैं एक साथ टट्टी–मैदान वाला दोस्त नहीं हूँ, साथ पढ़ने से क्या होता है। और साथ में कृष्णचन्द बैठ

गया तो क्या वह अब मुझे बराबर समझेगा?...जो बीमार नहीं हैं वे हार्ट के मरीज बन रहे हैं और उन्हें स्वीकृति... मैं झूठ क्यों लिखूँ! पचपन साल की उम्र है, दिल-दिमाग दुरुस्त है। गाँठो में दर्द है तो है, अब इसकी नोटिस नहीं ली गई तो क्या सिर पटक दूँ?'

'आप इतना क्यों बोलते हैं!' सुशीला जानती थी कि टेंशन बढ़ा लेंगे तो फिर चलो होमयोपैथिक की गोलियाँ दस-दस मिनट पर याद दिलाकर खिलाओ।...'आप ज्यादा सोचते हैं तो सिर भारी हो जाता है। देखिए आप के ललाट पर तीन लाइनें बन गई हैं।'

देवी प्रसाद अपना माथा छू-सहला रहे हैं। उनको यह मालूम नहीं कि इस ड्यूटी को वे कैसे करें। जनगणना की ड्यूटी पहली बार लगी थी और वे ट्रेनिंग भी ठीक से नहीं ले पाए थे, आखिरी दिन पहुँचे थे ट्रेनिंग स्थल पर, वह भी बाद दोपहर। कक्ष खोजने में पाँच बज गए थे। सिर्फ स्टेशनरी ही प्राप्त कर सके थे। हाँ, दफ्तर के कई साथी बाकायदा ट्रेनिंग लेकर मुँह बनाए थे। देवी ने रामलखन से पूछा था-'भाई! मुझे भी बताना कि क्या सिखाया गया है, ताकि मैं भी अपना पिछाड़ा हिला सकूँ।' लेकिन मतलब किसी की समझ में आया हो तब न! सब गोबर में मिला हुआ गुड़! क्या करते देवी और उनके साथी। बिना ज्ञान वापस आने का तनाव कोई उनसे पूछे! लेकिन खुशी-खुशी काम का माहौल हो यह जरूरी है।

'काम तो सोमवार से शुरू है। दो दिन और टाँग पसार लो! पाद-वाद लो!' कहकर देवी स्फुटित हो गए।

देवी प्रसाद घर आ गए हैं। झोला-बस्ता एक कोने में पटक कर सुशीला के साथ गपियाना चाहते हैं। वे चिन्ता से दूर हैं लेकिन लोक से दूर नहीं। 'हम कितने चूतिया हैं कि अपना रंग भूल गए हैं। अपनी बोली-बानी, भाषा, रहन-सहन यानी अपना तरीका, सब ताक पर रख दिए हैं...सुशीला तुम से ही कह रहा हूँ।'

'सुन रही हूँ। ताखा पर!'

'कृष्ण के यहाँ खूब मजा आया।' देवी घुटने पर ज्वाइंट पेन तेल मल रहे हैं-'ताक धिना-धिन्...ताता धिन्ना धिन्ना ताता...'

'नजदीक होता तो मैं भी चलती।' सुशीला ने दूसरे घुटने पर तेल लगा दिया है।

'एक कृष्ण भक्त ने ककहरा सुनाया-क से कन्हैया कृष्ण कहावे, का से कान्हा रास रचावे...' और देवी ने पूरा ककहरा सुना दिया। बोले-'पूरा लिख लाया हूँ, याद कर लो। पड़ोसियों को सुनाना या कहीं भजन गाने जाना तब...तुम्हारी इस जानकारी से सूसू लग जाएगी।' और हँसने लगे देवी।

'कृष्णचन्द तो करोड़पति हैं।' सुशीला के घुटने पर देवी की केहुँनी है-सिंकाई हो रही है।

'करोड़ भी क्या हैं उनके लिए। मेरा जितना वेतन है, उनकी बीबी उतना ब्यूटीपॉर्लर और घूमने-फिरने में खर्च करती है। देखती नहीं हो-मुँह कितना चमकता रहता है!

तुम्हारी तरह नहीं कि कड़ुवा तेल मुँह पर लगा लिया और हो गया। उनके हजार खर्च हैं, जिसकी कोई गिनती है न हिसाब। इधर तो हजार भी नहीं है हाथ में! मैं सिर्फ बकता हूँ कि पैसा हाथ का मैल है। मैल को कभी झड़ते नहीं देखा।...और वेतन तो भकोसने में ही चला जाता है। पता नहीं हमारा पेट है कि भरसाईं।'

'खाते तो वे भी हैं। सुशीला के सामने देवी की पीठ है जिस पर तेल मला जा रहा है।

'खाएँगे क्यों नहीं, पेट तो सबके पास है।' देवी ने कमर से जाँघिया नीचे सरका दी है, जिससे पूरे कमर-क्षेत्र में तेल की गर्माहट पहुँचे। वे दोनों हाथ से स्टूल पकड़ लिए हैं, जिससे वे आगे न खिसकें।' ...अरे, वे खाते भी हैं और हगते भी–ठोस! सिर्फ हमीं हैं कि पतली टट्टी से परेशान हैं, वे छेरते भी हैं, लेकिन रुपया।'

'चुप रहिए! जी उबकाई जैसा हो रहा है, छोड़िए! नौटंकी देखकर आए हैं, कुछ बताइए!'

'अभी क्या! करतूतें सुन लोगी तो महीनों उल्टी करती रहोगी और बदबू तो कभी पीछा नहीं छोड़ेगी।'

आज छुट्टी है। देवी जी-भर प्यार करेंगे। अपने को चालीस के ऊपर नहीं मानते, अभी उनका युवा-साहस जिन्दा है। सुशीला के सामने तने रहते हैं–'पचपन की कोई उम्र होती है! अभी तो मैं टनाटन हूँ। साठ साल के जवान का और ही मजा है सुशीला जी!'...और देवी ने ढीली हो रही मांसपेशियों पर ध्यान नहीं दिया। फिर भी पता है कि अब उनकी ताकत मुँह में आ रही है लेकिन मर्द हैं, तो थोड़ा बल प्रदर्शन करके खुश हो रहे हैं। वे अपनी मुश्क बनाकर सुशीला को दिखाने लगे।

'संसार में दो तरह की चीजें और लोग हैं।' देवी का हाथ सुशीला के कंधे पर है, 'अमीर-गरीब, अधिकारी-कर्मचारी, ऊँच-नीच, किसान-जमींदार, मजदूर-ठेकेदार, ग्रहक-व्यापारी...' देवी को जितना याद था सब बोल गए हैं।

'जैसे-कखग, अआई..., नदी-नाला, गुन-अवगुन, पाप-पुन्य, अँजोर-अन्हार...' सुशीला ने भी अपनी विज्ञता जताई।

'तुम तो संख्या विवेचन करने लगी। मैं जब पढ़ता था तब सब याद था। अब एक संख्या याद रह गई है –स्त्री-पुरुष।' और देवी ने एक अनुभवी चुम्बन जड़ दिया है।

...और आज सोमवार है

भोर होने में डेढ़-दो घंटे का समय है। इसी समय किसान जागता है–सानी-पानी और गोबर...जानवर की देखभाल न हो तो न दूध मिलेगा और न दाना। भोर में ट्रेन पकड़ने वाले इसी समय खटर-पटर करने लगे हैं। देवी को तीन बजे जागने की आदत थी, जब पढ़ते थे। अब कोई समय नहीं है। पेट घड़ा हुआ जा रहा है, चिन्ता नहीं है। तीन बजे से एक घंटा पहले चोर जागता है, और इसी बेला में चौकीदार ऊँघता-

जागता चार बजे तक सो जाता है। देवी प्रसाद रात सोये नहीं, लेटे-लेटे करवट बदलते रहे और यह समय हो गया। ऐसी बहुत सी रातें गुजरी हैं लेकिन तब करवटें बदलने का अपना सुख था। घड़ी की सुई सुनाई दे रही है। देवी की नजर घड़ी पर है। सुशीला और बेटी प्रगति गहरी निद्रा में हैं। लगता है वे स्वप्न के अन्तिम अध्याय में डूबी हैं। हो सकता है डरावने सपने की पीड़ा आखिरी सीमा तक सता रही हो। सोये हुए व्यक्ति के बारे में अन्दाजा ही लगाया जा सकता है। प्रगति एम.ए. कर रही है, उसका प्रिय विषय इतिहास है। हो सकता है किसी अंग्रेज को जनगणना के लिए गाँव का सर्वे करते देख रही हो-सपने में।

देवी प्रसाद कोने में रखी जनगणना सामग्री निहार रहे हैं-'हे झोला! हे पैड! हे...आपको प्रणाम! मेरी लाज बचा लो! मैं आपको देवता मानता हूँ।'

देवी प्रसाद सुशीला को जगा रहे हैं-'उठिए! आज सोमवार है।' वे सुशीला को हिला-डुला रहे हैं-'बहेड़ी जाना है! जागो! नहीं तो प्यार जाग जाएगा।'

सोमवार सुनते ही नींद गायब हो गई सुशीला की। यह सोचते हुए उठ बैठीं कि 'कितना प्यार करेंगे, बेचारे प्यार का कचूमर निकल गया है।'

'अभी झुर्रियाँ नहीं पड़ी हैं। बाल रंग लूँ तो विवाह हो जाए।'

देवी चाय पी रहे हैं और सामग्री एक जगह रख रहे हैं। सुशीला पानी की बोतल, गमछा, रूमाल...सहेज रही हैं। देवी शौच के लिए प्रेशर बनने की प्रतीक्षा कर रहे हैं। तब तक दो गाल बतियाने में हर्ज नहीं है।

सुशीला काली पैंट और आसमानी रंग की शर्ट निकाल रही हैं-'आदमी बूढ़ा होना नहीं चाहता। अधेड़ मर्द कम उमर की जवान औरत से शादी करने की इच्छा रखते हैं, साथ सोना चाहते हैं लेकिन औरत जब अम्मा के बाद दादी बन जाती है तब सबको अपना बेटा समझती है।'

'सभी मर्द ऐसे नहीं हैं।'

'लेकिन मेरा कहा चौदह आने सच है।'

'अब हमें कौन पूछेगा? बोलो! हे छूछा तोहे कौन पूछा!'

'कोशिश करने में हर्ज क्या है!'

'ये देखो!' देवी के हाथ में लिखा हुआ एक कागज है-'हम अपनी प्रकृति छोड़ रहे हैं। लोक जिन्दा कैसे रहेगा, यहाँ हम बहुत करीब हैं। लोक व्यवहार से सारा दुख दूर हो जाता है-न प्रदूषण न आतंकवाद। कितने स्वस्थ हैं हम लोकवासी...अररर अररर भइया सुनो मोर कबीर!' कुछ देर तक देवी मुसकराते रहे फिर कागज का पृष्ठ भाग पढ़ने लगे-'लोक नारी सुघर सलोनी। लोक पुरुष सीधा-सादा और मजबूत। लोक नारी बेचारी। लोक पुरुष आकाश देखता, धरती में पाँव गड़ाता, उसको मिलती ताकत...'मैं जब एम.ए. में था तो ऐसे ही लिखता था-वाक्य। दोस्त कहते थे कविता बन रही है। लेकिन मैं कवि नहीं बन पाया। अब तो सब छूट गया।' देवी ने लम्बी साँस ली, शायद अब वे चुप रहें।

'चार बज गया! टट्टी लगी? बतियाएँगे तो प्रेशर नहीं बनेगा।' सुशीला ने समय बताया।

'दबाव बन रहा है। झुँझलवाओ मत!' देवी पेट सहलाते हुए बोले–'मैं अफसर होता तो प्रगति की शादी कृष्णचन्दरवा के बेटे से करता। हम दोनों पहले यही सोचा करते थे लेकिन अब हाथ धरने नहीं देगा, पचास बहाने बताएगा।'

'आप अपना सोचा करिए। कृष्ण भाई साहब के चक्कर में–हुँ...देख पराई चुपड़ी, मत ललचावे जीव।'

जब चार कौर पेट में जाता है, तब देवता और पितर याद आते हैं। सुबह कुछ खाया नहीं जाता, लेकिन दो रोटी किसी तरह ठूँस लिए हैं देवी। अब वे आईने के सामने हैं। अपना गोल-मटोल पेट देख रहे हैं, 'इसी में बीमारी भरी है' वे बोलना चाहते हैं लेकिन पेट पर हाथ फेरकर अपनी जाँघों को कभी कसते हैं कभी ढीला छोड़ते हैं। जाँघों में उभरते-बनते मांसल से देवी मुसकराते हैं। हाथ में मुश्क बना रहे हैं, छाती ठोक कर ताल ठोक रहे हैं, दो तीन बार उछल-कूद चुके हैं देवी। यह जवान बने रहने का मानसिक और शारीरिक उपक्रम है।

अब देवी सुमिरन कर रहे हैं–

पहिले मैं सुमिरन करूँ, माता और पिता के हो
जिनके कोखी में लिए अवतार हो।
दुसरे मैं सुमिरन करूँ,धरती माई के हो
जिनसे लगा है मुँह आहार हो।
तिसरे मैं सुमिरन करूँ अपने गुरू जी के हो
जिनसे मिला है गियान हो।
चौथे मैं सुमिरन करूँ, चन्दा सुरूज हो
अरे! हम तो उड़ि-उड़ि गए आकाश हो।

'बहुत कर लिए सुमिरन! किरन फूटने वाली है। सामान देख लीजिए और जाइए।' सुशीला का स्वर तेज है, वह देवी का कंधा पकड़कर ठेल रही हैं।

'यह पैड, परमानेंट मार्कर, रबड़...और यह रहा पोस्टर।' देवी सामान रख रहे हैं– 'चलो-चलो अभियान पर। देखो, कितने लोग हैं बस्ती में, खाते क्या हैं, कैसे रहते हैं, हगते कहाँ हैं...चलो-चलो! हम गर्व करें कि हम एक महान कार्य में लगे हैं। इसे कहते हैं असली काम-श्रम करना। कृष्नवा की तरह नहीं कि बस आर्डर दे दिया। जमीन पर उतरकर काम करना पड़ेगा तो गाँड फट जाएगी।'

'अच्छा जाइए! शुभ-शुभ बोल कर जाना चाहिए।'

'रवि को पान, सोम का दर्पण...अच्छा लाओ आईना देखकर घर से निकलूँ। लेकिन सोम शनीचर पूरब न चालू, मंगल बुध उत्तर दिस कालू।' देवी प्रसाद मुँह बा-बा और दाँत चियार कर दर्पण देख रहे हैं।

'धत्! न चालू न कालू, बेकार की शंका। समय हो गया है...' सुशीला ने समय का

ध्यान दिलाया तो देवी ने मुस्कुराते हुए आईना रख दिया। वे आईने में अपने पैंट की चैन देख रहे थे कि ठीक से बंद है कि नहीं।

...और देवी के एक कंधे पर जनगणना का झोला और दूसरे कंधे पर खाना-पानी वाला झोला टँग गया है।

यहीं से एक वृत्त के भीतर...

कब कौन सी बात हो जाए कि बतंगड़ बन जाए। कहाँ-कहाँ का इलाका देखना पड़े, रहना पड़े कि वहाँ खूब गुंडई चलती हो। ऐसी बीमारी देह पर सवार हो कि जान पर आ जाए। कभी ऐसी जबरदस्त डाँट खानी पड़े कि जीने का मन न करे। वही काम बार-बार करना पड़े जो स्वभाव के खिलाफ हो। आज के बाद हम रहें न रहें...यह सब कब हो जाएगा किसी को पता नहीं है, बस एक अनुमान है। और हम जीते रहने की इच्छा में होते रहते हैं। यह जरूरी है कि कहीं हमें सार्थक आधार आलम्ब मिले तो उसे बनाना चाहिए, बिगाड़ना नहीं। महत्त्वपूर्ण को कभी भुलाना नहीं चाहिए। और जरूरी है कि दुरुस्त होते हुए आगे के कार्य-व्यापार को ठीक से समझना-सोचना। लेकिन आगे बढ़ने का यह अर्थ कतई नहीं कि हम पीछे न देखे। 'क्या छूट गया है' यह देखना उतना ही जरूरी है, जितना जरूरी है कि 'आगे क्या करना है' यह देखना।

'भैया बहेड़ी में वहीं रोकना जहाँ से टाउन एरिया का दफ्तर नजदीक हो।' देवी उत्साहित हैं, ओठों पर लम्बी मुस्कान फैली है-'अच्छा हुआ ड्यूटी नहीं कटी।' सोचते हैं देवी और सँभल कर चलते हैं। उनके घुटने में दर्द है, लेकिन कम। वे जवानी महसूसते हैं।

'आइए! आइए! ये देखिए! वाह देवी जी वाह!' देवी प्रसाद को देखते ही सहकर्मी मित्र खुशी से पागल हो गए।

किसी ने मजाक किया-'देवी भैया! कैसे इतनी सुबह भौजाई को छोड़ आए।'

'अब इतना हो-हो न करो कि मेरी फट जाए।' देवी की प्रतीक्षा थी कि वे आए तो खुलकर हँसा-बोला जाए-'अरे, अपनी-अपनी सुनाओ कि कैसे पहुँचे यहाँ तक।'

'सतेन्द्र का फोता दब गया था टेम्पो में।' अशोक तिरछे देखकर बोले तो सतेन्द्र झोला फेंककर जाने लगा-'भोंसड़ीवाले जीने नहीं देंगे, ड्यूटी क्या खाक करूँगा। पहिले दिन से मराने लगे, अरे, सालो! मेरा बढ़ गया है तो क्या करूँ?'

'अरे, रामलखन! चल मना सतेन्द्र को, हाथ जोड़ अशोक की ओर से।' रामलखन को देखकर देवी ने एक आँख दबा दी-'यह हाइड्रोसील है, चिरवा दो साले को! इतना सरल आपरेशन है और तुम चूतिया बोझा लादे हो!'

'चुप्प! चुप्प रहो! देखो अंजना आ रही है, जरीना भी साथ है।' रामलखन ने गेट की ओर इशारा किया।

देवी प्रसाद कहना चाहते थे कि स्त्री-पुरुष बराबर हैं लेकिन चुप रहे। किसी का

क्या भरोसा! कब कौन भड़ैंती कर दे, मुँह ही तो है, कोई लजाने वाला शब्द निकल गया तो रही सही इज्जत पर चप्प से गोबर... देवी के कहने पर सबने अपनी स्थानीय यात्रा का बखान किया। किसी को पहली बस मिली तो कोई टेम्पो से...अशोक बाइक से आए हैं। देवी के पास एक पुरानी साइकिल है, जिससे आना कठिन है। वे सबसे ज्यादा किराया दे रहे हैं–साठ रुपया रोज। और पाँच जगह सवारी बदलने की झिक-झिक झेल रहे हैं। लेकिन यहाँ यात्रा का भार उतारकर हल्ला होना है। सबकी अपनी मौज है, अपना-अपना झोला है–बोझा है।

इसी सुक्खम-दुक्खम में अशोक ने मजाक किया–'सतेन्द्र पैदल आ सकते हैं, कल रात से ही झोला-बोरा लेकर बैठे हैं।' यह सुनकर सतेन्द्र ने दनादन कई गालियाँ दे मारी। किसी का जी करे गाली सुनने का, तो सतेन्द्र को छेड़ भर दे। फिर तो गाली की ट्रेनिंग ले-ले।

'हमको बुला दिया सबेरे, अपने आ रहे हैं मजा मारकर, दिन चढ़े।' अशोक ने देखा कि तीन व्यक्ति इधर ही आ रहे हैं, शायद टाउन एरिया के कर्मचारी हैं।

अनुमान सही निकला, तीनों टाउन एरिया के कर्मी हैं–केशव, घनश्याम और अजहर! सेंटर चलाना है तो कूल रहना पड़ेगा, चार बात सहना भी...सो तीनों से दोस्ती पक्की-बात-बात में। देवी प्रसाद ने शिकायत की–ये नहीं है, वो नहीं है। न पानी है न कुर्सी, खड़े हैं हम या ईंट का पीढ़ा बनाकर बैठे हैं।

मुस्कान में बड़ी जान है। भीतर तक धँसती है। भावना बड़ी चीज है। आयुर्वेद में भावना देना एक वैद्यक क्रिया है।...केशव की मुस्कान ने देवी प्रसाद का दिल जीत लिया है। दोनों एक ही उम्र के लगते हैं। यहाँ वे ही बड़े-बूढ़े हैं। सभी प्रकार की मदद का आश्वासन देकर केशव ने देवी और उनके साथियों का बोझ हल्का कर दिया है। देवी ने तो यहाँ तक कह दिया कि 'चलो जनगणना का आधा काम पूरा।' केशव जी बहेड़ी के ही हैं।

आठ बज चुके हैं। गर्मी बढ़ रही है। और आज तो जैसे सूर्य देव को जनगणना कर्मियों से ईर्ष्या हो रही है। यदि ऐसा है तो ऐसे सूर्य के मुँह पर कपड़ा चिपकाकर सात समुन्दर...यहाँ भी एक से एक गर्मी वाले हैं, ईर्ष्यालु हैं, अंगूठे पर दिया भी जलाने वाले हैं। यहाँ भले हैं तो हरामियों की भी कमी नहीं है। पूरा सेंटर भरा पड़ा है। खूब कचड़बम मचा है।

'ट्रेनिंग में सिखाया ही क्या गया है! कर लोगे इतना बड़ा पोथन्ना।' एक प्रगणक मकान अनुसूची दिखाता है।

'कद्दू सिखाया गया है।' दूसरा हाथ की मुट्ठी कसकर टंकार मारता है।

'अरे, भैया ऊ एक क्लास रूम था–कोई इधर बैठा है, कोई उधर...मुसाफिरखाना की तरह।'

'कोई कहे राम तो सुनाई दे आम।'

'बाद में कह दिया कि सब किताब में लिखा है'

'जब किताब में लिखा है, तो सरकारी पैसा ट्रेनिंग में क्यों बहाया जा रहा है–गरीबों का पैसा!'

'कमीशन कौन देगा, तुम्हारा बाप! नाटक-नौटंकी जरूरी है ताम-झाम दिखाएँगे तभी तो रकम बनेगी।'

'मैं तो भैया हाजिरी लगाकर खिसक लिया, ट्रेनिंग चढ़े हमारे फोते पर।'

'सामान देख लो तो मन करेगा कि कहीं डूब मरें।'

'मेरी इच्छा तो उस पर मूतने की हो रही है।'

'बड़ा-सा पैड है! जिस पर लिखना है–थर्डक्लास का पैड।'

'पैड तो ऐसा बसा रहा है जैसे सड़े गोबर का बना हो।'

'गंध लग जाए तो उल्टी हो जाए...'

अंजना और जरीना थूकने चली गई हैं, शायद उन्हें पैड की गंध लग गई है।

'लेडी लोग का जी मिचलाता ही रहता है।'

'हे गाजीपुर वाले भाई साहब! चुप रहो, थूककर आएँगी तो...'

जीवन में तमाम संकेत होते रहते हैं। अशोक के संकेत से मुस्कान फैल गई है। सही जगह का संकेत बड़ा कारगर होता है।...सभी को सामान की पड़ी है। जिस वस्तु को इस्तेमाल करना है उसकी जाँच जरूरी है।

'देखो स्केच सूखी है, इंक पैड तो मिला ही नहीं...मैंने तो साइन कर दिया है कि प्राप्त हो गया सब...झाँटू रबड़ है, पेंसिल छीलते ही टूट रही है।...झोला ससुरा इतना खराब है कि पैड घुसता ही नहीं, पैड रखकर ऊपर से सिलाई चलाई गई है–एकदम टाइट। एक भी झोला ऐसा नहीं है जिसकी बद्धी दुरुस्त हो, चैन ठीक हो, सिलाई उधड़ी सो अलग।' देवी प्रसाद अब साँस ले रहे हैं।

'सब साले कमीशन मार के बैठ गए।'

'कमीशन का रुपया इनकी माँ की...'

'ऐसे नहीं भवन खड़ा होता, समझे भैया!'

'झोला इतना बड़ा दे दिया कि कहो मत।'

'दूर से ही लग जाए कि जा रहे हैं चूतिये...जनगणना वाले–मराने!'

'जिसकी ड्यूटी नहीं लगी है, वे यही कहते हैं भाई!'

आखिर मुँह से निकल ही गया और अंजना को देखकर अशोक का मुँह घूम गया–पूरब से दक्खिन।

'कुछ भी कहो भाई! मुझे तो शर्म आती है। मुहल्ले वाले मुझे अफसर जानते हैं। हाथ भर का झोला देखेंगे तो क्या कहेंगे!'

'मैं तो दूसरा झोला खरीदूँगा।'

'तुमको शर्म आती है! चूतिया हो क्या सबके सब! अपने काम को तुच्छ बता रहे हो! इसी से मुँह-आहार जुड़ा है। पेट से जिसका सम्बन्ध होता है उसके लिए

ऐसी बात ठीक नहीं और यह तो महान कार्य है।' देवी ने सबको फटकारा और उम्र की प्रतिष्ठा रखी।

सोमवार अभी बीता नहीं है। सेंटर अभी भी भरा है। खूब गाली-गलौज, बकबक जारी है। समय कितना बीत गया ध्यान नहीं है। जीवन ऐसे ही कट जाता है-अस्सी साल तक। आज के बाद तो अपना-अपना क्षेत्र, अपना पैड, अपनी सूची और यहाँ के लोग हमारे प्रश्नों का उत्तर देते-टेढ़े-मेंढ़े। लेकिन यहाँ अभी शेष है-

'सबर करो! दो-तीन दिन का काम है बस। एक सौ पचास घर से अधिक नहीं हैं।'

'हम कोई हवाई जहाज हैं क्या!'

'हे भाई सुनो! अण्डकोश बाद में खुजलाना। केवल मकान सूची वाला नहीं भरना है, उसमें भी पैंतीस कालम हैं, सब पूछना है, देखना है-हगनी-मुतनी। समझे भैया...और तो और परिवार सूची भी इसी चरण में भरा जाएगा।'

'चलो, मान लो दस दिन का काम है-बस! बाकी तीस दिन तो दंड पेलेंगे।'

'फील्ड का काम है। आफिस में बैठकर कूलर या ए.सी. का मजा नहीं लेना है। डेढ़ महीना भी कम पड़ जाएगा। जब क्षेत्र में जाओगे इसी घाम में, तब पता चलेगा-गाँड़ फट के हाथ में...'

'झाँट नहीं कोई बताएगा, भैया पैंतीस कालम...'

...कोई लम्बे डग भरता जा रहा है, कोई अपने सुपरवाइजर को खोज रहा है। गर्मी से जल रहे हैं, उबल रहे हैं और गर्मी का पता भी नहीं हैं। कोई कह रहा है-'भैया मेरे सुपरवाइजर को देखा है, साँवले-साँवले से हैं।'

किसी ने उत्तर दिया-'साँवले तो लगभग सभी हैं।'

दूसरे ने कहा-'भोंसड़ी के लंदन बना लिए हैं...इनका सुपरवाइजर पहचानो! चूतिया!'

'टाइटिल भी एक से एक हैं-'सारंग'।'

'हमारे तो सुरवाइजर जे.पी. अवस्थी हैं, तुरन्त मिल गए। बड़े सीधे हैं बेचारे!'

'अब इतने सीधे भी न हों कि सब तुम्हारे पिछाड़े पर सब लाद दें और अपने हिलाते घूमते रहें। अब तुम चाहे करो चाहे मरो।'

'आप लोग यहाँ क्या कर रहे हैं? देखिए! वहाँ भीड़ लगी है।' देवी ने कहा तो अशोक भीड़ की ओर देखकर बोले-'जैसे लड्डू बँट रहा हो। सब ससुरे पढ़-लिखकर गोबरचोंथ हैं। कुछ भी मिले लाइन में तो हो जाओ! अरे, बैठे रहो, खुद बुलाएँगे ससुरे!'

'रसीद बुक बँट रही है।' रामलखन भीड़ से बाहर आ रहे हैं-'जाओ तुम भी ले आओ...'

'हाँ यार! अब साले को रसीद भी काटो। पहले से इतना बड़ा फार्म लटकाए घूम रहे हैं, अब ई लड़परेतन...!

'ई डेढ़ महीना ले लेंगे, इतवार भी गया भैंस की चोंथ में।'

'अबे नक्शा भी बँट रहा है! जिसका जौन इलाका है वहाँ का नक्शा दे रहे हैं।' एक युवा प्रगणक आश्चर्य प्रकट कर रहा है।

किसी को कोई परवाह नहीं है कि कौन खड़ा है, बके जा रहे हैं–अपने मनमाफिक, माँ–बहन की किए जा रहे हैं, लेकिन हवा में...! किसी का नाम लें–लें तो लत्तम–जुत्तम हो जाए।...लेकिन यही सच है...जिन्दगी है।

जीने की इच्छा भी इसी बेबाकपन पर टिकी है...जोर लगा के हईसा!

देवी और उनके साथियों के चेहरे पर काम के बढ़ते बोझ का चिह्न अंकित हो गया है। वे नक्शा और रसीद लिए खड़े हैं। केशव ने इशारा किया कि 'आप चिंता न करें, मैं हूँ ना! सब ठीक हो जाएगा।' अब देवी का चेहरा आश्वस्त दिख रहा है, लगता है कि वे ही पौष्टिक आहार लेते हैं।

'अरे, ये देखिए दो–दो झोला!' एक व्यक्ति देवी के कंधे पर लटके झोले को देखकर बोला–'देखाओ भैया! क्या लाद लाए हो? यहीं ठीहा गाड़ोगे क्या?'

'आओ! मेरा ये, देख लो!' देवी के संकेत से वह भाग खड़ा हुआ–'पादने तो आता नहीं, चले हैं...झोला देखने।'

देवी किसी भी काम को सलीके से करने के आदी हैं। वे हबड़–दबड़ नहीं करते। इसलिए घर से निकलते वक्त झोले में खाना–पानी, टोपी–तौलिया, तेल–मंजन सब रखकर चले थे। मगर लोग हैं कि एक झोला देखकर भी सवाल करने लगते हैं...

'मुझे चौधरी टोला मिला है...मुझे कादीगढ़ी...मैं नियमता चला गया...सतेन्द्र को दरियापुर रहना है और मैं नबाबगंज में हूँ, यह पूरब के आखिरी छोर पर है।...अंजना को बिछुवा बाजार। मुझे परेशानी नहीं होगी, मैं और अंजना साथ–साथ काम करेंगे।' विजय अभी तक मूक दर्शक थे लेकिन वे भी किसी के साथ हो जाने से खुश हैं और खूब बोल–बतिया रहे हैं!

'चलो भाई! विजय कंठ से लंठ नहीं हैं, यह साबित हो गया।' अशोक ने हँसाने का प्रयास किया।

अंजना और जरीना अपना क्षेत्र देखने चली गई हैं। देवी को हाता रहीम वासित मिला है–वार्ड नम्बर दस। यहाँ के लोग इस वार्ड को नई बस्ती कहते हैं। सबके अपने–अपने साथी हो गए हैं। अकेले रह गए हैं तो देवी प्रसाद। अकेला चना क्या नहीं कर सकता, और लोहे का अकेला चना ही काफी है।

'अरे, भई, सारे कांड तो हो गए लेकिन अमर कांड रह गया।'

देवी ने कहा तो अशोक खड़े हो गए–'उस चूतिये का नाम मत लीजिए। ड्यूटी तो मैं भी कटवा लेता लेकिन मेरा डायरेक्टर दोस्त मुझे सुपरवाइजर जानता था। जब उसे पता चला कि मैं प्रगणक हूँ तो ए.डी.एम. से मेरी सिफारिश नहीं कर सका–शर्म के मारे। और मैं यहाँ चला आया मराने।'

'वैसे अमरवा है बहुत चालू, ऐसे कामों में उसकी ड्यूटी कभी नहीं लगी।'

'तेल लगाता फिरता है, साला! तेलू! अपनी ड्यूटी कटवाकर किसी और की लगवा देता है।'

'भैया, हरामी तो है ही। अभी आपको देखेगा तो नमस्ते करेगा–झुककर! और जब आप चले जाएँगे तो कहेगा–भोंसड़ी के चूतिया हैं।'

'पता नहीं क्या मिलता है पीठ पीछे गाली बकने से।'

'संतोष मिलता है, संतोष! जैसे गाली देने में कुछ आता है न जाता है, उसी तरह संतोष से भी...'

'दूसरे को अंधा कहने से पहले अपनी आँख निहार लेनी चाहिए कि उसमें देखने की ताकत कितनी बची है...'

'तुम निहारते फिरो, ऊ काहे निहारे...देखो भैया! बात साफ है, अमर सबको चूतिया समझता है। काम तो दूर दफ्तर में रहता भी नहीं, दस्तखत मारा और निकल लिया।'

'तेलू तो है ही, तेल रोज लगाएगा, कभी-कभी अधिकारियों को चाय पिला देगा, घर के काम करवा देगा। उसका कोई क्या उखाड़ लेगा।'

'वह करोड़पति है, पचासों काम हैं, बिजनेस है, व्यापार है। ऐसे नहीं वह झाँटभर की नौकरी में मारूति कार से घूमता है।'

'तुम्हारे पास क्या है-घंटा है!'

'अच्छा अब चलो उठो! अपना क्षेत्र देखो! महिलाएँ अपने काम में तेज होती हैं। अंजना और जरीना चली गईं और तुम सब लबड़ घों-घों कर रहे हो।' देवी ने जैसे आज्ञा दी हो और खुद झोला टाँगकर चल दिए हाता रहीम वासित की ओर।

एक गली फिर एक गली...निगम आटा चक्की से बाएँ...गन्दा, कूड़ा-कचरा...नाली इतनी भरी कि जैसे कोई गरदन तक ठूँस लिया हो और वह बेचारी बजबजाती आगे बह न पाती हो। खड़ंजे पर फैलता पानी! कहीं गदहे खड़े हैं, कहीं साँड़ बैठा है, कहीं कुत्ते लेटे हैं-एक कुत्ता टाँग उठाकर मूत रहा है, दूसरा देह तोड़ता लम्बा हो रहा है। देवी प्रसाद धूप से बचते छज्जे के नीचे से गमछा सिर पर बाँधे चले जा रहे हैं नई बस्ती की ओर। आगे एक और साँड़ है जो खड़ा हो रहा है। अब वह मूत सूँघ रहा है। देवी के साथ अजहर भाई हैं। वे अजहर को अफसर जानते थे लेकिन जब केशव ने अजहर से चाय मँगवाया तब पता चला कि वे चतुर्थश्रेणी कर्मी हैं. तो क्या हुआ! देवी ने सम्मानित शब्दों का प्रयोग नहीं छोड़ा है, अजहर देवी के खास दोस्त की तरह हैं-अजहर जी!

आगे मन्दिर है। गली में बासी फूल बिखरा है-सड़ रहा है। थोड़ी दूर पर मस्जिद भी है। प्रायः सभी दरवाजों पर बकरियाँ हैं-में-में करती जुगाली में मस्त-कुछ आँख खोले, कुछ बन्द करके। जगह-जगह हड्डियों के छोटे-छोटे टुकड़े बिखरे हैं। एक कुत्ता मुँह में हड्डी दबाए सुरक्षित स्थान की तलाश में है। यहाँ से मोड़ है, इसी किले जैसे भवन से...'अरे, भाग! नाली में हगता है।' एक बच्चा पाखाना फिर रहा है, जिसे अजहर ने डाँट दिया। देवी ने अजहर को मना किया-'बच्चा तो बच्चा! कहीं भी हग-मूत देगा, उसके बाँ-बाप को मना करना चाहिए।'

हाता रहीम वासित आ गया और अजहर को इस्माइल भाई मिल गए हैं।

'मोड़, तिराहा, चौरस्ता, नाली, गली, खड़ंजा, मकान, मन्दिर मस्जिद याद कर लीजिए साहब। इसी रस्ते से रोज आपको आना है।' अजहर ने देवी से कहा। अब देवी पहले दिन से याद कर लेते हैं कि नहीं, वे ही जाने लेकिन 'हूँ-हाँ' तो कर रहे हैं।

'एक बार चौहद्दी घूम लें तो पता चले कि कहाँ क्या है।' देवी ने इच्छा जाहिर की तो अजहर और इस्माइल वार्ड नम्बर दस का एरिया दिखाने चल दिए। '...यह मुहल्ले का पिछवाड़ा है। यहाँ बहुत गन्दा रहता है, पैर रखने की जगह नहीं है। पूरी नई बस्ती यहीं टट्टी फिरती है।...यह आम का बाग-नौ बीघे का। लेकिन बाग में कोई घर नहीं है। यह नंदलाल का मकान, यही मोड़ सीधे दक्षिण में चला जाएगा पन्ना लाल तक।...यह मजार भी आप में है साहब...यह पोखरा भी और टूटा मकान...यह लड़कियों का स्कूल, यह गुमटी भी...' कभी अजहर तो कभी इस्माइल देवी को नई बस्ती दिखाते समझाते रहे। बीच-बीच में एकाध घटनाओं की भी चर्चा...

'हो गया पूरा क्षेत्र?' देवी को विश्वास नहीं था कि इतना छोटा होगा इलाका।

'आपको जो नक्शा मिला है उसकी हद यहीं खत्म होती है। आज के बाद इस्माइल भाई आपकी पूरी मदद करेंगे।' अजहर के चेहरे पर खूब पसीना है, जिसे पोंछना जरूरी है।

'इंशा-अल्ला बड़े मजे से काम होगा बाबू जी, आप बेफिकर रहें।' इस्माइल ने जिम्मेदारी ली।

अब देवी प्रसाद कुछ माह तक जनगणना का जीवन जीएँगे। लोकरंग में रँगनेवाले, पत्नी से खूब गलचौरा करने वाले, अपनी मस्ती के अकेले राही देवी प्रसाद टाउन एरिया के दफ्तर में प्रवेश कर रहे हैं। यहीं से रोज युद्ध के लिए जाएँगे और यहीं दाना पानी लेंगे। दिक्कत है पैखाने की सो यहाँ एक लैट्रिन रूम बना है, लेकिन गन्दा खूब है। बरामदे में कुछ कुर्सियाँ हैं। वाटर कूलर आ गया है। बाहर एक चबूतरा है, जिस पर खूब सुस्ताया जा सकता है। देवी प्रसाद ने ठंडा पानी पी लिया है-'वाह! ठंडा-ठंडा कूल-कूल। अब यहीं लोटिए-पोटिए डेढ़ महीना...यहीं हमारा मन्दिर-मस्जिद, यहीं का अन्न-जल, यहीं हमारे देवता-दानी।...'

'अच्छा तो खूब बच्चे पैदा किए हैं, अब चलो ड्यूटी तुम्हारी-गिनो। दर्जनभर पैदा करें ये और गिने हम!' देवी मन नही मन खूब सोच रहे हैं।

आज पहला दिन...और प्रसन्नता है तो होगा आगे अच्छा सा, प्रथम प्रस्तुति शानदार हुई है तो अंत में विजयी होने का विश्वास है। देवी प्रसाद ने फिर पानी की बोतल खोल ली है, वह धीरे-धीरे खाली हो रही है।

'पानी जीवन है', यह प्यास लगने पर याद आता है। पाँच बजे से ऊपर घड़ी की सुई हो गई है। रात यहाँ भी कट सकती है लेकिन सुबह नई तैयारी के साथ आना है। देवी का जी करता है जोर से गाने का लेकिन वे गुनगुनाते हैं-

हम घूमीं बजारे-बजारे, हमार कोई का करिहै
हमरे दोस्त हैं यार हजारे, हमार कोई का करिहै...

देवी की मुस्कान फैली है, जैसे वे प्रस्तावना पूरी कर चुके हों!

...कथा अध्याय की संख्या तो आगे है!
इसके बिना यहाँ कथा नहीं है,
जिसे देखना जरूरी है!!

[1]

...हमारी लाइन कहाँ है!

'रिक्शा! बी ब्लाक चौराहा चलो।' देवी प्रसाद स्वतंत्र हैं। एक ही कुर्सी पर वर्षों से बँधे रहे हैं–दस से पाँच बजे तक। आज वे छुट्टा इंसान हुए, थोड़ी सी स्वतंत्रता मिली कि मन पुलकित हो गया। बंधन एक सजा है। लेकिन आवश्यक कार्य को सजा या बंधन समझकर स्वीकार करेंगे तो कार्य के प्रति न्याय नहीं होगा। देवी प्रसाद खुश हैं कि सौंपे गए कार्य तेज धूप में करें या सुबह-शाम ठंडे-ठंडे में, कोई बोलने वाला नहीं है। बड़ी जिम्मेदारी होती है तो आजाद रहने का ख्याल भी नहीं रहता। और जनगणना कार्य! भई, निभाना बहुत जरूरी है–ठीक-ठीक।...काम है तो जीवन है, जहान है और व्यक्ति महान है। ऐसे कोई नहीं बनता...बनने के लिए बनना पड़ता है।...'अरे, टेम्पो! आज सभी भरे-भरे आ रहे हैं।' सुबह ट्रेन पकड़ने वालों की भीड़ रहती है।

'चलो आगे बैठ जाता हूँ।' सबुह जो भी काम करो खुशी-खुशी करो– मजा आता है, दिन अच्छा बीतता है। देवी दुख में सुख खोजने का प्रयास करते हैं।

'बस-बस यहीं तक, बाबूगंज।'...'रुको भाई मुझे भी ले-लो, चौक चल रहे हो न!'...'बस बैठ गया...ओह!'...'अरे! यहाँ ब्रेकर है–लम्बा-चौड़ा सा! दर्द बढ़ा देगा...उफ! कमर गई।'

रुकावटों पर सँभलना जरूरी है! यही वह जगह है जहाँ सचेत होकर अपना संतुलन कायम रखना है, कामयाब होने के लिए ब्रेकर की समझ जरूरी है। देवी प्रसाद पंजे के बल बैठते लेकिन ठोकर का पता चले तब न!

'चौक आ गया, यहीं से बस मिल जाए तो चकाचक।' देवी प्रसाद बुदबुदाते हैं। चौक का दृश्य सुहावना है, शाम वाले चौक से भिन्न। लगता है हम किसी दूसरे शहर में हैं। सुबह-सुबह खाली सड़क...अखबार वालों की दुकान पटरी पर लग चुकी है। एक हाथ में सुलगती बीड़ी दबाए दूसरे हाथ से अखबार देता एक अधेड़ व्यक्ति कोई समाचार बोल रहा है। अखबार खरीदने वाले एकाध ही हैं, बाकी शीर्षक देखकर तोष कर रहे हैं। छोटे अखबार तो दीन-हीन बने लदे पड़े हैं।...चाय वाला एक बड़ा सा भगोना चूल्हे पर चढ़ा रहा है। बगल वाली दुकान पर चाय खौल रही है।

'यहाँ चाय देना है और तुम अखबार निहार रहे हो। साले माई के पेट में कैसे थे, वहाँ भी उछल कूद मचाये थे का।' चाय वाला ग्यारह वर्ष के एक लड़के को डाँट रहा है। वह पढ़ाई करता है और सुबह यहाँ काम भी...उसका स्कूल ग्यारह बजे से है।

ग्राहक खूब हैं, चाय की तलब सुबह जोर मारती है। यहाँ दुकानदारी की मारा-मारी है, देवी चाय में आए उबाल को देख रहे हैं। 'इसी तरह दिमाग में उबाल आता है। दिमाग का उबाल कुकर्म की तरफ हो तो ठीक नहीं। सुकर्म का उबाल ठंडा होता है...और दिमाग को चूल्हे पर चढ़ाये ही क्यों?' देवी शायद यही सोचते हैं। वे यहाँ चाय नहीं पीते, घर से एक गिलास चाय पीकर चले हैं।

बस आ गई और देवी ने हाथ दे दिया है। जनगणना वाला झोला ड्राइवर ने देख लिया है। देवी रोज यही झोला दिखाया करेंगे। आधे से ज्यादा बस खाली है। देवी जानते हैं कि वे एक अभियान पर हैं और सबका सहयोग जरूरी है...यह बस न रुकती तो बुद्ध तिराहा तक टेम्पो से जाना पड़ता...फिर रसूलपुर तब कहीं बहेड़ी। बस में झटका भी कम लगता है। बीच में सब्जी मंडी है, यहाँ भीड़ रहती है। चले आ रहे हैं गाँवों से ताँगे पर लादे-लौकी, तरोई, लोबिया, टमाटर... कई किसान भाई साइकिल पर इतनी सब्जी लादे हैं कि पूछिए मत। शहर वाले आयरन और बिटामिन पाएँगे-होंगे लाल-लाल। रोशनी बढ़ाकर आँख की, अपनी चमड़ी निहारेंगे। पटरी पर बैठे हैं नंगे बदन हमारे अन्न दाता, जैसे बाबू चाचा भैया। सब्जियाँ बेमौसम होने लगी हैं, मौसम से अब कुछ लेना-देना नहीं है। तरबूज ही तरबूज! खरबूजे से ट्रैक्टर लदा है। कच्चे आम भी कहीं अपने छोटे ढेर में आकर्षित कर रहे हैं। 'नौकरी न लगी होती तो मैं भी इसी तरह सब्जी बेच रहा होता'-देवी सोचते हैं।

...बस रसूलपुर आ गई है-'बहेड़ी वाले उतर जाएँ, आइए बाबू जी! आपको यहीं से बहेड़ी के लिए टेम्पो मिल जाएगा।' परिचालक के संकेत से देवी ने कंधे में झोला टाँग लिया है-'बस तो बहेड़ी तक जाती है।' देवी ने पूछा।

'बहेड़ी छाछट ए नम्बर की बस जाती है, यह छाछठ है, कासिमपुर तक जाएगी।'

'चलो उतरो भैया! यहाँ से फिर टेम्पो!'

एक अच्छी बात है कि कहीं प्रतीक्षा नहीं करनी पड़ी, एक के पीछे एक लगे हैं... यहाँ से किराया तो दो रुपये ही लगता है लेकिन बैठना सँभलकर है। टेम्पो देखकर लगता है कि ये कम्पनी के शुरुआती माडल हैं-खड़खड़-खड़खड़...हचर-हचर...पत्तर

निकला हुआ...जंग से भरपूर...कहीं भी कील वगैरह चुभ सकती है, कपड़ा फट सकता है। देवी को यहाँ टिटनेस की सुई याद आ रही है, जैसे कल कुत्ते को देखकर कुत्ता काटने की सुई और साँड़ को देखकर कमर टूटने का ख्याल आया था।...'चलो, आ गया टाउन एरिया मोड़!'

बहेड़ी के लोग जाग गए हैं। सुबह से शुरू हो जाता है काम-काज। यहाँ जरी का काम होता है। रेशमी धागा, सितारा, मोती...यहाँ खूब बिकता है। कढ़ाई की गई साड़ियों की माँग अभी बनी हुई है, किसी प्रयोजन पर ये साड़ियाँ मानो महिलाओं के लिए जरूरी हों-विवाह के मौके, मेले-नहान, तीज-त्योहार... चाय की दो दुकानें खुली हैं, जो अभी बरतन-बासन माँज रहे हैं, झाड़ू लगा रहे हैं, पानी छिड़क रहे हैं सड़क पर। देवी की यहाँ पहचान है-जनगणना वाले साहब से नमस्ते सलाम हो रहा है। टाउन एरिया का दफ्तर अभी खुला नहीं है, सिर्फ गेट खोल दिया है चौकीदार ने।

देवी प्रसाद ने दो घूँट पानी पेट में उतारा, दीवार की आड़ में मूत्र विसर्जन किया और हाता रहीम वासित की गली को नमन करते हुए आगे बढ़ गए।

देवी प्रसाद निकल पड़े हैं। मकान सूची में पैंतीस कालम है, एक से बढ़कर एक घरेलू प्रश्न हैं, लेकिन आज वे कालम नहीं भरेंगे। कोई काम हड़बड़ी में ठीक नहीं, खूब विश्वास बन जाए तब प्रारम्भ हो तो अन्त भला होना तय है।

'सलाम बाबू जी! बड़े सबेरे...' इस्माइल देवी के स्वागत में खड़े हो गए। उनकी अपनी दुकान है। दुकान खुली है। सुबह चायपत्ती, बिस्कुट, चीनी, दियासलाई, पाव रोटी की बिक्री ज्यादा है।

'सलाम-सलाम! झोला रख लीजिए, आज सिर्फ घूमूँगा।' देवी ने झोला उतार दिया।

देवी प्रसाद जानते हैं कि यह नया काम है, शुरुआत हो जाए तो दिक्कत नहीं होगी। लेकिन प्रारम्भ करना ही कठिन काम है। देवी खड़े हैं मस्जिद के पास, सोच रहे हैं-'कहाँ से चलूँ।' कुछ दूरी पर खड़े एक-दो स्त्री-पुरुष, देवी को निहार रहे हैं, जाँच-परख रहे हैं। देवी वहाँ से हटेंगे नहीं तो और लोग आ जाएँगे, सबकी नजर उनकी ओर ही होगी। कोई पूछ भी देगा, 'भाई आप किसे ढूँढ़ रहे हैं।' कितना संदेह भरा हुआ है लोगों के मन में। हम चाहे जितना पढ़-लिख लें, आगे बढ़ जाएँ, चाँद-तारों को छू-देख लें, परन्तु यह संदेह कब जाएगा? पता नहीं! अब तक चाहिए तो यह था कि देश की सीमा के नाम पर सिर्फ एक लकीर हो जैसे खेत की मेड़, और हम घूम जाएँ पूरी दुनिया बे-रोक-टोक। लेकिन यह सपना ही रह जाएगा मनुष्य के लिए। हम पढ़े-लिखे विद्वान हैं और कितने मूर्ख हैं।

देवी प्रसाद सामने की गली में खड़े हैं, 'मुड़ेगी तो मुड़ जाऊँगा' यह मन ही मन कहते आगे बढ़ गए।...ये देखिए हैंडपम्प...सूखा हुआ एक कुआँ, इसे मिट्टी भरकर पाट देते, कोई गिर-विर गया तो! हैंडपम्प जगह-जगह लगे हैं। यहाँ से पतली गली है, कोई गाय-भैंस गली में खड़ी हो तो निकलना मुश्किल। खड़ंजा तो बिछा है लेकिन कहीं-कहीं

गली धँसी भी है। सरकार ने जो आवास बनाकर दिए हैं, उसे यहाँ के लोग कॉलोनी कहते हैं। देखने में आवास सुन्दर हैं लेकिन मजबूती? अल्लाह मालिक है। इसी आवास के बल पर कईयों के घर पाँच सौ साल तक की मजबूती वाले बन गए। कहते हैं कि इसी तरह थोड़ी-थोड़ी धनराशि ऊपर तक जाती है। काम भी तो है-सड़क है, नाली है, हैंडपम्प और न जाने कितने विकास के काम...और सब रुपया बरसाने वाले। जनता नमक चखती है, दाल कोई और पी रहा है। देवी सब जानते -सुनते हैं, लेकिन उनका वश नहीं है, न वे कमा पाते हैं न रोक पाते हैं। साजिद भाई को कॉलोनी मिली है। देवी उनके सामने से गुजर रहे हैं। साजिद को लगा कि उनके घर का मुआयना होने वाला है।

''हे लड़की! झाड़ू रख! उल्लू कहीं की, जब कोई आवत है तभी इसको सफाई सूझती है।' साजिद ने अपनी बेटी को डाँटा जो घर के बारह इत्मीनान से झाड़ू लगा रही है। फिर देवी प्रसाद से मुखातिब हुए-

'आइए साहब! का कोई और इसकीम आई है? साहब हमारे घर का काम तो पक्का है न!' साजिद हाथ जोड़कर खड़ा है।

'घर कोई नहीं लेगा, घर आपका है! स्कीम आएगी तो मिलेगी! अभी जनगणना होनी है।' देवी आगे बढ़ गए। वे जानते हैं कि यहाँ आशा और विश्वास ही जीवन है। आम आदमी तो भरोसे पर टिका है।

नई बस्ती को देवी प्रसाद ने गिन-गूँथ लिया है।...दो मस्जिदें हैं लेकिन यहाँ एक गिनना है, एक मस्जिद कादीगढ़ी में गिनी जाएगी। दो दुकानें हैं जहाँ देवी बैठेंगे बोले-बतियाएँगे और मीठा बिस्कुट खरीदकर दो घूँट पानी से तर होंगे। वे चाहें तो मन्दिर में भी सुस्ता सकते हैं। जान पहचान बढ़ रही है। विश्वास ठहरा नहीं है, वह विश्वास में है। यही वजह है कि देवी मुस्करा रहे हैं।

जेठ में दस बजे की धूप पूरी जवान दिखती है। 'इसे कहते हैं फील्ड वर्क' देवी के मुँह से निकला। इतनी देर से पानी की बोतल ढो रहे हैं, पानी कब काम आएगा! अब पूरी बोतल खाली है और इस्माइल से झोला भी मिल गया है।

मिश्री और अशोक का सेंटर पर पहले से डेरा जमा है। अंजना और जरीना का टिफिन खुला है। देवी पहुँच रहे हैं।

'कितने घर हुए?' जरीना ने पूछा।

'एक भी नहीं, अभी तो घूम रहा हूँ।' देवी ने बताया।

'मेरे दस घर हो गए हैं!' जरीना काम में आगे है भले दुबली-पतली सी, चिड़िया सी जान है।

'मेरी तो समझ में नहीं आ रहा है, मैं तो जरीना से पूछ-पूछ कर कर रही हूँ'- अंजना देवी की ओर मुखातिब हैं, 'हमें जरीना के साथ का बड़ा फायदा है।'

'कल इसके दस घर हुए, आज मेरे।' जरीना खुश है।

‘मुझे भी समझा दो जरीना! मैं तो पगला गया हूँ, शुरू कैसे करूँ यह समझ में नहीं आ रहा है।’ देवी प्रसाद ज्यादा ही दुखी बन रहे हैं।

‘किताब में सब लिखा है। एक-एक हरफ पढ़िए-पहले पेज से। सब समझ में आ जाएगा। नक्शा बना लीजिए-नजरी!’ जरीना इत्मीनान से समझाती है। देवी समझें या न समझें लेकिन खूब मजे से जरीना को सुन-देख रहे हैं।

अशोक देवी को घूर रहे हैं। शायद सोच रहे हैं कि ‘मिल गई औरत तो चिपकने लगे, खूब बतिया लेते हैं। उस दिन अंजना से हाथ मिला रहे थे सबके सामने। उम्र बढ़ रही है लेकिन इच्छा जवान है।

आज रातभर भले देवी को जागना पड़े, वे किताब नहीं छोड़ेंगे। जैसे जरीना घोंटकर किताब पी गई है, वे भी चाट जाएँगे। देवी साहसी हैं, बस मजबूर हैं तो घुटने से और इस मौसम में गर्मी भी उन्हें तंग करती है। तुरन्त सिर दर्द होना और आँख चौंधिया जाना आम बात है। धूप बर्दाश्त नहीं होती। आज देवी को लू का असर है लेकिन वे हिम्मते मरदाँ हैं। वे किताब की ओर घूर रहे हैं।

‘तलवे में ठंडा तेल लगा दूँ कि प्याज पीसकर छोप दूँ?’ सुशीला ने पूछा।

‘जो मन करे करो! एक बार समझ में आ जाए कि क्या करना है, कैसे करना है-बस!’ देवी चिन्ता में हैं। उन्हें पता है कि दुनिया प्रारम्भ से चलती है अन्त से नहीं।

‘किताब पढ़ लीजिए! चिन्ता करेंगे तो चतुराई घट जाएगी।’

‘किताब-किताब...क्या किताब! जरीना भी यही रट रही थी। मैं कृष्णचन्दरवा के गाँव न गया होता तो ट्रेनिंग ठीक से करता कि नहीं! करता न! अब वही भोगान भोग रहा हूँ।’

एक पसर ठंडा तेल देवी के सिर पर सुशीला ने चुपड़ दिया है। चम्पी का मजा लेते देवी बोले-‘प्यार करने का खूब मन कर रहा है लेकिन बायाँ घुटना दर्द कर रहा है, साथ नहीं देगा।’

‘घुटने से प्यार करेंगे क्या?’

‘इतनी उमर हो गई, हो बुद्धू ही।’

‘सब समझती हूँ! लेकिन बेटी बड़ी हो गई है यह आपको समझना है। करिए न खूब प्यार सिंगार, बच्चों से बच-बचाके!’

‘तेल आँख में चला गया क्या! बड़ा छरछरा रहा है।’

‘दिमाग तो कहीं और है आपका! चलिए, भन्नाएगा तभी फायदा करेगा, अब दो दिन आराम भी कर लीजिए।’

‘आराम करूँगा तो जनगणना का गोबर हो जाएगा।’ देवी के सामने समय जा रहा है-‘संसार में सबसे कीमती क्या है? बोलो! समय है समय! मैं जानता पहचानता और साथ रहता हूँ। समय के पास सबसे ज्यादा ताकत होती है।’

‘तब तो आप खूब ताकत वाले हैं, चिन्ता काहे की।’

'चूक हो रही है इसकी चिन्ता है और चूक प्रगति में सबसे बड़ी बाधा है। मैं समय का प्रबन्धन जानता हूँ तो क्या! हूँ तो थर्डक्लास! और वो कृष्णचन्दवा मुझसे पूछ-पूछकर बाजी मार ले गया। मैं अपना टाइम बरबाद करते हुए चूतिया बना रहा।'

'कृष्ण भाई साहब से ध्यान हटा दीजिए। ज्यादा चिड़चिड़ाने से कोई फायदा नहीं है।'

देवी प्रसाद का समय भैंस के गोबर में जा रहा है और वे बर्दाश्त नहीं कर पा रहे हैं। नेता हों, अधिकारी हों या सरकार...समय का ज्यादा भाग व्यर्थ में घुलता हुआ बह रहा है और सभी मुँह बाये देख रहे हैं, जो कहीं खाद लायक भी नहीं। युवा वर्ग तो खूब मस्त है, यहाँ व्यर्थ का इस्तेमाल ज्यादा है।

देवी का एक पैर नाली में धँस गया था, जहाँ पुराना कीचड़ बसा रहा था। भला हुआ कि मोंच नहीं आई, सिर्फ दर्द रहा घंटे दो घंटे तक। दिक्कतें उनका पीछा नहीं छोड़तीं, क्या करें वे? परसों जाम लगा था। टेम्पो वाले ने साइड से भगाया तो ऐसा बेहतरीन गड्ढा-गचकी कि पूछिए मत! कमर जैसे लोढ़े से कूची गई हो। रोज पीड़ा की एक लम्बी रेखा खींच रही है-रीढ़ की हड्डी। बावजूद इसके वे मकान सूची वाले फार्म का फोटो स्टेट करा लाए। उन्हें क्या पता कि जो दस फार्म दिए गए हैं वे रफ के लिए हैं, देवी इसे ही सैंत रहे थे। हम तमाम रफ ही सैंत रहे होते हैं, असल का पता तो बाद में चलता है।

'किसी बात को मान लेने में बुराई क्या है, हो सकता है सत्य यही हो,' देवी यही कहते रहते और खूब गच्चा खा जाते। जरीना ने कहा था, 'पहले नजरी नक्शा बना लीजिए काम आसान हो जाएगा।' अब देवी महाशय कभी नक्शा बनाए हों तब न! जब पढ़ते थे तब नक्शा कार्बन से छापकर काम चलाते थे, उनका भूगोल हमेशा टेढ़ा रहा। देवी प्रसाद ने दो दिन नई बस्ती की एक-एक गली पैदल नाप ली, लेकिन नक्शा नहीं बना।

'किस मुसीबत में फँस गए।' उन्हें खयाल आया और मुँह से एक गाली निकलते-निकलते रह गई। जैसे भी हो काम तो पूरा करना ही है।

सुशीला तेल लगातीं, मालिश करतीं, साहस बँधातीं। बेटी प्रगति भी कहती-'पापा टेंशन न लीजिए, हम चलेंगे आपके साथ, एक दिन में सब पूरा करा देंगे।' बेटी की हिम्मत से देवी को सुख मिलता लेकिन यह कैसे कहें कि, 'तुम्हारे लायक कुछ नहीं है, ऊपर से लौंडे घूरेंगे अलग।'

'तुम्हारी पढ़ाई कैसे चल रही है?' देवी ने प्रगति से पूछा।

'इतिहास आसान विषय नहीं है पापा! अच्छा करने के लिए साइंस इतनी मेहनत यहाँ भी है।' प्रगति ने बताया।

'क्या बनोगी इतिहासकार कि अफसर? क्या सोचा है तुमने?'

'आपकी तरह मुझे नौकरी नहीं करनी है। मैं पढ़ाऊँगी इतिहास लेकिन अभी मुझे अपने शोध पर ध्यान देना है।'

'शोध करोगी! किस विषय में?'

'विषय इतिहास ही है पापा! 'भारत की जनसंख्या–आम आदमी और सरकार।'

'इसका ऐतिहासिक अध्ययन करोगी! विषय बड़ा है और आसान भी नहीं है। तुम्हें पहली जनगणना से अध्याय बनाना होगा। शायद पहली जनगणना 1872 में हुई थी लेकिन यह अनौपचारिक थी। कायदे से जनगणना 1881 में हुई थी।'

'पापा आप सब जानते हैं! कैसे?'

'मैंने भी तैयारी की थी बेटा कि कलेक्टर बनूँगा लेकिन...'

'खाना कब से बना ठंडा रहा है और आप इसे जनगणना में उलझा रहे हैं।' सुशीला ने चौकी पर चादर और पीढ़ा बिछा दिया है। पीढ़े पर थाली रखकर देवी बकायदा भोजन करते हैं।

देवी ने सुशीला की बात पर ध्यान दिया कि नहीं यह उन्हें भी पता नहीं है–'जनगणना अंग्रेजों की देन है बेटी! यह कितना जरूरी है इसे अंग्रेजों ने ही समझा था लेकिन एक अन्दाजा यह भी है कि दस हजार साल पहले पूरे विश्व में करीब पचास लाख लोग रहते थे। तब शायद पुरुष आखेटक थे और स्त्रियाँ भोजन जुटाती थीं पौधों आदि से, वही खाना खिलाती थीं। धरती पर बहुत कम लोग थे। एक सौ वर्ग किलोमीटर में करीब चार या पाँच लोग रहते रहे होंगे। तुम जब रिसर्च करोगी तब तुम्हारी मदद करूँगा अभी मुझे जनगणना से निपटने दो।'

'खाना पानी हो गया! बासी करके खाएँगे क्या! दो बज गए हैं।' सुशीला झुंझला गई हैं।

'कौन हल्ला मचा रहा है जी! दोपहर में भी चैन नहीं है।'

'बाहर बच्चे हुड़दंग मचा रहे हैं। बगल के घर में कोई परिवार सहित आया है।'

'पापा कुछ तो अभी बता दीजिए! प्लीज! पापा आप अच्छे पापा हैं...! प्लीज! मम्मी प्लीज! प्लीज!'

देवी ने प्रगति को वह सब बताया जो वह जानते थे–'पहली जनगणना में दो यूरोपियन जिसमें एक महिला और एक पुरुष थे...उन्होंने घोषणा की कि 'वे न्यू हिन्दू वेदान्तवादी हैं '...यहाँ धर्म के जाल में फँसना आसान है बेटी।'

देवी को संतोष तब हुआ जब केशव ने नक्शा बनाने की जिम्मेदारी ले ली। और कोई देवी का साथ देने वाला नहीं है। अशोक और मिश्री ने आश्वासन तो दिया था लेकिन फुस्स! बेचारे देवी दो दिन पीछे-पीछे घूमे भी। एक दिन अशोक ने देवी का फार्म ले ही लिया और तीन घंटे में दस-पन्द्रह घर निपटाए भी लेकिन सब व्यर्थ! इसका कोड उसमें उसका इसमें, सब गजड़बजड़। सोचते हैं देवी, 'पूरा समाज कितना बेतरतीब

है, सब अपने हिसाब से सामाजिकता खोजते हैं। कोड से कितना भला होगा?...बोलो भाई! तुम्हारा कोड क्या है?' यह कम्प्यूटर का युग है, हमारा संचालन व्यक्ति नहीं इंटरनेट करता है। कोड से पहचान होगी–ऊँच-नीच, धनी-गरीब, कच्चाघर-पक्काघर... पूरा संसार किसी न किसी के द्वारा उल्लू बनता जा रहा है, जैसे आज देवी प्रसाद जी!

खाक छानना भी फायदा कर देता है। अब देवी के कई मित्र हैं हाता रहीम वासित में। टेम्पो वालों से लेकर चाय वाले तक उनका चेहरा पहचानते हैं, पैसा न भी दें तो माँगेंगे नहीं, लेकिन देवी पैसा नहीं मार सकते, मर सकते हैं।

अपना क्रमांक देखो
याद करो कि तुम किस जगह से हो!

'यहाँ से शुरू करता हूँ।' देवी प्रसाद बुदबुदाए–'मस्जिद के बाद वाला यह पहला मकान, या अल्लाह शुभ-शुभ हो! मैं तो हिन्दू हूँ अल्ला जी लेकिन मस्जिद पड़ती है सामने तो सिर झुकाकर नमस्ते कर लेता हूँ, वैसे मैं ईश्वर भगवान को नहीं मानता हूँ। मैं व्यक्ति हूँ और महान हूँ खुद, लेकिन सिर झुकाना मेरी आदत में हो गया है।'

देवी प्रसाद ठीक से समझ गए हैं चलना बाएँ से हैं और वे जगह से खड़े हैं। अब बाएँ के महत्त्व को ठीक से जानते हैं, बाएँ वालों की दुर्घटना नहीं होती, हाँ दृष्टि खुली होनी चाहिए।...हर मकान को नम्बर देना है। भवन संख्या और जनगणना मकान नम्बर भी समझ में आ गया है। देवी ने पहला कालम भरा क्रमांक संख्या-001, फिर भवन संख्या जो नगर पालिका से स्वीकृत नम्बर था-39/1, अब जनगणना मकान नम्बर-001 जो उन्हें ही देना था, जहाँ से प्रारम्भ करेंगे वहाँ से एक-दो...देते जाएँगे नम्बर... हैं न आसान! और कितना दुखी थे, घबराए थे कि होगा कैसे! शुरू करो तो सब सरल हो जाता है। प्रारम्भ होने पर ही हल होगा कोई काम, और देवी तो खूब अनुभवी हैं।

'खट-खट...अरे, निकलिए हम जनगणना वाले हैं।' देवी ने कुंडी खटखटाई।

'का बात है भइया?' एक अधेड़ महिला बाहर निकली।

'आपके परिवार की जनगणना होनी है, इस मकान में एक ही परिवार रहता है कि और?'

'कब्जा खातिर कोई हाथ न डाले साहेब! मकान हमारा है। एकदम नाम पर दाखिल। आप कागद देख लें।'

'टाउन एरिया का नम्बर उखड़ गया है हाकिम, मकान हमारा है। इसका नम्बर बयालिस है, आप रजिस्टर देख लें।' एक युवक लुंगी बाँधता बाहर आया और बिना रुके बोलता गया,–'एक ही परिवार है, हम चार जने एकै बाप के अउलाद हैं, अम्मी भी एक है।'

'खाना सबका एक जगह बनता है?' देवी मुस्कराते हैं, पूछते हैं और चबूतरे पर बैठ जाते हैं।

'नाहीं भइया! खाना कैसे बने! बहुरिया लड़ैंगी नाहीं! चारों बेटे अपना-अपना बनाते-खाते हैं। हमका जौन जूठ-जाठ मिल जात है, उसी से पेट भरि जात है।' महिला ने ठाट से अपना दुख जताया।

'कमरे तो तीन ही दिख रहे हैं, चार कैसे रहते हैं?'

'कमरे नहीं कद्दू! हाँ! कोठरियाँ हैं...और रहने को कहो तो एक-दुई और रख लेवें, रहने आना चाहिए साहेब...छोटा वाला अँगने में पन्नी डाले हैं, चल के देख लो, नहि तो वह भी कोठरी में गिनाय जाये! अभी उसका काम मन्दा है...जुगाड़ में है साल-खाँड़ में ईंट गिरवा लेगा।'

देवी पसीने से भीग गए-'परमानेंट मार्क' सूख रही है, दोहराकर लिखना पड़ रहा है-10(1), 10(2), 10(3), 10(4)...चलो आज इतना ही।' देवी ने अपना बस्ता सैंत लिया।

'ई का नम्बर है।' नवयुवक बोला।

'यह जनगणना का नम्बर है, अब आपका मकान सुरक्षित'।

'हाँ भाई, मकान गिनाय रहा है, गिनवा-लिखवा लो, सरकारी काम में ना-नुकुर नाहीं...' एक अधेड़ व्यक्ति गली में खड़ा है और जोर से समझा रहा है।

दिन के दो बज गए हैं। पेट न हो तो भेंट न हो। देवी दो रोटी लाए हैं, भूख लगी है। सेंटर पर पानी है और बैठने का इतजाम भी। पंखा चल रहा है, लेकिन लू फेंक रहा है। देवी को याद आया कि उनके दादा के दादा के पास घर नहीं था, निकम्मे थे सो उनके पिता ने घर से भगा दिया था। वे इमली के कोठर में लुग्गा-लत्ता रखते थे। कैसे जीवन काटा होगा! बाद में शायद कामकाजी हो गए और सुख से रहने लगे। मनुष्य अपने शुरुआती दौर में कैसे रहता होगा, आज भी वैसा दिख जाता है-चित्रवत्! घर कितना जरूरी है। साँप हो या चींटी सबको अपना ठिकाना चाहिए। देवी के घर में गौरैया के दो घोंसले हैं, वे उजाड़ते नहीं, उसकी देख-रेख करते हैं। जब वे तीन में पढ़ते थे तो गौरैया की कहानी पढ़े थे। आज शहर में उनका अपना घर नहीं है। सुशीला को बड़ी फिक्र है कि रिटायर होने के बाद कहाँ जाएँगे! गाँव में रहना मुश्किल इसलिए है कि अब कोई परिचय-पहचान नहीं है। रास्ते भी बदल गए हैं, नई पीढ़ी को चाचा दादा से कोई खास मतलब नहीं है, हो भी क्यों! नया सोच सुनने के लिए साठ के बाद वालों के पास कान नहीं हैं। देवी को लगता है कि अब वे भी ऊँचा सुनने लगे हैं।...आजकल में उनके घर भी जनगणना कर्मी आएँगे और किराये के मकान में नम्बर डालकर सारे कालम भरेंगे। क्रमांक देवी के सिर से उतर नहीं रहा है। वे हाईस्कूल का रोल नम्बर याद करते हैं लेकिन सब फुस्स! देवी दो का पहाड़ा पढ़ते हुए अपनी उम्र का जोड़-घटाना लगाकर शेष जीवन की कल्पना में डूबे हैं कि उन्हें अंजना दिखाई देती है।

'अंजना! अंजना!' देवी की आवाज से अंजना रुक जाती है-'बताओ! जीवों में मनुष्य का क्रम क्या है?'

'क्या हो गया! नम्बर दिमाग में चढ़ गया क्या?'

'यह जनगणना का नशा है! वैसे मैं मजाक नहीं कर रहा हूँ। जीवों में आदमी का कहीं नम्बर तो होगा! आप तो जीव को जनम देती हैं, बताइए! आप क्या कहेंगी?'

अंजना क्या कहती, मुस्कराती रही, उसके तपते चेहरे पर मुस्कान एक सुख दे रही है। उसने हाथ बढ़ाया–'मिलाओ हाथ! चलो पानी-वानी पी लो फिर बात करेंगे।'

चलो इसी पेट पर लिख दो 3/13

'पानी तो बरफ जैसा है भाई!' देवी ने वाटर कूलर के पानी से मुँह धोया।

'आपका पानी तो गरम हो गया होगा!' घनश्याम ने कहा–'उसी बोतल में पानी मिला लीजिए। वाटर कूलर वाले पानी से हाथ-मुँह धो लीजिए, तर हो जाएँगे।'

अजहर एक मग पानी ले आया और देवी प्रसाद का पैर धुलवाने लगा–'वाह! मजा आ गया! बस भाई...बस!'

सेंटर पर घनश्याम, केशव और अजहर हैं। अंजना और देवी ने टिफिन खोल लिया है। रामलखन भी आ रहे हैं, हाँफते-पियासे,–'गजब की धूप है भाई! ई जान ले लेगी...ससुरी जनगणना...!'

'इसी धूप में सब्जी बेच रहे थे, देखा कि नहीं! मर-मर कर पैदा करो फिर घाम में बेचो!'

'अरे, इतनी सस्ती कि पूछो मत! तरोई दस का ढाई किलो!'

अंजना पाँच किलो तरोई बाँधे थी–'हमारे यहाँ यही बारह का आधा किलो है।'

'मेरे रास्ते में तो बाजार ही नहीं लगती।' रामलखन मुँह बनाकर बोले।

घनश्याम और केशव से कोई मतलब नहीं, वे अपने काम में व्यस्त हैं। देवी और अंजना ने रोटी खा ली है। अंजना घर जाने की तैयारी में है–'मैं चलूँ?'

'बैठो! अभी सुस्ता लो! कुछ कहो कि कैसा रहा, कहाँ तक कर डाला!' देवी गपियाना चाहते हैं।

'पच्चीस घर हो गया, लेकिन बड़ा झाँव-झाँव है।' अंजना झोला टाँगे है–'मैं गई तो मुहल्ले वाले घेर लिए कि कॉलोनी वाले आए हैं, सरकारी घर मिलेगा। मेरा नाम लिख लो बहन जी!' का रट लगाये थे। बड़ी मुश्किल से समझाई कि मैं जनगणना वाली हूँ।...अब चलूँ देवी जी!' अंजना ने हाथ चमकाकर अभिनय किया और गेट के बाहर निकल गई।

अभी धूप तेज है और देवी को बीमार नहीं होना है। रामलखन ने टिफिन बन्द कर दिया है।

'आप ही सुनाइए सुक्खम-दुक्खम रामलखन जी।' देवी ने कहा!

'क्या कहें देवी जी! आसमान छत है, धरती फर्श है, दो पेड़ के ठूँठ, अगल-बगल दीवारें हैं। चींटा-चींटी, कुत्ता-बिल्ली, सुअर...परिवार के सदस्य हैं...क्या लिखें कहाँ नम्बर दें।'

'मुझे भी बिना घर का घर मिला है। मैं तो बाँस के खम्भे पर नम्बर डाल आया हूँ।'

'अलगनी बाँध कर बोरा लटका दिया, हो गई दीवार!'

'मुझे एक घर ऐसा मिला कि चार भाई दो कोठरी! मुझे याद आ गया अपने गाँव के धनीराम का घर, दो कोठरी और पाँच भाई! एक घर सबका है–आदमी औरत का घर, मतलब मिलन घर।'

'देवी जी यह बात समझ में नहीं आती कि इतना नम्बर क्यों डालते हैं।'

'नम्बर सब उसमें डाल लेंगे...साले! अरे, तुम अपना काम करो, बकबक से जी नहीं छूटेगा!'

'मैं तो एक बार चाक से नम्बर डाल आया था। तब लाइन भूल गई थी 108 के बाद 109 को 190 लिख गया था। चार दिन परेशान रहा...अब फेयर फार्म पर भर रहा हूँ।'

'नम्बर भी कई लिखना है, मैं तो उसी में डिस्टर्ब हो रहा हूँ।...और कभी ऐसा भी आता है कि न दीवार है न दालान, कहाँ लिखें नम्बर! कोई मकान छोड़ना नहीं है।'

देवी प्रसाद ने गला तर किया फिर कहने लगे–' ...लेकिन हाय रे हमारा देश! मकान नहीं है लेकिन घर-परिवार है। प्लास्टिक की पन्नी डाले बाहर बैठे हैं बेचारे! और मैं बाहर खड़ा-खड़ा परमानेंट मार्कर खोले सुखा रहा हूँ।...मुझे देखकर एक बूढ़ी औरत चिल्लाने लगी, 'का आए हो? हमरे पास का है अब! बेटा-बहू तो मार-भगाय दिहिन...यही देखे बदे अउलाद हम जनमाये! बोलो! कुछ खाए को लिए हो तो दो!' मैंने कहा, 'नहीं माई हम मकान पर नम्बर लिख रहे हैं...जनगणना हो रही है।'...'कैसी गणना?' वह बोली,'हमारी गणना बिगड़ी है बाबू! भगवानो नाहीं पूछत है, पता नहीं कब पूरी होगी हमरी गणना! नम्बर डाल रहे हो तो लिख दो हमरे पेट पर तीन-तेरह, हो जाए हमरी तेरही।'

मनुष्य की दशा हमेशा खराब रही है। राजपाट के लिए कितने राजा अपने बेटों के हाथों हत हो चुके हैं! सम्पत्ति कितनी बड़ी वस्तु है कहना कठिन है। देवी ने एक बार कहा था कि मेरे बाबू जी भी अजीब थे, कहते थे–'पुत्रशोक सह लूँगा धन-शोक नहीं।' और रुपया भेजते रहे देवी जब तक पिता रहे जिन्दा, और यह ठीक भी है।

अशोक, मिश्री और जरीना भी आ रही है। देवी अब घसकें, नहीं तो बोल-बोल कर थक जाएँगे–'की बल गावे, की बल धावे, की बल घोड़ कुदावे रे!' वे झोले को ऐसे देखने लगे जैसे वे अब रुकेंगे नहीं।

'कहाँ! जाएँगे क्या? अरे, बैठिए! मेरा भी पुराण सुन लीजिए!' रामलखन से चुप सहन नहीं हो रहा है–'मेरे इलाके में ऐसे ही एक बाप को मार भगाए हैं। जल्दी शादी जल्दी बच्चा। चालीस साल का बाप ससुर बन गया। शौकीन मिजाज था ही, तीन साल में तीनों बेटों का विवाह कर दिया। उसने सोचा कि 'नई बहुएँ हैं कब्जे में आ जाएँगी, मैं बूढ़ा थोड़े हूँ।' लेकिन नजर की खोट पहचानने में स्त्रियाँ भूल नहीं करतीं। ससुर के

मन की बात पकौड़ी बहुएँ जान गईं। कई बार के शब्द-संकेत और आमंत्रण से प्रमाणित हो गई ससुर की इच्छा। अब विरोध! झगड़ा...लड़ाई...अब ससुर को किसी का शृंगार अच्छा नहीं लगता, पूरा मुहल्ला जान गया कि बूढ़ा खूसट है। बेटों ने उसे खंडहर दे दिया, रहो अकेले...भुगते करनी का फल।...लेकिन है अभी कमाता-खाता ठीक-ठाक।' रामलखन के पेट का पानी पच गया।

'रामलखन यह संसार है, कथाएँ बहुत हैं...लेकिन तुम इसमें कैसे फँस गए।'

'रोज एक नया-नया बखेड़ा सुनने को मिलता है देवी भाई! मैं तो पगला गया हूँ।'

'अच्छा चलूँगा, दवा भी लेनी है, पाँच बज रहे हैं।'

'कहाँ चल दिए! हमको भी कुछ सुनाओ! देवी बाबा रुको तो सही!' अशोक और मिश्री पहुँच गए हैं।

'नहीं अब नहीं भाई! अच्छा एक बुझौवल बूझ लो तो रुक जाऊँ-'चलते जोगी चलते जाए, चलते फूल बरसते जाय' बोलो क्या है।'

सभी सोचने लगे, दो मिनट बाद बोले,'हारी' बताइए देवी जी क्या है?'

'बकरी की लेंड़ी।'

और सभी ठहाका मार हँसने लगे।

[2]

...एक घर बनाऊँगा

जनगणना में मकान के फर्श, उसकी दीवार की छत में कौन सी सामग्री प्रयुक्त हुई है प्रमुख रूप से उसका विवरण देना है। देवी प्रसाद को ठीक से देखना, पता लगाना है। अब वे घर के भीतर जाएँगे, झाँकेंगे। नई बस्ती की हालत ठीक नहीं है, चौहद्दी घूमते वक्त ही जान गए थे कि शहर के इतना पास होते हुए यह कितना पिछड़ा है।

आज जुबैर साथ में है, पानी की बोतल वाला झोला वही टाँगे है। अब बेधड़क काम होगा।

'इनकी बड़ी बात सुन लो! बस...घर में चना-चबैना नहीं और बात है कि लाट साहेब हैं। वही कहावत कि तीन पाव आटा पुल पर रसोईं।' देवी को आज जहाँ से शुरू करना है वहाँ एक लघु झगड़ा है।

'रुपया-पैसा से कोई लाट साहेब नाहीं होत है, कलेजा चाही कलेजा! परसों कलक्टर हाकिम आए थे तो कौन बतियाया, हमीं न! तुम सब तो मुँह चुराकर बिल में घुस गए...हाँ।'

'अरे, चुप भी रहो! तुम्हरी कोई बात सुनें वो! कतई नहीं! वही हाल है कि जोते का खेत गावै का सीता-हरन!'

'का लगे तुम लड़ने! जनगणना वाले बाबू आए हैं, चलो अपना घर दिखाओ! बस हो गया! चलो तुम सब अपनी बातन से एक दुसरे को हराय दिए, बस...' जुबैर ने झगड़ा खत्म कराया।

देवी मकान नम्बर डाल चुके थे, अब फर्श दीवार और छत के विषय में जानना है।

'हटो! देखन तो दो!' जुबैर ने एक स्त्री को हटाया।

'का बाबू घर में घुसिहै का, बहुरिया है अन्दर!' स्त्री ने कहा और बगल हट गई–'घर नाहीं देखे हैं का हजूर!'

'ठीक है यहीं से देख लेता हूँ।' देवी घर के भीतर झाँकते हुए दरवाजे की चौखट पर बैठ गए। जुबैर भी बैठ गया एक टूटी खाट पर–'फर्श किसका है?'

'मिट्टी है और का!' स्त्री ने मुँह बनाकर कहा और मुस्कराने लगी–'सब मिट्टी है बाबू, चाहे फरश हो, दिवाल हो चाहे छत...बच्चन को पालें, सादी-वादी करें कि पक्का पिटवाएँ। महँगाई इस कदर है, और देखो ऊ बइठे हैं हाथ तोड़के...'

स्त्री अपना दुख गाती रही। देवी ने देखा कि जमीन पर बोरा बिछाकर पचास वर्ष का एक व्यक्ति बैठा बाएँ हाथ से बीड़ी फूँक रहा है, उसके दाहिने हाथ में प्लास्टर चढ़ा है। देवी ने फार्म पर नजर टिका दी है–'फर्श मिट्टी का है, कोड हुआ एक। दीवार भी मिट्टी की, इसका भर देते हैं तीन और छत! यह तो मिट्टी भी है लकड़ी भी लेकिन मिट्टी करो, ऊपर तो मिट्टी ही है...तो एक।'

'घर देखे तो मिट्टी है साहेब लेकिन बड़ा सुख है। गर्मी में ठंडा रहत है और जाड़ा मा गरमात है। बस बरसात में सलामत रहे...सब भगवान है, वो ही सहाय है!'

मनुष्य सुख-दुख खूब कहना चाहता है। स्त्री को जो बन पड़ा उसने हल्का होने का पूरा प्रयत्न किया। अब वह कई दिन तक लड़ेगी-झगड़ेगी नहीं।

'चुप रहो भाभी! बकबक! इतना बड़ा फार्म है, गलत होई जाये तो अपने बिगड़े।' जुबैर भी कम नहीं है।

देवी जानते हैं कि किसी सरकारी कर्मी को जब आम आदमी देखता है तो ढेर सारी शिकायतों, पीड़ाओं का पिटारा खोल देता है। वे ध्यान से सुन रहे हैं लेकिन घर में प्रयुक्त सामग्री के कोड से परेशान हैं। अकेले फर्श के लिए सात तरह के कोड दिए गए हैं–दीवार और छत हेतु दस तरह के कोड दिए गए हैं। इसी कोड के सहारे देश की जनता का हाल लिया जाएगा। खास तौर पर आज हमारी जनता कैसे रह रही है जिसे हम जनार्दन मानते हैं। तो सुन लीजिए फर्श के प्रकार-मिट्टी, लकड़ी/बाँस पक्की ईंट, पत्थर, सीमेंट, मोजैक/फर्श की टाइल, अन्य कोई... देवी को ठीक से दिख नहीं रहा है, बहुत महीन अक्षर में लिखा है, आँख फाड़ कर देख रहे हैं।...देवी भाई क्रम में परेशान हैं, सोचने लगे कि अन्य में किस चीज का फर्श हो सकता है! लकड़ी और बाँस का फर्श भी न सुना न देखा, लेकिन देवी ने देखा ही कितना है! बस अपना उत्तर प्रदेश! जहाँ लकड़ी के घर बनते हैं या मचान बनाकर रहते हैं तो क्या वे मोजैक लगवाएँगे! पता नहीं, लेकिन यहाँ तो नहीं हैं ऐसे फर्श! मोजैक और टाइल्स के दो घर हैं– एक ठेकेदार

है और दूसरा, तीन भाई में से दो सऊदी अरब कमाते हैं, एक टाउन एरिया का मेम्बर है। बाकी सब ऐसे-तैसे..!

'बहुत सँकरी गली है।' देवी के मुँह से निकला।

'नरकों में ठेला-ठेली!' जुबैर ने कहा।

'नरक न कहो जहन्नुम कहो।'

'हमें ज्यादा उर्दू नहीं आती, हम हिन्दुस्तानी बोलते हैं बाबू। यहाँ हिन्दू नरक कहत हैं तो हमें भी वही आदत है।'

देवी और जुबैर आगे बढ़ गए यही पूछते-देखते-दीवार, फर्श, छत...

'हटाओ परदा! निकलो बाहर!' जुबैर ने आवाज दी।

'का है भाई! का निकले बाहर! परदा तो लगा है! हम ही हैं घर में, आ जाओ!' एक युवती की आवाज है।

जुबैर परदा हटाकर भीतर चला गया, 'आवे साहब!' सुनकर देवी भी जुबैर के पीछे आँगन में आ गए।

'अब बताओ सकीना! फर्श, छत और दीवाल कौन आइटम से बना है।' जुबैर ने चौकी पर बैठते ही कहा।

'ई का है!' युवती का हाथ मुँह पर चला गया, वह आश्चर्य से पूछ रही है-'का हमार घर बन जावेगा जुबैर? कॉलोनी वाले हाकिम है का!' यह युवती की जिज्ञासा है।

देवी और जुबैर उसके घर को निहारते रहे, कुछ तो हो तब तो लिखें। अब चकित होने की बारी देवी की थी। जुबैर दाँत निपोरे पर्दे की ओर देख रहा है।

'का देख रहे हैं! कुछ नाहीं है हमरे पास...घर न बार मियाँ मुहल्लेदार।' युवती एक अनुभवी स्त्री लग रही है-' ...सिर्फ परदा है, वह भी उठा है...सब देख लो हाकिम!'

देवी क्या देखें क्या न देखें! क्या लिखें क्या छोड़ें, कोई कोड हो तब न! अन्य कोई के लिए तो कोड है लेकिन अन्य में क्या सामग्री हो सकती है। अगल-बगल और पीछे की दीवारें दूसरे घरों की हैं, उन्हीं दीवारों में छेदकर बाँस लगाकर पन्नी से घर बना दिया गया। 'फर्श तो मिट्टी का हो गया लेकिन दीवारें तो दूसरे की हैं, चलो अन्य कोई का कोड नम्बर शून्य डाल देते हैं।' लेकिन इसका उचित उत्तर किसी के पास नहीं है कि ऐसे घरों का क्या करें?

देवी की समझ में ठीक से आ गया कि निरीक्षण करने, दौरा करने, सरकारी निगाह से देखकर आँकड़े भरने मात्र से ठीक-ठीक कोई तस्वीर नहीं बन सकती। ठीक से एक जनगणना कर्मी ही सही-सही देख सकता है...एक-एक घर, एक-एक व्यक्ति...फर्श, छत, दीवार तक।

देवी प्रसाद को पक्की ईंट और सीमेंट के भी फर्श मिले लेकिन दो-चार। दीवारों में उन्हें पक्की ईंट की दीवारें लगभग पचास प्रतिशत मिलीं, जो मिट्टी गारे से और एकाध सीमेंट से जोड़ी गई थीं। मिट्टी और घास फूस की दीवारें भी कम नहीं थीं, जिसे बरसात से पहले देखना-भालना और मरम्मत करना जरूरी है। यही हालत मिट्टी की

छत की भी है। एक पुराना पक्का मकान मिला था जो पत्थर और लकड़ी की कड़ी देकर पाटा गया था। धातु और कंक्रीट की कोई दीवार नहीं थी। छत को देवी देखते तो हैरान रह जाते। राजाराम ने पूरी कमाई लगाकर एक कोठरी की दीवार तो ईंट की बना दी लेकिन छत के लिए पैसा खत्म हो गया, अब वे बरसात से पहले घास-फूस का छप्पर डाल रहे हैं।

देवी थक तो रहे हैं लेकिन खूब मन लग रहा है। आम-आदमी हो या कोई बड़ा सेठ-महाजन, या कोई मंत्री-अफसर, जनगणना कर्मी भीतर तक घुसकर देखने का अधिकार रखता है, लेकिन क्या बड़े रईस, धन्नासेठ घुसने देंगे! नहीं वे बरामदे में बैठाएँगे, सारा आँकड़ा भरवा देंगे, और किसी की हिम्मत नहीं कि ज्यादा मीन-मेख निकाले। देवी के क्षेत्र में ऐसा कोई घर नहीं है। सब गरीब मजदूर, किसान और जरजोदी का काम करने वाले हैं-रोज कमाना तब खाना।

जुबैर चला गया है। देवी की जाँघें भर गई हैं। वे सेंटर पर जा रहे हैं। रोज का काम है, एक दिन में तो नहीं होगा न! खुद देवी के पास घर नहीं है। वे जब मकान बनवाएँगे तो ईंट, सीमेंट, पत्थर, लकड़ी, मिट्टी आदि का इन्तजाम करेंगे और तब उन्हें बाँस-बल्ली के भाव का पता चलेगा। देवी सोचते हैं-'मकान बनवाना कितना कठिन है, महँगाई के इस दौर में खपरैल पाथ कर छत बना लूँ तो बहुत है। अब तो शरीर भी मेहनत लायक नहीं है...नहीं तो मिट्टी की दीवार बना लेता और फंड के बचे रुपये से सीमेंट की चादर तो आ ही जाती! अरे, भाई! हो तो बहुत कुछ जाता। जीवन भर नौकरी किए हैं, क्या करेंगे जमा...! अरे, भाई मेरे! बेटी है न! उसका दहेज कौन देगा? पड़ोसी कि भाई-भतीजे? सब ताने मारने में आगे रहेंगे, खर्च कोई नहीं करेगा।...और बहनों की शादी में फंड निकाला, गाँव में घर बनवाया उसके लिए कर्ज लिया, सब मैं ही तो भुगता और वह घर अब अपने सगे भाइयों का है, जो मुझे पराया समझते हैं-खाँटी दुश्मन! अब बचा ही क्या है! लेकिन भाई-भतीजे, लाठी लिए बैठे हैं कि आवे तो देखें! हाँ आयोजनों में आ सकते हैं-बस!'

देवी का दिमाग गर्म हो गया। वे एक मिठाई की दुकान के सामने बने चबूतरे पर बैठ गए! पानी गर्म हो गया था, तो क्या! पानी तो है, दो घूँट में गला तर और दिमाग शांत!

देवी बार-बार अपना पुश्तैनी घर याद करते हैं। पिता का घर, दादा का घर...घर बनाने में नौ दिया तेल जल जाता है। घर बनाना एक यज्ञ के समान है, यज्ञ क्यों करें? मकान ही न बनवा लें? रहने का ठिकाना तो होगा। कहते भी हैं कि 'घर बनाना और लड़की की शादी' छूकर तो देख! देवी के दादा जब घर बनवा रहे थे, वो भी कच्चे का तो उनकी उम्र थी साठ साल और देवी के पिता रहे तीस साल के, खुद देवी आठ वर्ष के कूदते-फाँदते। उन्हें सब याद है, मिट्टी के लोंदें से दीवार बनाई जा रही थी। मिट्टी की दीवार वाले एक कारीगर भी आए थे, क्या सीधी दीवार थी! देवी खूब लोंदा पाथते थे! घर बनाने के उद्यम में बड़ा मन लगता था! झोपड़ी बनाना हो या टाटी बाँधना उन्हें

सब करीने से आता है।...अप्रैल, मई, जून का आधा महीना...तब जाकर दादा का घर बना था–तीन कोठरी! आज देवी के सिर पर मकान का भूत खड़ा है और उससे पहले यह जनगणना वाला मकान कि पता लगाएँ–छत...दीवार...फर्श...

सिर्फ दो बित्ता जमीन है

देवी प्रसाद ने खूब देख लिया कि घर किसे कहते हैं और घर में बनी कोठरियाँ कैसी होती हैं। घर में माँ–बाप, भाई–भतीजे, बहू–बेटे, दुख–सुख काटते और बूढ़े मृत्यु की प्रतीक्षा करते हैं! बरसात में भीगते–भागते, इसी घर में आकर जीने की इच्छा बनाते हैं। जिसके पास मकान नहीं है, छप्पर–छानी भी नहीं...वह भी घर भागा आता है और जीना चाहता है, रहना चाहता है। लेकिन घर में कलह हो तो! सब अपनी–अपनी देह निहारें! दूसरे की जेब में हाथ डालें तो! गृहस्थी कैसे चलेगी! तब घर काटने दौड़ेगा। कोई जबरदस्त स्त्री घर फोड़ने वाली आ जाए तो! मर्द की कमाई अपने अवाँट–बवाँट में लीप–पोत बराबर कर देगी। देवी प्रसाद के घर भी एक स्त्री थी, उनके चाचा नौकरी करते थे, बाकी लोग खेती–बारी में थे। चाची किसी को कुछ समझती नहीं थीं, दुकानदार का उधार चढ़ा रहता था। आइस्क्रीम बेचने वाला जेठ में चुपके से चाची के कटोरे में आइस्क्रीम डाल देता था रोज, और वह मुँह छिपाकर चाटती रहती थीं। देवी मुँह का पानी घोंटते रहते थे।...संसार बहुत बड़ा है, किसकी कथा कहें! किसकी छोड़ें!

'कोठरी की दीवाल गोबर से लीप दो, कल हमारे घर का नम्बर है। साहेब देखेंगे। हे भाभी! तुमसे कह रहा हूँ कि नेक से लीप दो नहीं तो सब पक्का पलस्तर दिखेगा।' एक जवान अपनी भाभी को समझा रहा है। 'पता नहीं क्या लिख के ले जाएँगे श्रीमान् जी! उनको कोई मुहब्बत थोड़े है हमसे।'

'टैक्स पड़ सकता है कि पक्का घर जिसका है उसका दूना घर–दुआरी टैक्स! हम भी चलें अपने फरश पर मिट्टी डाल दें, नहीं तो मोजइक दिख जावेगा तो लेने का देना...' बगल के दरवाजे से एक अधेड़ बोल रहा है।

बात पूरी नई बस्ती में फैल गई। कोई पर्दा डाल रहा है, कोई पुआल की टाटी बाँध रहा है, कोई सीमेन्ट की फर्श पर मिट्टी पोत रहा है, कोई टाट बिछाकर ढँक रहा है। मकान के विषय में एक संदेह और उसकी सुरक्षात्मक नीति, एक भिन्न प्रकार का मानसिक द्वंद–चिन्ता–डर।

'आवें देखे हमका नहीं छिपावे के हैं कुछ! का होगा? रहते हैं घर में तो टैक्स तो देने पड़ी। कहो भइया का ढेर सारा रुपया ले लीहैं।'

'अरे, नहीं चाची! यही दस–पाँच...'

'धत तेरे की! पाँच रुपया तो हमरी बीड़ी का खर्चा है।'

लेकिन सब ढँकने छिपाने के काम में लगे हैं।

'फर्श किसका है...दीवार तो...! छत भी...' देवी को घर की दीवारें छोड़ नहीं रही हैं, मानो वे फर्श पर चिपके हों, छत निहारते लटक रहे हों, वे पूरी तरह कच्ची मिट्टी के घर हो गए हैं। कहीं सीलन वाले घर तो कहीं धूप में जलते-तपते घर, तो कहीं टीन की छत से बरसती आग!

'बित्ताभर जमीन नहीं, पूछत हैं कि छत किसका है! देखें साहब हमका कुछ नाहीं आवत, हम यही जानत हैं कि न गाँव में घर पर सिवान में खेती...कल बेटा आवेगा कल ही आना और पूछ भी लेना...वह अपना नाम भी लिख लेता है।'

यहाँ स्त्रियाँ घर से बाहर पहले निकलती हैं और निडर होकर बोलती हैं-अपनी बोली-बानी में खड़ी बोली मिलाकर! शायद उन्हें यह लगता हो कि बाहर का व्यक्ति खड़ी बोली समझेगा ठीक से।

देवी प्रसाद पूछते-पूछते आजिज आ गए। हर घर में एक ही बात! समझाते भी हैं कि, 'यह सब लिख-पढ़ कर दिल्ली जाएगा तब कोई बात बनेगी, कुछ न कुछ जरूर मिलेगा, मुहल्ला सुधर जाएगा।'

नई बस्ती में मुसलमान ज्यादा हैं। देवी मजीद के घर पहुँचे, वही पुराना सवाल! मजीद झुँझला गया, 'दो गज जमीन दिला दो साहब तब छत की बात करो।' यहाँ फर्श का अर्थ है-बड़े घरों-भवनों के कमरों की वह भूमि, जो संगमरमर की बनी होती है। यहाँ लोग जमीन जानते हैं, जहाँ चींटी-चींटा बिल किए रहते हैं। यहाँ चूहों के लिए भी बाकायदा जगह होती है। कोने-अँतरे गोजर-बिच्छु के लिए भी स्थान है।

मजीद के दरवाजे भीड़ जुट गई है। मजीद की औरत भी बाहर बड़बड़ाती चली आई, उसके हाथ में थाली है-'का पूछत हैं साहब! बित्ता भर जमीन है और बताओ फरस! आँख फूटी है का! देखत नाहीं है कि माटी है! गरीबन की माटी भी फरसे नजर आवत है!'

देवी प्रसाद हँसे-वाह रे फर्श! बढ़िया अर्थ है इसका! और बित्ताभर जमीन तो पीछे पड़ गई है। भूमि का अर्थ भारी है। अधिक भूमि का मालिक इज्जत पाता है समाज में। खूब खेत हो, शहर में कई प्लाट हो, बाजार में दसों दुकानें किराए पर उठी हों, तो क्या कहना! सलाम ठोकते कई लोग नजर आएँगे। जो दमदार हैं, औकात और ताकत के मालिक हैं, धन-बल से मजबूत हैं, गुंडे हैं, वे जमीन पर कब्जा भी जमा लेते हैं। किसी गरीब की जमीन या सरकारी भूमि पर अपना अधिकार जताते उन्हें देर नहीं लगती। जमीन के लिए रोज कहीं न कहीं खून-खराबी होती रहती है। बित्ताभर भूमि के लिए मुकदमा लड़ते-लड़ते कई बीघा जमीन बिकते भी देखा गया है। जमीन से जुड़ना कितनी अच्छी और बड़ी बात है, लेकिन बित्ताभर संतोष करना भी कम बात नहीं है।

देवी का मन उकता गया है। वे मन्दिर में बैठना चाहते हैं। लेकिन वहाँ का पुजारी शक की निगाह से देखता है, उसे सिर्फ स्त्री अच्छी लगती है। देवी जैसों के लिए अनेक बहाने हैं। मन्दिर में जगह बनती नहीं दिखती फिर भी आज देवी खाना वहीं खाएँगे।

'आए थे पूछने कि फर्श किसकी बनी है!' एक स्त्री ने हाथ चमकाया। 'तुमने काहे बताया कि हमारे दुई कोठरी का फर्श पक्का है!' दूसरी स्त्री झगड़ रही थी।

'तुम भी तो हमारे घर की पोल खोल रही हो। घर के भीतर घुसा दिया उनको, कि देख लो साहब भीतर घुस के...बतावे पर आप न मानें! देखें तब लिखें!'

'कौन झूठ कहा! साँच को आँच का!'

'तुमको भी जानत हैं सब! पाँच लोग हो और बारह का राशन कार्ड बना है, नहीं तो भूखे मरते!'

'तुम कौन राजा हरिसचन्द हो! बेटा को अलग दिखाकर गरीब और बिना घर का लिखवा दिया, कॉलोनी मिल गई, और बेचारा शकील रह गया टाट-पन्नी डाले...'

'अब ज्यादा न बढ़ो, ठीक नहीं होगा।'

'का कर लोगी? तुम्हारे पास दो-चार लोग हैं तो हम भी कोई मूस नहीं बियाये हैं। हमारा एक ही भारी है दस पर!'

'आवे दो! साँझ होने दो, लाठी न करवा दिया तो कहना!'

'होस में बात करो तुम...खून-खच्चर चाहती हो?'

झगड़ा अपनी पराकाष्ठा पर है। दोनों औरतें आपे से बाहर पूरी तरह से उतर आई हैं। गाली-गलौज पर-एक से एक भद्दी गाली!

बूढ़े रफीक चाचा पक गए सुन-सुनकर, वे घर से निकले और डाँटने लगे- 'कुछ तो शरम -लिहाज करो! औरत के नाम पर कलंक न बनो! जनगणना वाले हाकिम आए, लिखे-पढ़े चले गए, और अब तुम बेबात की लड़ाई में लाठी चलवाय दो!'

'ई झूठे फरस-फरस कर रही हैं।'

'चाचा देखो! ई जताती है कि नई बस्ती में इसके आगे कोई नाहीं।'

'तुम दोनों चोप्प!' रफीक ने कसकर डाँटा, 'अब एक जबान नहीं, एक हरफ नहीं निकालना मुँह से! झाँटभर की औकात नहीं लड़ने चली हैं। हमारे दादा थे कि पेट में अनाज नहीं गया, भूखे थे और लाठी चलाते थे कि दो-चार ढेर हो जाएँ। हम भी चाहें तो बिना खाए-पिए कुश्ती लड़ सकते हैं, इसी बुढ़ापे में।...बात करती हो तुम सब! एक कोठरी का फरस बन गया, ईंट बिछ गई तो हो गई सहेबाइन, रानी बनती हो! है घर में दस रुपया! और है तो दो हमको बीड़ी ले आवें!'

हँसी भी आ रही है डर भी लग रहा है। रफीक की बात पूरी नई बस्ती मानती है।...'कोई सुनेगा तो क्या कहेगा! वो साहेब कल फिर आवेंगे, लड़ने मत लगना...का तुम्हारे जैसा फरस उनका नहीं होगा! बढ़िया सफेद चमचमाता होगा, दो तल्ला मकान तो होगा ही। लेकिन देखो कि तुम्हारा बसाता हुआ फरस देखने आ रहे हैं, यह है नौकरी! और इसी में अपना हिस्सा बनाय लेंगे, तनख्वाह से कोई काम नहीं होता है...और तुम लड़ती रहो, झोंटा उघार कर! न शरीर का ख्याल है न लफ्ज का!'

'जाने दो चाचा, अब अकिल आ जावेगी।' मुन्नीलाल बोले तो रफीक ने कहा, 'काहे जाने दें मुन्नी! गाँव में घर न सिवान में खेती! और बात ऐसी कि राजा भोज हों! मुहल्ले की बदनामी होती है। कोई आ जाए, बस ई लगती हैं लड़ने। पता नहीं का खाती हैं कि खून में झगड़ा वाला पानी समाया रहता है!'

रफीक को मुन्नी मिल गए हैं, दो गाल बतिया लेंगे तब मानेंगे– 'हमारे दादा रहे, कच्चा घर रहा मिट्टी का! चाँदी का रुपया पाँच हंडा माटी में गाड़े थे। हंडा इतना बड़ा था कि दो आदमी से उठाये न उठे। बेचारे दादा बुढ़ौती में भूल गए कि कहाँ गाड़े हैं!'

'बूढ़–पुरान भूल ही जाते हैं चाचा!'

'सुनो तो...भूल गए तो भूल गए, मगज पर जोर दें तब तो कुछ याद आवे। रुपया गाड़े रहे और माटी–खपड़ा के घर में गुजर–बसर करते रहे। किसी कारण से घर बेच दिया और यहाँ घर बनवा लिया, मिट्टी का।...और मुन्नी भाई! जब घर गिराया गया तो पाँचों हंडा दीवाल में मिला। दादा मूँड़ पटकते रह गए, देता कौन है। यहाँ बहुत मिल जाएँगे कि रुपया सड़ भले जाए, दीमक लग जाए, उड़ाय–पड़ाय देंगे, दारू–गाँजा पी जाएँगे, झींगुर चाट जाएगा लेकिन ठीक से रहेंगे नहीं...अपने कलाम को देख लो! दूर न जाओ हमरे चाचा को देख लो, तौफीक चाचा को! छानी–छप्पर डाले हैं, नौ बीघा खेत है, चार बीघा तो आम का बाग है। लाख से ऊपर तो उसी से आ जाता है, लेकिन रहन...'

रफीक चाचा और मुन्नी देर तक बतियाते रहे।

'हमारे घर में दीवार नहीं है बाबू।' परिवार के मुखिया ने देवी से कहा।

देवी को अब आदत हो गई है फर्श, दीवार, छत... दीवार कितनी जरूरी है, इसी पर छत होगी तो शीत घाम पानी से होगा बचाव! देवी किसी आदमी को देखते हैं तो दीवार का एक हिस्सा समझते हैं, सिर पर पगड़ी, टोपी, छाता तो उन्हें छत की तरह लगता... रोज गलियाँ निहारते हैं मानो वह फर्श हो।

'दीवार कितनी जरूरी है जुबैर।'

देवी के साथ आज जुबैर है।

'दीवाल न रहे तो छिपेंगे कहाँ साहेब?' जुबैर ने पूछा।

देवी प्रसाद खूब जानते हैं दीवार। पिछले साल गाँव गए थे तो आँगन में दीवार पड़ गई थी। आपसी झगड़ा परिवार में हो तो दीवार एक रास्ता है। भाई भाई का शत्रु! वही भाई एक दूसरे की ओर देखना नहीं चाहता, जो कभी एक दूसरे पर जान देने से नहीं हिचकता था। आँगन में दीवार न हो तो कितना मुक्त मन रहता है। एक बड़ा सा घर, बड़े दिल की तरह! और एका इतनी कि कोई आँख उठाकर देखने का साहस न कर सके। दीवार के बारे में सोचने पर देवी को याद आती है बूढ़ी माई की अकाल मृत्यु। मिट्टी की बड़ी मोटी ऊँची दीवार थी जो बरसात में अचानक ढह गई थी और मलबे में दब गई थीं बूढ़ी माई। अब तो दीवारें मजबूत बनने लगी हैं। खूब मजबूत और स्थायी आड़ है यह!

'बाबूजी! दीवाल के कान भी होता है?' जुबैर ने फिर पूछा।

'यह कहावत है कि गुप्त बात कहने से पहले सचेत रहना चाहिए, कोई सुन भी सकता है।' देवी ने समझाया।

'न दीवाल रहे न कान हो!'

'और यहाँ तो कान ही नहीं है, दीवार तो कंधे पर चढ़ गई है!' देवी प्रसाद हँसे।

'यहाँ बहुत अइसे हैं कि कान भी है, दीवाल भी है फिर भी न सुनते हैं न ढाँपते-तोपते हैं, बहिरे और नंगे हैं।'

धूप खूब तेज है। जुबैर और देवी ने सिर को गमछे से बाँध रखा है। अब आगे बढ़ना मुश्किल है। एक मजार के नीचे पेड़ की घनी छाया देखकर, दोनों जन वहीं पास बैठ गए हैं।

'पानी पी लो! थोड़ी देर में चलते हैं इस्माइल की दुकान पर!' देवी ने आधा बोतल पानी पी लिया और बाकी जुबैर की ओर बढ़ा दिया।

'इस्माइल को छोड़ो बाबू जी! सुस्ता लें और दो-चार घर और निपटा लें, नई बस्ती छोटी नहीं है।'

देवी प्रसाद को जल्दी तो है लेकिन पचास की उम्र जल्दी-जल्दी काम करने नहीं देती। फिर भी उनमें साहस है। देवी के साथी आधा काम पूरा कर चुके हैं। कुछ तो ऐसे हैं कि एक घर गए, वहीं बैठे-बैठे दस घर का कोड भर लिया-आधा गलत आधा सही, कौन जाँच करने आता है! सुपरवाइजर भी सो रहे हैं, दोपहर में। फोत पर चढ़े जनगणना!

'अच्छा चलो भाई!' देवी ने गहरी साँस ली-और कान पर पेंसिल चढ़ा ली, 'बगल वाला घर देखो किसका है! आवाज दो।' देवी ने पैड पकड़ लिया।

'बगल वाला घर खाली है।' जुबैर बोला।

'आगे वाला?' देवी ने पूछा!

'अफसरजहाँ का। ओ शफीक! निकलो बाहर! शफीक!' जुबैर ने बताया और अफसरजहाँ के बेटे को पुकराने लगा।

देवी प्रसाद ने खाली मकान पर नम्बर डालकर उसे खाली दिखा दिया है।

'बोलो शफीक! फर्श, दीवार, छत के बारे में साहेब को बतलाओ!' जुबैर पूरी तरह जनगणना कर्मी हो चुका है।

'छत की बात हम का करें, एक कोठरी है, उसी में छोटा भाई है, उसकी औरत है। हम अपने औरत बच्चों के साथ अम्मी को लेकर इसी पन्नी के नीचे गुजर करते हैं।'

'छोटकू की शादी इसी साल हुई है तो उसको कोठरी तो देना पड़ी न बाबू जी! हम सबका का! यही आसमान छत है। अल्ला का सहारा है।' अफसरजहाँ ने सच बताया।

'काम मिल गया है, बढ़िया काम है, खा-पीकर अच्छी बचत है। साल भीतर एक कोठरी तो बनवा ही लेंगे बाबू जी! भले छत पर घास-फूस टाट-पन्नी डाले एकाध साल और।' शफीक ने सीना तान दिया।

'दीवाल बनवा लो! छत का जुगाड़ हम बताय देंगे।' जुबैर अकिलदार है।

देवी ने कालम भरा और आगे बढ़ गए।

'तुम्हारा घर कब आएगा जुबैर?' देवी ने पूछा।

'अभी टाइम है।' जुबैर ने दो टूक कहा।

देवी आसमान ताकने लगे। आँखे चौंधिया गईं। देवी सोचने लगे-'पहले बाप-दादे खुले आसमान में ही तो रहते थे। सोने के लिए आसमान के नीचे का सुख-वाह! क्या कहना है! किसी बड़े होटल में खुली छत पर या आँगन का सुख-चैन माँगे तो कितना महँगा होगा!'

'मेरे अब्बा और दादा बाहर ही सोवत रहे। हम भी बाहर सोवत हैं साहेब,' जुबैर से रहा न गया-'दिन में ऊपर नाहीं देखत रहे, आँख चमकती रही। रातभर चाँद और तारे देखत रहे। दादा कहत रहे कि कोठरी का सुख कब्बो नहीं मिला। एक माटी का घर था बस! उसी में सब चीज घर भर की। बरसात में एक दुई हाथ की छप्पर डाल के खेत अगोरत रहे और जाड़े में पुआल का बिछौना..! गर्मी में जैसे पूरी जमीन अपने अब्बा की, जहाँ चाहो खाट डालो, बिना बिछावन खर्राटा मारो! कोठरी न सही, कुदरत से ही सुख...'

देवी की थकान बढ़ गई है। बिना कहे सुने पैर इस्माइल की दुकान की ओर बढ़ रहे हैं।

आज भी देवी अपना बचपन याद करते हैं जब गर्मी की छुट्टी में आँगन में सोते थे, चिन्तामुक्त होकर फ्री...और तारे गिनते थे। रात में कभी नींद खुलती थी तो अम्मा को बुलाते थे लेकिन कुछ मिनट बाद आते-जाते हवाई जहाज को देखकर फिर तारों में खो जाते थे।

'घनश्याम भाई क्या पी रहे हैं?' देवी ने पूछा।

'आम का पना है, कल लू लग गई!' घनश्याम ने कहा।

देवी इत्मीनान से हो गए। बस इन्तजार है कि संगी-साथी आ जाए तो थोड़ा सुक्खम-दुक्खम हो। बतरस में ले तेरे की दे तेरे की हो तो कुछ मुस्कान आए, और फर्श दीवार छत जेहन से उतरकर नई बस्ती में इस्माइल की दुकान पर बैठ जाए।

'अरे, वाह! पहले से चूतर टेक लिए हैं।' अशोक आते ही बोले लेकिन धीरे से कि देवी सुन न पाएँ।

'काम कम करते हैं और ताकते-झाँकते ज्यादा हैं।' रामलखन भी अशोक के साथ हैं।

'उमर हो गई! अब यही न रह गया है, और का करेंगे!'

'क्या भुनभुना रहे हो तुम लोग? मैं भी तो सुन लूँ।' देवी को संदेह हुआ कि जरूर वे मेरी बुराई बतिया रहे हैं।

'आज का अखबार देखा आपने?' रामलखन ने देवी से पूछा।

'हाँ निकला है कि जनगणना का काम पचहत्तर प्रतिशत पूरा, अब बताओ! यहाँ तीस भी नहीं है।' देवी लम्बी साँस भर रहे हैं।

'कोई हम लोग हेलीकाप्टर है का!'

'ऊल-जलूल निकालते रहते हैं सब। कोई हमसे पूछे! तब बताएँ हम...'

'गरीब आवास योजना के दस हजार मकान पूरे!'

'यह दूसरे चरण का है। सरकार अपनी तारीफ तो गाएगी ही, वह किसी का छत देखी है? दीवार से टिककर कोई अफसर नेता कोई आँकड़ा भरा है?'

'उत्तरांचल तो बन गया अब पूर्वांचल का गठन कराना चाहते हैं हमारे कुछ नेता भाई!'

'यहाँ गरीब के पास छत नहीं और राज्य बनाएँगे, सब अकिल है-मंत्री मुख्यमंत्री बनने की।'

'अरबों खर्च होगा, अरबों! मजाक नहीं राज्य बनाना।'

'छोटे राज्य होंगे तभी छत बनेगी ससुर!'

'छोटा परिवार सुखी परिवार। विकास का रास्ता भीड़ से नहीं जाता, समझे चूतियालाल!'

'जनता बेचारी पिसती रहे गेहूँ की तरह और तुम राज्य की बात कर रहे हो!'

'हम जनता हैं। हमारे बहाने अपना मतलब तलाशते हैं ये लोग!'

'इसी जनता की भलाई के लिए तो छोटे राज्य पर दिमाग टिक रहा है। हाँ अपनी राजनीति चमकाने का मौका मिलेगा यह तो सही ही है।'

'भाई साहब बहस को गरमाओ मत!'

'यूपी का सिर कट गया अब देह को साबुत रहने दो, ज्यादा चीर-फाड़ अच्छी बात नहीं। यूपी से तमाम रास्ते जाते हैं-दिल्ली, कलकत्ता, बम्बई...समझे!'

'भई हम तो बनारस के हैं, शहर के किनारे वाले गाँव में...पूर्वांचल राज्य बना तो राजधानी बनारस होगी। भइया! हमारी दो बीघा जमीन करोड़ों की हो जाएगी...हे कालीमाई! सुन लो अरज हमार! ई चूतियापे की नौकरी छोड़ूँ और कहीं दुकान-दौरी करूँ।' मिश्रीलाल आजिज आ गए हैं, इस नौकरी से।

आज संयोग ही है कि सभी मित्र एकत्र हुए हैं। जरीना और अंजना भी आ गई हैं लेकिन इनके रहने से खुलकर बात नहीं होती है। बात में यदि फूहड़-पातर न हो तो बात का मजा क्या! और गति क्या! ज्यादा शुद्ध और साफ से मन उकता जाता है, जैसे किसी गरिष्ठ प्रवचन को झेलना। देवी एक बार शुद्ध के चक्कर में पड़े थे, तब दफ्तर के लोग पगला गए थे। रामलखन ने तो यहाँ तक कह दिया था कि 'हे देवी देवता अपना शुद्ध अपने पास रखिए! गाँड़ फट गई है आपकी शुद्धता से, जीना हराम है भाई!' तब से देवी ज्यादा खाँटी के चक्कर में नहीं रहते। लेकिन यहाँ खुलकर बोलना है। हो सकता है भाषाई बोली-बानी का विस्तार विकास हो। सम्प्रेषण की समझ बढ़े और लिंग-भेद का संकोच मिटकर कहीं भी संकोच रहित कंठ फूटता रहे।

देवी प्रसाद अक्सर दुखी हो जा रहे हैं आजकल। वे प्लास्टिक की छत और दीवार तो देख-भोग रहे हैं लेकिन रास्ते में प्लास्टिक के ढेर से ज्यादा चिन्तित हैं। अखबार में वे पर्यावरण-प्रदूषण की खबर खोज-खोज पढ़ते हैं। एक दिन 'सरकटा नाला' गए थे, यह सरायमाली खाँ मुहल्ले में है। नाले में पानी तो नहीं है लेकिन प्लास्टिक से पटा है। अब यह रास्ता है-प्लास्टिक वाला रास्ता! देवी सोचते हैं कि प्लास्टिक की छत और दीवार कम से कम यहाँ तो ठीक ही है, कूड़ा तो नहीं है।

देवी प्रसाद को अनुचित पहले दिखाई देता है। परसों उनके घर के सामने बिजली के तारों को कसने के लिए लकड़ी की पट्टी बाँधी जा रही थी कि ये तार आपस में न टकराएँ। इसके बाद भी नीचे का तार ढीला रहा और टकराने का खतरा बना रहा तो जगह-जगह ईंटे बाँधकर लटका दी गईं। ये जान लेवा ईंटे परसों से निहार रहे हैं वे। खेलते बच्चे, सायकिल पर सिलेंडर लादे एक दस वर्ष का लड़का और बच्चे को गोद में उठाये एक किशोर इसी तार के नीचे खड़े हैं। आज देवी खम्भे पर एक सूचना चिपका आए हैं-'कृपया ये ईंटें हटाकर तार को कसने का कोई उपाय कीजिए! और बिजली के तार के नीचे न खड़े हों।'

'माहौल बड़ा गम्भीर हो गया देवी भाई! मौनव्रत तो नहीं कर लिए?' अशोक को चुप रहना खल रहा है।

'क्या कहूँ अशोक! अब सोचता हूँ तो लगता है कि दिमाग फट जाएगा। आज एक खबर छपी है कि एक बच्चा जो कैंसर से पीड़ित है, गरीब है, बीपीएल कार्ड वाला...यानी प्रमाणित गरीब, उससे भी अस्पताल में जाँच का पैसा माँगा गया है, जबकि जाँच निशुल्क है। अजीब हाल है जमीनी व्यवस्था का। कभी-कभी लगता है बेकार ही हमारा मानसिक विकास हुआ! हम क्यों नहीं सोच पाते कि मेरे जैसा वह भी है!'

'मेरे पड़ोस में एक व्यक्ति मर गया सिर्फ एम्बुलेंस न मिलने से। टेम्पो से टाइम ज्यादा लग गया और उसकी रुक-रुक कर आ रही साँस बन्द हो गई, बहता हुआ खून और अधिक बह गया था।'

'संक्रामक रोग फैला है रामपुर में जो नाले के किनारे बसा है।' रामलखन देर से सुन रहे हैं लेकिन गम्भीरता नहीं चाहते, जनगणना का काम बोझिल बनाना ठीक नहीं इस समय-'छोड़ो अखबार की खबर! ई देखो क्या निकला है!'

'मेरे घर के बगल में एक आलीशान कोठी बन गई बिना नक्शा पास हुए, अब नोटिस मिली है...टूटेगी कोठी!' अंजना बोली और अपनी उपस्थिति दर्ज कराकर मुस्कराने लगी।

'कुछ नहीं होगा! सब पैसे का खेल है। छत, दीवार तोड़ना कोई आसान काम है!' अशोक बोले और खुल गए, वे भूल गए कि जरीना और अंजना बैठी है-'बोरा-पन्नी की झोपड़ी तो सरकार झाँट नहीं हटा पाती। ई तो भवन है-कंक्रीट का।'

फिर एक बार चुप्पी! अशोक अखबार की कटिंग दिखाने लगे। जरीना और अंजना चली गईं। शायद उनके लायक कोई चर्चा नहीं थी यहाँ।

'ई क्या दिखा रहे हो?' रामलखन ने पूछा!

'देखो तो! जनगणना की ड्यूटी में खाली हो गए विभाग। अब करो जनगणना! पब्लिक का काम कौन करेगा।'

'डीएम साहब ने इसे नोटिस में लिया है।'

'नोटिस लें चाहे न लें...हमारी तो ड्यूटी लग गई, कटेगी थोड़े! अब हम रगड़ते रहें अपना ठेहुँन! हम तो रगड़ रहे हैं अपनी...'

'क्या बिलावजह की बातें कर रहे हो।' देवी ने डाँटते हुए कहा-'जनगणना से हटकर भी देखो-सोचो! क्या जीवन बना रखा है! सूरज तप रहा है, शहर जल रहा है, इस बार पचास तक पहुँचने वाला है तापमान! और इसी गर्मी में भट्ठी जलाकर लोहा पीट रहा है एक व्यक्ति। उसके पेट की आग का तापमान लो! जानो कि जीवन कैसे चलता है।...अभी छत दीवार फर्श पर हम थे न! कैसा लगा जीवन?...कभी बया का छत देखा है, उसके घोंसले को कोई देवी प्रसाद नहीं बना सकते।...हम हैं कि दो दाना घर में नहीं है, और मन्दिर में भगवान का छत्र लगाने के लिए चन्दा दे रहे हैं, और विनती कर रहे हैं कि हे भगवान मेरी छत बन जाए। अरे, ईश्वर किस काम का! जब हमीं से अपनी दीवार छत और फर्श बनवाये। जब ईश्वर अपना ठिकाना नहीं बना पाएगा तो हमारी झोंपड़ी क्या झाँट छवाएगा।'

'मैं तो आज चला फिल्म देखने, 'हाथी मेरे साथी'।' अशोक ने झोला सेंतना शुरू किया-'आप लोग सोच-सोच पगलाइए।'

'मन तो मेरा भी है, कौन-कौन सी लगी है पिक्चर।' रामलखन का मन भी मौज में आ गया।

'मूड बनाओ, दूल्हा मिलल दिलदार, हाऊसफुल, सेक्स से भरपूर है यह पिक्चर।'

'मूड बनाओ' में चलो, गुलाब टाकीज में, ई हाथी साथी छोड़ो!'

देवी ने झोला टाँग लिया है-'चलो भाई! मुझे तो नून तेल लकड़ी की याद आ रही है। मेरा भी आज मूड बन रहा है। श्रीमती जी से बतियाऊँगा, हँसूँगा और...' देवी कुछ देर चुप रहे, उठते ही बोले-'कातिक कुतिया माघ बिलाई, चैत चिरैया सदा लुगाई।'

[3]

...वाह भई वाह! न घर है न घाट

किसी भी व्यक्ति के लिए घर सबसे आवश्यक चीजों में हैं-रोटी कपड़ा और मकान। मकान की गणना में देवी ने एक से एक घर देखे, दीवार फर्श और छत देखी। मनुष्य कैसे रहता है, यह बारीकी से देखा और वह भी शहर के किनारे एक कस्बे का जीवन... शायद शहर के लोग आदिवासी रहन-सहन के विषय में ठीक से न जानते हों।

वहाँ की फर्श, दीवार और छत, बाप रे! धरती उनका बिछावन है और छत आकाश! फिर भी घर है, परिवार है, जानवर हैं। धरती से प्यार है, मोह है। अपनी संस्कृति है, सभ्यता है। हर साल झोंपड़ी बनाते हैं, छाँपते हैं। मिट्टी की घास-फूस की दीवार बनाते हैं, अपने साधनों, निजी उपकरणों से छत बनाते हैं। माँ, बाप, पत्नी, बच्चे सब एक साथ रहते हैं। यहाँ, एक प्रेम की पराकाष्ठा है और धरती की गोद में रहने की इच्छा भी... पेड़ की दो शाखाएँ, और उस पर बना एक घर! नाव पर घर! पर्वत की गुफा में घर! आज भी हम कहाँ रहते हैं, कैसे रहते हैं...किसी ने ठीक से सोचा और सोचा तो किया? हमारी व्यवस्था को वोट की मानसिकता से हटकर एक व्यक्ति होकर सोचना-करना चाहिए था। सिर्फ वर्ग-दर-वर्ग को संतुष्ट करने की प्रक्रिया से उबरना चाहिए था। देवी प्रसाद जैसे लोग भोग सकते हैं, सोच सकते हैं, माथा पीट सकते हैं, कुछ कर नहीं सकते। वे एक साधारण सरकारी कर्मी हैं। सरकार की सेवा में लगे हैं, आदेश का पालन करते, अपने परिवार का पेट पालते, किसी तरह जीवन की नाव खे रहे हैं।

'क्या सोच रहे हैं? आजकल आप बहुत चुप रहते हैं।' सुशीला ने पंखे का स्विच दबा दिया। गर्म ही सही हवा घर में भर गई। प्रगति दूसरे कमरे में पढ़ रही है।

'सोचना क्या है! एक जीता-जागता-भोगता जीवन देख रहा हूँ। कई जगह तो मैं खुद को पाता हूँ। दो कमरे हैं और उसी में दुकान है या जरी का काम चल रहा है। सुशीला मैं क्या बताऊँ! किसी दिन चलो और देखो कि हमने कितना विकास किया है! आज भी इंसान घोषित सुविधाओं के सबसे पास रहकर भी कितने अभाव में है।'

'मुझे पता है। मेरे गाँव में एक मुसहर बस्ती है, आज भी वे बेचारे वैसे ही रहते हैं जैसे पाँच सौ साल पहले।' सुशीला अपने गाँव का हाल बखान करने लगी, जहाँ देवी की रुचि नहीं है। वे तो देख रहे हैं कि जीने का उल्लास कितना बड़ा है। घर है परन्तु कमरे नहीं हैं। फिर भी वास्तविक उपयोग लिखना है।

'रहना पहली शर्त है।' देवी बैठ गए, अभी तक वे आराम से केहुँनी के बल लेटे थे।

'और क्या-क्या करते हैं घर में?' सुशीला ने पूछा।

'करें कुछ भी! उपयोग देखकर दिमाग खराब है। अब एक मस्जिद मिली है, उसके आगे के कमरों में दुकान है। दुकान-सह मस्जिद लिखना है, लेकिन लोगों ने कहा, 'बाबू जी सिर्फ मस्जिद दिखाइएगा।' मैं उपयोग से खूब परेशान हूँ।...घर से दूर एक कच्चा कमरा बना दिया, झोपड़ी डाल दी या चारों तरफ खम्भे गाड़कर बोरा-प्लास्टिक लगा दिया और गाय बाँध दी। अब क्या करूँ! सिर्फ भूसा भरा है। चलो भूसाघर लिख दिया। अब पता चला कि उसमें छोटा भाई रहता है, बनाता-खाता है।'

'बेफजूल का टेंशन ले रहे हैं। जो जैसे है लिख दीजिए।'

देवी लिख तो देंगे लेकिन इतने करीब से सर्वे करना पहली बार हुआ है और कई अर्थ-व्यर्थ उनके संज्ञान में आया है। बड़ा सा मकान है, खाली कमरे भी...लेकिन भाई को एक चारपाई की जगह नहीं दे सकते। कमरे का उपयोग ईश्वर का चित्र कर रहा है।

अरे, फोटो से मोटो सीखा क्या? चित्र से चरित्र बनाया क्या? रहने को मकान नहीं है और पत्थर के भगवान को एक मजबूत घर चाहिए।

'जितने घर जाओ उतनी बात सुनो। चार बात सुनता हूँ तो पता चलता है कि घर किस काम का है।' देवी सटकर बैठ गए, उनका मन हुआ कि सुशीला के कंधे पर हाथ रख दें और सुख प्राप्त कर लें, लेकिन इस वक्त पास बैठना ही काफी है–'जानती हो! बहेड़ी में रहने का मन कर रहा है। अपनापन है। सभी नमस्ते करते हैं! यहाँ कोई पूछता तक नहीं।'

'जहाँ करमभूमि हो और जँच जाए तो रहने की इच्छा करेगी ही।'

'लेकिन आज भी वहाँ झाड़-फूँक में बहुत विश्वास है! परसों एक कुत्ता गली में मर गया था। कोई उसे फेंकने वाला नहीं मिला।' देवी से खिसककर सुशीला अधलेटी हो गई और ध्यान से देवी को सुनने लगी–'शायद किसी को काट लिया था, और कुत्ता गुस्से का शिकार बन गया, कुत्ते को मारना नहीं चाहिए था, उसके जीवन को बचाना चाहिए था--पन्द्रह दिन या तीस दिन... काटे हुए कुत्ते के जिन्दा रहने से ही हमारी जान बचती है। नई बस्ती के लोग कुत्ता काटने पर सुई बाद में लगवाते हैं! पहले सात कुएँ झाँको! कुम्हार के यहाँ की मिट्टी से मंत्र फुँकवाओ और कुकरैल नाम के गन्दे नाले में नहाओ। भले ही बुखार आ जाए, मिचली-उल्टी हो जाय! खजुहट से परेशान रहें और एकाध बूँद मुँह में चला गया तो गँड़झरीं तो निश्चित...'

'मैं तो इतना जानती हूँ कि अपने पर पड़ता है तो अकिल काम नहीं करती। कोई कह दे कि कौआ कान लिए जा रहा है तो भी विश्वास करना पड़ता है, और कान कोई नहीं टटोलता, कौए के पीछे पहले भागते हैं।'

'तुम तो बड़ी समझदारी की बात कर रही हो भाई! इस पर तो एक चुम्मी हो जाए।' देवी ने ओठ गोल कर दिए।

सुशीला का ध्यान देवी की बात पर नहीं है–'मेरे गाँव में साँप काटने पर कितने लोग मर गए झाड़-फूँक के चक्कर में और मरने पर कह देते हैं कि साँप काल बनकर आया था, मंत्र क्या खाक काम करेगा!'

देवी जानते हैं कि नई बस्ती में भी एक झाड़-फूँक वाला आदमी है। यहाँ के लोग उसका ढोंग जानते हैं लेकिन दूर-दराज के गाँवों में उसका धंधा खूब चलता है। कई प्राण उसने हर लिए हैं। किसी पनियल साँप ने काट दिया तो वह प्राणदाता हो जाता है और इसी पर उसका प्राण टिका है।...किसी बहाने-तरीके से रोटी जरूरी है। देवी भी रोटी का जुगाड़ पुख्ता रखना चाहते हैं। नौकरी में दाग अभी तक नहीं है। यही कारण है कि वे अपने काम को जीने लगते हैं।

सुशीला सुनते-सुनते सो गईं और देवी फिर नई बस्ती के मकान में आ गए–...'घर खाली है कोई उपयोग नहीं है, बैठक भी नहीं! बिलावजह बनवाया है आने वाली पीढ़ी के लिए। अरे, मूर्ख! बच्चों के बच्चे इसमें रहेंगे, कि बेचेंगे! या ढहा देंगे! क्या पता! फिकर में मरे जा रहे हैं– सात जनम का ठेका ले रखा है ससुरों ने! जमीन कब्जा करना चाहते हैं। इधर-उधर मिट्टी की दीवारें खड़ी कर दीं। घास-फूस-बाँस लगाकर छत

बना दिया, कहीं बोरा-टाट टाँग दिया! और गाय-भैंस बाँधकर जमीन बाप की बना ली। अब तो आस-पास साँड़-भैंसा वहीं बैठने-उठने लगे हैं, कब हूँफ दें, सींग चला दें क्या पता!'

हालत किसी से छिपी है कि बताएँ

'आए थे जनगणना वाले। एक पूछें तो हम चार बतावें। वो भी समझ गए होंगे कि पड़ा है किसी से पाला।' इकराम बोले।

'घर में कोठरी हैं चार और ई बताए हैं एक, काहे नहीं बता दिए चार का दस। बड़े आए हो एक का चार बताने वाले!' कलाम ने ऊँची आवाज में कहा तो इकराम झगड़ने के मूड में आ गया।

तीन दिन से देवी प्रसाद नई बस्ती नहीं जा रहे हैं। वहाँ के लोग अब प्रतीक्षा करते हैं देवी प्रसाद की! सब घुल-मिल गए हैं। आवास के लिए दो सौ गज की जमीन भी देख लिए हैं देवी।...आज संयोग से पुराने कुएँ के चबूतरे पर एकत्र हो गए हैं-इकराम, कलाम, मजीद, जाकरून, बल्लन बो, रामपाल, दीवारी लाल और कल्लू।

'कहते थे कि हाल कैसा है घर का, रहने लायक है या ढहाने लायक।' कल्लू ने अपने घर की तरफ देखा।

आपस की बात भले बतरस में बदल जाए लेकिन यही बात-रस काम लायक है, यह समझ और सुझाव हमारी प्रगति है। इसी तरह से बात करते लड़ते-झगड़ते हमने चबूतरे को यादगार बनाया है। जिस पर हम बैठते रहे हैं बरसों-बरस! समाज के बदलते रहने की प्रक्रिया इसी बतरस से प्रारम्भ होती है।

'हालत घर की किसी से छिपी है कि बतावें।'

'गरीब की हालत कोई ढाँक-तोप सकता है!'

'अरे, सब उघार तो है, देख लो! अगाड़ी-पिछाड़ी!'

'हमारा मकान का देखे! आवें जनगणना वाले तो बतावें, हम शिकायत करेंगे ऊपर तक...एक कोठरी ईंट की देख लिए और लिख दिए कि अच्छी हालत है, पीछे का खँड़हर दिखा नहीं उनको!'

'अरे, बड़ा चाटू है साला, अंट-शंट लिख के ले जा रहा है।'

'किसी तरह काम ठेल रहा है, नौकरी तो पक्की है! तुम्हारा घर जाए भाड़ में उनको का!'

'जुबेरवा को पटा लिया और झोला थमा दिया...उहौ साला हिजड़ा है पीछे-पीछे घूमता रहता है।'

'जुबैर को कुछ न कहो! उस बेचारे गरीब आदमी को दस-बीस मिल जाता है तो किसी को कीड़ा क्यों काट रहा है।'

'हम तो कहते हैं कि साहेब अनुभवी हैं, उनका सालो-साल का तजुरबा है, गलत

नहीं लिखेंगे।'

'भैया हम पढ़े-लिखे तो हैं नहीं। बाप-दादा से लेकर अपने खुद तक चूतिया बनते रहे। कभी ठीक से सुनवाई हुई हमरी। कवनो सुविधा सोलह आने मिली हमको? बोलो! हम तो माँ बहन की गाली बकेंगे। कोई आएगा तो खोल के दिखा भी देंगे कि लो देख लो इहाँ कमजोर नहीं है। सात बच्चे पैदा किए हैं-मरद हैं मरद!'

'अरे, इन ससुरों को कौन समझावें। चुप तो रहो भाई। अब आए हैं ठीक-ठाक मिजाज वाले साहेब तो तुम उन पर भी सुबहा करते हो।'

'बिलावजह शक नहीं है, कोई मतलब होगा तभी इतना घुल-मिल रहे हैं। आज तक कोई सरकारी मुलाजिम हमारी तकलीफ को अपनी तकलीफ समझा? अब ई ससुर समझ रहे हैं तो कोई मतलब जरूर होगा।'

'उधर देखो! बल्लन का मकान, भीतर-भीतर पक्का पिटवा लिया और आगे खँड़हर गिरा-पड़ा दिखा के लिखवा दिया कि रहने के काबिल नहीं है।'

'हमारे घर पर सबकी आँख गड़ी है-' बल्लन बो उठ खड़ी हुई, 'आदमी कमाता है, तीन बेटे दिनभर खटते हैं, बहुरिया बीड़ी बनाती है, एक बहू पढ़ी है वह स्कूल में पढ़ाती है। ई किसी को नहीं दिखता। कोई नशा न पत्ती न दारू-शराब। तुम्हरे तरह नहीं कि जो कमाये ऊ दारू की बोतल में या जुवे में...कोई रंडीबाजी नहीं करते हैं हमार मरद, चाहे बेटा... हम लिखवायें काहे कि खँडहर है कि पक्का है। ऊ जौन देखे वही लिखे, हम रोके हैं का।'

'तुम लोग लड़ो मत, कोई टैक्स नहीं लग रहा है और कोई घर बनवा के दे नहीं देगा। हमारा तो सुअरी का घर भी लिख गया है।' दीवारी लाल उठे और झाड़-पोंछ कर चलने लगे।

'जाओ मत दीवारी! बैठो! यहाँ बात बाँस पर चढ़ गई है तो भागने लगे।' कल्लू ने दीवारी का हाथ पकड़ा और गमछा खींच लिया-'यहाँ जंग छिड़ी है कि नउनियाँ बड़ी कि धोबनियाँ।'

'हमें पता है कि सिर्फ आदमी गिनने वाले हैं, बस! हमार का है जो था भी सब बह-बिला गया, एक खटिया की जगह बची है वही हाल है कि मियाँ की दाढ़ी चुम्मैभर का।'

मजीद का हाथ दाढ़ी पर है-'अरे, भाई बात साफ है, कोई कुछ भी पूछे कानी कौड़ी का फायदा हमको नहीं है। हम तो कह दिए कि का करेंगे हालत जानकर! घर बनाने में इहाँ कचूमर निकल गया और इनको बताओ कि रहने लायक है कि नहीं!'

'का बात हो रही है!' जाकरून बोलीं-'घर पर नम्बर तो डालत हैं! और का...'

'ये देखो! सारा गाँव जल गया, बहुरिया कह रही है कपड़ा बास मार रहा है।'

'ऐ भाई, इसी को सरकार कहते हैं। घर हमारा, खेत हमारा, दुकान हमारी और लिखवाओ कि किसका है! कहाँ है! कैसा है!'

'ई तो ठीक बात है कि कोई ले न सके तुम्हारी प्रापरटी।'

'हम तो आगे मुँह रहते हैं इन सब काम में!' जुबैर आते ही बोला-'हम तो साहब के साथ जनगणना भी करवाते हैं।'

‘कुछ तुमका मिल जाएगा क्या?’

‘मिले चाहे न मिले लेकिन देवी साहब हैं बड़े अच्छे, दस-बीस तो पकड़ा ही देते हैं।’

‘दस का सौ लिखते होंगे हिसाब में। सरकार से सब वसूल लेंगे।’

‘अपनी तरह सबको बेईमान समझते हो का!’

हँसी के साथ थोड़ी लड़ाई भी हुई और इसी बीच जाकरून बोली, ‘बाबूजी घर गिने आवेंगे तो सबकी कलई खुल जावेगी। उनके सामने तुम सब में कोई नाहीं बोला! हम देखत रहे कि सब टरक जाए रहे हैं।’

‘कॉलोनी का मिलेगी! कद्दू! झूठ-साच बकार तो फूटे, तब तो कुछ बात बने लेकिन टाइम पर। ई नहीं कि शिकार के टाइम पर कुतिया हगासी।’

दीवारी लाल इस बार रुकेंगे नहीं। बाहर भैंस बँधी है, तो बकरियाँ भी में-में कर रही हैं। किलो-दो किलो दूध हो जाता है, सो मस्त हैं। शरीर स्वस्थ्य है तो मकान तो बन ही जाएगा और यही सोचते चल दिए दीवारी लाल-‘ ...शहर में मकान कितने बड़े-बड़े होते हैं। पहिले राजा-महाराजा के पास ही ढेर सारी कोठरियाँ होती थीं। अब तो गिनती नहीं है। दुई परानी के लिए आठ-आठ कोठरी...लम्बी-चौड़ी। और ऊपर से खाना पकावे, सामान रखें, नहाये-धोए, पढ़े खातिर अलग-अलग कोठरी! बाप रे! बरामदा तो ऐसा कि दौड़ लो! लेकिन कोई दिखता नहीं बरामदे में...अरे, भाई थोड़ा खड़े हो लेते, बैठ लेते, टहल-टुहुल लेते। और ई मकान बढ़ते जा रहा है। एक आदमी के पास कई-कई मकान! सरकार के पास आँख नहीं है लेकिन हमरे पास है, भले ही बोलूँ कुछ नहीं, लेकिन आँख फूटी थोड़े है। हमारे पास का है! वही तीन हाथ की जगह! बस...अपने राम मस्ती में...’

दीवारी लाल को लगा कि नई बस्ती के सबसे सुखी और चिन्ता-मुक्त वहीं हैं, और वे बाहर अपनी खटिया पर पालथी मार बैठ गए हैं। सामने भैंस पगुरी कर रही है। बकरियाँ बिना जुगाली के भला कैसे रह सकती हैं। दीवारी के मुँह से निकला-‘भोजन भजन खजाना नारी, चारों परदा के अधिकारी’...मेरे पास परदा तो है।’

देवी प्रसाद कितने दिन आराम करेंगे-दो-चार दिन। काम पूरा करना ही है समय से। घर, परिवार, मकान, दीवार, फर्श, छत से उबर नहीं पा रहे हैं। किस देवता की पूजा करें? किस देवी माई की मनौती मानें? किस अधिकारी से सोर्स लगाएँ? कि उन्हें इस मानसिक पीड़ा से निजात मिले। गहरी नींद में आ रहे स्वप्न से बड़े दुखी हैं। कभी दीवार ढह जाती है तो कभी छत की प्रतीक्षा में काई-लोना से भर जाती है, तो कभी उस पर घास...और कभी पीपल उगा होता है। मकान में दीवार, आँगन तीन खंडों में बँटा...कोठरी का सत्यानाश-तीन फुट जगह मिली, वो भी मारपीट के बाद...कभी देवी को दिखता कि खूबसूरत मकान किसी चित्र की तरह एक पंक्ति में खड़े हैं और खूब सुव्यवस्था है, तो कभी एक पर एक लदे मकान, ढहे मकान...आगे की पतली और पतली होती हुई

गली किसी कुएँ में गिरी होती है।

देवी को याद आया कि उनके गाँव के पड़ोस में देवल नाम का एक गाँव है। बहुत पहले वहाँ एक औघड़ बाबा रहते थे। साधुओं की सभा में उनको कहीं जाना था। काफी देर हो चुकी थी और बाबा दीवार पर बैठकर दतुवन करते रहे, वे भूल गए थे कि कहीं जाना है। याद आया तो बाबा घबरा गए और दीवार को ही आदेश दे दिया कि 'चल मेरी दीवार...' और दीवार चल दी। इसी कथा के आधार पर गाँव का नाम देवल पड़ा-ऐसा कहते हैं।...आज कोई दीवार क्यों नहीं चलकर आती और किसी गरीब की छत से लग जाती। किसी नव विवाहिता को नहाने के लिए आड़ कर देती। किसी की छत थामने के लिए भले ही दीवार न खड़ी हो, मकान न बने, घर न सँवरे लेकिन घर बिगाड़ने के लिए, आँगन में बँटवारे के समय पता नहीं कहाँ से दीवार चलकर आ जाती है। लगता है कि औघड़ बाबा यहाँ दीवार लेकर आ गए हैं।

देवी के गाँव से चिट्ठी आ गई है कि 'पुश्तैनी मकान गिरने वाला है। जो नया कमरा बना था उसकी ईंट तीन नम्बर-दो नम्बर की थी, दीवार में नोना लग गया है, बचेगी नहीं दीवार। मिट्टी की दो कोठरियों में कई छेद हैं, शायद चूहों ने बिल बना रखा है। हो सकता है साँप भी रहने का इन्तजाम कर लिए हों। बिल में पानी जरूर घुसेगा और मिट्टी की दीवार भहरा जाएगी। आप आ जाइए. बरसात से पहले कुछ इन्तजाम हो जाए...'

देवी के दिमाग में बात उभरती है...जब कोई रहने वाला ही नहीं है तो मकान रहे चाहे बिला जाए। उनको नई बस्ती से फुरसत नहीं है। यहाँ शहर के किनारे गरीबों को जो आवास आवंटित हैं उसके छज्जों में दरार है। सरकार की मंशा पर पानी फिर गया। क्या करे सरकार! सब चोर हैं। जनता पर ध्यान बाद में जाता है और कमीशन पर गिद्ध दृष्टि पहले लगी रहती है। अभी कल के अखबार में था कि इंजीनियर के मकान पर दबंगों का कब्जा है। इंजीनियर की यहाँ नहीं चलेगी! वह सिर्फ सीमेंट बालू में अपनी मूड़ी गाड़े है। गरीबों को मकान बनवाना हो, किसान के लिए नहर के पानी की जरूरत हो और नहर साफ होनी हो, खराब नलकूप को ठीक करना हो...अनेक ऐसे अभियंता के काम हैं जहाँ वह हेकड़ी झाड़ता है, अफसरी दिखाता है, बेमन से काम करता है। दबंगों के आगे तो भई बोलती बंद है, अक्सर पुलिस भी गुंडों से मिली रहती है।

देवी कितना सोचेंगे! अब उनका दिमाग फट रहा है, सिर दुख रहा है और अभी ढेरों काम पड़े हैं, जिसे जीते जी निभाना जरूरी है, जैसे- प्रगति की शादी और सुशीला के लिए कान की बाली सोने की।

हमारे परिवार को मत बाँटो

'आज सुबह दक्खिनी हवा चली है।' देवी को आज सेंटर पर जाना जरूरी है। 'हवा सुबह चली है, लेकिन गरमी रहेगी, अभी कोई राहत नहीं है। जब

तक अपना पूरा तेवर दिखा न दें सूरज देवता, तब तक उनको चैन कहाँ।' सुशीला ने झोला तैयार कर दिया है। अभी किरण नहीं फूटी है।

'जल्दी पहुँचना है। आज सुपरवाइजर प्रगणकों की मीटिंग करेंगे। काम कितना हुआ इसका आकलन करेंगे।'

'आपका काम तो पूरा है, घोड़े जैसा दौड़ रहे हैं आप!'

'पूरा है!' देवी ने मुँह बिचकाया–'खाक पूरा है, दो परसेंट भी नहीं।...अच्छा चलने दो, शाम को देर हो जाएगी।' कहते देवी दरवाजे के बाहर हो गए।

देवी प्रसाद रोज की तरह भागे जा रहे हैं लेकिन आज कुछ तेज हैं। आज किए गए कार्य की समीक्षा होनी है। फिसड्डी होने पर सुपरवाइजर चार बात सुना सकता है, मित्र हँस सकते हैं, अंजना मजाक उड़ा सकती है। काम से इज्जत है चाम से नहीं। आज देवी इधर-उधर देख नहीं रहे हैं, बस कब बहेड़ी पहुँचे और वे नई बस्ती में थोड़ा-बहुत निपटाकर एक बजे तक सेंटर में आ जाए।

...और आज जुबैर शहर गया है, दोपहर के बाद ही आएगा, यह देवी को पता है।

'आज जनगणना वाले साहब आवेंगे, इस्माइल भाईजान के यहाँ फोन आया था।'

'हम तो घर में घुसने न देंगे।'

'काहे भाई! घर आया नाग न पूजो, बाँबी पूजन जाओ! ई कौन सा अकिल है।'

'हमें मत सिखाओ! घर में घुसना और घुसाना हमको भी आता है, लेकिन लिखवाने से मतलब है बस!'

'ऊ देखो सब ढह गया, एक कोठरी बची है मिट्टी की। और उसे चूना-गेरू से पोतवा रहे हैं!'

कोई बाहर से आ रहा है। दरवाजे बैठेगा, पानी पीएगा, बात करेगा, तो का गन्दगी किए रहें! सफाई देखकर साहब लोगों का मन खुश रहता है।'

'भई कुछ भी हो, कल्लू शौकीन आदमी हैं।'

'हाँ भैया...शौकीन बुढ़िया चटाई का लँहगा।'

'हमारा मोहल्ला एकमत नाहीं है। आधा गाँव दीवाली मनावत है तो आधा फाग गावत है।'

'बेमतलब की बात! न दीवाली है न होली!'

'अरे, घोंचू! ई मिसाल है।'

'पता नहीं का बीए पास है।...अकिल रहती तो ई कहीं नौकरी पा गया होता और आज ये भी घर-घर जाकर कोठरियाँ गिनता।'

तरह-तरह के व्यक्ति और विचार-बातें लेकिन बेअर्थ की कोई नहीं। आम जनता की गपशप भी व्यर्थ नहीं होती। जीवन की बारीक सच्चाई से साक्षात्कार करता, भोगता हुआ गाँव-कस्बे का व्यक्ति निचले पायदान पर खड़ा है। वह किसी अन्य के सहयोग,

आशा और विश्वास को थोड़ा-बहुत एक किनारे करता हुआ आगे बढ़ने-जीने का प्रयास करता है। फिर उसे नई-नई आशाएँ दिखाई जाती हैं, नया विश्वास दिलाया जाता है।...और इसी तरह वह जाल में आधा फँसा हुआ आशा की डोर पकड़ लेता है, एक विश्वास के साथ। देवी को भी विश्वास है कि वे अब अपना जीवन बेदाग काट लेंगे।...और अब वे किसी बात को व्यर्थ नहीं मानते, भले सुशीला किसी झूठ को सच साबित कर दे।

'साहेब नमस्ते! साहब सलाम...सलाम! आवें साहेब पहिले हमार नाम नम्बर लिख लें, कोठरी गिन लें।'

घर अनवर अली का है।...'हम साहेब ऊ आदमी हैं कि यदि जम्हाई आधी रात को आवे तो शाम से ही मुँह फैलाय लेत हैं।'

देवी को देखते ही भीड़ जुट गई। गर्मी खूब है लेकिन लू नहीं चल रही है। बरगद का पुराना घना पेड़ अपनी छाया से सबको सुख दे रहा है। वहीं एक कुर्सी देवी के लिए आ गई है, उनके मुँह से निकला-'नारी, पटान, कूप जल और बरगद की छाँव, गर्मी में सर्दी करे, सर्दी में गरमाँव।'

'हमार मकान लिखें हजूर।' जाकरून बोली।

'परिवार में तुम्हीं हो? आदमी नहीं है क्या?' देवी ने पूछा।

'बिना मरद का परिवार कैसा बाबू! और हम सब बताय देंगे, लिखाय देंगे। हमारे घर के मरद इन लोगों की तरह नहीं हैं कि छाँह में बैठकर हें-हें करें, सब कमात हैं।'

सब चुप हो गए, जल-भुन भी गए। कल्लू ने मौन तोड़ा-'कमाते सब हैं भौजी लेकिन काम रोज नहीं मिलता। इहाँ वही हैं जिनको आज काम नहीं मिला है।'

देवी एक-एक का मुँह निहारते। कोई कमीज में नहीं है, सब बनियाइन पहने या नंगे बदन हैं! सिर्फ लुंगी या जाधियाँ जरूरी समझते हैं गर्मी में! एक सूरत हिन्दुस्तान की यह भी है, कोई देखे तो!

परिवार में उलझना नहीं चाहते देवी। वे बोतल से दो घूँट पानी पीकर गला तर कर लिए हैं अब उन्हें सेंटर पर जाना जरूरी है, वहाँ दिखाना है कि क्या किए हैं अब तक! 'कुछ नोचे-बकोटे कलम घिसे कि बस्ता लिए हिलाय रहे हो।' देवी बुदबुदाए और छाँह देखते छज्जे के नीचे-नीचे चल दिए सेंटर की दिशा में।

'कहाँ रहते हैं भाई!' अशोक ने देखा तो देवी का झुलसा मुँह मुस्करा उठा-'यहाँ सुपरवाइजर अपने प्रगणक को ढूँढ़ रहे हैं। मैं तो निपट लिया...चार बात खुद सुनाया।'

'क्या हो गया? आपका सुपरवाइजर तो सीधा है, मेहनती है।'

'गोबर है ससुरा! शुरू में बहुत दौड़ा, अब बैठ गया है, एक जगह से हिलता ही नहीं, बैल है साला; आज कह दिया हूँ कि चूतियापा करेंगे तो चवन्नी भर भी काम नहीं होगा।'

'मेरे अवस्थी जी दिखे, सुरवाइजर...'

'कभी दिखे हैं कि आज दिखेंगे! मीटिंग का हौवा खड़ा करते हैं सब।' रामलखन भी आ गए।

'बाद में बोलना पहले साँस तो ले लो।' देवी ने रामलखन का हाथ पकड़कर बैठाया।

'मेरे सुपरवाइजर ने कह दिया कि मैं तीन दिन साथ रहूँगा।'

'देखना हो! बड़ा रसिया है अंजना का सुपरवाइजर।'

'यहाँ वह गुड़ नहीं है कि चींटा लग जाए।' अंजना ने हाथ चमकाया।

'बड़ा नरक है भाई! कुछ पूछो तो कहते हैं कि घर फोड़ने आए हो का बाबू।' सतेन्द्र ने कभी फील्ड का काम किया नहीं है, उनकी भाषा में गँवई अपनापन नहीं है–'बड़ी दिक्कत है, एक कह रहा था कि सच बताकर घर उजड़वाना है क्या!'

देवी अभी भी सुपरवाइजर की राह देख रहे हैं–'अवस्थी जी वास्तव में ढीले हैं। कोई बात हो जाए तो कौन जवाब देगा। कहीं उल्टा-सीधा रिपोर्ट लिख देंगे कि आधा से अधिक पूरा हो गया काम...'

देर से काम होने की वजह से देवी चिन्ता में हैं। उनकी चिन्ता देखकर अशोक बोले–'ड्यूटी न करने वालों को तीन साल की सजा है।'

'चूतिया कहीं के, यह कोई बात हुई। अरे, ड्यूटी तो कर रहे हैं, अब कोई क्या झाँट नोच लेगा! यह उसके लिए है जिसने जनगणना का कार्यभार ग्रहण नहीं किया है।' देवी खिसिया गए हैं।

उनका मिजाज भाँपकर सारे साथी चुप हो गए। कुछ पल संयत मुस्कुराहट के साथ एक-दूसरे को देखते रहे। थोड़ी देर बाद अशोक ने मौन भंग किया।

–'लगता है देवी जी की इस जनगणना के काम से हम अपने दफ्तर का काम भूल जाएँगे। चिट्ठी डिस्पैच करना ही याद रहेगा।'

'ज्यादा दिमाग मत खपाओ।' देवी बोले–'यह काम महीना भर का है, समझ लो कि फ्रेश हो रहे हो। तनाव मुक्त...एक ही काम से उबने से उबरने का मौका।...देखो अशोक! हम सब एक बिन्दु हैं लेकिन हमारा महत्त्व कम नहीं है। हम मिल जाएँ तो एक लम्बी रेखा बन जाएगी। हमारे एक-एक बूँदभर के काम से पूरे देश का आँकड़ा तैयार हो जाएगा। हमारी स्थिति क्या है इसका पता लग जाए तो काम आसान हो जाएगा। मैंने जीवन जीया है, तुमने भी... गाँव छूटा, मित्र छूटे, बच्चे बड़े हो गए, चाचा-दादा बूढ़े हो गए या मर गए। धीरे-धीरे हम भी नहीं रहेंगे लेकिन ये सारी क्रियाएँ रहेंगी। हमारी पीढ़ी रहेगी...बहेड़ी रहेगी, यह जनगणना रहेगी, हमारा लिखा-पढ़ा रहेगा। हाँ सुनो! कल मत आना, दो दिन और काम निपटा लो फिर तीन दिन बाद इसी जगह मिलते हैं सुख-दुख के साथ!'

'अब चला जाए देवी भाई!' रामलखन ने घड़ी देखी।

'चलो! घड़ी मत देखो! जरा बूझो तो-आधा घुसे घुसाए से, आधा पूँछ उठाए से।' देवी दाँत निपोरकर मुस्कराने लगे।

'ए भाई! यह क्या है! घुसे घुसाए से...' सतेन्द्र ने ठहाका लगाया और किसी की

हँसी नहीं रुकी, सबने हमेशा की तरह हारी मान ली तो देवी बोले–'पहनते समय जूते में डाला गया पैर!'

[4]

...संख्या में सबसे आगे

आज देवी को बहेड़ी नहीं जाना चाहिए था। टेम्पो वाले हड़ताल पर हैं, शायद किसी ड्राइवर को पुलिस वाले ने पीटकर अधमरा कर दिया है। पुलिस का क्या! जब चाहे आम आदमी को पीट दे। कोई क्या कर लेगा...वह गाँजा के साथ पकड़ सकती है, चाकू-छूरा रखने का भी जुर्म बनता है, दो बोतल नकली शराब ही सही...पुलिस के पास अनेक उपाय हैं। पहले देवी पुलिस से खूब डरते थे कि कहीं पुलिस फँसा न दे, किसी रार से खार खाया कोई शत्रुता निभाने के चक्कर में अंडबंड रिपोर्ट न लिखवा दे थाने में। कहीं चेहरा किसी अपराधी से मेल खा गया तो पुलिस दौड़ा-दौड़ा कर पीट न दे। किसी की पाकिट कट जाए और बगल में खड़े होने की वजह से इल्जाम न लग जाए... लेकिन देवी अब कम डरते हैं और थोड़ा तनकर चलते हैं।

देवी बहेड़ी पहुँचने वाले हैं। कैसे पहुँचे बहेड़ी? हाल तो वे ही जानें। कहीं रिक्शा तो कहीं पैदल तो कहीं स्कूटर वाले से सहायता...एक भला आदमी तो अपनी साइकिल से देवी प्रसाद को खुद खींचकर दो किलोमीटर तक ले आया। 'सभ्य व्यक्तियों की कमी नहीं है' देवी ने सोचा था जब साइकिल पर बैठे थे।...रास्ते में टेम्पो वाले मीलों लाइन लगाए खड़े थे। लोग परेशान! लेकिन टेम्पो वालों ने कान में गाढ़ा तेल डाल रखा है। कुछ ही देर में वे जलूस निकालेंगे, फिर सभा होगी और अन्त में ज्ञापन के बाद समापन होगा।

आज देवी ने सोच लिया है कि बरगद के नीचे वे भी नई बस्ती के लोगों की सभा करेंगे। वहीं दोपहर का खाना खाएँगे और खूब बतियाएँगे।

'जुबैर! आ जाओ बरगद के नीचे! कहीं से एक कुर्सी भी लेते आना!' देवी जुबैर के दरवाजे पर पुकारते हुए चले गए।

'आता हूँ साहब!' आज सीधे मेरे घर पर! बरगद के पास क्या काम है! घर-घर नहीं जाएँगे क्या- जुबैर सोचता घर से बाहर निकला और साजिद अली से एक कुर्सी माँगने चला गया।

आज देवी ने भूमिका बदली है। निभा पाएँगे तो वाह-वाह! नहीं तो राम-राम! क्या करें वे? एक ही बस्ती-मुहल्ले में एक ही बात हर घर से पूछते-जाँचते ऊब चुके हैं। जल-भुन कर क्या कर लेंगे देवी! जनता भी अलगरजी हो गई है। सब अपना ही ख्याल करें तो काम आसान हो जाएगा, चाहे सरकार का या समाज का। लेकिन लोग भी क्या

करें, अपनी इज्जत ढाँककर रखते हैं, शादी है, गवना है, समाज में उठना-बैठना है। अभी फारूख की बीबी ही देवी से झगड़ने जैसी भाषा में कह रही थी-'नम्बर दो चाहे उड़स जाओ! हमारे परिवार को एक नम्बर दो साहेब। तीन चूल्हा जलता है लेकिन कोई जानता नहीं, बाहर हम एक साथ बनाते-खाते हैं।'

देवी से खूब बात-बहस और घर की गोपनीय बातें बताने के बाद फारूख की बीबी ने कहा-'साहेब कुछ गलत निकल गया हो तो माफी करो और ई सब बात किसी से मत कहना, हमारी इज्जत बनी है साहेब।'

देवी को उस दिन लगा कि कैसे भले लोग हैं। हाँड़ी में पकते चावल तक बता देते हैं और कहते हैं 'किसी से कहना मत।' अच्छा तो यह है देवी के लिए कि यहाँ कोई होटल, आश्रम, बालगृह, अनाथालय या जेल नहीं है, संस्थागत परिवार से छुटकारा है। सिर्फ एक बालिका स्कूल है जहाँ कोई रहता नहीं। नई बस्ती का चौकीदार है जो रात में स्कूल पर सोता है। देवी मकान अनुसूची के कालम निहार रहे हैं। अच्छा हुआ कि कोई घर अभी तक छूटा नहीं है।

जुबैर प्लास्टिक की चार कुर्सियाँ लादे आ रहा है। जुबेर को देखकर देवी मुस्करा रहे हैं-'रख दो! इतनी कुर्सियाँ क्यों? एक ही काफी थी।'

'मिल गई तो ले आया। कोई पढ़ा-लिखा बड़ा आदमी आ जाए तो शरम न लगे... 'जुबैर रुककर फिर बोला-'देर हो गई साहब, अब चलें कुछ लोगों को बुला लावें।'

देवी ने कुर्सियों को क्रम में लगा दिया। कुर्सी पर बैठते ही उन्हें याद आया कि बुलाकी कैसे कह रहा था!' ...अइसे परिवार को आग लगे बाबू! न दिन को चैन न रात को...सब भरा है घर में, खूब खाओ, हगो, मजा मारो लेकिन आपस में लड़ो मत। कोई बात नहीं मानत हैं बाबूजी...रोज किचकिच! और ई किचाइन घर का नाश है! हमने तो इतना बनवा दिया, अब कोई इतना कर दे तो मूँछ मूत से मुड़ा लूँ! कोठरी भी कम नाहीं, चाहे भूसा धरना हो चाहे भैंस बकरी बाँधना हो, कमी नहीं है।'

क्या करें नई बस्ती के लोग! लड़ें-झगड़ें चाहे भरपेट खाएँ, चाहे उपवास करें, यहीं रहना है, आखिर जाएँगे कहाँ! देवी भाई क्या करें, उन्हें अपना काम भी करना है और जहाँ तक बन पड़े समझाना और सचेत करना है। दिक्कत यह है कि जिस सरकार के वे अधीन हैं उसकी कोई आलोचना नहीं कर सकते। उनके सामने कई सरकारें आईं-गईं लेकिन सब वोट की सीमा में रहीं, बहुत हुआ तो सामाजिक व्याख्यान और आम आदमी की चिन्ता में डूबने का अभिनय करके अपने स्वार्थ और पार्टी की मजबूती की दृष्टि से उबर न सकी। देवी तो सरकारी सेवक हैं भला वे सरकार की आलोचना कैसे करें? बच्चों का पेट पालना है। समाज की सेवा करेंगे और सरकार में मीन-मेख निकालेंगे तो नौकरी में सलामत रह सकेंगे क्या! तब क्या बच्चे भूखे नहीं मरेंगे? कोई नौकरी देगा क्या? नई बस्ती में जरी का काम करने वाला सबसे अच्छा कारीगर भी उतना नहीं पाता जितना देवी का वेतन है।

'बाबू जी! सबके घर कह आया हूँ कि आज बरगद के पेड़ के नीचे सभा होगी।'

जुबैर पसीने से भीगा है।

धीरे-धीरे लोग एकत्र हो रहे हैं। देवी खुश हैं कि आज वे नेतृत्व करेंगे और इसका भी पता लग जाएगा कि वे सामाजिक कार्यकर्ता के रूप में फिट हैं कि नहीं! लेकिन वे तनकर ऐसे बैठे हैं जैसे किसी पार्टी के अध्यक्ष हों। देवी फिर सोचने लगे-'आम आदमी कितना दयालु है। परोक्ष में देखें तो सबसे धनी वही है, लेकिन वह अपना धन स्वयं पर खर्च नहीं कर पाता, उसका धन तो प्रत्यक्ष नहीं है न! उसी के धन, बल और मन की शक्ति से सत्ता पर काबिज लोग सुख भोग रहे हैं। खूब पेल-खा रहे हैं। भवन पर भवन खड़ा कर रहे हैं। आम आदमी झोंपड़ी में रहकर दूसरों का महल खड़ा करता है-मजदूर के रूप में देहशक्ति भी उसकी और असली कमाई तो वही कर रहा है, यहाँ ठीक से देखे तो धन भी उसका।...अरे, क्या जरूरत थी किला बनाने की! यही न कि किले से सुरक्षा थी, लेकिन लड़ाई क्यों?...अपनी सीमा रेखा में खुश क्यों नहीं! खूब खाओ पियो मस्त रहो! मनुष्य का जन्म फिर मिलेगा क्या? अरे, मूर्खों इन मजदूरों से कहो कि 'जाकर वृक्ष लगाएँ, नदी को देखें-भालें, किला बनाने से जो मजदूरी मिलेगी वह मिलती रहेगी। हम रह लेंगे तीन-चार कोठरियों में। अपना श्रम धनात्मक विकास में लगाएँ। प्रकृति बचाने में हम खर्च करेंगे धन और वे बहाएँगे पसीना। किले-दर-किले की दास्तान लिख जाने से क्या मिलेगा इन किसान-मजदूरों को? लेकिन जो महल की मानसिकता में हैं, उन्हें क्या पड़ी है ऐसे प्रश्नों को हल करने की। किले से हटकर अब वे कंकरीट के बड़े भवनों की चिन्ता में आ गए हैं, उनकी सात पीढ़ी रहेगी और एक आम आदमी की सात पीढ़ी उनके भवन मरम्मत करती रहेगी। भवन की मानसिकता ने भ्रष्ट बनाया है, कोई उबर नहीं रहा है इससे। वैसे लोग कहते हैं कि महलों में नींद नहीं आती, छप्पर-छानी में खूब गहरी नींद होती है। हो भी क्यों न, थकावट और नींद का गहरा रिश्ता है और मजदूर शाम तक थककर चूर हो जाता है।'

व्यक्ति से व्यक्तिगत होना

'खाना बन गवा का? जल्दी से देई दे बिटिया।' जुबैर ने बेटी को आवाज लगाई। अब उनके सामने आम पुदीने की चटनी और रोटी थाली में परोस दी गई है।

'कोई सब्जी नहीं बनी है का?' जुबैर ने पूछा।

'घर में कोई सब्जी कभी आवत है? अभी यही खाय लो। नंदलाल के घर से तरोई लेने हम जाए रहे हैं। दुकान का उधारी दिया गया होता तो आलू ले आती। तुमको तो साहेब ने फाँस रखा है। न काम न धाम, न घर की फिकर!' जुबैर की बीबी ने चार बात सुनाईं।

'मुँह नाहीं बंद हो सकत का। नेता बनने का मौका मिला है, अब दिमाग न फेल करो! आज कई लोगन के बीच में बोले के भी पड़ी।'

'अच्छा खाय लो और देखिहो कहीं टँगरी ना काँपै।'

जुबैर ने किसी तरह दो रोटी पानी से घोट-घोट कर पेट भर लिया और चप्पल झाड़ने लगा-'जौन कल कुर्ता सबुनाये रहे वही लाओ पहिन लें। लुंगी स़सुरी गन्दी है।' जुबैर लुंगी सूँघता हुआ मुँह चिपोरने लगा। महीने भर से लुंगी धोई नहीं गई थी।

आज जुबैर ने सिर के बाल धोए हैं और तेल लगाकर बबरी फेर कर भलमानुष बन गए हैं। बस एक बीड़ा पान खाना बाकी है, फिर तो इसी कपड़े पर बराती जैसे ठाट झाड़ते जुबैर मियाँ!

जुबैर को सभा वाले काम में मजा आने लगा। पहले दिन तो सात से ज्यादा लोग नहीं थे। देवी प्रसाद उन्हीं सात से सत्तर और फिर सात सौ होना चाहते हैं। पहली सभा में उन्होंने कहा था-'हमारी संख्या सात की कम नहीं है। हमें अपने कार्य व्यापार और व्यवहार का विश्वास होना चाहिए। व्यक्ति संसार का सबसे महत्त्वपूर्ण प्राणी है। और व्यक्ति ही सबसे खुराफाती जीव भी है।' देवी की हर बात लोगों को समझ आई थी। आज वे पच्चीस-तीस की संख्या में हैं। बरगद की पूरी छाया लगभग भरी है।

'सब चाहते हैं कि हम संख्या में आगे रहें,' देवी ने बात शुरू कर दी है-'लेकिन संख्या क्यों बढ़ा रहे हैं? क्या लड़ाई लड़नी है और क्यों हम लड़ें-झगड़ें। इतिहास गवाह है, बैर कभी भी फला नहीं। जिन भाई-भतीजों, पुत्रों-पुत्रियों की दहाई संख्या हुई जा रही है, कल वे ही आपके दुश्मन होंगे, आज आपके लिए जान देने को तैयार हैं तो कल आपके सामने लाठी लेकर सिर फोड़ने के लिए भी तैयार रहेंगे। क्या आप अपनों से लाठी बजाना अच्छा समझते हैं? मैंने अभी आपको देखा है, कई घर ऐसे हैं जहाँ एक व्यक्ति के दर्जनभर बच्चे हैं, दो जोरू हैं और...'

'मरद का मन, चाहे एक करे चाहे तीन औरत...' एक स्त्री ऊँचे स्वर से बोली!

'बिल्कुल सही! हमें हक है कि हम तीन से शादी कर सकत हैं।' एक पुरुष बिना बनियाइन पहले खड़ा है।

'और बच्चा-बच्ची तो अल्ला मियाँ की देन हैं।' कहीं से आवाज आई।

'अल्ला मियाँ कहत हैं का कि दिए रहो बच्चा-पर-बच्चा,' जुबैर एक बाल्टी पानी रखते हुए बोला-'अरे, कुछ बात का मतलब समझो, खिलाना तो अपने के पड़ी और जब ससुरे बड़े हो जाएँगे तो किनारा खींचत देर नाहीं लागी भाभी!' जुबैर ने मुँह लगी जाकरून बानो की तरफ इशारा किया।

'हमें का कहत हो जुबैर! हमरे तो दुई बच्चा...बस! ठाट से रहते हैं। अब हम अकेले एक कोठरी में अपनी बकरियों के साथ रहते हैं...साथ सोओ पेट का दुख...!'

देवी ने आम आदमी का ढीठपन देखा। वे क्या सभा करेंगे! समझाएँगे! नई बस्ती के लोग खुद आपस में संवाद कर हल निकाल रहे हैं। देवी को बात के बीच में कूदना भी नहीं है।

'तुम लोग इहाँ का मजमा लगाए हो।' अतवारी झनकती-पटकती आ गई-'कागद

पर लिखे से कुछ नाहीं होत। हम कई बार लिखवाय चुके हैं, लेकिन मिला कुछ!'

'चूँ-चूँ न करो! चुप्पे रहो।'

'क्यों चुप करा रहे हो! बोलने दो! अपनी बात कहने का सबको हक है।' देवी बीच में बोल पड़े।

'सूरत चुड़ैल जैसी मिजाज परियों का!' कहीं से आवाज आई।

अतवारी को सब चाची कहते हैं। बे-रोक-टोक बात करने में सबसे आगे। बन-ठन कर रहती हैं, भले पचास की उम्र हो गई है। दो बेटियाँ हैं, उसी से संतोष है। व्यर्थ का झमेला अतवारी ने कभी नहीं पाला।

'चाची को ऐसे कौन बोला?' जुबैर खड़ा हो गया-'गाँव की इज्जत हैं चाची। मरद का कान काटने वाली समझे! है कोई जो भरी पंचाइत में खुलकर बोल दे। चेयरमैन से पहले यही लड़ी थीं, जब नाली बन रही थी और आए थे देखने चेयरमैन। इसी वजह से कुछ सीमेंट मजबूत हो गया नहीं तो एक बोरी सीमेंट में बीस बोरी बालू मिलाय रहे थे।'

'अच्छा भाई! चुप रहिए।' देवी प्रसाद ने घड़ी देखी। 'तीन बज रहे हैं-' ...मैं इसलिए नहीं आया हूँ कि रोज इस बरगद के नीचे झाँव-झाँव सुनूँ...और मैं कोई वोट वाला भी नहीं हूँ। आपको इकट्ठा करके मुझे कोई निजी फायदा नहीं होने वाला है। आप एक साथ बैठेंगे, बोले-बतियाएँगे। सुख-दुख बाँटेंगे और अपने परिवार, समाज के लिए अच्छा क्या कर सकते हैं इस पर विचार करेंगे। आज हम तीसरी बार यहाँ बैठे हैं, कई बातें निकल कर आईं, चाहें जाकरून की बहस हो या अतवारी की। सबका अपना नजरिया है। हमें सुनने आना चाहिए और फिर अपनी बात कहने भी... मैं तो सरकारी आदमी हूँ, लिख-पढ़ कर चला जाऊँगा लेकिन आपको यहीं रहना है। अब आप अपना घर देखिए! आपके परिवार में कितने व्यक्ति हैं, गिन लीजिए। कितना जरूरी था? इस पर विचार कीजिए। संख्या जरूरी नहीं है, जरूरी है व्यवस्था! परिवार एक ऐसी जगह है, जहाँ व्यक्ति को रोटी मिलती है थाल में परोसी हुई, बहू के हाथ की रोटी! जहाँ आप जीवन के अनेक महत्त्वपूर्ण पल गुजारते हैं। यहाँ भी सबका अपना-अपना मतलब छिपा है। अपने व्यक्तिगत को पारिवारिक बनाइए, समूह और समाज की समझ बढ़ेगी। मैं अपने बचपन को याद करता हूँ तो आँखें भर जाती हैं। अब वह प्रेम क्यों नहीं है, थोड़ी इसकी भी चिंता हो! सब छोड़कर हम एक दिन चिता के हवाले या मिट्टी के...तो बिलावजह का स्वार्थ, किसी को हानि पहुँचा कर क्यों? आप अच्छी तरह से जाँच-परख लें कि कई बच्चे पैदा कर लेने से न तो कौम का भला होगा न आपका। बेकार की भीड़ हमेशा कष्ट देती है। यहाँ आपको व्यक्तिगत सोचना होगा, हर व्यक्ति थोड़ा सोचे इस विषय में कि कौन सा धर्म कहता है आप अपनी सीमा पार कर जाएँ, और काबू में न रहें। संतुलन जरूरी है, जब बैलेन्स ठीक रहेगा तो ढहना नहीं होगा। सारी ताकत आपके भीतर है। सिर्फ पहचानने की जरूरत है।'

देवी की समझ में जितना आया, बोले। अब वे रोज एक घंटा इसी बरगद के नीचे गुजारेंगे।

सामने की सड़क पर भीड़ चली जा रही है, करीब पचास-साठ लोग तो होंगे ही! भीड़ पानी का टैक्स बढ़ने पर विरोध कर रही है। ये लोग कदीगढ़ वार्ड के हैं। थोड़ी देर में टाउन एरिया के प्रांगण में एकत्र हो जाएँगे। देवी आज सेंटर पर नहीं जाएँगे। उनके मुँह से निकला 'इनकलाब जिन्दाबाद!' लेकिन धीरे से।...वे और भी नारे बोलते हुए अपना झोला कंधे पर टाँगने लगे।

[5]

...मेरा नाम झब्बो हैं।

जन्म देना कितना महत्त्वपूर्ण कर्म है। चिड़िया घोंसला बनाती है, अंडे देती है, पोषण करती है... घोंसला पेड़, रोशनदान और बँड़ेरी पर जगह बनाकर बनते देखे गए हैं। एक माँ के लिए ठिकाना जरूरी है। यहीं से जीव का प्रारम्भ है, यह सभी जानते हैं। महत्त्वपूर्ण होते हुए भी यह सामान्य सी बात है। देवी प्रसाद को पता है कि सुअरनी बच्चा देने के बाद हटती नहीं कई दिन तक। गाय-भैंस भी खूब प्यार जताती हैं, चूमती-चाटती हैं। कुतिया के पीछे भागते-लखेदते पिल्ले कितने अच्छे लगते हैं, फिर कहीं अपनी माँ को लोटाकर दूर पीते पिल्लों की खुशी देखते बनती है। मुर्गी के आगे-पीछे उसके चूजे क्या कम लुभावने हैं! यह जीवन की प्रथम व्यवहारिक क्रियाएँ हैं जो हमारी संवेदना को गति प्रदान करती हैं और तब हमारी ममता हमारे साथ रहती है। हमारा जीव के प्रति प्रेम मरने से बचता रहता है। इसी प्रकार जब मृत्यु होती है तब भी संवेदना की पराकाष्ठा होती है। पशु भी शोक प्रकट करता है, हम तो मानव हैं। यहाँ स्त्री की संवेदना अधिक स्पष्ट होती है। कहते भी हैं कि 'क्या लगे औरत की तरह रोने।' वैसे जनम हो या मृत्यु इनके आने का कोई समय नहीं है, लेकिन मृत्यु से बचना भला कौन नहीं चाहेगा। अभी गर्मी है, खूब लू-लहर हैं, बचना जरूरी है, नहीं तो गए काम से। मन से लू लग जाए तो खड़े-खड़े मौत। खूब ठंड जब होती है, पाला पड़ता है, शीत लहर चलती है तापमान गिरकर बर्दाश्त लायक नहीं रहता, तब भी मृत्यु आभास दे जाती है। और ठीक से ठंड लग गई तो जिन्दगी के सारे स्वप्न अधूरे! फिर इसी तरह बाढ़ बरसात! एक साथ सैकड़ों काल के गाल में बह गए, मर-खप गए। जनगणना की ड्यूटी न होती तो देवी इस भीषण गर्मी से घर से नहीं निकलते...और देखिए कि निकल गए तो दोपहर में बरगद के नीचे बैठक-बाजी-सभा! देवी भाई का क्या कहना!

बहेड़ी में आम के बाग खूब हैं, यहाँ आम और गुठली दोनों के दाम मिल जाते हैं। कुछ दिन बाद इक्का-दुक्का पाल के पके आम भी नजर आने लगेंगे। आज सुबह से गर्मी है और देवी आम का पना पीएँगे, इस्माइल से उन्होंने कह भी दिया है।

'हवा ससुरी बन्द है, लगता है कि पेड़ के पत्तों में जान नहीं है, तनिक हिल-डुल

जाते! ओह!' देवी की रूमाल पसीने से गीली हो गई है।

'आज कहीं न जाओ साहब! यहीं बुलाय दे रहे हैं सबको और कर लो जो करना हो।' जुबैर ने झोला एक चौकी पर रख दिया है।

'लगता है पवन देव नाराज हैं। हनुमान के भजन से खुश होंगे कि बालि के आदेश से! हे पवन देव!'

'आपके मजहब में हर चीज के देवता बने हैं! कितना आसान है जो तकलीफ हो झट से उसी देवता से अरज-गरज कहो!'

'नहीं जुबैर यह हमको उलझन भरा लगता है। अल्लाह तो एक है, बस अल्लाह कहो! चाहे जो तकलीफ हो।'

'सब एकै बात है लेकिन अब हम चले बुलाने, नहीं तो आपकी बात में उलझ जाएँगे तो बारह बज जाएगा।'

बात एक है, ईश्वर कहें या अल्लाह, लेकिन क्यों कहें! आजतक कोई तकलीफ इनसे दूर हुई है क्या? दुख दूर करने के उपाय से कष्ट का निवारण हुआ है। देवी को हनुमान जी की प्रतिमा दिखाई दी जो सिन्दूर से पुती थी लेकिन नई बस्ती में तो कोई मूर्ति हनुमान की थी ही नहीं। देवी इस चिन्तन से दूर होकर चिन्तामुक्त होना चाहते हैं। उन्होंने देखा कि सामने पेड़ पर खूब आम लटके हैं-हरे-हरे। आज देवी खुश हैं भले गर्मी है। और गर्मी कब तक अपने तेवर में रहेगी! धीरे-धीरे ठंडी तो होगी ही, आखिर प्रकृति को भी अपना संतुलन रखना है। वैसे भी मनुष्य से प्राय: सभी हार मानते हैं, जब तक इंसान है वह अपनी युक्ति भिड़ाता है। देवी ने सोच लिया है कि आज आम ले जाएँगे-करीब पाँच किलो! चटनी बनेगी, खटाई पड़ेगी, आचार भी...और गुठली के भीतर का गूदा भी वे नहीं फेंकने वाले। उनके पास 'घर का वैद्य' किताब है, जिसमें लिखा है कि आम की गुठली के गूदे से कौन सी दवाई बनती है। गुठली का मूल्य निकालने का तरीका देवी ने सोच लिया है और हाँ, वे कच्चे आम को गुड़ में पकाकर भी चाटेंगे-खाएँगे।

'अल्ला चाहेगा तो आज कहीं जाना नहीं पड़ेगा।' जुबैर एक मसनद चौकी पर रखते हुए लम्बी साँस खींचने लगा।

देवी ने देखा कि कई लोग चौकी की तरफ बढ़ रहे हैं। खुली झोंपड़ी में चौकी है और झोंपड़ी रफी अहमद की है।

जुबैर पूरी तरह से सरकारी और सामाजिक कर्मी लग रहा है-'ये हैं शकील, रामचन्दर, रामबहादुर, भुनेसर, घूरा, मूस, मुसई, लेड़ी, मनिया, खरपत्तू, टेंगरी, चपाण्डू।'

'का लिखवाय रहे हो जुबैर? हमारा नाम भी लिखो साहेब हम झब्बो हैं।' एक बूढ़ी स्त्री लाठी टेकते आ गई है।

'बैठिए! आप घर की मुखिया हैं?' देवी ने पूछा।

'हम हैं साहब, घर की मालिक, चालीस साल से ऊपर हो गया अपना घर सम्भालते!'

देवी के मुँह से निकला, 'वाह झब्बो!'...स्त्री अच्छी मुखिया होती है पुरुष से-सुव्यवस्थित। प्रेम, ममता, आदर, भावना, करुणा, कोमलता...स्त्री के पास पुरुष से अधिक है और परिवार का मुखिया होने के लिए यह कितना जरूरी है यह पुरुष भी जानता है। स्त्री क्रोध करती है लेकिन वह तुरन्त ममता रूपी प्रेम में बदल जाती है। परिवार तो स्त्री से ही है। लेकिन कहीं-कहीं घर की मुखिया स्त्री तो है लेकिन वह मर्द के चंगुल में है-पूरी तरह। अफसरजहाँ का मर्द कहता है कि कमाई तो हमीं कर रहे हैं, तुम बस घर सँभालो, अख्तियार तो मेरा है।' लेकिन देवी की दादी जब घर की मुखिया थीं, सबको डंडा लेकर दौड़ाती रहती थीं। दादा भी उनकी डाँट से बच नहीं पाते थे। तब पूरे खानदान में एकता थी, प्रेम था, सहयोगी भावना थी...सब दादी के कारण।

'का सोच रहे हो बाबू जी! मेरा नाम झब्बो है-झब्बो!'

'हाँ, नाम लिख लिया...लिख गया माई!' देवी ने नकली जँभाई ली-'बैठ जाइए, यहाँ! परिवार में कौन-कौन हैं? क्या करती हैं आप?...' देवी ने कई सवाल पूछे। झब्बो में वे दादी की छवि देखने लगे। वही भाषा, वही चाल-ढाल, वहीं रंग-रूप, वही तेवर... हाँ जीवन कथा और हो सकती है।

'हमें कुछ छिपाना नहीं है बाबूजी! पूरा मोहल्ला जानता है कि हम पढ़े हैं पाँच दर्जा! चाहो तो हमसे अंग्रेजी में नाम लिखवाय लो तुरन्त! शादी हुई तो दुई साल बाद मर्द छोड़कर भाग गया। हम इसी मोहल्ले की बेटी हैं। पिताजी कपड़ा प्रेस करते थे। सात भाई-बहनों में हम ही बची हूँ, सब मर बिला गए। हम पिताजी की खूब सेवा किए। सबसे छोटी मैं थी तो सेवा कौन करेगा! अपने घर में हम हैं, मालिक हैं हम!'

देवी ध्यान से सुन रहे हैं। जुबैर कई बार सुन चुका है, उसे ऊब हो रही है। देवी ने कहा-'झब्बो अम्मा की बात पूरी हो जाने दीजिए, सबका नाम लिखा जाएगा।'

'दुपहर बाद में हमें काम पर जाना है! आज आधे टाइम का काम मिला है,' मूसई बोला-'ई कथनी सुनने नहीं आया हूँ।'

'जाओ न तुम! हम तुमको नहीं सुना रहे हैं। बाबू जी आए हैं तो अपनी अरज-गरज तो कह लें। नाम कल लिखवा देना।' झब्बो बोली और देवी का मुँह ताकने लगी-'का सुनावें साहब! हमारी एक बेटी है, उसी मर्द से जनमी है जो भाग गया था। हम भी रह गए राँड़ और...लेकिन हम अपने सत पर रह गए, कोई दाग नाहीं दिखा सकता है।... अब बेटी की भी किस्मत फूटी है। इसका आदमी अब दुनिया में नहीं है...और ई दूसरी शादी को मना करती है। इसकी भी एक बिटिया है, सातवें दर्जे में पढ़ती है। हमें कोई चिन्ता नहीं है। कपड़ा प्रेस तो होता ही है, बेटी सिलाई भी करती है। मोहल्ले की लड़कियों को पढ़ाती भी है, ठाट से काम चलता है।'

देवी ने देखा झब्बो का साहस और जीने की खाँटी इच्छा! उसके पास सिर्फ एक कोठरी है- मिट्‌टी की दीवार, खपरैल की छत। एक बरामदा वह भी कच्चा, जिसमें कपड़ा प्रेस और ट्यूशन का काम होता है। कितनी सुख-शांति है झब्बो के घर में। हो सकता है कि पति होता तो शांति न होती...खुद सोचने की बात है कि सुख कहाँ है।

झब्बो आज तक बीमार नहीं हुई है, सर्दी-जुकाम तक नहीं हुआ। सबको विश्वास है कि झब्बो प्राकृतिक मौत मरेगी, वह अपना सुख खोज चुकी है।

देवी प्रसाद ने सबके नाम लिख लिए हैं-घूरा, मुसई, लेंडी... यहाँ सभी ऐसे माई के लाल हैं जो जाति बोधक नाम के बिना अपना नाम शान से बता रहे हैं। बुद्धिलाल के पास कई नाम हैं, उन्होंने पूछा, 'साहब कौन सा नाम बतावें? राशन कार्ड वाला, टाउन एरिया या जो माई बुलाती है वो...' देवी चाहते थे कि नाम के साथ जाति का बोध हो जिससे आगे वाले कालम में सुविधा हो जबकि वे खुद जाति-बोध से चिढ़ते हैं। वकील, शकील, भुनेसर का नाम बार-बार भूल जाता है। छोटे नाम के कहीं खो जाने का खतरा भी है। बड़ा सा सरनेम खुद में धाकड़ और भारी-भरकम लगता है लेकिन सरनेम व्यक्ति के बीच विभाजन की रेखा बनाता है, और अपनी जाति के करीब होने का उपक्रम भी...

'अरे, टेंगरी यहाँ का बैठा है! बेटी की शादी पड़ी हो और बाप गप मारे...निठल्ले! अरे, चूतियाराम जाओ लकड़ी चीरना है...' जमुना जो टेंगरी का बड़ा भाई है उम्र में पन्द्रह साल बड़ा, बाप होने का एहसास दिला रहा है। बाप और बड़े भाई के रहते छोटे को फिकर क्यों? देवी घर में सबसे बड़े हैं, आज तक सिर पर बोझा है, यह भार मरने पर ही उतरेगा। लेकिन वे जीना चाहते हैं, फिलहाल प्रतिदिन के वे ही मालिक हैं। दाल-रोटी से लेकर दवा-दारू तक देवी की जिम्मेदारी है।

देवी सोचते हैं कि 'देश और प्रदेश की मुखिया की क्या हालत है! गाँव के प्रधान से लेकर तहसीलदार, एसडीएम, कलेक्टर, कमिश्नर, विधायक, सांसद, मंत्री...मुखिया की भरमार है। कोई ईमानदार है?' देवी किसका पता लगाएँगे! वे ठहरे एक साधारण कर्मी, गेहूँ के साथ पिसने वाले घुन। आज पता नहीं कैसे अन्य मुखियाओं पर ध्यान गया। लेकिन वे कर ही क्या सकते हैं। वे सरकारी नौकर हैं, जहाँ बोलना मना है।

देवी को एक बात ठीक से समझ में आ गई है कि जो समाज, सत्ता या शासन-प्रशासन में मुखिया हैं, उनकी वजह से बाधा हो रही है, दुख झेलना पड़ रहा है, अभाव का कष्ट तो जैसे गोड़-तोड़कर सिर पर बैठा हो। स्वास्थ्य हो या शिक्षा या कोई अपराध या नई बस्ती की तमाम समस्याएँ सब मुखियाओं की वजह से हैं। टाउन एरिया परिवार में तमाम खामियाँ हैं, वे अब जान पाए हैं, घनश्याम और केशव की वजह से...

देवी सोचते-सोचते थक गए। उनका मन हुआ कि कहीं से एक पत्थर उठा लें और अपना सिर कूँच दें। यह बस्ता बोरा फेंक आएँ किसी नाले में और एक-एक मुखिया का कालर पकड़कर झकझोर दें जिनकी वजह से गन्दगी फैली है। कर्तव्य और निष्ठा का पाठ पढ़ने वाले ये 'अपना भला, भला जग माहीं...' की तर्ज पर जीते-मरते हैं। इस समय देवी को कोई भ्रष्ट मुखिया मिल जाए तो वे उसकी साँस रोक देंगे, तब वह शायद संसार ही छोड़ दें!

देवी को लगा कि वे मुखियाओं की सभा कर रहे हैं-'सभी मुखियाओं को एक साथ देखकर सुखद अनुभूति से गर्वित हूँ, इसलिए भी कि एक बार मजदूर भी एकत्र हुए

थे। आज से आप निश्चित ही समाज हित में जीएँगे, कटेंगे, मरेंगे। आप ठीक से देख लें कि परिवार वाले मुखिया की क्या हालत है, जीवन देखिए, जीवन! और यह तकलीफ आपकी वजह से है। आप पुलिस में हो या प्रशासन-शासन में या फौज में या न्याय में या जनता के प्रतिनिधि...अपनी आँख खूब फैलाइए और देखिए कि वजह सिर्फ आप हैं। आप इतनी हिम्मत भी करें कि जो आँख फैलाकर नहीं देख रहे हैं उनकी आँख खोद दीजिए...खोदते रहिए आँख जब तक ठीक से देखना न आ जाए।' देवी को लगा कि किसी के चेहरे पर मुस्कान नहीं है। सब आँख मूँदे हैं। चेहरा सिकोड़े हैं। देवी को कुछ सूझ नहीं रहा है-'देखिए! मैं यह सभा एक कार्यशाला में बदल रहा हूँ। इसके पहले मैं आपकी जनगणना करूँगा, मकान गणना अनुसूची के पैंतीस कालम भरूँगा। सही-सही बताइएगा, आप जिम्मेदार प्राणी हैं। झूठ बताने पर जेल भी...और आप मेरी बात नहीं सुनेंगे तो नटई धइ के दबा देंगे, जीने नहीं देंगे एको दिन, हम जनता है! निकल जाएँगे बाहर तो मुँह में डंडा पेल देंगे, जो सालों से अब तक बकर-बकर भाषण दे रहे थे। हम अपढ़ हैं और खूब पढ़े-लिखे भी डिग्रीधारी।'

देवी ने साँस ली, जैसे चेतना लौटी हो! स्वप्न से हट गए हों!-'नौकरी है अब कितने दिन की! एक दिन इन मुखियाओं की गरदन पकड़ूँगा जरूर! चित्रगुप्त की तरह एक-एक दिन का हिसाब निकालूँगा।...लेकिन क्या आज तक इनका हिसाब नहीं हुआ होगा! हिसाब-किताब से क्या! ठाट से रह रहे हैं हमारी गाँड़ पर चार लात मारकर! बेहया-बेशरम को क्या फर्क पड़ता है...और मैं उनका क्या उखाड़ लूँगा, मेरे जैसे घूमते रहते हैं झोला लटकाए, फोता खुजलाते हुए...और मैं तो एक बैल हूँ खटने वाला प्राणी...बस! सरकार ने खरीद लिया है-...जै हो बैल महाराज की!!'

देवी ने ठहाका लगाया, आसमान की ओर देखा। फिर वे अपनी पूँछ, कान, मुँह और ताकतवर बाँहें जिस पर झोला लदा था, टोकर खुश हैं कि सारी चीजें मौजूद हैं, मूल्यवान भी, सिर्फ पूँछ गायब हो चकी है लेकिन जगह बनी है।

लिंग जानकर क्या करोगे!

देवी अपने काम में पीछे नहीं हैं। समय पर लौटा देंगे झोला-बस्ता, पूरा करके। आज वे कालम चौदह पर टिके हैं।...पूरा संसार नर-मादा के चक्र में घूम रहा है। कल्पना कीजिए यदि नर-मादा न हो तो! सेक्स न हो तो! मानव भी घास-फूस की तरह उग आए, घूमे-फिरे-खाए और मरे-खपे... अच्छा तो यह रहता कि बेवजह की स्वार्थ-कल्पना नहीं होती, बलात् कोई काम नहीं होता, कोई सेक्स की नंगी तस्वीर में उलझा न होता। लेकिन यह व्यर्थ की कल्पना है। ऐसा मूर्ख सोचते हैं कि ये न होता...वो न होता...समझदार वह नहीं सोचेगा जो हो नहीं सकता।

...और पेट तो सबके पास है, कम खाएँ चाहे भर पेट, भोजन जरूरी है। इसी पेट

से भेंट होती है और करीब आने का जरिया बनता है। पेट के लिए मार-पीट भी होती रहती है और खूब होती है...शुरुआत तो पेट से है, भूख जो न करावे। रजमतिया देवी से कह रही थी-'मरद हो चाहे औरत, पेट तो है न! दुई रोटी सबको चाहिए, हम भी खा-पी के मजबूत होई सकते हैं। किसी मरद का हाथ पकड़ लूँ, तो छोड़ाय नाहीं सकते हैं। मरद से पहले भरपेट खा लेती हूँ, तब बाहर का काम करती हूँ...चाहे गाय भैंस का काम, चाहे लीपे-पोते का...'

देवी उस दिन सोचने लगे थे कि पौरुष का अर्थ क्या हैं? शुक्राणु का होना मात्र या कुछ और? या काम-शक्ति? देवी के गाँव में एक सरजू भाई थे, जो दस बच्चों के बाप थे, कई तो जुड़वा थे और वह गोविन्द! औरत देख ले तो लार टपकने लगती थी। इसी तरह बिसम्भरा था कि अकेले खेत जोत दे, एक ओर बैल की जगह जूआ कंधों पर धरते उसे देर नहीं लगती थी। देवी के पास भी ताकत कम नहीं है लेकिन थकना मना होते हुए भी वे थक रहे हैं। शायद गर्मी और अभ्यास कारण हों। वैसे देवी में गति है और गति तो जीवन है। चाहे जिस तरह की ताकत हो गति उसे साकार करती है, धनात्मक बनाती है।

इस समय देवी ठहरे जैसे हैं। चिन्ता में हैं। कोई हरकत नहीं है। किसी काम का करना या होना नहीं है। लेकिन दिमाग तो गतिशील है! देवी विचारों, स्मृतियों, वस्तुओं के प्रदेश में घूम रहे हैं। 'कितना महत्त्व हैं लिंग का! किसी का स्त्री या पुरुष होना कितना मायने रखता है! समाज की व्यवस्था, नैतिकता, चरित्र-मान-सम्मान, बलात्कार, सेवा, पेशा कितनी चीजें स्त्री-पुरुष पर टिकी हैं!' देवी पता नहीं क्या-क्या सोचते रहे। आज पानी भी खत्म हो गया है, पानी की बोतल एक ही ले आए थे। देवी जोर से चिल्लाए 'लिंग-भेद!' लेकिन कोई सुनने वाला वहाँ नहीं है, आम के बाग में एक पेड़ के नीचे गमछा बिछाकर देवी पालथी लगाए हैं। बाग अगोरने वाला दूर कहीं खाट पर लेटा दोपहर की नींद ले रहा है और आम हैं कि पेड़ों से लटके अपने पकने की प्रतीक्षा कर रहे हैं।

आज धूप कुछ नरम है। देवी प्रसाद भी अजीब जीव हैं, जब धूप तेज थी तो खूब काम करते थे, दस घर निपटाते थे-हाँफते-भागते। आज मौसम मेहरबान है तो आम के पेड़ की छाया ले रहे हैं। कालम संख्या चौदह पर अटके हैं, आज देवी को रोज से डेढ़ गुना काम करना चाहिए था लेकिन लिंग महाशय वाले कालम का क्या करें! 'अरे, भई मन ही तो है अपने राम जहाँ बैठ गए तो बैठ गए।' देवी के मुँह से निकला और पालथी ढीली हो गई, टाँग फैल गई। 'आज घर होता तो एक नींद मार लेता।' देवी ने अँगड़ाई ली जैसे वे बीस बरस के पट्ठे हो और अप्रैल का महीना हो।

देवी प्रसाद खूब याद करते हैं अपने गाँव को। भला स्मृतियों के बिना काम चला है! और यहाँ तो यही एक सहारा है-'दादी भी खूब थीं! लिंग की जाँच किए बिना चैन नहीं। गाय बाछा बियाई है कि बाछी यह जानना जरूरी है। एक रात बकरी ने दो बच्चे दिए। दादी को पता चला, दौड़ी आईं यह देखने कि खस्सी है कि बकरी।' देवी ने अपनी पहचान की, हाथ से टोहकर ही चैन मिला, वे मुस्कराए 'हाँ, हूँ तो पुरुष ही!' दादी की याद आते ही देवी सोचने लगे कि कैसे थे तब के लोग। चचेरी भाभी थी कि पहचान के

पीछे पड़ी रहती थी, जब तक यह न जान ले कि क्या पैदा हुआ है–नर कि मादा! पूरा गाँव घूमती रहती थी और दादी को बताती थी कि कहाँ बेटी हैं कहाँ बेटा। भाभी से कोई जानवर भी नहीं छूटता था! गाय, भैंस, बकरी, गदही, घोड़ी, सुअरनी...यहाँ तक कि चूजे को भी निहारती–अगोरती रहती थी कि कब पता चले कि मुर्गी है कि मुर्गा। भाभी ने अपने हिसाब से स्त्री–पुरुष के लिंग का शब्द–उच्चारण बना रखा था–बिच्छू–बिच्छा, हाथी–हत्था, हिजड़िन–हिजड़ा, गिद्ध–गिद्धी। अब भाभी को कौन समझाए कि हाथी पुलिंग है। वे अपने हिसाब से जी रही हैं, बोल रही हैं। देवी तो दूर भागते रहते हैं भाभी से! कब कीचड़ पोत दें, उनकी होली हमेशा रहती है। कब फूहड़ मजाक कर दें, कभी लाज नहीं रही भाभी को–निर्भीक मन! कब खूब खिला दें कि डकार को जगह न रहे। कब इतना प्यार दे दें कि लोग जलने लगे।...सो देवी भाभी के पास नहीं फटकते। भाभी बूढ़ी हो चुकी हैं लेकिन स्वभाव–व्यवहार नहीं बदला। देवी को दूर करना नहीं चाहतीं भाभी। वर्षों पहले की बात है, देवी प्रसाद तब नौकरी की तैयारी में थे। लेकिन किसी कारण से भाभी दुखी रहती थीं। भाभी ने एक रात सपना देखा कि वे देवी से खूब हँसी–ठिठोली कर रही हैं! उस दिन भाभी बहुत खुश हुईं। पति से जो अनबन थी, वह भी जाती रही–धीरे–धीरे। खूब होने लगा संग–साथ। भाभी ने प्रतिवर्ष एक बच्चा जना, अब वे चार पुत्रों और दो पुत्रियों की माँ हैं। भाभी के साथ देवी खूब खेलते थे, उन्हें याद आया–ताती–ताती पूरिया, घीव में चभोरिया, हम खाई कि भौजी खाई, भौजी पंचरंगिया, धर कान मरोरिया।' देवी प्रसाद ने अपना कान उमेठा और कंधे पर झोला लटका लिया।

लिंग प्रधान है। लोग कहते हैं कि स्त्री प्रथम है–सीताराम, राधाकृष्ण। लेकिन शिव–पावर्ती क्यों कहते हैं! पार्वती–शिव क्यों नहीं? पति–पत्नी क्यों? पत्नी–पति क्यों नहीं? शिव को शक्तिमान माना गया–पौरुष के प्रतीक शिव! बल तो पति के पास है, वह झोंटा पेर सकता है। कल देवी प्रसाद ने देखी थी गोश्त की दुकान! बहेड़ी के बाजार में भैंस, बकरे, मुर्गे का गोश्त खूब बिकता है। ग्राहक पूछता बकरी का तो नहीं है...मुर्गी का मत देना भाई...बूढ़ी भैंस तो नहीं है? आज भैंसा का हो तो बताओ? लगता है कि पौरुष ताकत बढ़ाने का यह भी कोई उपक्रम हो, हो सकता है लिंग से स्वाद का रिश्ता हो। इतना तो स्पष्ट है कि बकरी, भैंस, मुर्गी, सुअरनी बची रहेगी तभी बाल बढ़ेगा और आगे गोश्त खाने का विश्वास बना रहेगा। बकरी मर जाएगी तो बकरा कहाँ से मिलेगा। मनुष्य बहुत चालाक प्राणी है, मांसाहार की व्यवस्था में बहुत सचेत है। लेकिन औरत के प्रति यहाँ उसका रवैया ठीक नहीं है। औरत यदि बेटी जनम दे तो मर्द का मुँह लटक जाता है, मानो उसके पौरुष को झटका लगा हो और वह जनमते मर जाए तो कोई खास दुख नहीं है...'चलो, बेटी थी मर गई बवाल खतम।' स्त्री बवाल है! बिना स्त्री के पुरुष आएगा कहाँ से? 'स्त्री–सुख' बिना स्त्री के सम्भव है क्या? बचाओ स्त्री तभी बचेगा पौरुष चाहे कोई विषय हो, घर–गृहस्थी हो, घूमना–फिरना हो, बहसबाजी हो, बिना स्त्री के सब अधूरा है।

‘बीसों का सिर काट दिया, ना मारा ना खून किया।’ सुगना नाखून काट रहा है। देवी प्रसाद पास आ गए हैं। अभी सुगना के हाथ में ब्लेड है, पैर की अन्तिम अंगुली बढ़े नाखून से छुटकारा पाने वाली है।

‘क्या कर रहे हो भाई?’ देवी ने पूछा।

सुगना खड़ा हो गया, हाथ जोड़ लिए–‘बाबू जी बुरा न माने तो एक बात कहूँ।’

‘कहो!’

‘देखते हुए भी नहीं दिखाई देता साहब! इसी को नजर कहते हैं। जो देखते हैं उसे भी पूछते हैं मानो आँख बंद कर जी रहे हो।...नाखून काट रहा हूँ हाकिम!’

देवी की दृष्टि मिल गई–देखना चाहिए! आज देवी यहीं से शुरू करेंगे। उन्हें देखते ही भीड़ जुट जाती है, कई घर के लोग एक जगह आ जाते हैं।

‘सुगना! अब बताओ स्त्री हो कि पुरुष?’ देवी ने फिर पूछा।

‘वही बात फिर हो गई! देख तो रहे हैं कि मरद हूँ फिर भी...!’ देवी भोग चुके हैं। कल मुँह देखते थे और लिंग वाला कालम भरते थे। एक स्त्री की ओर देखकर कोड दो भरा ही था कि वह फट पड़ी–‘का देख रहे हो साहब! हम मुखिया हैं घर की...तुम्हारे घर भी बहन बेटी होगी, मेहरिया भी होगी!’

देवी कैसे कहें कि देखना मेरा काम है। अभी सुगना भी यही कह रहा था कि ‘देखना चाहिए।’ अब वे देखते हैं तो सभी उन्हें संदेह की नजर से देखने लगे हैं।

‘तुम्हारा नाम बबनी है!’ देवी के मुँह से निकला और कोड दो भरने लगे। बबनी ने कुर्ता और घाघरा पहन रखा था, उसकी शादी नहीं हुई थी। घर के लोगों ने उसे मुखिया बना रखा था। स्वार्थ रहित बिना भेद–भाव के उसने घर के संचालन में सफलता पाई है। वह सम्मानित है घर में, समाज में, हाता रहीम में–बबनी जी!

‘बाबू जी! इनका मुँह देखकर औरत–मर्द ना लिखो! इनसे पूछ लो।’ सुगना ने टोका और हँसने लगा तो देवी बबनी को सिर से पाँव तक देखने लगे।

‘अकल के पीछे लट्ठ लिए ना फिरो! चुप्पे रहो! साहेब खुद देखकर लिख लेंगे।’ बबनी ने गुस्से में कहा–‘सरकारी काम में ज्यादा टाँग अड़ाओगे तो रिपोर्ट हो जाएगी, कुछ पढ़े लिखे हों! अंगूठा लगाते थे, मैंने लिखना सिखाया–‘सुगना।’

‘जानबूझकर छिपाने से अपना ही नुकसान है। कोई यह न कहके जाए कि नई बस्ती के लोग मूरख हैं, अपनी बात सच–सच बताने में कोताही करते हैं।’ जमुना से रहा न गया, अब तक वह खड़ा था, अपनी बात कहकर उकड़ूँ बैठ गया।

‘ई जनखा हैं साहब।’ सुगना ने सच उगल दिया।

‘मैं छिपा थोड़े रहा हूँ भाई!’ बबनी बोला और तनकर खड़ा हो गया।

अब देवी क्या करें, हिजड़ा वाला कोई कालम है न कोड। बुरी तरह फँस गए देवी। ‘हिन्दी में सिर्फ स्त्रीलिंग–पुलिंग है। लेकिन संस्कृत में नपुंसक लिंग भी है। यहाँ अन्य लिंग के लिए कोड़–3 करना चाहिए था। व्यक्ति का दिमाग स्त्री–पुरुष में ही घूमता है, यह पता नहीं कि यदि कोई लिंग न हुआ तो वह कैसे पहचाना जाएगा।’ देवी सोचने

लगे, 'कोई उपाय तो उन्हें खोजना ही होगा।'

और समस्या हल हो गई! बबनी ही समाधान है! देवी फिर बबनी को देखने लगे।

'बबनी जी आप पहनते क्या हो?' देवी ने पूछा।

'घर में जो मिल जाए लेकिन ऊपर कुर्ता ही पहनता हूँ। बाहर जाता हूँ तो कुर्ता-पैजामा।' बबनी ने बताया।

'और अपने को औरत समझते हो कि मर्द। मतलब कौन बोली पसन्द हैं। मर्द वाली कि औरत वाली।'

'अरे, साहब इनको मरद वाली बोली पसन्द है।' जमुना अब पालथी मार लिया था-'ई एसपी कलक्टर से भी बात कर लेते हैं-मर्द बनकर। और ऊ समझ नहीं पाते हैं कि मर्द हैं कि औरत। आठवाँ दर्जा पास हैं। साहेब ई बड़े अफसर हाकिम होते, लेकिन इहाँ के लोग इतने बेवकूफ हैं कि चिढ़ा-चिढ़ा के बबनी के नाक में दम कर दिए, बेचारे आठ के आगे हिम्मत हार गए। मैं तो साथ में पढ़ा हूँ-पाँच तक! आज इसकी बदौलत बहेड़ी का नाम उजागर रहता।' जमुना ने बोलकर ही दम लिया।

'इस बार इनको वाड मेम्बरी का चुनाव लड़ाना है।' सुगना अपना नेता मानता है बबनी को।

'नाम बदल देंगे इनका -बाबू बबनी प्रसाद!' जमुना ने सुझाव देते हुए हाथ उठा दिया, मानो सबकी हामी भरवाना चाहता हो।

'नई बस्ती के कुल मरद औरत मर गए का! चले हो इस बबनियाँ को चुनाव लड़वाने।' शिवपरसाद बबनी की प्रतिष्ठा से जलता है, वह भी एक उम्मीदवार है मेम्बर पद के लिए।

'शिवपरसाद आगे न बोलो! तुमको एक वोट नहीं मिलेगा समझे!' जमुना खड़ा हो गया।

'इनको बनाय दो मेम्बर कि सब गली, नाली, हैंडपम्प डाल लें उसमें...' सगुना की बात से सबको हँसी आ गई लेकिन शिवपरसाद को लाज नहीं आई।

'ई ससुर जनता का काम करने में पाद मारेंगे! आसान नहीं होती जनता...'

'हम लोग बबनी प्रसाद को निर्विरोध चुनेंगे, समझे!'

'शरम नहीं लगेगी?' शिवपरसाद बात में कमजोर नहीं हैं-'दुनिया क्या कहेगी! कौन मानेगा मेम्बर?...हिजड़े को मेम्बर बनाओगे! नाक रहेगी नई बस्ती की!'

'अब आगे न बोलो शिवपरसाद! हो गया जो होना था! मरद, चाहे औरत, चाहे जनखा!' बबनी चुप रहने वाले जीव नहीं हैं, नेता का गुण तो उसमें है ही और यहाँ तेवर दिखाना जरूरी भी है-'तुमको कौन नहीं जानता! कादीगढ़ी में तुमने एक बकरी चुराई थी और उसे मरजाद को बेच दिया था। कहीं बकरी का पता नहीं चला और जब मालूम हुआ तब तक तुम सब सारा गोश्त खाय गए थे। बिछुआ बाजार में धनपाल की औरत को जाल में किसने फँसाया? बोलो! बेचारे धनपाल को शराब की लत तुमने लगा दी, उसका परिवार बरबाद हो गया। हम पूरे बहेड़ी का जानते हैं कि कहाँ क्या पक रहा है। है किसी इंसान में दम कि औरत चाहे मरद बना दे चाहे जनखा। सब ऊपर वाले की

मर्जी है, मानो तो! नहीं तो संजोग है और कुछ नहीं।...जाओ तुम कमाओ-खाओ और खेत में टट्टी फिरो, हर साल अपनी मेहरिया को एक बच्चा दे-दो, पालो-पोसो लेकिन इंसान बनकर तो रहो! ई बस्ती हमारा परिवार है, खड़मंडल मत करो। मैं उसमें का जनखा नहीं हूँ कि नंगा होकर नाचूँ और फूहड़-फूहड़ बोलूँ, सिर्फ ताली बजाना ही नहीं आता हमें। हम भी जानते हैं सेवा करना...और मेम्बरी गई भाड़ में! हम सिर्फ चाहते हैं कि नई बस्ती चुनमुनवा बस्ती बनी रहे। मेम्बरी-सेम्बरी के लिए तुम मरते होगे, मैं नहीं। इसी साल जाड़े में एक नहीं तीन-तीन कुतिया बियाई थी-कुल अट्ठारह पिल्ले! ससुरे रोज मर रहे थे एक-एक। मैं फेंकता था। बरसात में नाली साफ किसने की-मैंने। खुद काम करता हूँ, किसी के भरोसे नहीं हूँ। जाओ परसाद पहले हग के गाँड़ धोना सीखो! तब आना मेम्बरी की लाइन में। बिना समझ के, बिना तजरबा के कोई काम करोगे और तल-बिचल हो गया तो हींग हगते फिरोगे।'

'हींग नहीं ये पूरी डिब्बी निकालेंगे।' सुगना ने हँसी उड़ाई।

'इसे हम चेयरमैनी लड़वाएँगे।' जमुना ने व्यंग्य किया।

'जनगणना वाले साहब आप बतावें कि क्या कमी है हममें।' बबनी अब देवी से मुखातिब हो गया, उसने जमुना और सुगना की बात जैसे सुनी ही न हो। शिवपरसाद को तो मानो काठ ही मार गया है-'और हम अपने मन-माफिक रूप पा सकते हैं साहब? नहीं न! और है तो सब हमारे पास-आँख है, नाक है, कान है, हाथ-पैर हैं, कमर है, सीना है, टट्टी-पिसाब वाला रास्ता है। है न साहब! बोलो जमुना, हे सुगना बताओ साहेब को! किस बात पर हमें लाज आवेगी, जो चीज हमारे मन-माफिक होई नहीं सकता उसमें शरमाना क्या! है न साहब! बस एक कमी है कि हम बच्चा नहीं कर सकते। ठीक तो है, न रहेगा बाल न होगी और लालच। नई बस्ती के सब बच्चे मेरे अपने हैं, बूढे जवान मेरे हैं, औरत-मरद भी...भेड़-बकरी सब मेरे घर के हैं...क्यों सुगना! साहब से बोल कि मैं सही बोल रहा हूँ न! क्या पेट से बच्चा पैदा करना जरूरी है, जिसके पास बीज न हो तो क्या वह इंसान नहीं है।...हम मर्द हैं हाकिम मर्द! घर के मालिक-मुख्तार हम ही हैं तो मर्द ही तो हुए! आप ही बताओ बाबू जी मर्द माने क्या?'

देवी प्रसाद को ढेर सारे प्रश्नों के उत्तर देने हैं। फिर यह भी क्या गारंटी है कि सवालों के जवाब दे देने से समस्या हल हो जाएगी। इस समय तो उन्हें कालम-चौदह से आगे बढ़ना है लेकिन अब तो बात सिर्फ जनगणना की सूची भरने तक नहीं है। देवी नई बस्ती के खास अंग हैं। यहाँ उन्हें कुछ कह कर ही खास होना है, नहीं तो उनकी कमजोरी साबित हो जाएगी-'बबनी भले स्त्री-पुरुष न हों, व्यक्ति तो हैं और व्यक्ति कुछ भी कर सकता है, मैं समझता हूँ कि बबनी जैसे लोग सिर्फ व्यवहार को बदले, मतलब यह कि या तो स्त्री बने रहे या पुरुष! संबोधन को व्यवहार से जोड़े! साफ-साफ बोलूँ तो यह कि यदि दाढ़ी उगी है, आवाज मोटी है, हाथ-पैर मर्द की तरह लगते हैं तो मर्दवाली बोली में रहे और कपड़े भी वही पहने। शिवपरसाद, जमुना, सुगना तुम सब मिलकर बाबू बबनी प्रसाद का साथ दो।...और बबनीजी कल से नई बस्ती की गलियाँ

साफ रहे! कूड़े-करकट की एक जगह बना लो, नाली रोज साफ हो, कहीं पानी जमा न हो। यही सब का धर्म है कि हम प्रदूषण न होने दें। क्या हम भूल सकते हैं नहाना, खाना, सोना, मैथुन करना, डरना, गुस्सा करना! भेद-भाव तक तो हमें चौबीसों घंटे याद रहता है! ऊँच-नीच खोपड़ी में घर बना चुका है, लड़का-लड़की का भेद किसके घर नहीं है-गोड़ तोड़कर बैठा! हमें सब याद है लेकिन प्रदूषण के बारे में भूले बैठे हैं। माहौल गन्दा करके उसी में सड़ रहे हैं। हम अच्छे इंसान हैं, कुदरत के साथ रहना चाहिए ठीक से, हम बुद्धिमान व्यक्ति हैं तो फिर हम अपने आस-पास धुआँ, धूल, गन्दगी क्यों फैलाते हैं? पानी बेकार क्यों बहाते हैं? सोचो! खूब सोचो! कुछ करो! नई बस्ती के लिए, अमन-चैन के लिए! मैं आपके साथ हूँ। यह जनगणना वाला काम खत्म करके भी आपके पास रहूँगा। रोज एक नई अच्छी बात में आपको रहना होगा। औरत मर्द हिजड़ा कहने से काम नहीं चलेगा, व्यक्ति होकर सोचना होगा लेकिन व्यक्तिगत होना नहीं, समाज का होना होगा। कल नई बस्ती चमचमाती मिलेगी, यह विश्वास है। सभी अपने घर के सामने साफ-सुथरा रखें, यहीं से करें शुरू फिर देखें जीवन का मजा!'

'आप चिन्ता न करें साहब! जो होगा सोलह आना होगा-सच खरा! मैं उसमें का जनखा नहीं हूँ कि रोज-रोज दाढ़ी बनवाकर औरत दिखने के चक्कर में कमाई गँवाता रहूँ।'

'पुरुष महान! कि खेत में जान है!

प्रकृति महान है, सबसे बड़ी है। इसी के सहारे हम हैं। ग्रह नक्षत्र तारे अच्छे लगते हैं। नदी पर्वत धरती वृक्ष सुख देते हैं-यहाँ सब कुछ अपना और स्थायी है। खेतों में पकती फसलें विश्वास बनाती हैं कि खुराक का इन्तजाम हो रहा है। पशु हमारे मित्र हैं, साथ-साथ काम करने में लगे हैं-कोई घोड़ा है, कोई बैल तो कोई गाय-भैंस। प्रकृति और पशु के बिना हमारे जीवन की कल्पना नहीं है-हम रह नहीं सकते, जी नहीं सकते। कल्पना करिए कि प्रकृति और पशु न हो तो कैसा लगेगा।...पता नहीं कैसे नर हो गए और हो गई मादा! यह कैसा संयोग है, यह कैसा जीव-संचालन है। पुरुष बल प्राकृतिक है लेकिन स्त्री की शक्ति भी प्राकृतिक है। यहाँ प्रदर्शन नहीं होता! यह एक जरूरत है कि दो बूँद माँ का दूध मिले तो प्राण बचे, गला तर हो, मुस्कान बने। बार-बार पुरुष को महान कहो! हजार साल तक कहो-महान-महान! तो वह बड़ा हो ही जाएगा।

देवी प्रसाद खुद को बड़ा नहीं मानते लेकिन सुशीला को डाँटते वही हैं। वे जानते हैं कि पहले नारी है, वह जननी है, पालती-पोसती है। लेकिन समाज पुरुषों का है, जवाब उसे ही देना है। कोई ऊँच-नीच हो गया तो समाज में उसका मान घट जाता है! पुरुष के महान होने के कई कारण और बहाने हैं। आज स्त्री बाहर निकली है, यह थोड़ा सा परिवर्तन है। लेकिन समाज में पूरी तरह पुरुष है, वह उठता बैठता है, दफ्तर जाता है, सामान खरीदता है, सड़क पर गप्पें मारता है, खड़े-खड़े मूत देता है, खुले आम पान की

पीक पिच्च...चिल्लाना, गाली देना, मार-पीट करना...तमाम ऐसे काम हैं जहाँ पुरुष की हिस्सेदारी बहुत ज्यादा है और कहीं-कहीं तो सिर्फ वहीं है नामजद।

...आजकल देवी के पैर की रोज मालिश हो रही है-बाकायदा तेल के साथ।

नई बस्ती के आधे से अधिक पुरुष शहर जाते हैं रोजी-रोटी कमाने और शाम तक घर आते हैं। बहेड़ी में भी काम की कमी नहीं है। काम के प्रति निष्ठा हो तो भूखे नहीं सोना होता-रोज कमाना-खाना। देवी प्रसाद यहाँ के हर व्यक्ति को सिर से पाँव तक देखते हैं। उन्हें तलाश है मोटे-ताजे ताकतवर की...एकाध को छोड़ दे तो सभी के चूतड़ सूखे हैं। और वे जानते हैं कि पुरुष होना बड़ी बात है-संसार का सबसे श्रेष्ठ जीव!

घनश्याम और केशव के बिना टाउन एरिया का दफ्तर कैसे चलेगा, सो उपस्थिति दर्ज है। वैसे सेंटर खाली है। देवी ने सोचा कि आज केशव से सुक्खम-दुक्खम बतियाएँगे। लेकिन यह क्या! व्यर्थ!..रामलखन, अशोक, मिश्रीलाल सूँघते पहुँच ही गए। देवी इन दोस्तों से आजिज हो गए हैं। 'ज्यादा लँगराई अच्छी नहीं' देवी ने कहा था, लेकिन कोई सुने तब न!

देवी उठे और पेशाब करने चारदीवारी की ओर बढ़ गए। यहाँ सभी मूत्र विसर्जित करते हैं। दीवार की आड़ में। चारों तरफ धूल ही धूल है, कहीं थोड़ी घास है भी तो मुरझाई सी, कोई पौधा दिख भी रहा है तो कुम्भलाया सा! तुलसी के कई पौधे लकड़िया गए हैं। देवी बचते-बचाते दीवार पर धार मारने लगे।

'ए बड़े भैया! मूतो कम हिलाओ ज्यादा! सुनो तो!' देवी के बगल में खड़े हैं अशोक।

'देख-देख कर हाजत लगती है सुसुरों को। लघुशंका में भी व्यवधान...' देवी का वश चले तो चार हाथ जमा दें लेकिन औकात सिर्फ मुँह तक।

'ज्यादा मूत मत मिलाओ! एक दिन जहर हो जाएगा!' रामलखन भी चले आ रहे हैं फरागत होने।

'आम ज्यादा पकने पर कीड़े का घर हो जाता है।' घनश्याम ने कहा और केशव है कि सुनकर खूब मजा ले रहे हैं।

'कीड़ा! अरे, इन्हीं सालों की वजह से आज हमारी फट रही है...यही हरामीपन हमें ज्यादा बच्चा पैदा करने का अवचेतन बनाता है।' देवी निवृत्त हो चुके हैं।

'इसमें हरामीपन क्या?' रामलखन ने पूछा।

'हिलाओ ज्यादा...देखकर हाजत लग रही है...दिमाग में सब वही भरा रहेगा चूतियो! तो मन होगा कि नहीं! होगा! तब अवचेतन निकलकर चेतन में आ जाएगा।' देवी झुँझलाए।

'आपकी बात सिर से ऊपर...' अशोक का हाथ सिर पर है।

'हो सकता है देवी भाई समझा न पाए हो।' इस बार मिश्री का मुँह खुला है।

'गूढ़ बात समझ में नहीं आती। मैं तो इतना जानता हूँ कि चेतना तो रात में आती है।' अशोक ने चुटकी ली।

'तुम गधों का क्या! दिन भी बुरा नहीं है।' देवी बोले।

'देवी भैया तो दिन में जँभाई लेते रहते हैं।' मिश्री का भी मूड़ बना है।

'अभी जवान हो चूतियो! तो कह लो ऊटपटाँग। पचास पार करोगे तो पूछूँगा देह के जोड़ का मतलब, मुँह क्या! सब बाये रहोगे।'

देवी प्रसाद एकाएक मौन हो गए। वे स्त्री के विषय बात करना चाह रहे थे लेकिन यहाँ मजाक के सिवाय कोई दम-दिलासा नहीं है। फिर भी रहा न गया देवी से। मित्रगण भी उनकी बात का उत्तर देते, भले बात कान से निकले चाहे कहीं से।

'औरत होते तो समझ में आता, मर्द हो हँकड़ लो।' देवी अपने विषयक पर हैं।

'औरत होने का मजा तो आता। जहाँ चाहते जब चाहते मौज करते किसी से...कमी नहीं रहती। और यह जनगणना वाला काम तो मुस्कराकर हो जाता, बस एक तिरछी नजर...' अशोक को मजा आ रहा है।

'मजा तो चला जाता चूल्हे भाड़ में जब नौ महीना भोगते पेट में बच्चा लेकर-पाद मारते! और उसे पालने में हग-मूत देते।...तिरछी नजर उलट जाती जब घर का काम भी करना पड़ता...औरत जाने खुद अपना कष्ट! हम लोगों को यह महाकष्ट तो नहीं है, इसलिए महान हैं! खेत देखे हो! जाओ पहले धरती को नमस्कार करो जो अनाज की देवी है, फल-फूल-घास उगाती है। हमारे प्राण धरती के कारण हैं। स्त्री धरती है, वही पूजा के योग्य है-घर की स्त्री। इसी बहेड़ी में देख लो! औरतें कितना काम करती हैं-घर-बाहर दोनों। मर्द हिलाता घूम रहा है। जुआ खेलना, गाँजा-शराब पीना, चोरी-घटिहाई सब हमीं तो करते हैं।...मैं तो खेत पूजा करता हूँ।...वही स्त्री जिसके पोसने-पालने से बड़ा हुआ हूँ-वृक्ष की तरह।...वही स्त्री जो बचपन में दोयम दर्ज की संतान थी, आज वह बेटा, बेटी और अपने मर्द की कितना नोटिस लेती है। पढ़ाई-लिखाई हो चाहे हारी-बीमारी, जितनी चिन्ता उसे है, आपको है? नहाने के टाइम पर जाँघिया तक तो खोज नहीं पाते, घर की चिन्ता लेंगे! खुद घर जाकर देखिए कि आप बेटे की कितनी चिन्ता करते हैं। घर में उस छोटी सी बेटी को भी अपने भैया की कितनी चिन्ता है! और भैया को है फिकर अपनी बहन की! कि खाना खाकर सोई है कि सिर में दर्द है। बेटी की चिन्ता किसी को नहीं है। हाँ बेटी के विवाह की चिन्ता है, इज्जत बची रहे यह फिकर है।...वही बेटी जवानी में चार बात सबकी सुनती है। बाप के सामने डरती है! माँ से कुछ कहती-सुनती है तो संकोच से-माँ की औकात ही क्या है घर में! फिर पति-बेटा-ससुर सब स्त्री पर धौंस जमाते...मैं जान गया हूँ खेत की ताकत। इतना भार, तनाव, क्रोध, बोली-बानी स्त्री की शक्ति के प्रमाण हैं कि वह सब सह लेती है। धरती में सहने की शक्ति है।'

देवी का अभी पेट नहीं भरा है बोलने से। केशव और घनश्याम चाय पीने जा चुके हैं-दुकान पर। यह बकवास कौन सुनेगा, जानते तो वे भी हैं। जानकर भी चुप हैं। चुप में भलाई है! बड़ा बनकर माल काटना है, सेवा करवानी है।

'हम आदमी हैं यानि मर्द, तो रहेंगे बड़े ही देवी भाई!' अशोक पहले बोल पड़े-

'डिस्कवरी चैनल आप भी देखते होंगे। नर अपनी मादा को पाने के लिए लड़ाई करता है दूसरे नर से, जो जीत जाता है मादा उसकी हो जाती है। यह बल का प्रदर्शन है, जो बड़ा बनाता है।'

'अशोक जी! वे पशु हैं। हम विवेकी हैं, हमारे पास आशा और विश्वास है और व्यवहार में प्रगति है। पशु सुनते हुए भी बहरे हैं। हमारी संवेदना का भी विकास है। पशुओं की सामाजिकता भिन्न है। हम पशु की तरह क्या नंगे रह सकते हैं? गन्दा पानी पी सकते हैं? शीत-घाम सह सकते हैं? कच्चा मांस खा सकते हैं? सड़क पर सबके सामने संभोग कर सकते हैं? बातचीत में भले प्रयोग कर लें कि हम जानवर हो गए हैं। लेकिन हम जानवर से अलग हो चुके हैं –बहुत पहले थे हम पशु। हम कहते हैं कि – बैल की तरह खटते हैं, शेर की ताकत है, साँप जैसा डँसते हैं...! मतलब साधने के लिए भले मुहावरे बना लें, लेकिन हम व्यक्ति हैं, पशु नहीं।...कृष्ण ने हजारों गोपियों के साथ रास रचाया...परशुराम ने माता का सिर काट डाला...ये कथाएँ पुरुष को महान बनाने का काम नहीं करती हैं क्या?'

'छोड़ो यार! मर्द...औरत...न ऊधो का लेना न माधो का देना'...अशोक घर जाने के मूड़ में हैं और अभी दो नहीं बजा है।'

'अरे, सुनते तो जाओ!' देवी ने अशोक को रोका–'यहाँ वंश उत्पत्ति दिवस भी मनाया जाता है, कोई समाज ऐसा भी है। इस दिन शिव की पूजा होती है, प्रभात फेरी और बच्चों के कार्यक्रम होते हैं।...कितना अच्छा दिन है कि वंश की उत्पत्ति का दिन है। यह एक समाज की कामना है। संसार तो चलना ही चाहिए! क्यों अशोक?'

'वीर्य से ही वंश है, जाति है, स्त्री से कुछ नहीं?' बीच में अशोक ने टोका तो देवी बोले,...'है न! औरत तो मुख्य है, बिना औरत के धर्म, समाज, जाति को आकार नहीं मिल सकता। खेत जरूरी हैं, बिना खेत के बीज कहाँ डालेंगे...!'

देवी प्रसाद के पास गाँव में खेत हैं, खूब धान-गेहूँ पैदा होता है। उर्वर मिट्‌टी से उनके खेत में जान है। मिट्‌टी का मोल जानते हैं वे। धरती, वृक्ष, पर्वती, नदी, सूर्य, चन्द्र की पूजा करते हैं, इसी हित हेतु सोचते हैं। देवी खेत की शक्ति को खूब समझते हैं, कम से कम आठ गुणी ताकत है। खेत महान है! मिट्‌टी कन्द-मूल-फल-अनाज को पाल-पोसकर एक आकार देती है–किसी ने मिट्‌टी के संघर्ष को जाना! इतनी पीड़ा के बाद भी हर साल आपके लिए तैयार है खुराक।

'रामपाल की बीबी राधा कूद गई थी कुएँ में' यह कथा देवी किससे कहें।...वह तंग आ गई थी, हर साल एक बच्चा! ओह! क्या मजबूरी थी। कंडोम तो मर्द ही लगाएगा, अब राधा क्या करे? पुरुष बल के आगे पसरी पड़ी है। और सात बच्चे! दिल-दिमाग आजिज आ गया था। तंग आकर कुएँ में कूद गई थी। कुआँ पानी से भरा था–बची नहीं वह। आज देवी के गाँव में लोगों को 'कूद गई फलाने की जोरू' की कई कथाएँ नमक-मिर्च लगाकर कहते-सुनते देखा जा सकता है। राधा के बेटे-बेटियाँ

जवान हैं, उनके पास मम्मी की फोटो भी नहीं है।

देवी प्रसाद राधा की कथा सुशीला से नहीं कहते। उन्हें पता है कि कथा में सवाल-दर-सवाल होंगे और जरूरी नहीं कि सभी उत्तर उन्हें मालूम हों। आजकल राधा की कथा में यह भी जुड़ गया है कि वह किसी अन्य पुरुष से फँस गई थी, फँसाने में रामपाल का ही हाथ था, बच्चे शायद अन्य पुरुष के ही हैं।

घटनाओं में घुसती कल्पना का देवी क्या करें। हमारे जीवन को स्थायी रूप से व्यर्थ करने में कल्पनाओं का भी हाथ है। अशोक, रामलखन ने हवा उड़ा दी है कि देवी प्रसाद अपनी पत्नी के प्रभाव में हैं, कान पकड़कर उठक-बैठक करवाती हैं देवी जी की श्रीमती जी।...चाहे जो हो देवी को सुशीला की आँखें पसन्द हैं-बिल्ली जैसी। और सुशीला को देवी का गाना खूब भाता है-

नैहरवा हमका न भावै।
साँई की नगरी परम अतिसुन्दर,
जहँ कोई जाए न आवै।
चाँद सूरज जहँ पवन न पानी,
को संदेस पहुँचावै।
आगै चलौं पंथ नहीं सूझे,
पीछे दोष लगावै।
केहि बिधि ससुरे जाउँ मोरी सजनी,
बिरहा जोर जनावै।

हम भूमि फोड़कर निकले हैं, कहो उद्‌भिज!

'...मैं मनुष्य नहीं हूँ, आदमी भी नहीं। अब मैं किसी धर्म के आधार पर पहचान नहीं हूँ। मैं किसी मनु या आदम से नहीं जन्मा हूँ। मुझे कोई मतलब नहीं है ईसा-मूसा से। मेरे पैदा होने में ईश्वर का हाथ नहीं है। मैं प्राकृतिक संयोग से पैदा होने वाला जीव हूँ, सो मैं सिर्फ एक व्यक्ति हूँ। मैं बुद्धि से उत्पन्न हुआ हूँ, मैं बुद्धिज हूँ-जैसे, अंड से अंडज और पिंड से जन्मे पिंडज। मैं अब बुद्धिज कहलाऊँगा और अपनी बौद्धिकता को खतरे से बचाऊँगा। बुद्धि ने मुझे अलग किया है पशु से। जब चलता था चार पैर से तो बुद्धि का विकास इतना धीमा था कि हजारों साल तक ज्ञात ही नहीं था कि मेरी कुछ बौद्धिक यात्रा भी है। मैं दो पैर पर खड़ा हो गया, फिर तो मेरा हाथ खाली! खाली हाथ कुछ भिन्न करने लगा...बुद्धि ने कुछ अधिक सोचना शुरू किया, उसका ध्यान हाथ पर गया और यही सोचने के विश्वास विस्तार के साथ-साथ मैं आगे बड़ा और बुद्धिज हो गया। यही कारण है कि व्यक्ति सभी प्राणियों से अलग है। उसके पास शब्द की भाषा है, अभिव्यक्ति है और भी कई वस्तुएँ हैं व्यक्ति के पास, जो अन्य जीवों से बड़ा बताती हैं।

हाथ अतिरिक्त अंग है जो पशु के पास नहीं है। बन्दर हाथ का कुछ प्रयोग करता है, वह अन्य पशुओं से शायद अधिक दिमाग रखता है। हाथी के पास भी सूँड़ है, वह भी बुद्धिमान पशु कहा जाता है। मुझे सोचने के लिए अतिरिक्त चाहिए...' देवी प्रसाद सोचते रहे पता नहीं किससे बातें करते रहे, बिना मुँह खोले-'हे देवी प्रसाद! क्या 'मैं-मैं' लगा रहे हो।' हम, कहते तो बात विस्तार में होती और दूर तक 'बुद्धिज' वाला शब्द गूँजता!'

'आप 'मैं' को 'हम' क्यों नहीं समझ रहे हैं! आप हैं कौन? बात तो खूब करते हैं, सामने क्यों नहीं आते?...मैं देवी प्रसाद वल्द हरिहर प्रसाद और मेरे दादा का नाम सुदीन प्रसाद है। यह मेरी पहचान है, जो कचहरी में दर्ज है। हाँ तो 'हम' की बात थी। पहले 'मैं' तो समझ लूँ फिर 'हम' की बात करेंगे और मैं खूब ठीक से समझकर बैठा हूँ 'हम' के लिए...सभी 'मैं-मैं' हो जाएँ और सिर्फ बुद्धिज हों तो अपने आप 'मैं' 'हम' हो जाएगा। 'मैं' के 'हम' हो जाने पर न किसी कौम की लड़ाई रहेगी, न धर्म की, न क्षेत्र जाति की, गोत्र की भी नहीं। सरनेम व्यर्थ हो जाएगा, सब एक ही पहचान के होंगे-सिर्फ 'बुद्धिज'! हे ईश्वर तू मेरे बीच में मत आ, मैंने तुझे बनाया है, अब नष्ट कर रहा हूँ। मेरी बौद्धिकता नकार रही है तुझे। मैं अब बुद्धिज हूँ और रहूँगा, स्वयं को बचाऊँगा। हे बुद्धिजो! मेरा सहयोग करो। मैं जाति धर्म से हटकर साफ-सुथरा नदी के किनारे खड़ा हूँ, और एक पीपल का वृक्ष देख रहा हूँ जिसे ईंट पत्थरों के बीच मैंने देखा है उगते हुए!,...अरे, भाई! तुम हो कौन बोलो! जो इतनी देर से उलझाए हो! '

देवी ने अपने गाल पर चड़-चड़-चड़ दस झापड़ लगाए-दोनों हाथ से दोनों गाल पर, जैसे चेतना लौटी। अभी तक मैं कितना बेवकूफ था कि 'मैं मनुष्य हूँ, आदमी हूँ, इंसान हूँ और नफरत की एक ग्रंथि बनती रही। लेकिन 'मैं तो सिर्फ एक व्यक्ति हूँ' को जानने समझने में कितनी देर हो गई! मैं बौद्धिक पुरुष और सुशीला बौद्धिक स्त्री...हे बौद्धिको! या हे बुद्धिजो! एक हो जाओ! भेद खुद मिट जाएगा, कोई सीमा रेखा नहीं रहेगी, न पहरा होगा न सुरक्षा की चिन्ता।'

'यह है कालम नम्बर पन्द्रह-अनुसूचित जाति, अनुसूचित जनजाति या अन्य।' देवी ने कालम पर अंगुली रख दी है।

'आपका नाम अँगनू है? मतलब अनुसूचित में हैं कि जनजाति में?'

'हम तो चमार हैं साहब! हमें अपनी जाति बतावे में लाज नहीं है। लेकिन हमें मिला का?...का जाति बतावे से कुछ मिल जाये साहब!'

'नहीं अँगनू जी कुछ नहीं मिलेगा लेकिन इसी आँकड़े के आधार पर सरकार इन्तजाम करती है।'

'इन्तजाम नहीं हई करती है।' अँगनू का संकेत भद्दा था लेकिन भड़ास तो निकलेगी ही। देवी प्रसाद को बुरा नहीं लगा, वे अँगनू को चाचा कहना चाह रहे हैं लेकिन मुँह तक अभी 'चाचा' का संबोधन नहीं आ रहा है।...देवी अँगनू के संकेत से

मुस्करा रहे हैं और पैंट की चैन टोह रहे हैं कि खुली तो नहीं है।

'का बात है बाबू!' अँगनू का जवान बेटा घर से बाहर निकला, वह सामान खरीदने दुकान पर जा रहा है।

'साहेब हैं जनगणना वाले, पूछ रहे हैं जाति का है!'

'हम आदमी है, आदमी! मनुष्य तो स्वयं एक जाति है।' अँगनू का बेटा पढ़ा-लिखा है। चमड़े के कारखाने में मैनेजर है, बीए पास है, लेदर की जानकारी है, बाकायदा ट्रेनिंग लिया है-'आप तो पढ़े हैं फिर भी जाति पूछते हैं। क्या यह कम बात है कि हम एक मानव हैं। हमारे पास बुद्धि है, विवेक है।'

देवी खुश हो गए। मन-माफिक कोई मिल जाए तो घी का लड्डू। देवी ने अँगनू के लड़के को अपने पास बैठा लिया।

'मुझे बैठाइए मत साहब। मुझे शाम को कानपुर निकलना है। और सामान खरीदना भी...'

'थोड़ी देर बैठो!'

'बइठ जाओ! अभी बहुत टाइम है। साहेब बहुत अच्छा आदमी हैं।' अँगनू की पत्नी ने बेटे को बैठा दिया।

'समय बीत गया साहब! कि चलो चमार को दीवाली पर भी बेगार खटना पड़ता था। तब का जमाना रहा कि खुद जूता बनाओ, पहिनने को दो और वही जूते से पीटे भी जाओ।' अँगनू अभी भूले नहीं हैं-'हमारे दादा जूता बनाने के बढ़िया कारीगर रहे। हमसे नहीं बनता था जूता, सो हम तो डाँगर मरने की बाट जोहते रहते थे लेकिन चमार के मनाने से डाँगर कभी मरा है साहब!'

'अब हम बाभन-ठाकुर को इस पर रखते हैं-ठेंगे पर! शादी वगैरह में कोई जरूरत नहीं है पंडित-पोंगा की। बुद्ध को मानते हैं हम। पाँच मंत्र पढ़ा, नहीं तो वह भी नहीं...समाज के सामने पति-पत्नी स्वीकार लेते हैं अपने को, और एक प्रमाण-पत्र पर साइन करके अपने पास रख लेते हैं, उस पर फोटो भी चिपका रहता है-पक्का सबूत!' देवी प्रसाद खूब सुनना चाहते हैं-' ...हमारे कारखाने में एक से एक शुद्ध बाभन है, पंडित जी लोग काम करते हैं! पेट के आगे सब धरम-करम-पाखंड फुस्स...भूख न जाने बासी भात, नींद न जाने टूटी खाट, इश्क न जाने जात-कुजात। मैं तो कहता हूँ कि देश का सबसे बड़ा चमार बाटा, वुडलैंड, रिबाक और छोटे-मोटे तो बहुत हैं-लखानी, एक्शन, लिबर्टी...और सबसे बड़ा लोहार टाटा, मारुति। अब बताइए है कोई मुकाबला चमार से।...मैं जब लेदर की ट्रेनिंग ले रहा था तो मैं ही सबसे कमजोर परिवार से था, एकाध और रहे होंगे बाकी सभी अच्छे घरों से थे, जाति से भी बड़े कहे जाने वाले! लेकिन मैं अब खुद को बड़ा मानता हूँ चमार जी, चमार साहब! आखिर क्यों बुरा है चमार एक कारण तो बताइए। बुराई खोजेंगे तो हर जाति में हजार खामियाँ। आप चमरवा कहेंगे तो हम भी बभना कहेंगे। यह गाँव है साहब, यहाँ खूब जात-पात है। शहर में अपना कमाओ खाओ।'

देवी प्रसाद का कोई ऐसा कालम नहीं है जहाँ वे ठहरते न हों। रुकना विमर्श है, सुस्ताना नहीं। अँगनू का बेटा खूब खरी-खोटी सुनाकर हल्का हो गया था। लेकिन चिन्तन का बोझ देवी के सिर पर... मुसलमानों में कोई अनुसूचित या जनजाति का है कि नहीं, यह देवी ठीक से नहीं जानते। लेकिन वे पता जरूर करेंगे कि वे मेस्तर के घर प्रसन्नता से खाना खाते हैं कि नहीं। लेकिन देवी खुद से पूछते हैं-'क्या मुसलमान बड़ी जाति के ही होते हैं?' यह भी पता चला कि पंडित जी अँगनू के यहाँ कभी नहीं आए-उस गली में भी नहीं।

...और अँगनू का बेटा ठीक ही तो कह रहा था कि 'हम मानव जाति के हैं।' उसे ठीक से समझा दूँ तो वह बुद्धिज हो जाएगा। जैसे धरती फोड़कर कोई पौधा निकलता है और बाद में वृक्ष, लता या झाड़ी बन जाता है, उसी तरह हम भी बुद्धि से बाहर निकले हैं। आज एक बड़े बरगद की तरह। हम एक उत्पाद हैं, हमारे पास स्वचेतना है, अलग-अलग व्यक्तित्व है, दम्भ है। हमारे पास आवश्यक तत्त्व है, प्यार है, दयालुता और नैतिकता है। हम बौद्धिक जीव हैं-बुद्धिज! हम कितने समझदार हैं कि अपनी सुविधा के लिए हमने ईश्वर बना दिया। ईश्वर से होकर आने वाली हर बात मानने को बाध्य बुद्धिज अपनी ही वस्तु के जाल में फँस गया।...बुद्धिज का मतलब है मन, और मन महान-एक विशेष प्रकार का आन्तरिक अंग। पशुओं के पास भी मन है लेकिन ठहरा है। हमारा मन यात्रा करता है, सपने देखता है उसे एक रूप देने का प्रयास करता है। ऊँच-नीच समझता है।...हम रास्ता बनाते हैं, हमें उत्तर देना है क्योंकि हम स्वयं प्रश्न और उत्तर हैं। हमारे पास जानकारी है प्रकृति की।...हिन्दू हो या मुसलमान सबको समझाऊँगा लेकिन मुसलमान मुझे हिन्दू जान कोई बात समझेगा-मानेगा! कतई नहीं! तो क्या पहले मुसलमान बन जाऊँ और कहूँ कि देखो वह पेड़ कैसे जमीन की छाती से निकला है, धरती का पानी पीकर बड़ा हो गया है यही पानी उसका दूध है। इसमें अल्ला मियाँ या किसी भगवान का काम नहीं है, यह स्वत: होने वाली प्राकृतिक प्रक्रिया है, जैसे हम बने हैं। वाह! माँ का दूध-कितनी मुहब्बत है! और सुनो मेरे दोस्त! जब खुदा और भगवान ही सब करता है तो फिर अपने करम पर रोने की जरूरत क्या है! फिर काहे की हाय-हाय, फिर क्यों किसी को दोष दें-सब अल्ला ने कराया है।...हे भगवान! कहाँ से आ गया तू-हर मर्ज की दवा! बेवजह! कोई काम हम करें और जोर देकर कहें भी कि हमने किया तो झगड़ा खत्म! यह अल्ला ने किया, यह भगवान ने किया तो फिर लफड़ा है।'

देवी ने फिर अपने गाल पर तमाचा लगाया और अनुसूचित जाति-जनजाति की सूची पढ़ने लगे-'बधिक, बादी, बेलदार, बनमानुष, बावरिया, बोरिया, कलाबाज, खराहा, मजहबी, शिल्पकार...अनुसूचित में और जनजाति में-बोक्सा, जौनसारी, परहिया, पंखा, पटारी, चेरो, भुइया...'

'हे पंडित जी कहाँ भागे जा रहे हैं पिछाड़ी खुजलाते! आइए! गुड़-पानी पीते जाइए! अब हम चमार नहीं हैं! दलित हैं दलित!!' अँगनू की गली से कोई पुरुष आवाज दे रहा है-'हम चमार नहीं हैं। शुद्ध और साफ-पाक दलित हैं! ब्राह्मण से भी

शुद्ध देशी घी की तरह!'

'जो पंडित के पतरा में, वो पंडिताइन के अँचरा में। और सुनो हे पंडित बाबा हमहूँ कम नाहीं जानत हैं–जो पंडिताइन की बोली में, वह पंडित की पोथी में।' यह किसी स्त्री की आवाज थी लेकिन पंडित जी पीछे मुड़कर नहीं देखे और जैसे गली मुड़ी वे भी मुड़ गए।

[6]

जिन्दगी किराये की नहीं है, हमें रहना किराये पर है!

एक बार मिलता है जीवन, यह हम जानते हैं। फिर दिक्कत क्या है? क्यों नहीं काटते इसी हँसी–खुशी से जीवन! किसी को पीटने–पटकने के चक्कर में तनाव पालना जिन्दादिली नहीं है। देवी प्रसाद जीवन के तमाम प्रश्नों के उत्तर खोजते हैं, पूछते हैं– '...बोलो! है कोई उत्तर? जिन्दगी एक घर है–देहघर। इसमें दरवाजा, खिड़की, दीवार, छत और फर्श है। देह को जीने रहने और स्फुटित होने का उद्यम हम करते हैं। लेकिन होता कहाँ है! पूरी देह मानो कचरा घर! दिमाग जैसे भूसे की कोठरी! मन है कि बजबजाती नाली का काला पानी! हो गई आँख ससुरी ईर्ष्या की पुतरी! ऋषि, मुनि, विद्वान, कवि क्या सिखाए हैं? इतनी व्याख्या कि पूछिए मत! एक भी गले पड़ा? माथा में घुसा? जीवन नाटक है! तो करो नाटक, बनो पात्र, नाचते रहो! कोई देख रहा है नाच–नाटक! यह भी कहते हैं कि जीवन रेलगाड़ी है। जब रेल नहीं थी तब जीवन कहाँ था? क्या था? चलना तो जरूरी है, यह अपने होने का प्रमाण है। तो रुकिए स्टेशन–दर–स्टेशन लेकिन जाएँगे कहाँ? इसका पता तो हो! जो जीवन को नहीं समझते हैं, अपराधी हैं, चोर उचक्के हैं और छूरा खोलकर लूटने की ताक में हैं। सचेत रहना जरूरी है नहीं तो रेल के डिब्बे में खाली हाथ मलकर रह जाएँगे।...यह सब गूढ़ बातें कई बार सुन चुका हूँ। धत फिर दिमाग पर वही पुराना खयाल!'

देवी प्रसाद जीवन को और अधिक समझने लगे हैं। वे प्रगतिशील हैं, आगे फिर और आगे सोचते हैं। आगे चलने–देखने के प्रयास में उनकी आँख पर समय से पहले पावर वाला चश्मा लग गया है और हर साल एक–दो चप्पल भी टूट जाती है। ईश्वर को जान गए हैं देवी, यही कारण है कि वे 'हे ईश्वर–हे ईश्वर' की रट नहीं लगाते। घर में पहले लड़ाई होती थी ईश्वर को लेकर लेकिन अब नहीं। बिलावजह का दिमागी बोझ नहीं है उनके यहाँ। यह बड़ी उपलब्धि है देवी के लिए। घर में ठाट से रहते हैं और नई बस्ती में सुपरवाइजर बन गए हैं, भले ही कागज में प्रगणक हो। देवी अब रास्ता दिखाने लगे हैं! समाधान बताने और बहस में हिस्सा लेना भी आम बात है। वे सर्दी–जुखाम की देसी दवा भी बता देते हैं। हाता रहीम वासित वार्ड नं. दस उर्फ नई बस्ती के लोग देवी प्रसाद की राह देखते रहते हैं।

'इस बार पूछेंगे कि का बकर-बकर बोल रहे हो?' भीखा के तेवर ठीक नहीं हैं। 'जनगणना है कि पूरी जाँच-पड़ताल। फारम ले के उनके में न डाल दिया तो कहना कि मेरा नाम छोटे नहीं है।' छोटेलाल का दिमाग गरम है-'मेरे बाप का मकान है और पूछ रहे हैं कि मालिक कौन है!'

'हमसे भी पूछत रहे। हमने तो अपनी माई का नाम लिखवा दिया। हम बेटा है तो दूसरा कोई ले तो नहीं लेगा। तुम भी अपने बाप का नाम काहे नहीं बता दिए!'

'खूब कहि रहे हो! अंड-बंड लिख जाए तो मकान से भी हाथ धोय दें। बाप का घर है, कहीं मरने से पहले किसी के नाम कर दिया तो! कौन जाने कब बुढ़ऊ का दिमाग फिर जाय! हम तो पहिले से खियाल किए हैं। और मेरा बाप मरता भी तो नहीं। पता नहीं कब मरेंगे बुढ़ऊ! और देसी घी खाए हैं-घर का असली। जल्दी मरेंगे थोड़े, हम सबको बन को मारकर मरेंगे!'

'हमारी माई से तुम्हारा बाप अच्छा है। देह-जाँगर से ठीक है। हमरी माई अपना पूरा गहना बड़ी बहन को दे दी है। अब बहन नकार रही है। चाँदी का ठोस गहना कई जोड़ी-कड़ा, छड़ा, बाजूबंद और दुई हँसुली सोने की रही! तुम्हारे बाबू बहुत अच्छे और संतोसी हैं छोटे! तनिक खियाल करो बचपन में कइसे पाले-पोसे हैं चटनी साग खायके। और तोहके दूध पिलाय के...'

'ठीक कहते हो भीखा भाई! बाबू हमरे ठीक हैं! हमही मूरख हैं कि बेमतलब आगे-आगे कूदत हैं। पैदा किए पाले-पोसे तो बाबू ही हैं!' छोटेलाल के मन में पिता के प्रति सम्मान जाग गया। चेहरे से तनाव दूर हो गया और गुस्सा शान्त! यह अचानक परिवर्तन क्यों? कारण स्मृतियाँ हैं शायद-'बाबूजी से पहिले तो मैं मर जाऊँगा! बीड़ी-सुर्ती-गाँजा ने हमका कहीं का छोड़ा नहीं! पहिले खाँटी दूध रहा, अब तो चाय में दूध पड़ि जाए तो बहुत है।'

'हम तोहसे बड़े हैं छोटे! तुम्हारे बाबू को हम जानते हैं। साग खोंट-खोंट खूब खाते थे-चना, मटर, सरसों...सब होता था खेत में। अब तो दवाई इतनी है कि पूछो मत! खाद यूरिया डाल दो, सवाद गायब...नुकसान भी कर सकता है। लेकिन खाद न डालें तो एक दाना न मिले, इहे खाद तो जियाये है भैया! सवाद रहे चाहे चूल्हेभाड़ में जाए, पेट तो भरि जात है। हम भी खाए हैं साग-नमक मिर्च के साथ।...और तुम्हारे बाबू किस मसक्कत से ई कोठरी बनाये! हम जानत हैं। एक कोठरी से आगे नहीं बनी। अब किसी की गाँड़ में दम नहीं है कि एकाध दीवाल खड़ी कर दे!'

'हाँ भीखा भैया!' छोटे की आँख को आँसू की जरूरत है-'हमसे छोटे दो भाई थे, आठ-दस साल के होकर गुजर गए। बाबू की आँख भर जाती है आज भी, बाकी बूँद टपकने नहीं देते! ई उनके अन्दर की ताकत है। अपना रोना चाहे अपना हँसना किसी को दिखाते नहीं है। घमंड तो कोस भर दूर है।'

'का बतकही होय रही है?' जहीर ने आते ही प्रश्न किया-'हमहूँ तौ जाने। हे छोटे तनिक सुर्ती बनाओ तो।' जहीर सत्तर साल के बूढ़े हैं।

'चचा आपके मकान का क्या हुआ?' छोटे ने पूछा और हथेली भर सुर्ती में चूना

मलने लगा।

'होवेगा का! कौन भोंसड़ी वाला माई का दूध पीया है कि हमरे घर पर हाथ धरे। नाम चढ़वाय लिए थे...! अब देखे मजा, जेल न भिजवा दिया तो कहना कि कौन जहीर से पाला पड़ा है।'

'हमें पता है चचा कि आप जावेंगे तहसील और सब दुरुस्त करा लेंगे।' भीखा जहीर की काबलियत जानता है।

'और सुनो! जनगणना वाले बाबूजी को कुछ कहना नहीं, बहुत भले इंसान हैं। मैं उनके घर गया था। हिन्दू मुसलमान का भेद नहीं है उनके घर में। खाना खाकर आ रहा हूँ उनके घर के बरतन में। हमरे सामने भगौना से भात निकाल के हमरी थाली में डाल रही थी उनकी बीबी साहिबा! और इहाँ घर की बात करते हो! शहर में जाओ देखो! पुल के नीचे घर बसाये हैं, लेंहड़ा भर लड़का-लड़की और मेहरिया। पुल के नीचे वही मालिक है! शहर में देखे खातिर खूब मकान हैं लेकिन रहे के लिए नहीं है। गरीबन की बड़ी दुर्गत है।'

'कुछ भी कहो चाचा लेकिन इधर का उधर लिख रहे हैं जनगणना वाले। कुछ हो गया तो गोबर में मिल जावेगा सब।'

'ई जान लो छोटे कि ऊ लिखेंगे सही! और सही लिखना कभी गलत नाहीं होत! फायदा इसी में है कि उनका साथ दो! कोई जहन्नुम में नहीं जाए रहा है। हम खूब समझ गए हैं कि घर के मालिक-मुख्तार हम! गाँव के परधान, टाउन एरिया के चेयरमैन, विधायक, एमपी, मुख्यमंत्री सब अपने-अपने इलाके के मालिक! फरक यह है कि वो चुन के आते हैं और हम खानदान से हैं। बाहर निकलने, सोचने से यही फायदा है। तुम लोग बस बइठे रहो नई बस्ती में। झगड़ा और सुबहा करते रहो, जलते रहो। कभी बढ़ नहीं सकते, नाटे-खोटे रहोगे!'

छप्पर-छानी है और यह बरामदा हिस्से में...

नई बस्ती में जनगणना की चर्चा रोज होती है। देवी प्रसाद ने अच्छा वातावरण बनाया है। लेकिन डर यह है कि कहीं झगड़ा-लड़ाई न कर बैठे उनके साथ नई बस्ती वाले। अखबार असर डालता है। 'प्रश्न पूछने पर प्रगणक से मार-पीट' का समाचार आग की तरह फैला। देवी के कान में भी खबर हुई कि 'आने दो साले को! फारम-सारम फाड़-चेंथ न दिया तो कहना। भोंसड़ीवाला किराएदार का नाम पता लिख के ले गया है।'

किराये का मकान है तो क्या लिखें देवी? मकान-मालिक से कैसे निपटें? क्या समझावें? बात दिमाग में घुसनी तो चाहिए! 'मकान का मालिक कौन है?' को लेकर खूब किचकिच है। प्रगणक बेचारा क्या करें। यह भी खुसुर-फुसुर होती है कि 'सब खाने-कमाने का धंधा है। कोई फायदा नहीं है, घर की पोल से नुकसान ही है। नंगा कर दिया तो पता चल ही जाएगा कि मर्द है या नामर्द और कहाँ-कहाँ देह में दाग है।'

हर मकान की अपनी अलग कथा है। किसी को सरकारी आवास मिला है तो कोई आवास ठीक से रहने लायक नहीं है, अधूरा बना है और पक्का कागज नहीं मिला है। किसी ने किश्त पर मकान लिया है और वह बंधक है, जब पूरी किश्त जमा हो जाएगी तब घर उसका हो जाएगा। देवी प्रसाद जिस दीवार को खाली और कुछ लिखने लायक देखते हैं, उस पर 'हमारी जनगणना हमारा भविष्य' लिख देते हैं चॉक से लेकिन यह दर्द वे ही पालें। रोज चार-पाँच व्यक्ति उनसे इसका अर्थ पूछते हैं, झिकझिक करते हैं। देवी तो यह भी कान में कह देते हैं कि 'चुपचाप धीरे से हमें बता दो, सब कुछ गोपनीय है, कोई किसी से नहीं कहेगा, कभी भी...यह कागज तहसील में भी नहीं जाएगा।'

तीन दिन देवी प्रसाद हाता रहीम नहीं जाएँगे। थोड़ा डर खत्म हो और लोग ठंडे हों...कल रविवार भी है।

'मिरिगडाह को तपना चाहिए था।' नंदलाल बोले।

'पुरुवा बहने लगी अब का तपेगा मिरिगसिरा! बरखा में रुकावट रहेगी।' कसपाती ने कहा।

'अरे, भाई तुम लोगन का कौन फिकिर! हमसे पूछो! खेती का ही आसरा है।' बाबूलाल को चिन्ता अधिक है। हर साल बादल की बाट जोहते रहते हैं-'पानी न बरसे तो एक दाना धान न हो, और लागत नाहीं कि इस साल खेती लायक पानी बरसेगा।'

'तुम तो खेती-बारी वाली कहावतो जानत हो, एकाध सुनाय दो!'

'रोहिणी बरसै मृग तपै, अद्रा कुछ कुछ जाए, कहैं घाघ सुनो भाई, श्वान भात नहीं खाय।...सावन करे प्रथम दिन उगत न दीखै भान, चारि महीना पानी बरसै जानो इसे प्रमान' ई सब हमारे बाबू को खूब याद था। रोज दुई-तीन सुनावें। कोई बात हो, मिसाल, हाजिर! अभी जौन कहावत कहे हम, उसमें एक शबद श्वान आया। का मतलब हुआ? बोल कसपाती!'

'स्वान माने!' कसपाती सोच की मुद्रा में हथेली निहार रहे हैं-'स्वान माने मुर्गा। मुर्गा ही तो जगाता है भोर में।'

'अरे, ससुर! का झाँट पढ़े हो! पाँच पास कुछ कहलाता है पहिले की पढ़ाई में दम रहा। मार धई के पीट दिया याद काहे नाहीं होगा! भासा चाहे पहाड़ा।'

'ई कसपतिया पढ़ता नहीं था। कभी आम के बाग में कभी बाजरे के खेत में छिपा फिरता था। इसके बाप ने रुपया देकर पास करवा दिया कि इसकी शादी होय जाए। अब तो इसके हर साल पैदा होइ रहे हैं पिल्ले-सात बेटी-बेटवा हैं!'

'एक कोठरी है तो का करे! नींद नाहीं आवत का बहाना बनाय के चान्स मार देता है।'

'यही नहीं मरद हैं! और लोग भी जाँघ में जोर लिए हैं।'

'काम के बाद का करें सोएँ भी न!' कसपाती भी पोल खोलने को आतुर हैं-'नंदलाल भी तो दो पैग मारके औरत के बिस्तर में घुस जाते हैं।'

'हम लोगों के पास का है औरत ही तो है।' छोटे ने गहरी साँस ली।

'कसपाती को चाहिए कि बेफिकर होकर बिना लाज के निरोध लगावे, जौन इहाँ आदमी वाला बड़का फुलौना कहते हैं।' बाबूलाल ने तरीका बताया।

'ई जानता सब कुछ है लेकिन बेजान बनता है ससुरा। कल हम इसको देखे कि ई गली में पड़ा इस्तेमाल किया फुलौना पैर से रंगड़ कर देख रहा था कि घिस तो नहीं रहा है।' कलाम भाई कब आ गए यह किसी को पता भी नहीं चला–'मैं तो मुसलमान होकर इस्तेमाल करता हूँ और मस्त रहता हूँ। साथ सोने का डर खत्म। सिर्फ एक बेटा है, सब उसी पर कुर्बान है। और सुनो हम सब में कमी है, खराबी है। गलत काम खुद करते हैं और नुक्खुस दूसरे में निकालते हैं। हम दुरुस्त रहे तो सरकारी काम करने वालों को डर बना रहेगा। हमीं को देखो जनगणना वाले बाबू का हम कितना साथ देते हैं। जनता के पास अकिल है, वह अकिल से काम ले और जुट के रहें तो सरकार भी आँख नहीं मूँद सकती।'

'जनगणना वाले आवे अब! न भगाय दिया साले को तो कहना! पूछत रहे कि घर कच्चा है कि पक्का, मेहरिया कितनी है। हमारे घर से उनको का मतलब!'

'लो आ गए साहब!' कलाम ने देवी को देख लिया है।

'अरे, यार उमर बड़ी है साहेब की, नाम लेते हाजिर! अब बोलो! हेंन-तेंन घुस गई...!' बाबूलाल ने सिर पर हाथ फेरा। देवी को आते देख जमी हुई मजलिस अनुशासित हो गई। बेलगाम बतकही बंद!

देवी पास आ गए। डर कम हो गया है लेकिन सवाल-जवाब की शंका है। 'क्या बातें हो रही हैं, हमसे नाराज हैं क्या आप? सभी को नमस्ते! मुझे देखते ही आप लोग चुप क्यों हो गए! क्या बात है भाई?'

उत्तर कौन दे? भीखा आ गया है, छोटेलाल भी देवी को देखकर वहीं भीड़ बढ़ा रहे हैं। कसपाती, जहीर, कलाम देवी प्रसाद का मुँह ताक रहे हैं। नंदलाल को खबर हो गई है कि जनगणना वाले आ गए हैं। देवी दो घंटे से ज्यादा रुक नहीं सकते, दोपहर बीत चली है। सेंटर पर घनश्याम से जरूरी काम था, केशव से भी समझना था सो देर हो गई।

'आप सभी को अब यह बताना है कि आपके पास कितने कमरे हैं?' देवी ने आज का काम बताया।

'मालिक मुखिया सब हो गया तो अब कोठरी गिनी जावेगी!' भीखा ने मुँह बनाया–'धत तेरी जनगणना की!'

'अरे, अब हाँड़ी-पतरी भी बताना पड़ेगा!' कसपाती बोले।

'सुनो भाई! घबराने की जरूरत नहीं है। आपकी जायदाद पर कोई अँगूठा नहीं लगवा रहा हूँ और इहाँ कहाँ ढेर सारे कमरे हैं किसी के पास। छानी-छप्पर ही तो अधिक हैं। और उसे गिना नहीं जाएगा। मैं आपके साथ हूँ, आप बिल्कुल चिन्ता न करें।' देवी ने समझाने की कोशिश की और बात घुमाकर पास आने की भी...–'बगल में किसका घर बन रहा है?'

'हमार बन रहा है साहेब। माटी की दीवाल बनाय रहे हैं। उसी के ऊपर खपड़ैल से पाट देंगे। पुराना खपड़ा रक्खा है। कहीं से खरीदना माँगना नहीं है बाबू जी।' कसपाती

खड़ा हो गया।

देवी प्रसाद उठे और कसपाती का घर देखने जाने लगे। कसपाती भी पीछे से चल पड़ा है। देवी ने दीवार की जाँच की–'और सीधी होनी चाहिए थी, मोटी भी। रद्दा तो ठीक ही रख रहे हो।'

'आप बहुत जानत हैं साहेब!' कसपाती देवी के पैर छूने लगा।

'अब यह न करो!' देवी पाँव छुवाना नहीं चाहते लेकिन वे न तो पैर हटा सके न हाथ पकड़कर कसपाती को उठा सके मगर बोले–'पाँव पूजन अब खत्म। हम सब बराबर हैं, सिर्फ नमस्ते...वह भी इसलिए कि हम आपका मान रखते हैं, हाजिर हैं, आपके साथ हैं!'

कसपाती की आँख भर गई। देवी के लिए जो ऋणात्मक था वह रहा नहीं अब।

'यह तो बलुई मिट्टी है।' देवी सानी गई गीली मिट्टी को हाथ में लेकर छोटा सा लोंदा बनाने लगे, फिर उस मिट्टी का गुण-धर्म समझाने लगे–'लोंदा ठीक से बैठाना होगा कसपाती और दीवार ऊँची मत करना, यह मिट्टी गलनी होती है। पानी से बचाना जरूरी है। काली मिट्टी भी ठीक नहीं होती घर के लिए लेकिन जिसको वही मिट्टी मिली है तो क्या करे।'

'काली माटी में दरार बहुत फाटत है।'

'हाँ, लेकिन पैदावारी जमीन होती है।'

'आप खपड़ा से घर बनाये हैं का साहेब?'

'हाँ कसपाती, दादा का घर खपरैल का ही था। हर साल देखभाल करो, कहीं चूता-बहता हो ठीक करो, लीपना-पोतना तो साल में दो बार।'

देवी वहीं आ गए जहाँ सब बैठे उनकी करतूत को ध्यान से देख रहे थे–'बहुत जानत हैं साहेब आप!' नंदलाल ने कहा।

'कसपाती बोलो! कितनी कोठरी लिखी जाय?' देवी ने पूछा।

'आपके सामने हैं। एक तो मौजूद है, यह एक बन रही है कोठरी।' कसपाती बोला।

'बहुत पकर-पकर करने से इनाम नहीं मिल जावेगा'–मरजाद भी आ गया है– 'नास ही होवेगा! समझे!'

'कोठरी हमरी गिनी जाए रही है तो दूसरे की गाँड़ काहे फट रही है! जौन ई बन रही है, बरसात से पहिले तो बन जावेगी, भले खपड़ा-माटी की है, कोठरी है तो!'

'इसके पहले भी तुम बकर-बकर बोल के तहसीलदार और चेयरमैन से कह के हमार चबूतरा खोदवाय दिए। तुम बस मियाँ लोग की बुराई करत रहत हो।'

'यह क्या कह रहे हो मरजाद।' देवी बीच में बोल पड़े। –'कसपाती कभी मेरे सामने नहीं बोला तुम्हारी बुराई! देखो! उधर देखो! कलाम, जहीर बैठे हैं कि नहीं! और जुबैर तो मेरे साथ ही रहता है। कभी किसी मुसलमान की बुराई यहाँ नहीं सुनी, पता नहीं चलता कि कौन यहाँ मुसलमान है, कौन हिन्दू, नाम न बतावें तो! कुछ नाम तो ऐसे हैं कि हिन्दू-मुसलमान दोनों के हैं–'गरीब, इकबाल, सालिक।'

'नहीं साहेब कल यह कह रहा था कि हम तुम्हारी मियाँगिरी...'

'मैं इतना बेकार नहीं बोला साहेब! यही कह रहे थे कि तोहार हिन्दूपन जमीन में गाड़ देंगे और उसी पर बैठ जावेंगे।'

'मेलजोल से काम लो भाई! इससे उत्साह बढ़ेगा। हाँ मरजाद बोलो! तुम्हारी कितनी कोठरी लिखी जाए।'

'झोंपड़ी है। कोठरी नहीं! एक प्लास्टिक की पन्नी डाले हैं बोरा लटकाय के!' मरजाद अभी गुस्से में है।

'तब तो मस्त रहो! जब कोई दीवाल नहीं, ठीक से छत नहीं तो फिर काहे की कोठरी! क्यों भाई मरजाद!'

'ई मरजाद ससुरा बड़ा आलसी है।' नंदलाल बोले-'एक बीघा खेत है इसके पास। सब्जी बोय दे तो मार रुपया गाँज दे लेकिन अवाँट-बवाँट बोय के सब गुड़ गोबर कर देत हैं।'

'अरे, मैं तो कहता हूँ कि आम का बाग लगाय दो तो फिर देखो!' जहीर बोले।

'लेकिन वही बात कि आलस नींद किसानै नासे, चोर नासे खाँसी।'

मरजाद को गुस्सा भी आ रहा है और लाज भी। सबकी आँख मरजाद की तरफ है।

देवी को यह काम जवानी में मिला होता तो वे नौकरी न करते, एक बेहतरीन सामाजिक कार्यकर्ता होते। वैसे नहीं कि सामाजिक कार्य के नाम पर नेतागिरी करते और किसी पार्टी का बन्धन स्वीकारते।

'अभी कल की बात है।' देवी की चौपाल जम चुकी है-'खेलावन के पास एक कोठरी है, बाकी झोंपड़ी। उसी कोठरी में वे दुकान भी चलाते हैं, सोते भी हैं, खाते भी हैं। झोंपड़ी में बकरियाँ हैं और लकड़ी-गोइँठा। अब उनके नाम से कोई कोठरी दर्ज नहीं है, देखो यह जीरो लिखा है।' देवी मकान अनुसूची दिखाने लगे जिसे किसी ने नहीं देखा, सब देवी का मुँह ताक रहे हैं-'सोहन-मोहन का घर ही देख लो, उसके पास भी एक कोठरी है-मिट्टी की कोठरी। दोनों अलग हैं लेकिन रहते एक कमरे में हैं, बाकी इस्तेमाल के लिए पन्नी डाले हैं-तिरपाल वाली पन्नी। मैं उसे भी कोठरी नहीं मान रहा हूँ।'

'आप कोई दुसमन थोड़े हैं साहब!' मरजाद किसी तरह बोला। भीखा वहीं बैठा है। कोई कहीं नहीं गया है। छोटे के पेट में गैस बन रही है। पादना जरूरी है। छोटे रोक नहीं पाए और भौंऽऽ की मोटी आवाज से मौन छा गया, सिर्फ एक हल्की मुस्कान सबके ओठों पर फैल गई है।

'अरे, ससुर! पादना है तो चूँ से करते। बेढब आवाज करके का जगहँसाई करा रहे हो।'

नंदलाल के घर से एक बाल्टी दही की गाढ़ी लस्सी आ गई है, बाल्टी में एक कटोरी पड़ी है, इसी से गिलास में लस्सी डाली जाएगी। कसपाती इस काम में आगे हैं। वे लस्सी निकाल रहे हैं।

'बड़े लोग के साथ बइठे लायक नहीं हो छोटे!' नंदलाल फिर बोले।

'बड़े साहेबों की मीटिंग सात-आठ घंटे तक चलती है। कोई चूँ नहीं करता।' जहीर को अच्छा अनुभव है।

'एक बार हम भी फँस गए रहे भैया!' नंदलाल ने हँसते हुए कहा-'हमारे ससुर परधान हैं, लिवा गए एक मिटिंग में। सब एडीओ-बीडीओ बैठे रहे! परमुख भी रहे और हम उनके सामने परगतिसील किसान के नाम पर...हमें कुछ आता-जाता नहीं रहा भाई, बस चुपमार के हाजिरी लगाना था। घर से खूब पूड़ी बैगन की सब्जी उरद का दही बड़ा खाय के आए थे, सो भैया पेट में ऊ गैस बनी कि पूछो मत! हमहूँ कम नाहीं! काँख-कूँख कर चार घंटा तक रोके रहे। लेकिन जब छूटे तो बाहर पुलिया पर बइठ कर दस-बारह बार भोंय-भोंय...खूब हवा छूटी तब जाकर चैन मिला।'

देवी को याद आया जब बड़े बाबू को बड़े साहब ने बुलाया और बड़े बाबू ने साहब के सामने ही सड़ी बदबू छोड़ दी, देवी भी वहीं बैठे थे। साहब बोले, 'क्या बड़े बाबू...हद है!' बड़े बाबू ने कहा-'साहेब मूली खाकर आया हूँ, ससुरी बहुत तंग कर रही है।' देवी हँसने लगे। माहौल हल्का हो गया। देवी ने कहा भी कि वेग रुकता नहीं और इसे रोकना भी नहीं चाहिए। इस बात पर कसपाती ने पूछा वेग क्या है साहब? तो देवी ने बताया-'पादना, आँसू बहाना, खाँसना, छींकना, जँभाई लेना, डकारना, नींद, मल-मूत्र त्यागना, उल्टी करना, भूख-प्यास और कामदेव।'

'बोलो सियावर रामचन्द की! जय!!'

'ई का बोल रहे हो! देवी प्रसाद साहेब की जय बोलो!'

सूर्य का गोला लाल थाल सा हो गया, किरणें समिट गईं। उगते और डूबते सूर्य को देखना नहीं चाहिए। लेकिन इस समय सूर्य बस कुछ मिनटों का मेहमान है और देखना बहुत अच्छा लग रहा है। लो! आधा सूर्य छिप गया, और धीरे-धीरे...कहीं से आवाज आ रही है-

साँझ भई घर आओ पिया!
पिया घर आओ साँझ भई है!!
निपट गई करनी-कथनी सब,
करनी-कथनी दिनभर निपटी है।
अब आस लगी घर आओ पिया
हिय में कई बात नई-नई है!

पाँच बेटों की पाँच औरतें और हमें रहना आता है!

'अरे, कहाँ गई रुकसाना! ई चादर भीतर रख दे और बकरी खस्सी सब भीतर बाँध दे। बड़ी जोर की आँधी आने वाली है।' गुलाम जोर से चिल्लाए थे।

'ई आँधी कहीं का नहीं छोड़ेगी बुजरी!' नंदलाल भी भागे आ रहे थे।

'हर साल यही हाल है। अबकी खूब आम आया था।'

'आम देखकर तो लागत रहा कि डाल टूट जावेगी! इतना लदा था कि पूछो मत!'

उस दिन आँधी का जोर ज्यादा था। आम के बाग में कच्चे आम पसरे पड़े थे। अब तो इन आमों की खटाई बन सकती है या चटनी! और वे बिकने लगेंगे औने-पौने दाम में-घायल बेबस बेचारे आम! ऐसी आँधी देवी के बचपन में आती थी, वे इसे 'बुढ़िया आँधी' कहते थे।

देवी का काम निपट चुका था। लेकिन आँधी की वजह से जगपति के घर रुकना पड़ा था। सुबह सीधे घर पहुँचे तो सुशीला के सौ सवाल! वैसे सुशीला और प्रगति के चेहरे पर चिन्ता और रात्रि जागरण की रेखाएँ स्पष्ट दिख रही थीं। थोड़ी सी मुस्कराहट मुफ्त में एक बोरी आम देखकर हुई थी और ज्यादा खुशी थी देवी के सकुशल होने की।

देवी प्रसाद में हिम्मत नहीं है कि आज नई बस्ती जाएँ। कल जाएँगे भी चुपचाप काम निपटाकर फूट लेंगे। आँधी वाले दिन ही थक गए थे। वैसे जगपति के यहाँ ठहरना और सुबह फरागत के लिए लोटा लेकर खेत में जाना अच्छा लगा था। इसी बहाने एक किलोमीटर तक टहल आए थे। वैसे शौचालय का होना बहुत जरूरी है। जगपति ने कहा भी कि साहेब बरसात बाद लैट्रिन बनवाएँगे।

देवी ने देखा था-बरामदे की छत टिन से बनी थी, जिसमें भूसा, अनाज और सन्दूक रखा था। दो झोंपड़ी थीं, घर में कई जवान सदस्य थे। मुखिया थे जालिम राम। कहीं दरवाजा न खिड़की, कहीं टट्टर तो कहीं बाँस की खपची...घर होते हुए कोठरी से हीन थे। जालिम के पास रुपया नहीं है लेकिन खाते-कमाते ठीक हैं। घर में एकता है। औरतें भी काम करती हैं। बूढ़े हो रहे जालिम राम जवान दिखते हैं! भाई हो चाहे बेटा, बीबी हो या बहू, बच्चे भी...सभी इज्जत करते हैं, नई बस्ती में धाक है उनकी। घर का सामान खुला पड़ा रहता है, क्या मजाल कोई छू दे। जालिम राम धाकड़ हैं और सभ्य हैं, शालीन और निर्भीक हैं। उनके घर के सदस्यों को पता है कि 'चार आदमी की लाठी एक आदमी का बोझ' और यह भी जानते हैं कि एक लाठी टूट सकती है, कई लाठी एक में बाँध दो तो वह टूट नहीं सकती, भले तोड़ने में नानी याद आ जाए।

'बाप मर जाते तो एक कोठरी बढ़ जाती।' रामपाल ने कहा था। यह बात देवी को बुरी लगी थी लेकिन गरीब आदमी के मुँह से ऐसी बात के निकलने का कारण उसका अभाव है। देवी प्रसाद जनगणना के एक-एक कालम और उसके महत्त्व को जरूर समझाते हैं। कमरों के विषय में भी वे विधिवत व्याख्या करते हैं-'कमरे की लम्बाई कम से कम सात फुट, चौड़ाई साढ़े चार फुट और ऊँचाई लगभग साढ़े छः फुट होनी चाहिए।' रामपाल अपना कमरा नापने चला तो देवी हँसने लगे थे-'नापकर नहीं बस अन्दाज लगा लो! हमारी डायरी में यह भी लिखा है कि सोने, रहने, खाने, बैठक, ड्राइंग रूम, पढ़ाई का कमरा, नौकर का कमरा हो तो कमरा माने। रसोई, नहाने, लैट्रिन, स्टोर,

बरामदा हो तो इसे कमरे में शामिल नहीं करना है। समझे रामपाल!'

'ई कैसी बात है साहब कि सोवे का अलग और रहने का अलग। जिस कोठरी में सोवेंगे उसमें नहीं रहेंगे का!' रामपाल को आश्चर्य हुआ था।

'उसको घर नहीं कहेंगे जिसमें बकरी बाँधते हो चार फुट में!' प्यारे ने हाथ चमकाकर कहा।

'सुदामा तो मुर्गी के दरबा को भी कोठरी समझ के डर रहा था।' रामपाल ने कहा तो सुदामा चिल्ला पड़ा–'हमारे पीछे न पड़ो रामपाल, बारह बरस में घूर की दशा भी सुधरती है और हम क्या तुमहूँ वैसे हो जैसे पचास बरस पहिले थे।'

'वही हाल है कि गधा पीटै उड़ै धूल, कोई फायदा है।' सुदामा की हालत सुधरी नहीं है।

देवी प्रसाद सोचते रहे कि इतना पैसा विकास के लिए आता है, क्या हो जाता है? ये बेचारे कभी किसी से हिसाब नहीं माँग सकते जबकि परोक्ष में इन्हीं की धनराशि है। देवी प्रसाद चाहते हैं कि दुनिया के बुद्धिजीवी एक हो जाएँ और गरीब भी... बुद्धिमान और गरीब मिलकर लड़ाई लड़ें। गरीबों, असहायों के साथ बुद्धि जुड़ जाएगी तो पूँजीवाद का तापमान कम हो जाएगा।

'किसी का विवाह नहीं हुआ तो किसी की स्त्री भाग गई और कोई शादी करके पछता रहा है। किसी को संतान नहीं तो कोई पुत्र के लिए इतनी मान-मनौती कर रहा है कि जीवनभर की कमाई में भी पूरी न हो। ऐसे भी लोग हैं नई बस्ती में जो ज्यादा बच्चे पैदा होने से परेशान हैं। माँ-बाप चाहते हैं कि तुरन्त पोता देख लें! पोती से तो मुँह लटक ही जाता है।

जगपति से कोई बात करो तो विवाहितों की बात खूब करेंगे। किसका विवाह अभी-अभी हुआ है, किसकी औरत अपने मर्द से बिगाड़ कर रखी है। किसके पास एक कोठरी है और चार बहू-बेटे। झब्बो है कि उनके घर में दम्पति की संख्या शून्य है। राजाराम भी अकेले हैं। झब्बो और राजाराम में खूब बनती है। देवी प्रसाद राजाराम से खूब बतियाते हैं, झब्बो भी सुनती रहती है। देवी को यह भी पता चला कि लखपाती विधवा है। उसके चार बेटे जवान हैं, बड़ा बेटा तो बूढ़े जैसा हो गया है, शादी किसी की नहीं हुई। कोई आए तब तो करे विवाह! किसके कहें कि मैं जवान हूँ, एक अदद स्त्री चाहिए। वकार ने तलाक ले लिया है, अब छटपटा रहे हैं। एक बेटा है उनके पास, उन्हें भी पूछने वाला कोई नहीं है। वकार नंदलाल का बाग अगोरते हैं, वहीं रहते हैं। समपाती के परिवार में कभी शादी-समारोह नहीं हुआ। उनके पिता बंगालिन को भगा लाए थे। दादा भी कलकत्ते में ऐसे ही एक औरत को रख लिये थे। कुजात हो गया था, समपाती का परिवार। अब उसकी जाति के लोग सटने लगे हैं। समपाती को एक औरत मिल गई है और उसकी जाति सही है। मन्दिर में सिंदूर पहनाकर बाकायदा घर लाया था और

अपने सगे-सम्बन्धियों से दो कौर भात खाने का आग्रह भी कर चुका था। आज दो साल हो गए हैं, ऊपरी मन से कोई भात खाने को तैयार नहीं है, वैसे इच्छा सबकी है। देवी ने समपाती से कहा भी कि चिन्ता मत करो, मैं बीच में पड़ूँगा और सबको भात खिलाकर रहूँगा, सब तुम्हारे दरवाजे पर हाथ धोकर जाएँगे।...दम्पतियों की संख्या का कालम अभी पूरा नहीं हुआ है, कुछ घर रह गए हैं जिसे देवी परसों करेंगे। कल सुशीला के लिए एक लाल साड़ी लेनी है और एक शादी की पच्चीसवीं वर्षगाँठ में जाना है।

'इसकी बीबी मर गई है, अब ई अकेले करम कूट रहा है, इसका भी लिखा गया है फारम में लेकिन जीरो है।' कन्हैया ने परेम की ओर देखकर कहा।

'अब इसकी शादी भी नहीं होगी। किसी ने बहकाकर इसकी नसबन्दी करा दी है।' भोला बोले।

'कौन भोंसड़ीवाला कह रहा है। फोता का आपरेशन था, उसमें पानी भरा था। चाहो तो शादी करवा के देख लो, बीस लौंडे न पैदा किया तो कहना।' परेम का गुस्सा सिर पर है।

'कौन देगा अपनी बेटी। गँजेड़ी साले! अरे, कुछ करते-धरते तो कुछ सोचा भी जाता। भाई की कमाई पर किसी को विसवास नहीं है।'

'अरे, वाह! हमरे बाल न बच्चा और घर पक्का, कौन नहीं देगा अपनी बेटी!'

देवी प्रसाद जिस कालम की शुरुआत करते, वही बहस नई बस्ती में छिड़ जाती। और कालम की तरह बात बहस भी बदल जाती।

'सही बात लिखे तब पता चले कि हम ससुर कइसे रहते हैं, जानवर की तरह जमीन से जुड़े! जाड़ा खा रहे हैं।'

'अबे! चूतिया! घोंचू! गर्मी है! अभी जाड़ा पाँच कोस दूर है! अभी से ठंडाने लगे!'

'गर्मी है तो का! हमरे घर में कूलर है न पंखा!'

'कुछ रहे चाहे न रहे, बताओ जरूर कि कितने जोड़े मेहरारू और आदमी रहते हैं।'

'इसी से पता लग जावेगा कि क्यों बढ़ रही है आबादी!'

'क्या दिमाग लगाया है सरकार ने! वाह भाई! फिर नसबन्दी के लिए जोर-जबरदस्ती।'

'अब ऊ जमाना नहीं है कि कोई नस जबरदस्ती काट ले!'

'इहाँ देवी साहब मरद औरत का जोड़ा बनावत रहे!'

'जोड़ा बनावत नहीं चूतिया! जोड़ा निगत रहे।'

'पोल तो खुल रही है कि दो मरद मेहरारू और कोठरी नदारत! कैसे सोते, संजोग करते और बंशबेल बढ़ाते होंगे!'

'चुप, चूतिया कहीं के! बेमतलब की बकबक!'

'चुप काहे भाई!' जगपति इस बार तेवर में है-'पहिले कमरा कहके कोठारी गिने,

अब मेहरारू मर्द गिन रहे हैं कि कौन साथ में रहत-सोवत हैं। हमारे इहाँ तो देवी साहब रात बिताय चुके हैं। बहुत कुछ उनसे भी पूछा।'

'ई नई बस्ती है, एक कोठरी में रहो चाहे बरामदा में।' जहीर बातचीत में आ ही जाते हैं-'नंगे रहो या पतलून चढ़ाये रहो कोई मतलब है! लेकिन इहाँ डर नहीं है। शहर में सब कोठरी बन्द करके पड़े रहत हैं। बरामदा में एकौ आदमी नाहीं नजर आवत! और उनके इहाँ कोठरी की कमी नहीं, हर काम के वास्ते एक कोठरी। मरद औरत एक जोड़ा और कोठरी चार!'

कसपाती अभी आए और बतकही में शामिल हो गए।

'बाबू ई देखो पैंट कैसा ले आए हो!' भोला के बेटे चन्द्रमा ने पूछा। उसकी अभी इसी साल शादी हुई है और बाकायदा एक कोठरी उसे दे दी गई है। अब भोला के घर में दो दम्पति हैं-'ई लोकल कपड़ा है, सिन्थेटिक है। गरमाएगा बहुत। ई हम नहीं पहिनेंगे-लोकल माल।'

चन्द्रमा आठ पास है। शहर में काम करता है। किसी प्रेस में आने-जाने वालों का नाम रजिस्टर में लिखता है। शहर और गाँव-कस्बे के जीवन का मिला-जुला व्यवहार उसे नई बस्ती से थोड़ा अलग करता है लेकिन हाता रहीम तो बाप है सबका, सब यहाँ के रंग में रँगे रहते हैं-गाढ़ा रंग वार्ड नम्बर दस का।

'महँगाई से गाँड़ फटकर दो टुकड़ा हो गई और तुम्हें रेमण्ड चाहिए! चूतिया कहीं के, चार पैसा कमाने क्या लगे कि कम्पनी का नाम याद कर रहे हैं।'

'हमारे में डंडा थोड़े हैं बाबू! हमारी तो उमर है कि खेलें-खाएँ।' चन्द्रमा यह भी कह देता कि नई औरत है तो क्या उसके सामने बोरा-टाट लपेटे रहें। लेकिन पिता-पुत्र के बीच एक रेखा है मर्यादा की, जो शब्दों को सीमा लाँघने नहीं देती।

'तुम्हारा ससुर धरमदास! बस नाम के धरमदास हैं ससुर! हम तो समधी बनाय के पछता रहे हैं! तिलक में बीस हजार कम और सारा सामान लोकल! पलंग में घुन न लग गया तो कहना! उनसे काहे नाहीं कहे कि हमको पैंट गवालियर सूटिंग का चाहिए।...भोंसड़ीवाला धरमवा ठग लिया हमको! हमारा नौकरी-चाकरी वाला लड़का सेंत में हथिया लिया!'

'का बाबू जी! बेमतलब बोलते रहते हैं। अब ऊ हमार सगे रिश्तेदार हैं। असली हित हैं हमारे।'

'यही सब कहि के तुम सब रिश्तेदारों को कपार पर चढ़ा दो! नहीं तो इहाँ सबसे बड़ा हमें मानत रहे सब, इज्जत रही इज्जत!'

'सभी चालाक हैं, पढ़े-लिखे हैं! हमारी तरह आठ-दस तक नहीं...नई बहुरिया आई है सुन लेगी तो का कहेगी! बहुत तो ऐसी है कि झूठे दहेज का इल्जाम लगाय के फाँस दें।...देखो बाबू! इतनी अच्छी पतोहू नहीं मिलेगी तुमको, तुम्हार जाँघिया तक कचारत है। कबहूँ अम्मा को फींचत नहीं देखा तुम्हार कपड़ा!'

भोलाराम चुपचाप मुँह देखते रहे अपने बेटे का! बहू की बढ़ाई जायज है, वह

काबिल है। खाना बनाने से लेकर हर सामान सैंतना भी आता है। भोला के घर में क्रमबद्ध जीवन-चर्या की शुरुआत हो चुकी है।

[7]

...विमला पानी भर लाई

पानी गए न ऊबरे मोती मानुस चून...खट्-खट्...'दरवाजा खोलो।' देर हो गई, देवी प्रसाद दोहा गाते मस्त खड़े हैं दरवाजे के सामने। रात हो गई है। अब उन्हें घर की सुध कम जुबैर, जगपति, कसपाती की चिन्ता बहुत होती है।

'अब आप देर करने लगे हैं।' सुशीला ने किवाड़ खोला और कंधे पर लटका झोला ले लिया।

'मुझे दो-तीन रात रुकना भी पड़ेगा। काम पिछड़ा है। अशोक, रामलखन, जरीना, अंजना का काम पूरा हो चला है।' देवी के माथे पर हल्की रेखा उभर गई है।

सुशीला चाय बनाने चली गईं, वैसे भोजन तैयार है लेकिन देवी घर में घुसते ही पेट पूजा नहीं करते। टट्टी नहीं लगी होगी तब भी जाएँगे शंका समाधान करने। चार गाल बतियाएँगे, टीवी देखेंगे, उटक-नाटक करेंगे तब कहीं पालथी लगेगी भोजन के लिए।

'क्या गाते हुए घुसे थे घर में?' सुशीला चाय छान रही हैं।

'पानी दिमाग पर चढ़ा है! नई बस्ती में पानी, बिजली, लैट्रिन, नाली, रसोई, ईंधन का पता करना है।'

'छी: टट्टी का पता क्यों करेंगे जी! छोड़िए! सुनाइए जो गा रहे थे।' सुशीला ने कप थमा दिया लेकिन मुँह में थूक आ गया है, जिसे अब थूकना जरूरी है।

'रहिमन पानी राखिए बिना पानी सब सून, पानी गए न ऊबरै मोती मानुस चून। और सुनिए। रामायण का भी याद है, तुलसी वाला मानस-बोले भरत जोरि जुग पानी।'

'नई बस्ती में पानी का पता लगाना है तो क्या रात-दिन पानी-पानी रटेंगे।'

'मैं पानीदार हूँ! पानी का बतासा नहीं कि फूट जाऊँ तुरन्त। मुझसे पाला तो पड़ जाए, पानी न मँगा दिया तो कहना।'

'आप क्या बुझा रहे हैं? सीधी बात करेंगे तब समझ में आएगा।'

'याद है! पानी हमारे लिए बहुत कीमती चीज है। तुमको तो बता चुका हूँ कि मेरे दादा पानी जरूर पूछते थे। मेन रोड पर घर था, और अभी है ही। दादा दरवाजे पर बैठे रहते थे-चबूतरा था! जान-पहचान बहुत थी, जिसे देखते पानी को पूछते। घर में दो घड़ा पानी भरा रहता था, भले और कुछ हो न हो। पानी का मोल मैंने उनसे जाना है। लेकिन नई बस्ती की हालत ठीक नहीं है, वैसे कोई प्यासा नहीं है, फिर भी..।

'खाना ले आऊँ कि पहले तलवे में तेल लगा दूँ।'

'नहीं कूलर चला दो!'

'आज गर्मी कम है पंखे से काम चल जाएगा।'

'बिजली बचा रही हो तो ठीक है!'

'नहीं, बिजली वाली बात नहीं! बहुत आवाज करने लगा है कूलर, सोने नहीं देगा आपको!'

'भूख तो नहीं लगी है लेकिन ले आओ दो रोटी! खाते भी रहेंगे गप भी मारेंगे।'

'खुराक कम हो गई है! कुछ खा-पी के आते हैं का?'

'हाँ, वहाँ धान कुटवा कर रखा हूँ न! आटा भी पिसवाया हूँ! ऐसी बात करती हो! कौन खिलाएगा-रोज-रोज?'

'अच्छा छोड़िए! 'विमला पानी भर लाई' वाला पाठ सुना दीजिए जो कक्षा दो या तीन में पढ़े थे, याद भी है आपके।'

'विमला पानी भर लाई...विमला फिसली और गिर गई। फिर गागर बचती कैसे! फूट गई। तब पाठ में गंगा स्नान था-शंकर और नन्दू संगम नहाने गए... झूला था-आओ हम-सब झूला झूलें, पेंग बढ़ाकर नभ को छू लें... अम्मा जरा देख तो ऊपर, चले आ रहे हैं बादल... किसान का धन था-सुक्खू खेत में मेंड़ बाँध रहा है कि पानी खेत से बह न जाए।...पानी समझाया जाता था-कहानी की तरह। अब सब लीप-पोत बराबर। अखबार में जो विज्ञापन छपता है कि 'बूँद-बूँद पानी बचाइए! पानी जीवन है।' कोई बचाता है पानी! उस दिन बगल वाले भाई साहब को कहा कि 'ये देखिए कितना जरूरी विज्ञापन छपा है, तो बोले, 'सब राज-काज है देवी जी! सरकार को कोटा पूरा करना है और अखबार को विज्ञापन।' देखना एक दिन सब पानी माँगेंगे।'

'अच्छा बस! पानी-पानी! पानी पीकर एक गिलास आइए, पंखे की हवा में...'

'लो! गिनो बुलबुले! बादलों ने पानी उड़ेला, लो घँसो! संसार बनाओ! बरसाती पानी बड़े काम का है...' यही समय है कि देवी के ओंठ पर सुशीला ने तर्जनी रख दी है।

'है नरेश! बाल्टी जब गगरी में डाले नाहीं आवत तो काहे उठाय लियो बाल्टी!' अपने देवर को मानकेसर डाँट रही है, उसने हाथ से बाल्टी छीन ली है-'पानी गिराय के कीचड़ फैलाय दिए। इतनी दूर से पानी ले आवत हैं।'

'कई बार कहा कि गगरी में पानी डालो तो बाल्टी ऊपर रक्खो! पतली धार फूटेगी तब गगरी के मुँह में पानी सीधा जावेगा!' खटिया पर बैठी एक अधेड़ स्त्री बोल रही है।

'इतना नहीं गिर गया पानी कि सब लोग हमारे कपार पर चढ़ जाओ। लाय दे रहे हैं पाँच बाल्टी...'

'रोज लाओ तो जाने! ताव में आयके एक दिन भले भर दिहो। बबुआ! पानी का मोल तो समझो।' मानकेसर मुसकाई, नरेश भी दाँत दिखाने लगा। मानकेसर गाजीपुर

गई थी रिश्तेदारी में, वहाँ देवर को बबुआ कहते हैं, उसे यह शब्द बड़ा प्यारा लगा था।

गली में बाल्टी के टकराने की आवाज आ रही है। नरेश बाहर निकल गया है। आगे मोड़ पर हैंडपम्प है। जो नरेश के घर से साफ दिखता है, करीब सौ मीटर दूर है। हैंडपम्प पर भीड़ है।

'आए हो अकेले, ले आए चार बाल्टी! एक भर लो! हमें आधा बाल्टी ले-लेने दो।'

'काहे भाई जब हम आए हैं पहिले तो हमहीं न भरेंगे! दो बाल्टी हम ले जावेंगे, दो बाल्टी चाची। वो देखो आय रही हैं।'

'घर भर का बरतन लगाय दो! बस तुमहीं तो पियासे हो। गाँड़ हिलावत चले आए। अरे, बेटा! मेरे घर में मेहमान बइठे हैं। गुड़ फोड़कर सामने धरा है, बस एक-दुई लोटा बाल्टी में पानी हो जाय...' संतराम पहले तो बिगड़े फिर ठंडे हो गए। बाल्टी भर गई है, संतराम ने अपनी बाल्टी लगा दी है-'पानी पिलाना पुन्य का काम है बेटा!'

रोज की किचकिच है। सुबह-शाम पूरी गली यहीं जुटती है। इस हैंडपम्प का पानी मीठा है और बालू भी नहीं आता। इससे दाल भी जल्दी पकती है-दाल पकावन पानी!

संतराम का घर हैंडपम्प के सामने है। सुबह-शाम बरामदे में बैठे-बैठे यहाँ का नजारा लेते रहते हैं, खीजते हैं, गुस्साते हैं और मुस्कराते हैं। नरेश की अम्मा कहती हैं कि बुड्ढ़ा लुगाइयों को निहारा करता है, आँख फूट जाती मुँहफूँका की। संतराम की खूब चलती है टाउन एरिया में। यह नई बस्ती का इलाका पिछड़ा है आज भी, टाउन एरिया का वार्ड होते हुए यह गाँव की मानसिकता और व्यवहार में सुख बदता है। सो संतराम की सुविधानुसार उनके दरवाजे के सामने हैंडपम्प लग गया है। आज उन्हें पछतावा है। दरवाजे पर कीचड़ और सुबह-शाम का शोर उन्हें चैन से बैठने नहीं देता। और तो और वासर कट जाए तो वे ही लगवावें, पानी तो वे ही ज्यादा पीते हैं, कपड़ा कचारते हैं। हैंडपम्प खाली रहने पर बरतन माँजते भी देखा जा सकता है।

नरेश घर आ गया है। अम्मा अभी बोल रही है। सारा काम मानकेसर कर लेती है। अम्मा को बात के बाद कोई काम नहीं है-'अब तो हैंडपम्प लग गवा नहीं तो हम जब डोली से उतरे, उसके दूसरे दिन कमर पर गगरी लद गई। पूरी नई बस्ती में बस एक कुआँ रहा। कमर के नीचे हमारी साड़ी जरूर भींजत रही। सास रोज बोलैं, बाकी, का कही हम! साड़ी देखीं कि गगरी...एक हाथ में बाल्टी और कंधा पर डोरी, घूँघट भी सँभारों नहिं तो चार बात और सुनो! हरे नरेसवा भाग इहाँ से! दिनभर भौजी को निहारत रहत है! जो आम अगोर!'

नरेश चला गया, साथ में चार रोटी, सब्जी और गुड़, एक बाल्टी पानी भी गमछे से ढँककर ले गया।

'हाँ तो का कहत रहे! हाँ जब हम कुआँ पर जाएँ तो ऊ गँड़जरा संतराम वहीं बैठा मिले, रोज निहारे हमें। देखीं तो ओकाई आवे हमें! और उसकी औरत भुसड़ीवाली!

झगड़ा लगावे में नम्बर एक! खुद आपन घर फोड़ डाला, सब अलग-बिलग होइ गए।'

मानकेसर हुँकारी भरती हँसती और कुछ न कुछ करती रहती और अम्मा बोलती-'फँलाने कहि गए कि किसी को डरने की जरूरत नहीं है। तुमको भी डरने की जरूरत नहीं है। हमारी जब जवानी रही किसी को आँख उठाने नहीं दिया, का मजाल कोई लासा लगाय दे! मानकेसर तनि बीड़ी जला के दे तो!'

पानी बचा के रखी हैं नरेश की अम्मा। बहू बेटों को पानी के किस्से खूब सुनाती हैं कि-'हमारे मायके में कुआँ खोदा गया तो उसका नियम धरम से बियाह हुआ था। हमारी आँखिन देखी है, उस पर मोट चलती थी फिर रहट और अब तो पम्प से पानी निकालत हैं।'

समय बदला है लेकिन उसी तेजी से नई बस्ती नहीं बदली, बस यही हुआ कि कुएँ पट गए, हैंडपम्प गड़ गए, अब नल की बारी है।...पनघट की कथा मरी नहीं है जिसे सभी उमरदराज लोग याद करते रहते हैं।

जुबैर को खबर हो गई है कि देवी प्रसाद आज आएँगे और सभा करेंगे। अब जुबैर सबको खबर कर दे तो जम जाएगी सभा। लेकिन सात बजे तक जुबैर का पता नहीं है। सुना है कि उसका खस्सी किसी ने चुरा लिया है। भोर से ही वह परेशान हैं। दो हजार का माल है दिमाग तो खराब होगा ही!

'का जुबैर! पता नाहीं तुम्हार! जनगणना वाले कई दिन आए लेकिन तुम नहीं दिखे?' बरातीलाल ने पूछा।

'चले गए थे ससुराल। ससुर बीमार हैं। बचेंगे नहीं। बुढ़ापा सबसे बुरा होत है बराती भैया। तीन महीना से खटिया धरे हैं, टट्टी-पिसाब सब उसी पर...'

'अरे, कुछ खबर है देवी प्रसाद की?'

'आज आवेंगे। कुछ काम निपटाय के चार बजे सभा करेंगे। हमको कहे हैं कि सबको बोल देना।'

'रोज कुछ न कुछ बढ़ जात है काम! कब तक खतम होगा रे जुबैर!'

'बहुत बड़ा काम है! अभी टट्टी-पिसाब, नाली, खाना पकावे और बत्ती-बिजुली का पता लगावेंगे साहेब! हम तनिक खाली हो जाएँ तब सबको खबर करें।'

'कौन झंझट में उलझ गए?'

'सुबहे से खस्सी नहीं है। पता नहीं कहाँ बहन के लौंड़े भाग गया कि कोई चोराय लिया।'

'तुम्हार खस्सी दमगर था। दुई हजार बिन माँगे मिलता।'

'दो हजार तो अइसे! लेकिन तुम देखे रहे उसके पेट पर! एक ओर खुदा जैसा लकीर बनी है और दूसरी ओर कुरबानी। मौलबी साहब से पढ़वाना है। अगर सटीक बैठ गया तो समझो घर पक्का! अस्सी हजार लूँगा अपने खस्सी का।'

'अल्ला मियाँ को मनाओ! भगवान करें कि तुम्हरो दिन फिरे, घर पक्का हो और

तुम्हरी मेहरिया को साड़ी कमीज भी...'

जुबैर के मन में खुशी भरी है लेकिन खस्सी मिले तब न!

'अब्बा-अब्बा! खस्सी मिल गया। अम्मी को मिला नंदलाल के बाग में। झाड़ी में छुप के पत्ती खाय रहा था।'

'ई खस्सी मादरचोद पगलवा दिया, जबसे इसके पेट पर लकीर खुदा की पड़ी है होस में नहीं है, गर्मी चढ़ी है साले के, घमंड होइ गया है चूतिये को। अजान से घंटा भर पहिले से दौड़ा रहा है भोंसड़ी वाला!'

देवी प्रसाद नई बस्ती पहुँच चुके हैं। घर से चले थे समय से लेकिन शहर के आखिरी कॉलोनी उनके रास्ते में पड़ती है जहाँ पानी के लिए महिलाओं का जबरदस्त प्रदर्शन चल रहा था। अखबार में खबर है कि बूँद-बूँद को तरसी शहर की आखिरी कॉलोनी। वहाँ तीन दिन से नल में पानी की एक बूँद नहीं टपकी है, नल गरदन झुकाए खड़ा है बेचारा!

'कतवारू बताओ! पानी कैसे पीते हो। नल है कि हैंडपम्प?' देवी ने पूछा।

'वह खड़ा है हैंडपम्प! साहेब इसमें बालू बहुत आता है। जब थिराय जाता है तब पीने लायक होता है।'

देवी प्रसाद फार्म में भरने लगे 'हैंडपम्प की संख्या है पाँच', अभी भी याद नहीं हो पाया नीचे दिया गया कोड। वे बार-बार फार्म के नीचे देखते हैं-नल का पानी, ढका हुआ कुआँ, झरना, नदी, झील, टैंक, अन्य...

कुआँ देवी प्रसाद को खूब लुभाता है। वह प्राणवान लगता है, मानो कोई सदेह खड़ा हो। दादा पानी की कथा खूब सुनाते थे, और यह कहना नहीं भूलते थे कि, 'पानी पियो छान के बेटी दो जान के।' देवी के परदादा ने सड़क के किनारे एक कुआँ खोदवाया था! राहगीर पानी पीते थे। कुएँ पर एक बाल्टी और डोर रखी रहती थी। बाकायदा चबूतरा बना था, गड़ारी भी लगी थी। पेड़ की एक डाल कुएँ पर झुकी रहती थी। चबूतरे पर आधी धूप आधी छाया मन मोहने के लिए काफी थी। आज भी देवी गाँव जाते हैं तो कुएँ के पास जाते हैं, हाथ जोड़कर नमस्ते करते हैं। दूर से ध्वनि आती सुनाई देती है, जिसमें स्पष्ट शब्द देवी सुन रहे होते हैं-'देवी प्रसाद! मैं तुम्हारे दादा के समय का हूँ...' देवी की आँख भर जाती है। कुआँ आधा पट गया है। पानी की जरूरत सबको है लेकिन पानी का खयाल नहीं है। 'गाँव इस बार गया तो वहाँ हैंडपम्प लगवा दूँगा-प्याऊँ!' देवी ने मन ही मन कहा। लेकिन हो नहीं पाता कभी। फिर कहीं से आवाज आ रही है-'देवी प्रसाद! कुएँ पर बैठकर खूब सोचते हों, जबकि तुम नई बस्ती में हो! यहाँ देखो कि पानी के विषय में यहाँ के लोग क्या सोच रहे हैं।'

देवी प्रसाद संतराम के दरवाजे पर पड़ी खटिया पर बैठ गए हैं। संतराम कहीं गए हैं जरूरी काम से। देवी के सामने गुड़-पानी धरा है लेकिन स्पष्ट शब्दों की ध्वनि से पूरी

तरह प्रभावित वे कुछ देख-सुन नहीं पा रहे हैं-'देवी प्रसाद मैं वही नदी हूँ जहाँ तुम बचपन में नहाते थे और भरपेट पानी पीते थे। मैं सिमटकर बदबूदार हो गई हूँ। मेरी गुणवत्ता किसी शहर में बहते सीवर जैसी है। आज मैं जीवन-दायिनी नहीं रही। मैं बीमारियों का घर हूँ। अब कोई मुझे प्रणाम नहीं करता! नाक-मुँह सिकोड़ते लोगों को रोज देखती हूँ। देवी! यदि कोई नई बस्ती में मेरा जल पीता दिखे तो इसकी खबर राष्ट्रपति-प्रधानमंत्री तक करना! कोई उपाय है देवी कि मैं पहले जैसी हो जाऊँ उछलती कूदती निर्मल...और बीच में माँझी खे रहे हों अपनी नाव!'

आँख भले रोती रहे कई दिन कई रात लेकिन आँसू भला कब तक साथ देगा! देवी की आँख में आँसू नहीं है। वे अवचेतन में हैं कि चेतन में, पता नहीं। वैसे गुड़-पानी से निवृत्त हो चुके हैं। उन्हें याद आया कि गाँव में जब भैंस चराते थे तो तालाब के किनारे बैठकर कंकड़ मारा करते थे। इस काम के लिए कंकड़ पहले से जुटाया जाता था। तालाब में कंकड़ मारना और गोल-गोल बढ़ती लहरें देखना-गिनना देवी को आज भी याद है। अब तो कई तालाब सूख गए हैं। तालाब एक खुली जगह है शौच के लिए। देवी वाला तालाब सूखा नहीं है लेकिन जलकुम्भी से भरा है, जहाँ कहीं कंकड़ मारने लायक नहीं है।

'साहेब! हे साहेब!' देवी की जैसे नींद खुल गई। रामकली बोले जा रही है- 'हैंडपम्प ठीक होत है का? बाबूजी हम दूर से पानी ले आवत हैं। इहाँ के हैंडपम्प के पानी में जैसे माटी मिला होय। आज पम्प का हत्था भी टूट गया साहेब।'

देवी प्रसाद रामकली का मुँह देखते रहे। पानी न हो तो बेचैनी बढ़ जाती है-'बरगद के पास चलो वहीं सभा होगी तीन बजे। तुम्हारा हैंडपम्प भी ठीक हो जाएगा।'

तीन बज गए हैं। एक घंटा पहले से बैठे हैं देवी। जुबैर का इन्तजाम आज खास है। एक कटोरे में गुड़ रखा है। नंदलाल के यहाँ चाय बनने वाली है। चार बजे के बाद चाय आ जाएगी। प्लास्टिक के यूज एंड थ्रो वाले कप मँगा लिए गए हैं। कसपाती, सुदामा दरी बिछा रहे हैं। एक बाल्टी साफ पानी अंगोछे से ढँका है। धूप में नमी है। पुरवा ने राहत दी है।

दरी भरी है। कई बीड़ियाँ सुलग रही हैं। जाकरून, मानकेसर, झब्बो आगे बैठी हैं। देवी प्रसाद खुद बोलेंगे लेकिन आज जुबैर से शुरुआत होगी और फिर कई लोग खुलकर अपनी बात रखेंगे।

'आप बीड़ी बुझा दें।' एक सुलगती बीड़ी की ओर देखकर देवी ने कहा-'यह उठता हुआ बीड़ी का धुआँ आपके शरीर को नोच रहा है। कोई धुआँ ठीक नहीं होता लेकिन किसी नेक काम के लिए सुलग रही आग ऊर्जा का काम करती है और धुआँ दूर तक संदेश देता है। आज सभा की शुरुआत जुबैर करेंगे।'

जुबैर सभा में पहली बार बोलेंगे-'इहाँ जौन लोग बइठे हैं सबको सलाम।' जुबैर ने सलाम की मुद्रा बनाई।

'बोले आ गया का! कसपाती देख तो जुबैर की टँगरी काँप रही का?' जहीर बोले!'

'मजबूत दिल का है टँगरी काहे काँपेगी!' कसपाती ने कहा।

'दो-चार लाइन बोले के बाद जुबैर की जबान भी सही हो रही है।' नंदलाल का ध्यान जुबैर पर है।

'हम लोग जौन सभा कर रहे हैं इसका कुछ मतलब होत है। सड़क गली सब साफ होवे लगा न! नाली साफ करे में संकोच खतम हुआ कि नहीं! टाउन एरिया वाले सरमाते हैं यहाँ आने में। ई सब साथ मिल-बैठ के बोले-बतियावे से है और ई सब साहेब की वजह से है। अभी देखो कि का-का होत है।' जुबैर देवी की ओर देखने लगा-'नंदलाल आप कुछ कहेंगे तो हियाँ आके कहें। आप हमारी नई बस्ती के बड़े और भले खेती-बारी वाले हैं।'

नंदलाल खड़े हो गए। देवी के बगल में खड़े होकर दोनों हाथ की अंगुलियों को फँसाकर सीने से सटा लिए हैं नंदलाल-'सब भाई लोग को हाथ जोड़ के नमस्ते! भइया हम किसान हैं। बोलना नहीं जानते, काम करना जानते हैं। अभी हमको बतावा गया कि हम बड़े किसान हैं। वही हाल है कि जहाँ रुक्ख न परास वहाँ रेंड़ परधान। हमारे पास नौ बीघा जमीन रही, तीन भाई के बीच में। हमें मिला है तीन बीघा, पक्के बीघा से! का बड़े किसान! बस मेहनत करते हैं तो कोई अकाज नाहीं होत। भइया हो हम सब बहुत जनगणना देखे लेकिन अइसा साहेब नाहीं मिला। एक बात समझ में आय गई कि एकता रहे के चाही। आप सब एक में मिलके सुख-दुख बाँटि लें तो का कोई की जरूरत! और साहेब जस मिल जाए कोई तो फिर जौन मंत्री लोग कहत हैं कि 'ये कर देंगे वो कर देंगे'...वोट में जौन फुसलावत हैं तो सब गोबर में मिला जइसन! सब नेता लोग की बोलती बंद! जब कोई बात नहीं रहेगी तो बतंगड़ का बनाएँगे और फिर बोलिहैं का मंच पर चढ़िकै!'

नंदलाल और जुबैर को किसी बड़े नेता की तरह लोग देख रहे हैं। कसपाती, नरेश, सुदामा और जहीर ने भी जो बन पड़ा कहा। अब देवी प्रसाद की बारी है। देवी ने देखा कि कहने-सुनने से लोगों का साहस बढ़ रहा। हौसला बुलन्द हो तो रास्ता मिल ही जाता है।

'खाँसी आय रही है तो टोरेक्स ले लो! का खाँसत-खाँसत पुर-पुर पाद रहे हो।' संतराम को खाँसते देखकर कसपाती बोले।

'बड़ा याद किए हो भाई दवाई का नाम!'

'ई अखबार में विज्ञापन पढ़ता रहता है।' नंदलाल ने कहा।

'अरे, भाई अदरक और शहद चाट रहे हैं।' संतराम काँखते हुए बोले।

शहद गरीबवा की दुकान से ले आए हो तो क्या फायदा करेगा? हम तुमको कल देखे।' कलाम भाई ने कहा-'ऊ हरामजादा मादरचोद सब नकली माल बेचता है। नाम का गरीब है, उसका घर देखो! पक्का! तीन तल्ला!'

'अरे, चुप रहो तुम लोग! बकलंड हो का भाई! साहेब देख रहे हैं कि कब अपना ई फूहड़ मुँह बन्द करो तुम! तब ऊ बोलें!' नंदलाल के चाचा वहीं बैठे हैं। 'हाँ साहेब आप कहें।' चाचा ने हाथ उठा दिया।

'मैं कोई नई बात नहीं कहूँगा! आप ही कहेंगे और आज आपने कहने की शुरुआत

कर दी है। बात पानी की है। पानी के बारे में आप से ज्यादा कौन जानता है। बस पानी बचा लीजिए इज्जत रह जाएगी। इतना जान लीजिए कि जो पानी बेकार बहाएगा उसका पानी उतर जाएगा। वह बह-बिला जाएगा। और मुँह में पानी नहीं आएगा। लार का महत्त्व है, यह भोजन पचाता है। हमारे गुरुजी थे, गाँव वाले! उनके मुँह में लार नहीं बनती थी, बुढ़ापा था भी। वे कई रोगों से जकड़ गए, अन्त में मृत्यु। हाँ इतना पानी बचा लीजिए कि किसी के सामने पानी भरना न पड़े। आपने देखा होगा कि फकीर पानी फूँक कर देता है कि लो भले-चंगे हो जाओ! यह मन का भ्रम दूर करने का सरल उपाय है। भला-चंगा होने का कारण पानी है। पानी रहेगा तभी वह पढा़ जाएगा किसी फकीर के द्वारा। पानी से ही हम दुरुस्त रहते हैं। पानी देने से पुरखे तर जाते हैं। मतलब कि हे पिता-माता हम पानी बचाएँगे और हर प्यासे को पानी पिलाएँगे। पहले लोग कुआँ खुदवाते थे, यह पुण्य का काम था, पानी पीकर तृप्त होने और किसी को तृप्त देखने का भाव था। आज यह सरकारी हैंडपम्प अपने आँगन में, दरवाजे पर या अहाते में लगवाते हैं, क्यों? और जो हैंडपम्प सार्वजनिक जगह है, उसका हत्था गायब है, या उखड़ा पड़ा है। है किसी को चिन्ता! सिर्फ हम गुनहगाहर हैं! पानी ने रंग बदलना शुरू कर दिया है, अब हमें सावधान हो जाना चाहिए। भगीरथ ने गंगा निकाली क्यों? पानी के लिए! आज सबकी गन्दगी ढो रही है, गन्दी होती हुई। यह किसने किया, हमने! पानी झूठ नहीं होता अतवारी बहन! क्यों झब्बो माई! बोलो मानकेसर दीदी!'

'ठीक तो कहते हैं आप!' एक स्त्री की आवाज आई।

'पानी दूर है तो ठीक है। कोई अड़ाएगा तो नहीं!' अतवारी बोली-'हमरे बगल में रमना बो एक बाल्टी पानी रोज अड़ाय दे, मना किया तो कई बाल्टी पानी ढरकाय के बोली 'पानी हमार! बहावें चाहे जो करें! कोई के बापके का! बस हम उसका झोंटा पकड़ लिए और निहुरा के दे धमाधम पाँच घूँसा जमाये। अरे, कोई के घर में नल लगा हो तो ऊ पानी बेवजहे बहावेगा!'

'हैंडपम्प खराब है तो ठीक है साहेब बहुत पानी की बचत है। पानी की कदर तो समझे ससुरे!' कलाम ने कहा।

'सुनिए भाई! नंदलाल अभी थोड़ा चुप रहिए! सुनिए!' देवी मतलब की बात पर आना चाहते हैं। अतवारी उनकी मंशा भाँप गई है-

'सब लोग चुप हो जाओ! अब टाइम नहीं है! आपन बात बाद में कर लेना भाई! साहेब की बात सुन लो, बात पानी की होत है...बीच में कूदने से बहुत समझदार नाहीं होत कोई!'

सब चुप हो गए। यहाँ कोई पुरुष चुप करवाता तो चार बात सुनता, गाली अलग से...सो अब सुई गिरने की आवाज भी सुनाई देगी।

'पानी को मैं एक जीव मानता हूँ।' देवी ने कुर्सी छोड़ दी, उन्हें पता है कि खड़े होकर बोलने से बात दूर तक जाती है। वे सुनने वालों से शब्द-दर-शब्द सम्प्रेषित होने लगे-'नदी आपको एक स्त्री के रूप में दिखती है न! तालाब, झील, झरना जरूर एक रूप बनाता है। मुझे लगता है कि इसमें जान है, साँस आ रही है। मैं कुआँ, हैंडपम्प और

नल देखता हूँ तो लगता है कि मैं हूँ पानी पिलाने की ड्यूटी करता हुआ। हमें पानी की प्रार्थना करनी चाहिए लेकिन हमारा कचरा है कि पानी को ढककर उसे बदबूदार कर रहा है। आप उसकी जरूरत समझिए। आपने किसी से झगड़ा किया है, खूब बोल-चिल्लाकर लड़ाई की है बाद में एक गिलास पानी की जरूरत पड़ती है। मतलब झगड़ा करो तब भी पानी चाहिए...दिमाग ठंडा, झगड़ा खत्म।'

पूरी भीड़ मुस्करा उठी, आधे से अधिक लोगों के दाँत दिख रहे हैं।

'बच्चे अंगूठा चूसते हैं तो उसमें भी पानी आता है। माँ दूध बढ़ाने के लिए उरद की दाल खाती है और एक लोटा पानी पीती है। आप कहीं जा रहे हो पैदल और पानी दिख जाए तो रुकने मन होता है। सही मायने में जो पानी पर रहते हैं उनकी दुश्मनी नहीं होती। आप कोई घर बना रहे हों-मजबूत घर। पानी की जरूरत है नींव को। हम अपने प्राचीन इतिहास को पानी से जानते हैं। हे कसपाती! इधर देखो! सुनो! मुझे रोज मुर्गे की बाँग सुनाई देती, अजान गूँजती है कान में कि उठो! यह समय सोने का नहीं है, पानी के बारे में सोचने का है। आप पानी से सभ्य, सज्जन और शरीफ हैं। पानी शुद्धि है, संस्कार और सफाई है। पानी से हम सुधरते हैं। पानी हमारा मन और विचार है, रुचि और बुद्धि के विकास का सूचक है। पानी जीवन से पहले बना धरती पर तब हम हुए, पानी से हम पैदा हुए हैं। पानी खत्म जीवन खत्म! धरती पर कहीं अमृत है तो वह पानी है...मेरे बचपन में एक बार सूखा पड़ा था। मैं और तीन-चार लड़के नंगे, घर-घर जाकर लोटते थे उस घर से पानी हमारी देह पर डाला जाता था। जमीन पर फैले कीचड़ में लोटते-पोटते हम गाते थे-'बरसे दे बरसावे दे, हे मोला तू पानी दे!'

देवी प्रसाद ने गुड़ खाया और दो गिलास पानी पिया।

बिजली घर की रानी है...

देवी प्रसाद जब से पानी की बहस छेड़े हैं, पानीदार हो गए हैं। मुँह में लार भरी रहती है। सुशीला परेशान है कि देवी इतना पनिगर कैसे हो गए! एक बूँद, एक गिलास पानी भी बरबाद होते देख झगड़ पड़ते हैं देवी। पानी बचाओ अभियान की मानसिकता इस हद तक सिर पर बैठी है कि घर में तनाव भर गया है। क्या मजाल जो कोई एक सेकेंड भी नल खुला छोड़ दे। सुशीला जिस पानी से सब्जी धोती हैं, वह गमले में डालती हैं। सेंटर के साथी देवी के सामने पानी शब्द नहीं बोलना चाहते। नई बस्ती के लोगों के प्रति देवी सामान्य हैं, खूब हँसते-मुस्कराते हैं लेकिन घर आते ही गीले कपड़ों से चू रहे पानी को देर तक देखते हैं। सुशीला से बचपन में पानी की हुई घटनाएँ रोज बतियाते हैं।-'हमारे दादा के खेत में एक कुआँ था, मोट से खेत की प्यास बुझती थी, बाद में रहट लग गई। आज वहाँ कुछ नहीं है, सिर्फ कुएँ का चबूतरा, खम्भा है जिस पर गड़ारी लगी थी। पिताजी खेत की नाली देखते थे, क्या मजाल कि कहीं से पानी फूट कर

बेकार बह जाए!'

बोतल में बचा पानी देवी फेंकते नहीं हैं, घर ले आते हैं। झोला-पानी के साथ सेंटर पर देवी पहले पहुँचने वालों में हैं लेकिन अशोक, रामलखन, सतेन्द्र पहले से जमे हैं। चाय का दुकानदार यहीं चाय पहुँचा गया है। तीन गिलास चाय रखी है। देवी प्रसाद सेंटर में प्रवेश कर रहे हैं, गाते हुए–

बिच्छू का मंत्र न जाने,
न जाने बिच्छू का मंत्र
साँप के बिल में हाथ डाले,
हाथ डाले साँप के बिल में
बिच्छू का मंत्र न जाने...

'बड़े भैया! कहाँ हाथ डाल दिए! भौजी ठीक तो है न!' अशोक ने चुटकी ली।

'चुप रहो अशोक! भैया गा रहे हैं, सुनने तो दो! हाँ देवी भैया।' रामलखन ने कहा।

देवी प्रसाद गाने लगे–

पनियाँ खिंचत सखी भींज गई चुनरी।
पनियाँ खिंचत सखी...
देखाईं कजरा तो छ्लके गगरी।
पनियाँ खिंचत सखी...

देवी प्रसाद ने एक ही पंक्ति को टेरना शुरू किया।

'अब लगे रेतने! पानी खींचें चाहे फोड़ दें गगरी-फगरी! आगे कुछ है कि बस...' अशोक खीझे।

अरे, सुनो मोरे करेजा! सुनो!
भरि जाला अँचरा में पानी, हो रिमझिम बरसे ई बदरा!
...सजन सनेहिया के याद सतावे।
घिर-घिर बदरा ई हाल बताये।
कि तड़पे ई बिजुरी सयानी, हो रिमझिम बरसे ई बदरा...

देवी पानी से भींग रहे हैं।

'पूरी बहेड़ी में चर्चा है कि वार्ड नम्बर दस के जनगणना वाले पानी-पानी चिल्लाते हैं। हाता रहीम देवी प्रसाद को हाथो-हाथ ले रहा है!' रामलखन ने बताया।

'पूरे देवता हैं, देवता! हम सब जनगणना कर रहे हैं, और ई महराज कुछ और!'

'देवी भैया जब चाहे तब किसी के घर में घुस सकते हैं, खा-सो सकते हैं। इनकी कई रात बीत चुकी है नई बस्ती में-मजेदार!'

'लड़परेतन सूझ रही है आयँ।' देवी बिगड़े-'शंका की कोई दवाई नहीं है। वहाँ सब पैर छूती हैं औरतें। रामलखन अपनी बीमारी दूर करो। जब देखो तब गाँड़ में चूना काटा करता है। पानी के विषय में क्या जानते हो। बोलो! झाँट बराबर अकिल है नहीं! जाओ जनगणना करो और फोता खुजलाओ।'

'बिगड़िए मत देवी भैया!' अशोक ने एक गिलास ठंडा पानी सामने रख दिया– 'हम आपका दिल से सम्मान करते हैं। आपके बिना यहाँ सब अधूरा है। आप जो काम कर रहे हैं उसकी गूँज टाउन एरिया में नहीं, जिले तक भी है। इसका मतलब यह नहीं कि आप हम पर क्रोध करें।'

'हे अजहर एक चाय बोल दो।' सतेन्द्र ने अजहर को देखकर कहा।

'बस एक चाय! आप लोग?' अजहर ने पूछा।

'हम लोग पी चुके हैं, देवी साहब के लिए...अच्छा चलो बोल दो चार चाय, और सुनो! पत्ती कड़ी और सामने बनवाना! एक बार जो चाय की पत्ती डालता है, उसे ही कई बार डाल-डाल खौलाता है। पत्ती का अर्क क्या जहर निकलता है दूसरी तीसरी बार में।'

'हम तो सुने हैं कि देवी भाई नौकरी छोड़ रहे हैं।' रामलखन ने कहा।

'नौकरी छोड़कर क्या झाँट उखाड़ेंगे! अरे, कुछ काम की बात करो! हमारे पीछे क्यों पड़े हो।' देवी उखड़े लेकिन मुस्कराकर।

'यह भी काम ही है कि घर से बाहर गप्प मारो, चाय पियो, सतेन्द्र की तरह फोता खुजलाओ!' अशोक का मूड हमेशा मजाक का रहता है।

'जालिम लोशन लगाना चाहिए, इसको खुजली है। एक हाथ पाकिट में डालकर कुटुर-कुटुर खुजलाता रहता है।' रामलखन के इतना कहने पर सतेन्द्र बिगड़ गए और एक साँस में दस गाली बकने के बाद ही चैन की साँस आई।

'दो हजार एक में पेयजल का मुख्य स्रोत नल और हैंडपम्प था।' देवी गम्भीरता से बोले–'यह आँकड़ा सही भी है लेकिन पहले यह क्यों नहीं बताते कि कितने लोगों को पानी नहीं मिल रहा है–शुद्ध! साफ पानी की बात कर रहा हूँ। बोतल का मिनिरल वाटर पीने से पानी के प्रति संवेदना नहीं जागेगी। जंगलों में जाकर देखिए गड़ही-तालाब का रुका हुआ पानी लोग पी रहे हैं–जी रहे हैं। इसी बहेड़ी में सर्वे कर लीजिए, खराब और बालू देने वाले हैंडपम्पों की संख्या चकित करने वाली होगी। जीवन की पहली जरूरत है साफ पानी! अपने शहर को ही देख लीजिए लगभग सत्तर प्रतिशत लोग नल का पानी पीते हैं। बाकी लोग?...और उसी नल के पानी में कितनी जगह बदबूदार पानी भी आता है!'

'देवी भैया आजकल आप बहुत बोलने लगे हैं। पानी की चिन्ता कहीं पागल न बना दे।'

'अशोक! मैं पानी को करीब से देखा हूँ। जनगणना में फार्म में कोड भरना कि बिना ढँका हुआ कुआँ चार नम्बर, ढँका हुआ तीन, झरना सात, नदी नहर आठ नम्बर ही काफी नहीं है मेरे लिए। मुझे पानी की दशा-दिशा पर तकलीफ होती है। मंत्री, नेता, अधिकारी से क्या मतलब! वे सब चोट्टे हैं, खाय के टन्च हैं। क्या जाने आधा पेट खाना और हैंडपम्प का मटमैला पानी!'

'आठ बज गया है! अब चलो भाई! देवी भैया हमसे इतना नहीं होगा।'

सब उठ खड़े हुए, कोई पिछाड़ा झाड़ है, कोई बेल्ट सीधी कर रहा है, कोई झोला...देवी प्रसाद अशोक और रामलखन का मुँह ताकने लगे हैं। सतेन्द्र को खुजली फिर शुरू हो गई है, उनका हाथ पैंट की जेब है।

कसपाती सुदामा को कहानी सुना रहा है, उसे कहीं से कहानी का एक पन्ना मिल गया है–'मैनपुर गाँव में पहले जोगी आते थे। जोगी आदिवासी होते हैं। खरगोश पकड़ते और खाते हैं। साँप पकड़ते भी देर नहीं लगती। साँप का तेल महँगा बिकता है और जोगी तेल निकालने में माहिर हैं। लेकिन वे तेल बचाते हैं, रात को दीया नहीं जलाते। दिन रहते उनका काम पूरा। रात के अँधेरे में बस एक काम... इनकी आँखें सुन्दर होती हैं–गोरी–गोरी। जादू जानते हैं, करतब दिखाकर खाने भर माँग लिया करते हैं। खूब टोना–टोटका करते हैं जोगी। गाँव के जवान मर्द इनके डेरे के पास मँडराते रहते हैं। कहीं भी पानी पी लिया, टट्टी फिर लिया और अँधेरे में पूरी रात बिता दी। सरकार की बिजली–पानी–शौचालय की योजनाएँ इन तक पहुँचने का रास्ता अभी तक नहीं ढूँढ़ सकी हैं। ये भी बेखबर...अपने सुख–दुख में ही भूले रहते हैं।

'क्या सुना रहे हो कसपाती?' देवी ने पूछा।

देवी को अचानक देखकर कसपाती हड़बड़ा गए–'घबराते क्यों हो! मनुष्य से क्या घबराना। जैसे तुम वैसे हम। यह बताओ कि नई बस्ती में बिजली का क्या हाल है?'

कसपाती अभी कुछ बोलते कि जहीर, जुबैर, नंदलाल, कतवारू, बराती और छोटेलाल आते दिखाई दिए। देवी का पता लग भर जाए फिर देखो उनके साथ घूमने वालों की भीड़!

'झोला हमें दे साहब।' कतवारू ने झोला ले लिया है।

'ई हमारे कंधे पर सोभता है, झोला इधर दो!' जुबैर ने झोला लेने का प्रयास किया।

'रहने तो तुमहीं नहीं हो एक हम भी हैं, हमारे पास भी कंधा है–मजबूत! चाहें तो तुमको भी लाद लें। चढ़कर देख लो!'

'बिजली का क्या हाल है सुदामा?' देवी की नजर सुदामा की ओर है।

'बिजली सबके घर लगी है, लट्टू भी जलता है लेकिन एक–दो को छोड़ि दें तो बिना कनेक्शन के सब हैं, कटिया फँसी है, चल के देख लो साहेब।'

आगे देवी प्रसाद पीछे उनकी टीम। जैसे चल पड़े जिधर दो डग उसी ओर उठे कोटि पग! देवी को अब पूरा विश्वास है अपनी नई बस्ती पर।

'कहाँ चली जा रही है गोल?' वसीम मियाँ ने पूछा।

बिजली घर की रानी है,
रखना उसका पानी है,
तार नंगा छुओगे जल जाओगे,
करेंट लगेगा मर जाओगे।

'ई किसका लड़का है रे सुदामा? बड़ा तेज है! पढ़ता है का!' वसीम ने फिर पूछा।

'नगीना का लड़का है चचा, आठवीं में है।'

'अरे, भाई चाय बनवा दूँ पीते तो जाओ।'

पूरी टीम वसीम के दरवाजे पर रुक गई। वसीम मियाँ रईस आदमी हैं। कई बेटे सऊदी अरब में कमाते हैं, शहर में जूते की दुकान है और नई बस्ती में जरी का काम करवाते हैं। वसीम के घर में खबर हो गई है कि दस-बारह लोग बरामदे में बैठे हैं। चाय का भगौना चढ़ गया है और प्लास्टिक की गिलास मौजूद है घर में।

'यही प्लास्टिक जान ले लेगा। पूरी दुनिया को यह तबाह कर देगा।' देवी प्रसाद चाय की दो चुस्कियाँ ले चुके हैं। चाय अच्छी लग रही है, गर्मी को गर्मी मारती है।

'ई झाँटभर की प्लास्टिक की गिलास से दुनिया कइसे तबाह हो जाई साहब!' बराती लाल का मुँह पहली चुस्की में जल गया और यह आखिरी घूँट मुँह से पहले पैजामे पर गिर गई। बराती ने अपनी चाय रख दी, वे पैजामा धोने लगे, जहाँ चाय गिरी है।

'बाद में बात करेंगे इस पर। हाँ वसीम भाई आपसे ही शुरू करते हैं। बिजली है आपके घर में?' देवी सीधे काम पर आ गए।

'है, बिजली है। बाकायदा मीटर लगा है, बिल भरते हैं। हम उसमें के मियाँ नहीं है कि गँड़मराई करें। काम साफ-पाक है। जिस चूतिए का मन करे जाँच-पड़ताल कर ले।'

देवी के साथ जितने लोग हैं, सभी कटिया फँसाते हैं।

भीखा ने पूछा-'साहेब हम सब कटिया फँसा के बिजली जलाते हैं और आप लिख रहे हैं कि बिजली है, तो एक दिन बड़ा सा बिल हमारे नाम कट जाएगा!'

'कुछ नहीं होगा! इससे बिल से मतलब नहीं है। जानना यह है कि कितने लोग उजाले में हैं और कितने लोग मिट्टी का तेल जलाते हैं।' देवी ने समझाया।

'कुछ नहीं! हम आपकी इस बात को नहीं मानेंगे।' कलाम ने कहा।

'मानने की बात ही नहीं है! हम काहे कहें कि बिजली जलती है, हमरे पास कोई कागज नहीं है बिजली का।' जहीर बोले।

कलाम और जहीर की बात को सबने हाँ-हाँ कहा! देवी भी मान गए कि जिस घर में कनेक्शन है उसकी बिजली लिखेंगे।

'पानी सबको जरूरी है साहब। आपने समझाया कि पानी बिना जान नहीं बच सकत। हमारे समझ में आ गया लेकिन बिजली बिना मर थोड़े जाएँगे।' कतवारू चुपके से सुर्ती मलने लगा।

वसीम के दरवाजे अच्छी भीड़ जमा हो गई। बिना सभा के सभा। देवी के विरोध में आवाज भी उठ रही है।

'हमारे घर में बिजली नहीं है। हम अँधियारे में रहत हैं।' जियाराम ने जोर से कहा-'फारम में अँधियारे में रहे वाला नम्बर लिखो साहब!'

'बात सही बताओ!' सहदेव और जियाराम लड़ने लगे-'कहो कि कटिया फँसावत

हो। बिजुरी चमकत रहत है साहेब इसके घर में, बताने में इसकी गाँड़ फट रही है।'

'राँड़ रोवे तो रोवे अहिवात रोवे दस-दस सेर। बिजुली हम नहीं जलाते हैं हाकिम। मट्टी के तेल से काम चलत है। चलि के देख लें हमरे घर डिबरी टँगी रक्खी है।' रामकली कभी छाती ठोंकती कभी तर्जनी से अपना घर दिखाती।

'साहेब जब हम इहाँ डोली से उतरे तो का देखे कि चंदा अस चमकत हमार मरद!' अतवारी देवी प्रसाद के आगे खड़ी हो गई-'सूरज अस जेठ! बिजुरी अस ननद! अरे, आगे का है रामकली बता तो!'

रामकली दाँत निकाल हँसती रही, बोली नहीं।

'सब चमक रहा है लेकिन डिबरी में तेल नाहीं रहा, बिजली तो माने अब आई हैं।' अवतारी ने आगे कहा।

'चिरई के दूध है हमारे लिए बिजली!' तैयब ने कहा।

'कितनी देर रहती है साली! घंटा-दो घंटा फिर तो हिलाते रहो लेकर लालटेन! बस चार दिन की चाँदनी की तरह है बिजली।'

देवी ने समझाना चाहा कि बिजली कनेक्शन लेकर ठाट से रहें लेकिन हिम्मत नहीं हुई।

'किस साले में दम है कि हमार कटिया निकाल दें।' चनरदेव लाठी लेकर खड़ा हो गया-'माँ बहन एक न कर दूँ साले की तो कहना! हमारी सरकार है, हमने वोट दिया है, का मुफत में दिया है। बिजली भी न जरावे तो क्या करें।'

'ठीक है भाई, ठीक है।' देवी समझदार हैं।

नंदलाल ने आज फिर अपने घर से गुड़-पानी मँगवा दिया है। वसीम का बरामदा खचाखच भरा है-'मैं किसी का नाम नहीं चढ़ाऊँगा। मैं आपके घर का हो हूँ बाहर का थोड़े हूँ भाई! आज बिजली-बत्ती है! हम जब बहुत पहले धरती पर आए, तो सूरज की रोशनी में दिन और चन्द्रमा की चाँदनी में रात बिताये! फिर समझ बढ़ी तो लकड़ी जलाकर उजाला किया। तब बिजली थी न मिट्टी का तेल।' देवी ने गुड़ खाया और गटगट एक गिलास पानी... सभी चुप देवी प्रसाद का मुँह ताक रहे हैं-'गाली-फक्कड़ से कोई काम नहीं बनने वाला। अपनी बुद्धि पर जोर दीजिए, समझ बढ़ाइए!'

'समझ गई तेल लेने! हमें तरीका न सिखाओ साहेब!' चनरदेव का वही तेवर है।

'चनरदेव पहिले बात तो सुनो! साहेब कब्बो हमारे खिलाफ नाहीं जाए सकत है।' जहीर बिगड़े तो चनरदेव शांत हो गया।

देवी अपने गाँव होते तो चनरदेव को पटककर मारते लेकिन यहाँ चुप रहने में भलाई है। यहाँ क्रोध करना किए-कराये पर पानी फेरना है।-'आप बिजली की रोशनी में रहें लेकिन उसके बारे में समझे। मैं कह रहा था कि लकड़ी जलाने के बाद लोग तेल डालना सीख गए और फिर दीये के उजाले में। मेरे बचपन में मेरी दादी तीसी का तेल दीये में जलाती थीं, सरसों का तेल भी... गाँव में जो बड़े लोग थे उनके यहाँ रातभर लालटेन जलती थी। समय बदल गया, हम-आप सब नए जमाने में आ गए। बिजली में आ गए! बिना बिजली के भला टीवी चल सकती है, मोबाइल चार्ज हो सकता है। बात

दिमाग से सोचो! टीवी, रोडियो को ऊर्जा यानी गर्मी कहाँ से मिलती है, बिजली से! तो ऊर्जा बचाना है न! जैसे पानी बचाना है। बिजली पुरखों के परिश्रम का तेल है। बचाओ! और उजाले में रहो रातभर!'

'हे खेलावन जा घर से नीबू का सरबत बनवा के ले आ! नीबू तनिक मजे से डलवाना।' नंदलाल के कहने पर खेलावन चला तो गया लेकिन नाक-भौं सिकोड़कर, वह देवी की बात से वंचित होना नहीं चाहता था।

देवी बोलते रहे-'आपको जो मिट्टी का तेल मिलता है वह कोटे वाला पी जाता है और बिजली के उजाले में ठाट में रहता है, पंखा कूलर चलाता है, जाड़े में हीटर भी... सब आपके तेल की कमाई है, मैं यह समझाने आया हूँ। एक बार फिर से सुन लें आप सब! मेरा काम सिर्फ फार्म भरना नहीं है। मेरा काम है कि बिजली है तो टाइम पर आ क्यों नहीं रही है! और आ रही है तो उसको कैसे इस्तेमाल करें और उससे कैसे बचे और बचाएँ!'

'बिजली बस्ती में आ गई और घर में लग गई तब भी वही हाल कि तेली से विवाह किया तेल का रोना।' भीड़ से किसी की आवाज आई। लेकिन देवी रुके नहीं-'आपके बगल में माही गाँव है, बड़ा गाँव है, बिजली है पूरे गाँव में! अभी परसों की बात है, तार में हाई बोल्टेज बिजली आ गई। एक आदमी मर गया बेचारा। माँही गाँव के सभी टीवी, रेडियो, फ्रिज फुँक गए। गोदाम का चौकीदार इनवर्टर बन्द करने गया तो स्वीच में ही चिपक गया, बिजली उतर आई थी हर जगह। एक गाय बेचारी खम्भे से सट गई। विज्ञान के आविष्कार से विकास कीजिए, मौज लीजिए, मजे से रहिए लेकिन सचेत होकर, समझदार बनकर, सुरक्षा के उपाय सोचकर और कुदरत को बचाते हुए...आप अपने मूल स्वभाव को मत छोड़िए और मौसम का मिजाज भी समझिए! बिसवाँ गाँव का भी यही हाल है। रतीपाल के घर के पिछ्वाड़े दस दिन से बिजली का तार टूटा पड़ा था, किसी ने खयाल नहीं किया और नौ साल की बच्ची चपेट में आ गई। यह हमारी लापरवाही है और सरकार की भी...हम जाग जाएँगे तो बिजली विभाग सो नहीं पाएगा। वह एक सरकारी विभाग है, आपका है, मालिक हैं आप! मेरे गाँव की बात है, पिछले साल की। गरीबी से आजिज आकर राजकुमारी नाम की औरत अपने दो छोटे-छोटे बच्चों के साथ मिट्टी का तेल छिड़क कर जल मरी। पाँच बीघा जमीन थी लेकिन दो साल से सूखा पड़ा था, कर्ज में डूबी थी, मर्द भी बीमार था। मन से हार गई बेचारी! मैं चाहता हूँ कि आप किसी स्तर पर हारे नहीं, जीत हमारा मकसद है। मिट्टी का तेल जब नहीं आया था दुनिया में, तब भी सरसों का तेल था और तब दहेज भी नहीं था! कोई किसी दुल्हन को तब जलाता नहीं था। मैं भाषण देने नहीं आपकी आँख खोलने आया हूँ। बिजली चौबीसों घंटे आए इसके लिए हमें लड़ाई लड़नी चाहिए।'

देवी के हाथ में पानी का गिलास है। सामने बैठे कसपाती जुबैर, अतवारी, नंदलाल, रामकली, भीखा, प्यारे, कलीम की आँखों से आँसू बह रहे हैं, वैसे आँख सबकी भर आई है। नई बस्ती की बेटी अपनी ससुराल में जला दी गई थी, अभी पिछले साल की घटना है।

नाली खुली है...बजबज!

हाता रहीम वासित की चर्चा हर जगह है। यहाँ के लोग अखबार ठीक से पढ़ने लगे हैं। कायदे से बतकही हो तो समझ बढ़ती है, दिमाग खुलता है और नए रास्ते दिखते हैं। काम करने की मानसिकता बनी रहती है। बातचीत एक ऐसी दवा है, जिससे थकान दूर होती है। नया करना सोचना वाकई ऊर्जा देता है। इस्माइल की दुकान पर अखबार आता है। जनगणना की खबर जरूर तलाशी जाती है लेकिन खबर शान्त है।

'जनगणना की कोई खबर निकली है का? कोई और पीटा गया क्या?' कलाम ने पूछा।

'काहे कोई पीटा जाएगा! अरे, एक दफा हो गया कि रोज-रोज...ऊ जनगणना वाला बदमाश रहा होगा।' कसपाती ने कहा।

'जनगणना वाला नहीं, पब्लिक चूतिया रही। ऊ बेचारे सवाल पूछत रहे।' सुदामा एक बच्चे को बिस्कुट पकड़ा रहे हैं।

'अब इतना हगनी-मूतनी पूछोगे तो दिमाग गरम तो होई जाएगा।' भीखा ने बीड़ी सुलगा ली है।

'हमारे साहेब की तरह कोई नहीं है कि समझा दे एक-एक हरफ।' जुबैर बोले।

'अयोध्या में अठारह साल बाद विश्व हिन्दू परिषद के नेता जुटेंगे।' नंदलाल ने सुना जो नरेश पढ़ रहा है।

'फिर सियासी पारा गरम करेंगे ई ससुरे नेता!' जहीर बोले।

'अयोध्या तो चुप है। ई ससुरे बेचारी अयोध्या को बीच में ला के अपनी बढ़ाई बखानत है। काहे का राम काहे का रहमान!' जुबैर ने समझदारी की बात की।

'हमें लड़ाते हैं ई मजहबी नेता साले! खाय के लाल हुए जा रहे हैं। और हमें मन्दिर-मस्जिद में उलझाय रहे हैं। अरे, बताओ कि कौन धंधा करें कि रोटी चले, बेटी की शादी हो, लड़के पढ़ें लिखें! हमें चूतिया बनावे चले हैं कि इहाँ राम रहा तो इहाँ बाबर!'

जुबैर, जहीर, कलाम, कसपाती, सुदामा, भीखा में खूब बतकही चल रही है। काजिम, नंदलाल, नरेश भी हैं। जुबैर की बेटी उन्हें बुलाने आ चुकी है लेकिन इस बतरस का रस भला कौन नहीं लेगा!

'किसी भोंसड़ी वाले में दम नहीं है कि धंधा-पानी लगवाय दे।'

'ई बस वही का खियाल करत है जौन ई बियाये रहत हैं! तनिक सोचो कि ई मन्दिर से, चाहे मसजिद से हमारे देश का कौन भला है, आयँ! ई कौनो काम है! का इससे अनाज पैदा होई सकत है कि कवनो कपड़ा बन सकत है?आवैं कुर्ता पर कढ़ाई करके दिखाय दें तो जानी मरद हैं। हम सब तो उनकी खातिर झाँट बराबर हैं।'

'ई नई बस्ती में कोई माई का लाल है जो हिन्दू मुसलमान में झगड़ा लगाय दे, गाँड़ काट के रख देंगे साले की!'

'नई बस्ती काहे रे! पूरी बहेड़ी में आज तक हिन्दू-मुसलमान में झगड़ा नहीं हुआ। हम इस तरह की बात सुनते ही नहीं कि इहाँ बबरवा बनवाया मसजिद कि उहाँ राम का

जनम हुआ।'

'आगे की देखो कि जिनगी रहेगी कि लौड़े में मिल जाएगी। साँस लेना दूभर है इसी नई बस्ती में, हवा कितनी खराब होइ गई है!

'साहेब कहते ही रहे, कि हवा, पानी सब बिगड़ गया है!'

'हरे नरेशवा! ई मन्दिर-मसजिद वाली खबर पढ़ के सुनाये तो मुँह तोड़ देंगे। अरे, देख कवनो मतलब की खबर है। सुई-धागा सस्ता हुआ है का!'

'अरे, आज तो मंगल है, नाली साफ करने वाला दिन।' जुबैर ने याद दिलाया।

नई बस्ती में मंगलवार का दिन नाली साफ करने का है। कुछ लोग नाली का निरीक्षण करते मिल जाएँगे और जिसके घर के सामने नाली गन्दी मिलेगी, उससे उसी समय साफ कराएँगे। नाली का पानी बहता रहता है, सो कहीं बदबू नहीं है। देवी प्रसाद के आने से पहले यहाँ की नाली में टट्टी फिरते थे बच्चे, लेकिन अब क्या मजाल जो एक पत्ता भी अटका हो कहीं। हैंडपम्प का पानी जहाँ एकत्र होता था, अब वह नाली में जाता है। लोग अपने घर के सामने नाली में बैठी काई भी छुड़ाने लगे हैं। कच्ची नाली बाकायदा रोज साफ होती है। सबकी निगाह गली में चलते समय नाली पर रहती है, जैसे नाली नहीं घर की बैठक हो। खुद देवी प्रसाद ने अपने हाथ से दो हाथ नाली साफ की थी। काम को काम सिखाता है, कहकर नहीं करके दिखाना चाहिए। नई बस्ती का पूरा प्रभाव स्पष्ट है। टाउन एरिया का सफाई कर्मी पहले भी नहीं आता और अब तो उसको मजा ही मजा है। नई बस्ती को अब यह भी पता है कि नाली साफ रहने से बीमार नहीं होंगे बच्चे, बुखार कोस भर दूर रहेगा। यदि किसी बच्चे ने गली में टट्टी कर ही दिया, तो उसके घर उलाहना बाद में देंगे राख पहले डालेंगे।

देवी प्रसाद ने नई बस्ती की सभा में खुलकर बताया कि वे इस नौकरी से पहले नगर महापालिका में बाबू थे। पूरा दफ्तर भ्रष्ट था! उन्होंने भी एक बार दस का नोट लेकर छछूँदर का जनम छोड़ाया था, फिर कभी घूस-कमीशन नहीं लिया! दफ्तर की बदबूदार मानसिकता से उन्हें नफरत हो गई थी! नगरपालिका की नौकरी देवी को काटने लगी। वैसे दफ्तर के अन्य लोगों को नाली से खूब कमाई होती थी-चाहे सफाई हो या निर्माण। बड़े नालों का काम तो छोटी-मोटी शादी का खर्च उठाने लायक फायदा करा देता था। देवी से सभी अधिकारी कर्मचारी नाराज रहते थे। भावुक मन आँसू का घड़ा साथ रखता है। नाले के किनारे और कहीं-कहीं नाले के ऊपर लकड़ी-बाँस से छत जैसा बनाकर गुजर-बसर करते लोगों को करीब से देखा है देवी ने। आज भी वे जाते हैं और उनके सुख-दुख में शामिल होते हैं, रोते-गाते हैं। उन्हें यह भी चिन्ता है कि ये बढ़ते नाले-नालियाँ हमारी गन्दगी को कहाँ ले जा रही हैं, किसी न किसी रूप में या किसी बहाने से ये हमारे पास ही तो आ रही हैं। आखिर गन्दगी इतनी क्यों है?

पहले गाँव की गली में पानी बहता ही नहीं था। कुएँ पर नहाया धोया, बस हो गया! दो बाल्टी में काम समाप्त। कुएँ का पानी देवी के दादा जी वहीं इकट्ठा करते थे गड्ढा बनाकर। कुएँ की जगत के पास तुलसी, गेंदा और मदार-धतूर के पौधे लगाते

रहते थे दादा। और उसी एकत्र हुए पानी से सींचते थे। हरे-भरे कुएँ की जगत कुछ पल गुजारने को आमंत्रित करती थी। पुदीना को पानी खूब चाहिए, सो पूरे गाँव को इसी कुएँ पर वह हरा-हरा मिलता था। पुदीना पेट की अच्छी दवा है। आम का पना हो या चटनी, पुदीने के स्वाद का क्या कहना! एक बार गाँव के पंडित जी ने कहा कि 'सुदीन यह क्या कर रहे हो! तुलसी माता को इस गड्ढे का पानी! और धतूरा-मदार! यह तो शिवजी का आहार है। इस पर नहा-धोकर साफ पानी डालो नहीं तो अनर्थ हो जाएगा। इतना पाप क्यों कर रहे हो सुदीन भाई!' इस पर सुदीन बोले-'यह पानी साफ है, यहाँ साबुन मिलता ही किसको है। छलकते, ढरकते पानी को गन्दा कहना क्या उचित है पंडित जी! आपका चले तो सब सूख कर काँटा हो जाए और यहाँ पानी सड़कर बसाता रहे। मैं तो तुलसी और धतूरे को जिला रहा हूँ। देखो कितना बढ़िया फूल खिला है गेंदे में। मदार और धतूरा भी अपने रंग में रँगे हैं। और पंडित जी! हमारे शिवजी को मदार और धतूरा खिला रहे हो! लाज नहीं आती! कोई और अच्छी चीज नहीं है क्या? इसी गड्ढे वाले पानी का परताप है कि तुलसी ऐसे बढ़ी है जैसे कोई नीबू का पेड़।'

नई बस्ती के लोग नाली और बहते-ठहरते पानी के विषय में ठीक से जान गए हैं।

'हरे किसमतिया हमसे जियादा मत बोल! ई कूड़ा जौन रोज-रोज हमारे दरवज्जे पर फेंक रही हो, तो जान लो!' गुलबिया लड़ रही है-'गोबर से पाट देंगे तोहार दरवज्जा। जौन चौखट पर बइठ के जाँघ खुजलावत हो, सब घुसर जाये भीतर।'

'तू कइसे बोल रही है रे!' किसमतिया लड़ाकू स्त्री है-'हरे भोंसड़ियावाली! नाली के साथ कूड़ा कहाँ जाई रे! जौन कूड़ा तोरे दरवज्जे पड़ा है, ऊ अपने भतारन से पूछ!'

'का पूछें रे! का पूछें रे रंडी! पक्का घर बना ली है तो ई मत जान कि हम कोई से कमजोर हैं। ई चइला न डलवा दिया तो कहियो कि केसे पाला पड़ा है। हई हथवा जौन चमकाय रही हो, तो मरोड़वा के डलवा दूँगी उसी में रे...!'

'का जानत हो कि हम तोसे डेरात हैं। जब देखों तब चढ़ी रहत है छाती पर। अरे, गरमा गई हो तो जा अपने भतारन के पास!'

'का तुम लोग लड़ रही हो! आयँ! हे हीरा! अरे, लिया जाओ अपनी औरत को!' जुबैर कहीं जा रहे थे लेकिन शोर सुनकर इधर ही आ गए हैं-'देवी साहब का समझाय गए हैं? बोलो! कोई सुनेगा तो का कहेगा! हरे भगेलू साले! बइठ के झगड़ा सुन रहे हो! चुप नहीं करा सकते! चूतिया कहीं के यही मरद बने हो। सामने लड़ रही हैं तुम सब की औरतें, लाज नाहीं आवत!'

दोनों औरतें चुप हो गई हैं। दोनों हाँफ रही हैं। थक गई हैं लड़ते-लड़ते। ज्यादा बोलने से शक्ति जाया होती है यह प्रमाणित है। लेकिन दोनों आँख फाड़कर एक दूसरे को निहार रही हैं।

'इन सब का झगड़ा जुबैर भैया मनोरंजन है।' हीरालाल रोज सुनते हैं–'न लड़ें तो खाना न पचे। हम तो हींग-हर्रे से आपन खाना पचावत हैं और ई झगड़ा से। बेचारी कहाँ जाएँ बोले-बतियावे। किससे कितना कहें आपन दुख! सुख तो समझो है ही नहीं। गाली-गुफ्ता से तनिक मन हरा होय जात है भैया! तो कर लो खूब गलगंज। लेकिन हाथापाई न करो। मारपीट से हमें नफरत है। हम इसी खातिर बइठे हैं कि ईंटा-पत्थर न मारें-फेंकें, मूसर-बेलन न चलाय दें! जौन ई होय तो झोंटा पकड़ि के घसीटत घर के अन्दर...'

जुबैर भूल गए कि उन्हें किस काम से कहाँ जाना है। भगेलू और हीरालाल मिल गए तो भला काम कहाँ याद रहता है। भगेलू की खेती सब्जी वाली है, तरोई खूब निकल रही है। चार-पाँच सौ की तरोई दो-तीन दिन के अन्तर पर... आज भगेलू एक झोलाभर तरोई जुबैर को जरूर देंगे।

'झगड़ा की तीन जड़-जर जमीन जोरू। भगेलू भाई इससे बचि गए तो समझो जिनगी कट गई मौज में शराफत से।' जुबैर ने कहा और एक लम्बी साँस खींचकर अपने घर की ओर मुड़ गए। उनके हाथ में तरोई से भरा एक झोला है।

है भाई, है! यह बहू-बेटियों वाला घर है...
जहाँ लाज की जरूरत पड़ती रहती है :

पूरी नई बस्ती को देवी ने चमका दिया है। लेकिन मन्दिर का क्या करें। पिछवाड़े जंगल है, जहाँ बासी फूल बजबजा रहे हैं। मन्दिर में गाय बँधी है, पुजारी की है। वही गोबर करती है, मूतती है। मन्दिर छोटा है लेकिन इतना नहीं कि छोटा लगे। एक कोठरी पुजारी जी के लिए अलग से बनी है। मन्दिर का हाता करीब दो बिस्वे में होगा। हाते के मुख्य द्वार पर गाय बंधी है। दो बछड़े साथ में बैठे-खड़े मिलते हैं, एक छोटा एक बड़ा।

देवी सिर्फ एक कप चाय पीकर चले हैं। पहले दो रोटी खा लेना चाहते हैं। आज सुशीला ने पाँच रोटी दी हैं, साथ में गुड़ भी। नीबू नमक चीनी एक गिलास, एक चम्मच तो रोज झोले में पड़ा रहता है। गर्मी का दिन है, जरूरत पड़ सकती है। देवी की रूमाल पर रोटी फैली है–'पेट के लिए तो सभी प्राणी जतन करते हैं, मैं तो बुद्धिज हूँ।' वे मन-ही-मन मुस्कराए और रोटी का कौर बनाने लगे।...पता करूँगा तो मन्दिर की पोल खुल जाएगी, हो सकता है निर्विवाद हो यह मन्दिर! कोई बात पोल जैसी न हो और पुजारी बदनाम न हो! सभी ऐसे तो नहीं हैं। मुझे रोटी खाकर खिसकना चाहिए। पुजारी बाबा यदि जान गए कि यह आदमी मीन-मेख निकालने में माहिर है तो बिलावजह मेरे खिलाफ अफवाह उड़ने लगेगी। पुजारी की बात को लोग सही मान भी लेंगे, सो दूर रहो! भोजन हो गया बस...देवी आँख मूँद लो! कहीं कुछ नहीं है।' लेकिन देवी प्रसाद कनखी से पुजारी की कोठरी देख रहे हैं और टिफिन बन्द करके रूमाल झाड़ रहे हैं। उन्हें घुटने तक नंगी टाँग दिख रही है, पता नहीं किसकी है!

'पूरा घर पक्का बन जाएगा क्या मोहिसन?' देवी ने पूछा।

'नहीं साहब! बस यही आगे की कोठरी, ई गलियारा और लैट्रिन। बेटे की शादी करनी है तो यह लैट्रिन...'

'मसाला मजबूत करना, मकान बार-बार नहीं बनता।'

'झाँट उखाड़े मुरदा हल्का नाहीं होत साहब। हम कोताही नहीं करते। पसीना की कमाई है हाकिम! जौन काम करेंगे दिल लगाके करेंगे।'

'साहब ई एकदम मक्खीचूस है। एक नया पैसा गलत खरचा नहीं होता इसका। मेहनती भी है। इसकी सिलाई की दुकान है। झाड़ा लग जाए तौ भी नाहीं जात है फिरै, दाबे बइठा रहता है।' हीरालाल बीच में बोल पड़े।

'अरे, चुप्पे रहो! बकबक बेमतलब! हाँ साहेब हमार लिख लें कि लैट्रिन है, घर के अन्दर है। सेपटिक टैंक वाली है! हम तो साहब बाहर जावेंगे। खेत में पैखाना होवे का सुख कोई हमसे पूछे। खुली हवा और एक मील का टहलना। हमारी बीबी भी बाहर जावेगी। ई तो बस बहू के लिए बनवा रहे हैं।' मोहसिन ने शौचालय की ओर अंगुली उठाई।

'लेकिन एक बात मेरी मानो। खुरपी लेकर जाओ! पहले छोटा सा गड्ढा करो और उसी में...फिर उस पर मिट्टी डाल दो।' देवी ने सुझाव दिया।

'अरे, हाकिष्म बर्दाश्त नहीं होत! जब जोर मारत है साहब तो बीड़ी भी नाहीं जलावे देत।' मोहसिन हँसने लगा। देवी प्रसाद सबको खुरपी ले जाने की सलाह देते। आज जुबैर नहीं है। कसपाती ने साथ घूमने का जिम्मा लिया है, झोला उसी के कंधे पर है।

'साहेब हम और जुबैर पूरी नई बस्ती का घर गिन लिए हैं। मकान बहुत हैं, कुछ तो खाली हैं। लेकिन किसी के घर में कायदे की लैट्रिन नहीं है।'

देवी प्रसाद को कसपाती ने बताया कि यही लैट्रिन टैंक वाली बन रही है। देवी के माथे पर गहरी रेखा उभरी है। शहर के इतने नजदीक होते हुए यह दशा! सीवर तो खैर बड़े कस्बों या छोटे शहरों में भी नहीं हैं, सो यहाँ उसका कोड दिमाग से उतर गया है। यहाँ सिर्फ दो कोड याद रखने हैं एक खुले में 'जीरो' और मलमूत्र व्यक्ति द्वारा हटाया जाता है यानी 'सात'।

'आपके घर में कोई नहीं है क्या?' देवी ने अँजोरिया से पूछा।

'पूछें बाबू हम तो हैं!' अँजोरिया प्लास्टिक की कुर्सी देवी के सामने रखती हुई बोली!

'घर में लैट्रिन है कि बाहर जाती हैं आप?'

'आज भी हम औरतें बाहर जात हैं बाबू।' अँजोरिया ने मुँह पर आँचल रख लिया है।

'बाहर न जाएँ तो का घर में हगें।' मनतोखा बोलीं जो अँजोरिया की सास है-'हमें घर में पैखाना अच्छा नाहीं लागत। वहीं खाओ, वहीं टट्टी फिरो! हम कोई बेगम नहीं हैं कि घर से बाहर न निकले। यहाँ कोई लाज नहीं है, साफ-साफ बोलना-बतियाना है।'

'का पूछ रहे हैं?' बुधिया ने पूछा।

'कहाँ हगे जात हो!' कोई शब्द को परहेज नहीं है, लेकिन मुँह पर आँचल है।

'कुछ खाए हों तब तो हगे जाय! पेट में अनाज है नहीं, टट्टी की फिकर है!'

'हमें तो खेत में भी नाहीं जगह मिलत।'

'इसी को नसीब कहते हैं! कि पैखाना होवे का भी जगह नाहीं है।' कसपाती ने कहा और देवी की ओर पानी की बोतल बढ़ा दी।

'आप तो संगमरमर वाले पैखाने में टट्टी फिरने जाते हो साहेब! और हमार का है! वही खेत! जौन आपन नाहीं! ठिठुरत रहो, चाहे गर्मी में लहकत रहो हगास लगि जाये तौ रोके नाहीं रुकी चाहे पत्थर पानी पड़े।'

देवी प्रसाद ने देखा कि आज भी वही हालत है, नई बस्ती की जो पचास वर्ष पहले थी। कसपाती का मन मिचला रहा है। लेकिन अभी तो उस गली में जाना है जहाँ मुसलमान ज्यादा हैं और शौचालय बना हुआ है।

'कसपाती तुम्हारे घर की क्या हालत है। बाहर जाते होगे दिसा-मैदान...' देवी प्रसाद काजिम की गली में आ गए हैं।

'हाँ साहब! बाहर जाते हैं हमारे पास कहाँ इतनी कोठरी!' कसपाती ने कहा।

यह घर खालिद का है और देवी सामने खड़े हैं। खालिद को पता हो गया है कि देवी साहब आए हैं। खालिद दस फेल हैं लेकिन यहाँ अच्छे पढ़े-लिखों में से गिनती है।

'खालिद भाई! अब बाथरूम बताना है कि लैट्रिन घर में है या नहीं!' देवी ने कहा।

'हे साहब! पैखाना तो हमारे दादा के जमाने से है।' खालिद पैखाना दिखाते हुए बोला।

'इसका गन्दा कहाँ बहता है?'

'उठउवा है साहब! आती है रोज एक औरत उठाके ले जाती है।'

'यहाँ यही है देवी साहब! पैखाने पर पैखाना फिरो। नाली तो साफ है लेकिन यह बदबू! इसका कवनो इलाज नहीं।' जहीर ने मुँह बनाया।

'पूरी नई बस्ती में इसी तरह के लैट्रिन बने हैं। हमें तो इसकी आदत है। नाक बाँधो और झट से फिर लो।' काजिम बोला।

देवी प्रसाद थूकना चाहते हैं लेकिन उन्होंने अपने लार को मना लिया है। बदबू अभी आ रही है-'इतनी बदबू में आप कैसे रहते हैं? कोई उपाय क्यों नहीं करते!'

'कोई उपाय नहीं। हमारी बहू-बेगमें बाहर नहीं जा सकतीं।' रफीक मियाँ बोले-' सरकार को इतनी चिन्ता है तो सबके घर में काहे नहीं सेपटिक टैंक लगवा देती!'

'सैप्टिक टैंक आप खुद लगवा लीजिए! कितना देते हैं गन्दा उठाने का?'

'इतना पैसा होता तो ऐसे नहीं पैखाना करते! फ्लश होता साहब!'

देवी प्रसाद का जी बुरी तरह मिचला रहा है, लगा कि उल्टी कर देंगे लेकिन इसके पहले वे वहाँ से हटें तो! देवी अब जहीर के दरवाजे पर रखी खाट पर बैठ गए हैं।

'हे काजिम पानी ला तो! साहब का मुँह धुलवा।' जहीर के कहने पर काजिम पानी लेने चला गया।

'यहाँ पाखाना-घर सबके दरवाजे के पास है और नीचे खुला है!' देवी बोले।

'दरवाजे के पास रहेगा तभी तो उठाएगी सिताबी! का घर में पाखाना बनवाय दें कि घर के भीतर ऊ घुस के जाए मैला ले आवे! कैसी बात कर रहे हैं साहब! और पाखाना नीचे खुला तो रहेगा ही, गन्दा निकलेगा किधर से!'

'बोरे का परदा तो लटका रहता है!' कलाम बोले।

'हमें भी अच्छा नहीं लगता देवी साहब!' जहीर ने चाय मँगवा दी है–'एक औरत गन्दा ढोवे। लेकिन आज भी नई बस्ती की हालत यही है। इसका कोई उपाय नहीं है? न तो पैसा है न जगह है।'

शौच हेतु बाहर जाने का जमाना नहीं है लेकिन सत्य क्या है? यही कि खुले में शौच जाने वालों की संख्या अधिक है। शहर में बिना शौचालय के काम नहीं चल सकता लेकिन जो सड़क के किनारे रहते हैं, झोपड़पट्टी ही उनकी बस्ती है, रिक्शा चलाते हैं और किसी बड़े पाइप में सो जाते हैं! वे कहाँ जाएँगे शौच के लिए। वे किसी खाली पड़ी भूमि-प्लाट पर निगाह लगाए रहते हैं। नाले को पहले से तजबीज लेते हैं कि अब यही ठीक है।...देवी प्रसाद का मन अभी बदबू से हटा नहीं है लेकिन उबकाई जैसा नहीं है। वे सोचते हैं 'संसार में हर किसी के लिए मल-मूत्र त्यागना जरूरी है, बिना इसके जीवन की कल्पना नहीं। तो सबसे आवश्यक कार्य यही हुआ न! खाना और हगना! भगवान हो या पैगम्बर यह कार्य जरूरी है। भला कोई देवी-देवता शौच-शुद्धि के बिना कोई पैगम्बर बगैर दिशा-फरागत के या कोई ईशा-मूसा फ्रेश हुए बिना रह सकता है! कोई नहीं रह सकता! प्रधानमंत्री हो या राष्ट्रपति या टाटा-बिरला...टट्टी सभी फिरते हैं। अब चाहे टाइल्स वाले बाथरूम में जाएँ, चाहे बाजरे के खेत में, होना टट्टी ही है।'

...अब देवी के मुँह में थूकने के लिए थूक नहीं है।

'अरे, दौड़ो रे! हे भइया काजिम! हे परभू! हे खेलावन!' सोमरी गली में दौड़-चिल्ला रही है–'अरे, हमरे चनरदेव को बिजली मार दिया रे! अरे, हमार करेजा चनरदेव!'

परभू, काजिम, जहीर, कलाम, नंदलाल, कसपाती दौड़ पड़े। चनरदेव को तगड़ा करेंट लगा है। वह लुढ़का पड़ा है, उसके मुँह में तार है। वहीं पन्द्रह साल का एक लड़का भी गिरा है।

'चनरदेव की साँस नाहीं आय रही काजिम!' परभू ने एक हाथ सीने पर दूसरा नाक पर लगा दिया है। घर की औरतें-बच्चे रो-चिल्ला रहे हैं। सोमरी और बुधिया के विलाप से सबकी आँख आँसू बरसा रही है–'अरे, हमके मऊतव देई दो हे परभूजी!! हमरे चनरदेव के जगाय दो हो भइया...!'

'हटो! बाहर निकलो!' देवी प्रसाद पहुँच गए हैं–'चनरदेव को बाहर चौकी पर लिटाओ! कसपाती! जल्दी राख ले आ! जा भाग जल्दी! काजिम इसके मुँह में हवा भर! हवा भर! अपने मुँह से इसके मुँह में फूँक!'

काजिम चनरदेव के मुँह में हवा फूँकने लगा। देवी चनरदेव की छाती दबाने लगे जैसे पम्प चला रहे हों। देवी ने चनरदेव की सूक्ष्मता से जाँच की। नाड़ी चल रही है, नाक के पास ध्यान दें तो साँस भी है। जहीर ने चनरदेव के सीने पर कान सटाया, उनके चेहरे

पर थोड़ी प्रसन्नता दिखी है। कसपाती को ठीक से देखने नहीं आया था। चनरदेव के जिन्दा होने की खबर से रोना-धोना कम हो गया है। पन्द्रह साल वाला लड़का ठीक है। लेकिन पूरी चेतना नहीं आई है। राख आ गई है। परभू कलाम, नंदलाल चनरदेव की देह में राख मल रहे हैं। कसपाती लड़के को राख मल रहे हैं। हाथ-पैर के तलवे रगड़े जा रहे हैं। दोनों के जिन्दा बच जाने की उम्मीद है।

'डॉक्टर को दिखाना जरूरी है जहीर भाई! कोई गाड़ी बुलवा लीजिए।' देवी ने कहा और चनरदेव का पैर मोड़ने-सीधा करने लगे। करेन्ट लगने का कारण पूछने पर सोमरी ने बताया कि बिजली कटी थी, उसी समय चनरदेव तार जोड़ने के लिए दाँत से नोंचकर तार छीलने लगे और तब तक बिजली आ गई। यह भला हुआ कि सेकेंड भर में बिजली चली भी गई। इतने में चनरदेव गिर पड़े-बेसुध! लड़का सटकर खड़ा था सो वह भी चपेट में आ गया।

देवी अब नई बस्ती में सुचालक-कुचालक समझाएँगे। बिजली का सम्बन्ध धरती से कितना गहरा है यह बताएँगे। स्वीच, प्लग, तार को जानना हर परिवार के लिए जरूरी है और जरूरी है कनेक्शन। लेकिन जनगणना का काम पूरा होने के बाद इस विषय पर बरगद के नीचे सभा करेंगे देवी।

गाड़ी आ गई है। चनरदेव और लड़के को गाड़ी में बैठा दिया गया है। नंदलाल, कसपाती, जहीर, काजिम और देवी जीप में बैठ गए हैं। गाड़ी टाउन एरिया के चेयरमैन की है।

चूल्हा है, रसोई घर नहीं है
और नहाना खाना जरूरी है!

'आखिर देवी प्रसाद कितना करेंगे नई बस्ती के लिए! कितना समझाएँ क्या-क्या बताएँ! उमर हो गई है, थक जाते हैं। इस समय कहीं ध्यान नहीं है, लेकिन थकान दूर करनी है तो कहीं और देखना होगा, जिससे स्फूर्ति बनी रहे। इस गर्मी में किससे बतियाएँ, सबका दिमाग गरम है। देवी ने जबसे जनगणना का काम सम्भाला है, तबसे खूब स्वतंत्र महसूस कर रहे हैं। अपने मन-माफिक आना-जाना, बोलना-बतियाना! देवी ने सुशीला से शायद यही कहा था कि 'जानती हो हम क्या हैं? हम एक आजाद व्यक्ति हैं जो आज भी अपनी स्वतंत्रता पर संदेह करते हैं, चिन्ता करते हैं, लेकिन हो रहे हैं धीरे-धीरे स्वतंत्र! आजाद होने और रहने का विचार आता है तो लगता है कि हम विस्तार कर रहे हैं, दासत्व को कुचलकर। हमारी संकीर्णताएँ खत्म हो रही हैं। हमारी भाषा कहीं भी फूहड़ नहीं है, यह हमारे सम्प्रेषण और हमारी अभिव्यक्ति की यात्रा है। चलते रहना ही हमारी सफलता रही है और हम बुद्धिज हैं जो कभी ठहरते नहीं!'...देवी प्रसाद के दिमाग में यह है कि 'वे अकेले हैं तो क्या! उमर पचास से अधिक है तो क्या! सिर्फ नई बस्ती ही तो है, जहाँ उन्हें कुछ कर दिखाना है। बस सौ-

डेढ़ सौ घर! पूरे देश की बात नहीं है। जो पूरे देश-प्रदेश की बात करते हैं वे आपको चूतिया बना रहे हैं। अरे, एक मुहल्ले का जिम्मा लो! सभी अपने गाँव-गली को समझें! देश कोई दूसरी वस्तु थोड़े है! यही है हमारा देश! हमारी भूमि! हमारे लोग!' बात भी सही है आप कोई क्षेत्र लें, करके दिखाएँ कहकर नहीं। काँव-काँव से काम नहीं होगा, शोर होगा!

व्यक्ति किसी भी धर्म, सम्प्रदाय, जाति का हो, वह अपना समाचार तलाशता है। आतंकवादी कोई हो, हिन्दू हो या मुसलमान उसकी खबर पर थूको! पूरा मुहल्ला सचेत रहे कि किसी गलत व्यक्ति को रहने नहीं देंगे। चोर-बेईमान की खूब खबर लेंगे। गाँव में कोई जुआरी, गुंडा, बदमाश, बुरी नजर वाला टिक न पाए,यह मानसिकता गाँव की हो। लेकिन कैसे हो यह सब! अपनी खबर सबको है, अपनी जाति को भी नजर में रखते हैं, बाकी लोग ठेंगे पर! तो कैसे होगी कोई बस्ती हाता रहीम वासित की तरह? मुहल्ले में एक देवी प्रसाद होना चाहिए और उसका सहयोग सबको करना चाहिए। बतियाने और बात मानने से ढेर सारी समस्याएँ हल हो जाती हैं। पूरी दुनिया के लोग अपनी-अपनी गली साफ-सुथरा रखें, गन्दगी को कटघरे में खड़ा कर दें। बात बनती है धीरे-धीरे...

'क्या बैठे-बैठे सोच रहे हैं। मन की मिठाई बाँट दीजिए और हल्के हो जाइए। मीठी चीज वजनी होती है।' सुशीला ने कहा।

सुबह के अभी पाँच नहीं बजे हैं। इतवार का दिन है, प्रगति की नींद खुली नहीं है। सुशीला सामने बैठी हैं। देवी प्रसाद बगल में बैठना चाहते हैं।

'चलो घूम आते हैं। आज मीठी हवा है। थोड़ी ठंडी जैसी भी है! पाँच बजने वाला है। आधे-एक घंटे में लौट आएँगे। देवी का मन खुश है। वे सुशीला का गाल चूमना चाहते हैं। लेकिन इसकी खबर सुशीला को नहीं है।

'प्रगति बेटा उठो! दरवाजा बन्द कर लो।' सुशीला ने प्रगति को जगाया-'हम घूमने जा रहे हैं, बी ब्लाक चौराहे तक। पापा भी जा रहे हैं।'

प्रगति भुनभुनाती उठी, 'पता नहीं क्यों सुबह घूमना जरूरी होता है...' और देवी प्रसाद सुशीला के साथ सड़क पर आ गए।

'जानती हो! बहेड़ी में एक आदमी किसी आतंकवादी की सजा पर अफसोस जता रहा था। सजा फाँसी की थी।' देवी बतकही में आ गए हैं।

'आतंकवादी की सजा पर अफसोस! काहें भाई? उसके घर का था क्या?'

'नहीं उसके मजहब का था। उसने मुझसे कहा कि 'साहेब है तो हमारे मजहब का। बेचारा पढ़ा-लिखा नहीं है? जो समझ में आया बक दिया।' मैंने उससे कहा-बुरा काम करने वाले किसी जाति धर्म के सगे नहीं होते। वे अपने परिवार, कौम और देश का नाम बदनाम करते हैं।...यह भीतरी सचाई है सुशीला, कि कहते तो हैं कि सभी धर्म अच्छे हैं, बराबर हैं लेकिन एक दूसरे के धर्म में मीन-मेख निकालने वालों की कमी नहीं है और अपने धर्म की बड़ाई तो खैर जरूरी है! धर्म, मजहब, जाति ने हमे बैरी बना दिया है। उस व्यक्ति को आतंकवादी के बुरे काम से मतलब नहीं है, वह उसके धर्म का है से मतलब

है। लेकिन यह भी सत्य है कि सभी ऐसा नहीं सोचते, फिर भी हजार में से एक ने भी उस व्यक्ति जैसा विचार कर लिया तो वैचारिक रूप से तालाब तो गन्दा हो गया!'

'आतंकवादी क्यों बन जाते हैं? आप की तरह कमाते-खाते क्यों नहीं।' अभी बी ब्लाक नहीं आया है लेकिन चौराहा दिख रहा है। सुशीला को घर की सुध नहीं है।

'एकदम पागल हो! अरे, भाई! इसका माइंड वॉस किया जाता है। तुम्हारा कर दिया जाए तो तुम भी समुन्दर में कूद पड़ो! आग भी पानी लगेगी!'

'कैसे करते हैं माइंड वॉस?'

'अपनी नानी से पूछो! कैसे तुम्हारा दिमाग गोबर हो गया? तुम पत्थर को परमात्मा मानकर लड्डू चढ़ाती हो या और भी जो आडम्बर करती हो! यह कैसे हो गया? इसी पर तुम्हारी जिन्दगी टिकी है। मैं अपनी अम्मा को चाहे जितना समझाऊँ वे मानती नहीं थीं। रामनवमी के दिन नवमी की पूजा जरूर करती थीं। आधी रात के बाद, कौआ न बोलने पाए। सात देवियाँ आती थीं। और अम्मा की पूड़ी खाती थीं लेकिन पूड़ियाँ तो वैसे की वैसे! अम्मा के मन में है कि देवी जी तो आई थीं, और उनका खाना-पीना हम मानवों जैसा नहीं होता, वे केवल बास लेती हैं। हम सभी रामनवमी की प्रतीक्षा करते थे। उस दिन आँगन में पकवान बनता था, अकेले अम्मा बनाती थीं और तुम भी तो थीं! इतना चुप क्यों हो?'

'जब हम गाँव में थे तो आँगन में ही खाना बनाना होता था। हाँ बरसात में खपरैल से ऊपर आड़ किए थे बाबू जी।'

सुशीला और देवी बी ब्लाक चौराहे से आगे बढ़ गए हैं। यहाँ शिव-मन्दिर है। दो-चार लोग हाथ जोड़कर शिवलिंग का दर्शन कर रहे हैं।

'हाथ जोड़कर सिर झुका दीजिए।' सुशीला ने देवी से कहा।

'क्यों? यह नहीं होगा मुझसे!' देवी ने कहा

'इसमें क्या लग रहा है, कुछ नहीं! और रुक गए हैं तो बिना मतलब खड़े रहेंगे?'

'रुकी तुम हो! मैं तो तुम्हारे साथ हूँ।'

'चलिए आपसे कौन बतरस करें! भला कोई आपसे जीत सका है बात में!'

'यही है दिमाग में भरने का तरीका।' और देवी प्रसाद गाने लगे-'मन तोहे किहि बिध मैं समझाऊँ। सोना होय तो सुहाग मँगाऊँ, बंकनाल रस लाऊँ।'

सुशीला आगे की पंक्ति गाने लगी-'गियान सबद की फूँक चलाऊँ, पानी पर पिघलाऊँ।...मन तोहे किहि विध मैं समझाऊँ।'

गर्मी बहुत बढ़ गई है। बढ़ती जा रही है गर्मी हर वर्ष। सहने योग्य नहीं है तापमान। लेकिन जीवन रुका नहीं है। काम की गति धीमी भले हो जाए परन्तु ठहरता नहीं प्रवाह! लोग निपटना जानते हैं, तरीके खोज लेते हैं, संघर्ष की नई तकनीक ईजाद कर लेते हैं। गर्मी में लोगों ने सिर पर मोटा गमछा बाँधना कब से शुरू किया है, कहना बहुत कठिन

है। अखबार खूब प्रभावित करता है, जैसे–'गर्मी से इक्कीस लोगों की मौत' की खबर पढ़कर गर्मी का एहसास अधिक होने लगा है। बिजली का संकट बरकरार है और खाते-पीते घरों में एसी-कूलर का बेतहाशा प्रयोग भी... उत्पादन की कमी से गाँव या आम आदमी के मुहल्ले तकलीफ झेलते हैं। शहर की वे गलियाँ जहाँ अति साधारण लोग शहर की श्रमशक्ति को जिन्दा रखे हुए हैं, वहाँ न रोशनी है न हवा! लेकिन घड़ी टिक्-टिक् करती है, हाथ पंखा झलते रहते हैं। गमछा पसीना पोंछता रहता है। दम मारने के बहाने दो फूँक बीड़ी पीते मुस्कराते चेहरे, विकास व्यवस्था और विश्वास की पूरी चित्रकथा प्रस्तुत कर देते हैं।

'छुट्टी रहती है तो बारह बजे तक उटक-नाटक किया करते हैं। बाथरूम खाली है नहा लीजिए! मैं नहा चुकी हूँ।' सुशीला ने देवी के हाथ से अखबार छीन लिया है।

'नई बस्ती में किसी के घर नहान घर नहीं है। आदमी जब काम पर चला जाता है तब औरतें नहाती हैं।'

'हम लोग नहाने में टाइम लगाते हैं। औरत का नहाना जल्दी नहीं होता। साबुन रोज देह में भले न लगे लेकिन हाथ-मुँह में लगाना जरूरी है-रोज!'

'आज तुमने बाल धोए हैं, बहुत मुलायम हैं किसी शैंपू के विज्ञापन की तरह।' देवी प्रसाद सुशीला के बाल लहराने लगे हैं, जो अभी काले-काले बादल की तरह हैं–'मैं किसी शायर की तरह जुल्फों में शाम करना चाहता हूँ।'

'इसमें कैसे बिताएँगे साँझ! अब तो झड़ गए हैं। पहले इतने घने थे कि तेल भीतर घ्रसता ही नहीं था। ये कहिए कि काले हैं, आँवला लगाने का असर है। मेरे पिताजी आँवले का रस मिलाते भी थे।' सुशीला ने गर्व से कहा और अपने बाल आगे कर लिए। सूख गए बालों को अब कंघी की जरूरत है।

देवी प्रसाद यह जानते हैं कि औरत रोज न नहाये तब भी पता नहीं चलता और सिर तो रोज भिगोती ही नहीं। और पुरुष का नहाना बिना सिर पर पानी डाले पूरा नहीं होता, माथा जो गरम रहता है।

'नई बस्ती में मैंने पूछा कि नहान घर है कि नहीं तो एक औरत बोली–'खाए के ठिकान नहीं, नहाये के पूछत हैं।'

'मैं भी जब आपके घर आई थी गवना होकर तो आपके घर में नहान घर कहाँ था! मैं खटिया से आड़ करके नहाती थी। याद है न!'

'और मैं खटिये के छेद से तुमको नहाते देखता रहता था।'

'जाइए। देरी करेंगे तो लू लग जाएगी!' सुशीला ने देवी को बाथरूम की तरफ ठेल दिया है।

बाथरूम में देवी प्रसाद है। बाल्टी में पानी भर रहा है। पीढ़े पर बैठे देवी सोचने लगे–'उत्तर प्रदेश के बिजली घर आतंकवादियों के निशाने पर हैं। क्या करेंगे इसे निशाना बनाकर? किस कौम का, किस धर्म का भला होगा? हम ईश्वर-अल्ला को माने या न माने! आपको कभी कोई क्षमा नहीं करेगा, चाहे परमेश्वर या मनुष्य! क्यों छपती हैं यह खबरें! होती हैं क्यों दिमाग में ऐसी बातें! सरकार को विकास के काम में दिमाग

लगाना चाहिए, नई तकनीक पर विमर्श करना चाहिए तो बेचारी सरकार सुरक्षा के इन्तजाम में फँसी दौड़-भाग रही है। जो हम सभी के जीवन की रक्षा करती है, हमें संचालित करती है, सुख देती है उन चीजों-व्यवस्थाओं की सुरक्षा करनी चाहिए। नष्ट कर देने से भला मिलेगा क्या?

बाल्टी भर गई, एक-दो बाल्टी पानी व्यर्थ बह भी गया। बेकार बह गए पानी से देवी दुखी हो गए। वे नहाने लगे, बाकायदा साबुन के साथ। लेकिन उनके दिमाग में सड़क के मोड़ वाला बिजली का खम्भा उभरता रहा, जिस पर बिजली के तारों का जाल बिछा है। यह पता करना मुश्किल है कि कौन सा तार किसके घर का है।

देवी बाथरूम से बाहर निकल गए हैं।

'हमें तो यहाँ बाथरूम मिल गया है लेकिन अम्मा अभी भी रोज गंगा नहाती हैं। उनका वही बाथरूम है। बड़ा सा नहान घर, जो किसी के घर में न हो! जहाँ न दीवाल है न छत!'

'मेरे दादा ने बिजली नहीं लगवाया जब पहले-पहल गाँव में बिजली आई थी।' देवी प्रसाद बिजली रानी से उबरे नहीं हैं-'तब सबने मना कर दिया था। गाँव में गिरा हुआ खम्भा वापस हुआ था! करेन्ट लगने का डर दिमाग में बैठा था। आखिर कब तक! एक दिन बिजली आ गई, गाँव के विकास का नारा लगाते हुए। जरूरत भी थी कि अब खम्भे पर बल्ब जले। दादी पूछती थीं 'इसमें तेल कहाँ से पड़ता है।' वे कभी बिजली के करेन्ट का मतलब समझ नहीं पाईं।'

'क्या पँवारा लेकर बैठ जाते हैं! खाना लगा दूँ?'

'हाँ दो...पेट में अन्न जाएगा तो बात भी आएगी और नींद भी, समझी! सौ काम छोड़कर नहा लो, हजार काम छोड़कर खा लो और लाख काम छोड़कर झाड़ा फिर लो!' देवी प्रसाद ने पालथी लगा ली है।

'हर बात में हगना-मूतना आ ही जाता है।' सुशीला ने मुँह पर आँचल रख लिया है।

देवी प्रसाद सुशीला से और बतियाना चाहते हैं लेकिन भोजन सामने धरा है, जिसे खूब-चबा-चबाकर खाना है। लेकिन गाँव में खराब हुए ट्रांसफार्मर की घटना याद हो गई, जिसे गाँव वालों ने ट्रैक्टर पर लादकर पाँच किलोमीटर दूर पावर हाउस पहुँचाया था। दौड़ते भागते बीस दिन बाद काम चलाऊँ पुराना ट्रांसफार्मर लगा था, तब जाकर गेहूँ की मड़ाई के लिए बिजली से थ्रेसर चल सका था।

'मुँह क्यों लटकाए हैं! जाने दीजिए जो जैसे रहे! आपसे क्या मतलब! सरकार पैसा दे रही है, कमाइए-खाइए! आइए पप्पी ले लीजिए!' सुशीला अपना गाल देवी के मुँह तक ले गईं, वह मन हल्का करने की कोशिश कर रही हैं।

देवी प्रसाद समझदार लोगों की समझ से दुखी हैं-'क्या कहूँ सुशीला! मैं यहाँ किसी से बिजली-पानी बचाने की बात करता हूँ तो वह ऐसे भागता है जैसे मैं कुत्ता

होऊँ! और वह कहता है–'खर्च करता हूँ तो पैसा भी देता हूँ, तुमसे क्या मतलब?' मैं कई घरों में गया, इधर पश्चिम की ओर! सभी बड़े घर हैं–वकीलों, अधिकारियों या सेठों के। एक घर ऐसा मिला कि पहले तो बैठाया, चाय पिलाया फिर मेरी बात सुनकर धमकी देने लगा कि,'बन्द करवा दूँगा...जहाँ तुम खड़े हो यहाँ कुत्ते भी मूतने से डरते हैं, तुम चले कैसे आए!' शायद किसी बड़े अधिकारी या मंत्री का घर है। उसके घर के सामने वाली सड़क रोज सबेरे धुली जाती है! पेड़ की पत्तियों पर पाइप से पानी छिड़का जाता है! कम से कम एक घंटे पानी चलता बहता है सड़क पर!'

थक गए हैं देवी प्रसाद! रविवार का दिन है, पूरा दिन गर्मी की परवाह किए बिना घर-घर गए हैं बिजली-पानी लेकर–' ...यहाँ सिर्फ बहस हो सकती है, विमर्श चल सकता है, अखबार में छप सकता है, किताब लिखी जा सकती है, नारे लग सकते हैं, भाषण हो सकता है, पोस्टर चिपक सकता है, टीवी में दिखाया जा सकता है लेकिन समझ नहीं आ सकती और समझ भी गए ठीक से तो समझ से काम नहीं कर सकते।...सुशीला जानती हो यहाँ कौन दिमाग काम करता है! वह यह कि, 'एक कंडाल दूध इकट्ठा होना है और पूरे मुहल्ले को एक-एक घर से एक-एक लोटा दूध डालना है...मैं एक लोटा पानी डाल देता हूँ तो क्या फर्क पड़ता है! एक कंडाल दूध में एक लोटा पानी भला पता चलेगा! और सबने पानी ही डाला। कंडाल पानी से भर गया!'

सुशीला ने सौंफ का शर्बत बना दिया है। देवी प्रसाद एक गिलास पी चुके हैं, और एक गिलास माँग रहे हैं।

'यहाँ पढ़े-लिखे और ज्यादा समझदार लोग हैं। आप क्या समझते हैं कि उनको समझा लेंगे!' सुशीला को पीने के लिए आधा गिलास शर्बत बचा है।

'एक-एक घर जाऊँगा, रिजल्ट चाहे जो हो! और यह नियम बना रहेगा, जब तक आँख ठेहुँन काम कर रहा है! और सुनो! नई बस्ती के लोग इन शहरियों से ज्यादा चालक-समझदार हैं। एक बार में उनको बात तो समझ में आ जाती है!'

'ज्यादा अकिल वालों को तीन जगह विष्ठा लगता है।'

देवी को कहावत की कहानी याद आ गई, मगर दिमाग नई बस्ती से निकलकर कहानी पर नहीं गया।

'अरे, नई बस्ती में सब बाहर जाते हैं दिशा-मैदान! किसी-किसी घर में उठाने वाली लैट्रिन बनी है। वहाँ इतने बेबाक हैं कि क्या कहूँ! एक से पूछा कि इतनी बदबू में कैसे रहते हो? तो वह बोला कि मुँह में गू भरी है तो बदबू क्या झाँट आएगी। इसी को तो आदत कहते हैं। इसी तरह दूसरे से पूछा तो बोला कि–हगास लगी है आय के बता रहे हैं।'

'चुप रहिए मुँह में थूक भर गया।' सुशीला थूकने चली गई, उसका बोलना मुश्किल था–'आप जी मिचलाने वाली बात बोलते हैं।'

'बोलता नहीं हूँ। वही काम करके आया हूँ। जो सुनता हूँ वही तुम्हें बता रहा हूँ। वहाँ छाँगुर नाम के आदमी को सब बेलज्ज कहते थे। उसे यदि टट्टी लग गई तो जहाँ

देखा जगह वहीं, चूतर खोल के बैठ गया। कौन खड़ा है या देख रहा है कोई मतलब नहीं है। कहते थे कि छँगुरा एक लोटा मूतता है और भर कटोरा हगता है।'

पश्चिमी बयार दुख देती है, लू के दिनों में गर्म हवाएँ पश्चिम से आती हैं। जाड़े के दिन भी सुख नहीं देतीं ये पश्चिमी हवाएँ, शीतलहर की वही दिशा है! लेकिन देवी प्रसाद बह रही पुरवाई से सुखी हैं। लू-लहर नहीं है, सिर्फ उमस है। बरसात में उमस से जी खौल जाता है, तब पश्चिमी हवा सुख देती है। पुरवा बह रही है, मानसून अभी दूर है। वैसे बहराइच जिले में गर्मी से राहत है, वहाँ पानी बरस रहा है। बरसात में पड़ने वाले पहले पानी से नहाना नहीं चाहिए, यह देवी प्रसाद जानते हैं। पता नहीं बहराइच वाले जानते हैं कि नहीं! और यहाँ तो पानी की प्रतीक्षा है।

'यहाँ पानी कब बरसेगा पता नहीं! बहराइच में बरस रहा है।' देवी ने कहा।

'अभी अदरा दूर है। कुछ दिन ऐसे ही पुरवा बहेगी।' सुशीला बरसात की नक्षत्रें जानती हैं।

'बाबू जी! गैस!' गैस वाले ने दरवाजे की घंटी बजाई।

गैस के दाम बढ़ गए हैं।-पूरे चार सौ रुपये प्रति सिलेंडर। फिर भी पूरा नहीं पड़ रहा है दाम। अभी और महँगा रहता, लेकिन सरकार छूट दे रही है। देवी प्रसाद ने गैस बचाने के उपाय लिखकर किचेन के दरवाजे पर चिपका दिया है, ऐसा ही वे नहान-घर में पानी बचाने के उपाय और बैठक वाले कमरे में बिजली कैसे बचाएँ चिपकाए हैं लिखकर। आने वालों को दिखाते-पढ़ाते रहते हैं। सुशीला को सब याद है।

'चाचा एक बार मुझे बचपन में शहर ले गए थे-बनारस। एक हफ्ता रहे हम।' देवी बिना बोले रह नहीं सकते और आज वे नई बस्ती से बारह-एक बजे ही चले आए हैं। मन कुछ मौज में है-'हाँ तो कह रहा था...हफ्ता भर रहे हम। वहाँ भी उठउवा लैट्रिन थी। मैं उसमें नहीं जाता था। बाहर बाकायदा बड़ी नाली बहती रहती थी, मैं उसी में फरागत होता था। तब कोई बोलता नहीं था,' भई बच्चे हैं कहाँ हगने जाएँगे!'

'थोड़ा हाथ लगाइए! सिलेंडर बालकनी में रखना है। भारी है! अब ताकत उतनी नहीं है। पहले पचास किलो की बोरी उठाकर घुटने मार दूँ तो सीधे सिर पर!' सुशीला को देवी के चाचा की कथा का ध्यान नहीं है, उसे तो सिलेंडर ठीक जगह रखवाना है।

'मेरे मामा के यहाँ भी गैस से खाना बनता है।' देवी ने सिलेंडर उठाते हुए कहा-'नाना अस्सी बीघे के काश्तकार थे, चार भाई थे। जब तक भाई एक थे तो खूब धाक थी। आठ हल की खेती थी। सोलह बैल, चार भैंस और दस गाएँ थीं। आदमी से ज्यादा जानवर! नाना अलग हुए अपने इकलौते बेटे को लेकर। खेत कम हो गया लेकिन जानवरों की संख्या वही रही। बैल की जगह भैंस-गाय बढ़ गईं। ढ़ेर सारा दूध और गोबर होता था। फिर क्या! मामा ने गोबर गैस लगवा लिया। खाद, रौशनी और ईंधन से बेफिकर हैं आजतक।'

'आप कथनी लेकर बैठ जाते हैं। प्रगति कालेज गई है। अभी दोपहर है। कुछ प्यार जता लीजिए! आराम कर लीजिए!' सुशीला ने एक हाथ गाल पर रख लिया है और देवी को एकटक देखने लगी हैं।

'आदमी के पैखाने से भी गैस बनाई जाती है। भई ऊर्जा को तलाशने की जरूरत है!' देवी अपनी रट लगाए हैं, ऐसे में भला सुशीला की बात कौन सुने!

स्त्री प्रेम की भाषा तुरन्त समझ लेती है। प्यार की मानसिकता का तापमान क्या है, उसे समझते देर नहीं लगती। सुशीला जान गई कि प्यार हो या और कोई लुभावनी वस्तु, देवी जी का ध्यान तभी जाएगा जब वे अपनी बात पूरी कर लेंगे। अभी दिन के तीन बजे हैं। सुशीला ने कूलर चला दिया है, जो चलने पर आवाज करता है। प्रतीक्षा का फल मीठा होता है, सुशीला ने घड़ी देखी–अभी बहुत समय है।

'एक दिन कोयला खत्म हो जाएगा, लकड़ी के लिए मारामारी होगी! लेकिन लकड़ी का अभाव जीवन खत्म कर देगा।' देवी प्रसाद को धुन सवार है, अब वे रुकेंगे नहीं। नई बस्ती ने उन्हें अच्छा वक्ता बना दिया है–'अब किसान को खूब जानवर पालने चाहिए। दूध, गोबर, मांस खूब बढ़े और खेत रसायन से मुक्त हों। पेड़ लगें कई-कई पीपल के नीम के और फल वाले! खूब घास हो, चारा हो, पत्तियाँ हों। ऊर्जा के प्राकृतिक तरीके अपनाएँ जाएँ, सूर्य को समझें! सिर्फ जल देने से काम नहीं होगा! सुशीला मैं हार नहीं मानूँगा, कॉलोनी के बाद गाँव-गाँव जाऊँगा। जब एक दिन मरना ही है तो व्यर्थ समय बरबाद करके क्यों? समय को अर्थयुक्त बनाऊँगा, जिससे मेरा जीवन खुद मुझे सार्थक लगने लगे।'

सुशीला अपनी प्रतीक्षा भूल गई–'नई बस्ती के लोग तो लकड़ी जलाते होंगे, खाना बनाने के लिए।'

'हाँ! लकड़ी, उपला, डाँठ से खाना बनता है। एकाध घर में गैस के चूल्हे जलते हैं। एक राजाराम का घर है जो खाना नहीं बनाते। नई बस्ती ने मुझे जीने का तरीका बता दिया है सुशीला!'

'आप जहाँ जाते हैं वहीं के होने लगते हैं। बहुत भाव भरा है आपके भीतर! अच्छा कैसे पूछते हैं रसोई के बारे में?'

'दो कालम रसोई घर वाले हैं, रसोई घर कहाँ है और ईंधन का प्रयोग।...बड़ी किचकिच है! खाना घर के अन्दर बनता है कि बाहर? रसोई घर है कि नहीं? फिर क्या जलाकर बनाते हैं खाना?...यही सब पूछना है! उन्हें लगता है कि घर की पोल ले रहे हैं, और भोजन पकाने पर भी कोई टैक्स लगने वाला है। मैंने नई बस्ती की फूलमती से पूछा तो बोली–'का बाबू खाना तुमहीं बनाओगे का?' यही बात जाकरून ने भी कहा–'कुछ खाना हो तो बताओ साहेब! रोटी झट् से सेंक दें।...भूख लगी है का?' अतवारी तो गैस माँगने लगी थी मुफ्त में।'

'नई बस्ती में औरतों से आपकी जान-पहचान खूब है!'

'मुझ पर शक न करो! वहाँ आदमी-औरत सभी मानते हैं।...मुझे तुम्हारी प्रेम-प्रतीक्षा याद है। लेकिन सुनो तो! मेरी दादी दिनभर बोरसी में आग जलाए रहती थीं।

रोज सुबह-शाम आग माँगने पास-पड़ोस की औरतें आती थीं। पूरे गाँव में भले आग न हो, दादी के पास जरूरी मिलेगी आग-बोरसी में। उनके पास हुक्का भी था, छोटा सा। वे हुक्का पीती थीं, जिसे वह हुक्की कहती थीं।'

सुशीला ने देवी के मुँह पर हाथ रख दिया है और देवी ने सुशीला का गाल हाथ में भर लिया है।...सुशीला को वह गीत याद आ गया जो गवने से पहले याद था-

गोरी गोरी बहियाँ गोरी गोदना गोदावेले,
सुइया साले अल्हर करेज।
अइसन गोदना गोदू रे गोदनहरिया,
जइसे चुनरी रंगेला रंगरेज।

[8]

...ये आकाशवाणी है!

'...हम सूचित होते हैं इसलिए सँवरते बनते हैं और तलाशते हैं एक नया रास्ता। और चलती रहती हैं निरंतर यात्राएँ। सम्प्रेषण हमारी यात्रा में सबसे बड़ा सहायक है। संस्कृति के विस्तार में सूचना की महत्त्वपूर्ण भूमिका रही है। आदिकाल से आजतक जो सांस्कृतिक, सामाजिक या राजनैतिक प्रवाह है, वह हमारे संदेशों के आदान-प्रदान और आपस की बतकही से प्रवाहित है। संवाद से फैलाव निश्चित है और आज हमारे विकास और विस्तार की सीमा नहीं है।...श्रव्य शक्ति का स्मृति से गहरा सम्बन्ध है। हमारा सुनना चेतना का विस्तार है। हम सुनने, समझने और भाव प्रकट करने की कला जानते हैं। हमारे पास बात पहुँचाने के कई उपकरण मौजूद हैं। हमें नई बस्ती में पता करना है कि वह कितनी फँस चुकी है आधुनिकता के आकर्षण में? बाजार के लिए वह किस हद तक ग्राहक है और बाजार में आए तमाम उपकरणों का इस्तेमाल कितना कर रही है या मूर्ख बन रही है। आज गाँव हो या शहर ग्राहक बनकर खूब चूतिया बन रहे हैं।' देवी प्रसाद ने एक कापी बना ली है, जिस पर अपना महत्त्वपूर्ण लिखते हैं। कापी भरने वाली है और भरे भी क्यों न! कापी में है-संवाद, घटनाएँ सपने जो नई बस्ती से ज्यादा सम्बन्धित हैं।

देवी प्रसाद को अपने कालम में अब यह अंकित करना है कि 'रेडियो है या नहीं।' इससे क्या ज्ञात होगा? यह किसी ने नहीं बताया न डीएम साहब ने, न सुपरवाइजर ने! देवी प्रसाद झुँझलाए और अनुमान लगाया कि इससे यह तो ज्ञात हो जाएगा कि कितने लोग रेडियो सुनते हैं। अपने अनुमान पर देवी हँसे-'कितना चूतियापे का अनुमान है, जो सभी लगा लें!'...हो चाहे जो! रेडियो हमारी जरूरत है, जिसके कार्यक्रम हमें कई प्रकार से विज्ञ कराते हुए विचारों को गति प्रदान करते हैं, और खूब मनोरंजन भी...

देवी प्रसाद के गाँव में एक रेडियो है, जिसे उनके पिता ने खरीदा था-फिलिप्स

जवान। सिलाई मशीन और रेडियो का मूल्य चार सौ पचास रुपये देवी के पिता ने चुकाया था, तब देवी हाईस्कूल के छात्र थे। रेडियो पर फौजी भाइयों का कार्यक्रम प्रायः सभी सुनते थे–'पिताजी, रेडियो सुनते–सुनते सो जाते थे। मैं जब बंद करता था तो कहते थे–सुन रहा हूँ। और स्टेशन मिलाने लगते थे–खरैं...'

देवी की बात अनसुनी हो गई। सुशीला आम का अचार बनाने में व्यस्त है। कटे आम में हल्दी नमक मिलाना, आम के अचार की पहली क्रिया है।

'पिताजी सुबह रामायण लगाते थे और चौपाई साथ–साथ गुनगुनाते थे–

छुअत सिला भइ नारी सुहाई, पाहन तें न काठ कठिनाई।
तरनिउ मुनि धरिनी होई जाई, बाट परइ मोरि नाव उड़ाई।

देवी प्रसाद ने लय में सुनाया।

'मेरा अचार कभी खराब नहीं हुआ। कोई गीला–गन्दा हाथ न लगाए तो अचार शुद्ध रहता है। चाहो तो देवता को चढ़ा लो।' सुशीला अभी हल्दी मिला रही है कटे आम की फाँक में।

देवी प्रसाद भी कम नहीं हैं, वे भी नहीं सुने सुशीला ने जो कहा! रेडियो की मस्ती कोई व्यवधान स्वीकार नहीं करती। यह स्वस्थ्य मनोरंजन है, कि अपना काम करते रहो और मस्त होते रहो, रेडियो का विकल्प नहीं। देवी के पिताजी चाहे गाय–भैंस का सानी–भूसा करें या खटिया की बुनाई, रेडियो बजता रहता था।

'कैसे कोई पत्थर छूकर औरत बना देगा'! देवी प्रसाद बोले जा रहे हैं भले सुशीला न सुने लेकिन अभी अचार की परात धूप में रखना जरूरी है।

'यह भी सोचने वाली बात है कि केवट को अपनी रोजी–रोटी की चिन्ता है।...अच्छा सुशीला बताओ! राम का पैर छू जाने से पत्थर की अहल्या नारी हो गई– जीवित! यह बात केवट कैसे जान गया? जरूर खबर होती रही होगी, कानो–कान! तब भी सूचनाएँ विस्तार पाती थीं। आदमी ही रेडियो था, इधर–उधर दौड़ता–भागता खबर फैलाता हुआ।'

चलो रे मन गंगा जमुना तीर,
गंगा जमुना निरमल पानी शीतल होत सरीर...
चलो रे मन...

देवी ने फिर एक भजन गाया–'यह पिताजी को पसन्द था। और यह भी वे गाते थे–

पायो जी म्हे रामरतन धन पायो।
बस्तु अमोलक दी म्हारे सतगुरू, किरपा कर अपनायो।
खरचै नहिं कोई चोर न लेवैं, दिन–दिन बढ़त सवायो।
जनम–जनम की पूँजी पाई, जग में सभी खोवायो...

–देवी प्रसाद को लय याद है।

'आपकी लय ठीक है। कहाँ से सीख गए हैं गाना–बोलना और गरियाना?' सुशीला का अचार धूप में सूख रहा है। हल्दी का असर आम पर पूरी तरह से है।

'सब पिताजी से सुन–सुनकर। उन्हें कई गाने याद थे रेडियो से सुनकर, फिल्मी

गाना भी... किसानों के लिए 'पंचायत घर' और 'कृषि जगत' वे जरूर सुनते थे। रात में पौने नौ बजे वाला प्रादेशिक समाचार खाना खाने के बाद तो जरूरी था। पिताजी रेडियो के शौकीन थे। वैसे मैंने अपनी लय खुद बनाई है, और सुनो! ट्रेनिंग लिया होता गाने की, तो मुहम्मद रफी फेल हो जाते मेरे आगे! मास्टर होता मास्टर गाने का, लय-स्वर का बादशाह! भीमसेन जोशी की तरह या जसराज की तरह! और बतियाना अम्मा से जाना-सीखा, और गरियाना तो स्वभाव है। यह भी एक लय में जहाँ गाली न लगे। यह प्रवाह है लेकिन गाली देने के लिए गरियाया जाए, ठीक नहीं। आपका प्रयोजन क्या है, इस पर निर्भर है। पिताजी खूब गरियाते थे, हम को भी... अम्मा तो ठीक से जानती थीं गरियाना-बतियाना लेकिन खूब प्यार था शब्दों में-अँचराभर!'

'एक बात पूछो तो कई बताते हैं आप! बोर क्यों करते हैं? एकाध फिल्मी सुनाइए।' सुशीला गाना सुनना चाहती है। हल्दी से उसके नाखून पीले हैं, बिना साबुन से धोए छुटेगी नहीं हल्दी।

देवी प्रसाद के मन की बात हो गई और कई मुखड़े जो उन्हें याद हैं, उसी लय में सुनाने लगे-'वहाँ कौन है तेरा, मुसाफिर जाएगा कहाँ...पल भर के लिए कोई हमें प्यार कर ले झूठा ही सही...रंगीला रे तेरे रंग में, यूँ रँगा है मेरा मन...आसमाँ के नीचे हम आज अपने पीछे, प्यार का जहाँ बसा के चले...नैन लड़ जइहैं तो मनवा में खटक होइबे करी...' देवी प्रसाद सुशीला से नैन लड़ाने लगे। और अब आँख पर चार बात होगी देवी की-'आँख ही तो है जो भाषा है। प्रेम का चित्र आँख से उभरता है, आँख न लगे तो चैन न मिले। आँख से देख लेने पर सच का प्रमाण है। आँख से देखना आना चाहिए। दृष्टि का महत्त्व सदैव रहा है। जानवर भी देख लेने से जान जाता है कारण और परिणाम! और आँख बन्द हो जाय! और न खुले कभी तो! जीवन का यही अर्थ है कि आँख रहते कभी कोई कष्ट देने वाले कार्य न किए जाएँ। हमारे पास बुद्धि है और हम संसार के सभी प्राणियों से श्रेष्ठ हैं तो फिर रखें मान अपनी दृष्टि का!'

'आप किताब की तरह बोलते हैं।'

दो दिन से देवी प्रसाद गहरी नींद में सो रहे हैं। सुशीला ने कभी देवी की नींद में व्यवधान नहीं दिया। नींद गहरी हो, पेट साफ हो, खुलकर पेशाब हो, गला ठीक हो, भरपेट भोजन और साफ पानी मिल जाए, शीत-घाम-बरसात के लिए छत हो, देह पर कपड़े हों, ठंड से बचने का उपाय हो, वृक्ष की छाया मिले तो जीवन को क्या चाहिए! मिल तो गया-आहार, निद्रा, मैथुन...

...और देवी प्रसाद का स्वप्न लोक-

'आकाशवाणी का 'पंचायत घर' कार्यक्रम चल रहा है...पंचो राम-राम! हे गोबर्धन! आज कुछ गीत-कविताई होई जाए। हे हरी भइया! आज बुद्धवार है-कविता का दिन। और आज लोकभाषा के तीन कवि विराजमान हैं। तो पंचो! आइए लोक कविता का आनन्द लीजिए-...

कवि गुमनाम-

आँखि लागत न बा
आँखि में आँखि बा
तोर छोड़ल न जिनगी जियल जात बा।
...

कवि मनज–

बीतल जेठ लुयारी वाला,
आइल मास असढ़वा बदरा पानी दे!
खड़ी धरतिया चढ़ी जवनियाँ खेले कुसुम अँचरवा
बदरा पानी दे।

(स्वप्न चल रहा है, कहीं स्पष्ट कहीं अस्पष्ट। कहीं पूरी देह दिखती है तो कहीं सिर्फ चेहरा या फिर एक छाया। लेकिन सुनाई दे रही है देवी को कविता जो वे पूरी नहीं सुन पा रहे हैं। रेडियो में खरखराहट है, हो सकता है मौसम ठीक न हो। अब साफ है आवाज और आनन्द संधिदूत कविता के लिए तैयार हैं।)

...

कवि आनन्द संधिदूत–

–ओराइ गइल रात!
कुछ कहलीं न सुनलीं, ओराइ गइल रात
पुतरी बिछ्वलीं पलक ओठँघवलीं, ओराइ गइल रात!
धीरे-धीरे कुटुकि-कुटुकि लाज फेंकलीं
अँगुरी लपेट खूँट अँचरा के हँसलीं
दियरी जरत मुँह तनिकी स देखलीं,
ओराइ गइल रात!

...सपने की रात बड़ी है कि छोटी यह स्वप्न पर निर्भर है। देवी आनन्द संधिदूत की पंक्तियाँ किसी पत्रिका में पढ़ चुके थे, सो सपने में खूब मौज ले रहे हैं। अभी भी वे स्वप्न सुख में डूबे हैं–'ये आकाशवाणी है। अब आप देवकीनन्दन पाण्डेय से समाचार सुनिए!

देवी के मुँह से निकला–'देवी की...सुनिए!'

'क्या सुना रहे हैं, उठिए! सात बजने वाले हैं, अखबार आ गया है।' सुशीला ने देवी के मुँह से बहते लार को पोंछ दिया है। अब वह देवी का कंधा झकझोर रही हैं।

'यह सोने का समय नहीं है।' देवी प्रसाद ने हाथ झटककर केहुँनी को चटकाया और अंगुली के पोरों को पटकाया। नशीली आँखें सुशीला को ऐसे देख रही हैं, मानो कुछ निवेदन हो!

'सपना मेरा टूट गया...!' देवी प्रसाद ने लय में कहा और सुशीला के सहारे बिस्तर से उठ गए–'रेडियो सुनने का आनन्द, अहा! क्या रेडियो था, जो मैंने स्टूल पर रखकर तौलिए से ढँक दिया था।'

'सपने में क्या सुना रहे थे?...अभी नई बस्ती में रेडियो वाला काम बाकी है क्या?'

'वही तो सपने का मजा दे रहा है...आज खूब कविता सुना हूँ–मजेदार! अभी समाचार सुन रहा था कि तुमने जगा दिया।' देवी प्रसाद कुछ सपने से कुछ अपने से कुछ अखबार की स्मृति से समाचार पढ़ने लगे–'सुनो! अब आप देवी प्रसाद से प्रादेशिक समाचार सुनिए। प्रधानमंत्री ने कहा है कि विकासशील भारत शीघ्र ही विकसित देशों की सूची में शामिल हो जाएगा...'

'समाचार सुनाइएगा! पहले मुँह तो धो लीजिए जनगणना वाले साहब जी! मुँह से गंध आ रही है, भले मुझे न लगे लेकिन मुँह महक तो रहा है!' सुशीला ने देवी का हाथ पकड़कर उठा दिया है। देवी यह कहते मुँह धोने चले गए कि, समाचार तो कहना ही है चाहे पत्थर पड़े या पानी!

प्रगति ज्यादा बोलती नहीं थी। वह अपनी पढ़ाई में लगी थी। जरूरत होती तो सुशीला से तब कुछ कहती जब देवी प्रसाद घर में नहीं होते।

देवी प्रसाद मुँह धो चुके हैं और बिना हाथ–मुँह पोंछे ही समाचार बोलना शुरू...समाचार दिमाग पर चढ़ा है जो बिना बोले नहीं उतरेगा, यह सुशीला भी जानती हैं–'...प्रधानमंत्री ने बढ़ती जनसंख्या पर चिन्ता जताई है।...बढ़ती महँगाई ने आम आदमी का जीवन कठिन कर दिया है, यह कहना मार्क्सवादी विचारक डॉक्टर पीएन सिंह का है। महँगाई के मुद्दे को लेकर विपक्ष ने सरकार को घेरने का प्रयास किया है। विपक्ष ने कहा कि वह सड़क पर उतरकर आन्दोलन करेगी।...राष्ट्रपति ने भारतीय तकनीकी संस्थान के छात्रों को इंजीनियरिंग की उपाधि प्रदान की। इस अवसर पर उन्होंने कहा कि भारतीय वैज्ञानिकों, सामाजिक कार्यकर्ताओं, राजनीतिज्ञों को प्रदूषण के विरुद्ध एकजुट होकर कार्य करना चाहिए। आज पर्यावरण को बचाने के लिए बुद्धिजीवी वर्ग की खास जरूरत है। वे चाह लें तो हर घर में पर्यावरण के प्रति लोग जागरूक हो जाएँ।...क्रैशर पर काम करने वाले आदिवासी मजदूरों को ठेकेदार के आदमियों ने खूब पीटा है, एक मजदूर गम्भीर रूप से घायल हो गया। मजदूर अपनी पन्द्रह दिन की मजदूरी माँग रहे थे।...सोनभद्र जिले के कई आदिवासी क्षेत्र आज भी सड़क और बिजली की सुविधा से वंचित हैं, वहाँ पीने का पानी बरसाती झरनों, नदी–नालों और कुँओं पर निर्भर है।...और अन्त में मुख्य समाचार के पूर्व साहित्य के समाचार–एक संगोष्ठी में साहित्यकारों ने कहा है कि साहित्य की मशाल जलती रहनी चाहिए। आलोचकों ने काशीनाथ सिंह के उपन्यास 'रेहान पर रग्घू' की चर्चा भी की। दलित चिन्तकों ने धर्म की आलोचना करते हुए ब्राह्मणवादी व्यवस्था पर करारा प्रहार किया है। उन्होंने कहा कि यह व्यवस्था मात्र एक बाजार है, जो धर्म के रास्ते से आता है।'

देवी प्रसाद आँख मूँदे समाचार बोलते जा रहे हैं। कोई सुनने वाला नहीं है। प्रगति कॉलेज चली गई है और सुशीला बाथरूम में नहा रही हैं। देवी की आँख खुली, उन्होंने सुशीला को पुकारा–'सुशीला!'

'आती हूँ, नहाने में भी खड़मंडल! हो गया समाचार?'

'नहाइए! नहाइए! साबुन से रगड़–रगड़कर गोड़–हाथ–पेट...लाइफबॉय है जहाँ

तन्दुरुस्ती है वहाँ–लाइफबॉय...नहाने का साबुन।' सुशीला बाथरूम से बाहर आ गई हैं। आज उसने बाल नहीं धुले हैं–'कहाँ से इतना रटे हैं, कोई सपना इतना याद रखता है!'

'अच्छा यह बताओ! संस्कार तो सबके लिए जरूरी है और पढ़ना भी...तो दलितों को ब्राह्मणों ने संस्कारित और शिक्षित क्यों नहीं किया अपनी तरह? पढ़ने-पढ़ाने की जिम्मेदारी तो उन्हीं पर थी!'

सुशीला ने कोई उत्तर नहीं दिया।

'मैं तो कहता हूँ कि दलितों का अपना संस्कार है। लेकिन उनके अशिक्षित रह जाने की पूरी जिम्मेदारी ब्राह्मणवादी व्यवस्था पर है, कि वेद पढ़ लें सुन लें तो कान में पिघला सीसा...वैसे अब कुछ नहीं है ऐसा! खूब पढ़-बढ़ रहे हैं, चमक रहा है तेज तुम्हारा की तरह...'

'इधर-बीच आपकी नींद खूब मस्त हो रही है।' सुशीला ने बात बदलने का प्रयास किया।

'सपने का अपना सुख है! मुझे लगता है कि मैं असली जीवन जी रहा हूँ। यहाँ से भिन्न एक अलग जीवन।' देवी प्रसाद अब तक के देखे गए टटके सपने कायदे से बताना चाहते हैं, लेकिन जितना बता चुके हैं उसी से सुशीला ऊब गई हैं। देवी जानते हैं कि अब उन्हें स्वप्न-कथा की आज्ञा नहीं मिलेगी–'सपने का जीवन सच हो जाए तो! हम वहाँ वही सब करते हैं जो इस असल जिन्दगी में करते हैं या करने की तमन्ना है या कोई चिन्ता। लेकिन यह स्वप्न है, जिन्दगी में असल नहीं। मन ठीक हो, दिमाग में ख़ुराफात न हो, चिन्ता-बेचैनी न हो, कोई दुख-बीमारी न हो तो आने वाला सपना मजेदार, स्नेहिल, प्रिय, मधुर-मीठा होता है। जी करता है कि देखते रहो! देखते रहो! सपना ही जीवन है! हे भगवान नींद न खुले! सोते रहे ऐसे ही जीवनभर सपने में...'

देवी प्रसाद के 'हे भगवान!' कहने पर सुशीला ने टोक दिया कि–आप तो भगवान को मानते नहीं हैं फिर क्यों 'हे भगवान!'

देवी प्रसाद सुशीला का मुँह ताकने लगे, फिर भी देवी ने कहा–'यह टेक है, बात बढ़ाने का टेक, अपने को सन्तोष देने का शब्द है यह, आश्चर्य व्यक्त करने का तरीका है और यह बदबू से नाक सिकोड़ने का भी–हे भगवान! और यह बचपन का शब्द-वाक्य है, जो अनायास ही मुँह तक आ जाता है। तमाम ऐसे शब्द हैं जो हमें रुचते-पचते नहीं फिर भी बोले जाते हैं। यह शब्द का बना बनाया रिश्ता है, इसे शब्द-स्वभाव भी कह सकते हैं। दादा जी बच्चों को खूब गरियाते थे, लेकिन कोई उनसे कहे कि फलाँ बच्चे को गरिया दीजिए तो यह सम्भव नहीं था उनके लिए।'

'एक बात है! डर लग रहा है, कहूँ?' सुशीला ने भययुक्त चेहरा बनाया।

'कहो! बात कहने से क्या डरना!'

'लगता है कुछ गड़बड़ है! गर्भ ठहर गया है, हे भगवान झूठ हो जाए!' सुशीला ने डरने का बेहतरीन अभिनय किया।

देवी की हवा ढीली हो गई, मुँह खुला रह गया–'सच बताओ! पचास पार हो गई

तुम! मासिक धर्म भी बन्द है। फिर कैसे! हे भगवान! बड़ी बदनामी होगी!'

सुशीला ने देवी को देखा–अधीर, असहाय, एक बेचारा!

'इस उम्र में भी देखा गया है, संयोग का क्या ठिकाना! अच्छा यह बात झूठ हो जाए तो क्या देंगे? बोलिए!' सुशीला की मुस्कान कुटिल नहीं है लेकिन स्फुटन में एक बात है।

'अरे, झूठ तो हो! नथुनी गढ़वा देंगे चवन्नी भर की! अब जल्दी बोलो! सच क्या है?'

'झूठ-झूठ-झूठ...सोलह आना झूठ! इतनी मूर्ख नहीं हूँ कि...'

देवी प्रसाद कहना चाह रहे थे कि मेरी तो फट के हाथ में आ गई थी। लेकिन सिर्फ मुस्कराते रहे। देवी की नाक पकड़कर सुशीला हिलाने लगीं, नाक बेचारी तीन बार दाएँ बाएँ हुई फिर कान। मानो कह रही हों कि कान पकड़िए कि...

'इस उम्र में भी तुम पहले जैसी चंचल लगती हो भले कमर दुखती रहे।' देवी चुम्बन लेना चाहते हैं, फिल्मी चुम्बन–लम्बा सा। लेकिन वे खाँसने-खँखारने और थूकने लगे। सुशीला कहना चाहती हैं–'तुम साठा पर पाठा तो मैं पचासी पर जवान बाछी। लेकिन कोई शब्द मुँह के बाहर नहीं आया।

...जिन्दगी जीते रहने का नाम है, और ठीक से जीने का उपक्रम करते रहना चाहिए–एक मुस्कान भरा जीवन!

कितना करीब आ गया दृश्य कि यह एक विज्ञापन है

हमारी जितनी ज्ञानेन्द्रियाँ हैं, खूब सुख देती हैं। इसके बिना पत्थर जैसा सुख भी नहीं। लेकिन आँख का कोई विकल्प नहीं। संसार में हैं तो देखना चाहिए कि दुनिया कैसी है। देखने के लिए यात्रा होती है! पर्व-नहान के बहाने कहाँ से कहाँ पहुँच जाते हैं देखते-देखते। प्रकृति को देखना तो सुख की पराकाष्ठा है। देवी प्रसाद बहेड़ी को खूब देखते हैं। किसी कस्बे को देखना भी एक प्रसन्नता है, जो कभी गाँव कभी कस्बा लगे-दिल-दिमाग से और कार्य व्यवहार से भी। बहेड़ी की गली-नालियाँ गन्दी हैं, साफ तो सिर्फ वार्ड नम्बर दस यानी हाता रहीम वासित की नालियाँ हैं। बहेड़ी की नाली में प्लास्टिक पटा पड़ा है। शहर की प्राइवेट आवास समितियों ने यहाँ भी डेरा जमा लिया है। कस्बे के किनारे बाकायदा आवास हेतु कटे प्लॉट दिख जाएँगे। वहाँ न खेती है न मकान, सिर्फ अपनी-अपनी चाहरदीवारी है–कब्जा है। यह अपना धन दिन दूना रात चौगुना बढ़ाने का उपक्रम है। लेकिन जमीन ताकती रहती है कि कोई आए और बो दे कुछ बीज अन्न के। देवी प्रसाद को बहेड़ी के मुहल्ले याद हैं–किला मैदान, चौधरी टोला, बिछुआ बाजार, गढ़हिया, सोनार टोली, कादीगढ़ी...

आज देवी बिछुवा बाजार से होकर नई बस्ती आए हैं। नंदलाल के दालान में बैठने की जगह है, दस आदमी आ जाएँ तो भी कोई बात नहीं।

'आइए! साहेब आपको हम रोज जोहते रहते हैं।' नंदलाल ने देवी को देख लिया है। राजकुमार ने दौड़कर झोला ले लिया है। घर में संकेत हो चुका है कि साहेब आए हैं, चाय बन जाए।

'आपके बिना तो लगता है कुछ हेराय गया है बाबूजी।' नंदलाल ने खाट बिछा दी है।

'मुझे तो कभी रेडियो-रेडियो कभी टीवी-टीवी कहना है।' देवी खाट पर बैठते बोले।

नंदलाल की दालान भरने वाली है, रामनाथ, सुलेमान, शांति, रामअवतार, गोपालराम, बिट्टन, जहीर, कसपाती और जुबैर पहुँच चुके हैं। नंदलाल ने चाय बढ़ाने के लिए घर में आवाज लगाई तो सबने चाय के लिए मना कर दिया कि चलो फुक-फुक करके जीभ जलाओ, न पेट में न मुँह में-छँटाक भर चाय। अरे, मिले लोटा दुइ लोटा तो चलो पीने भर का है!

चाय सिर्फ देवी साहब के लिए बन रही है।

'रेडियो की बात से सबको मजा आया साहब! पुरानी बातें याद हो गईं।' नंदलाल को खूब टीवी रेडियो का सुख है-'हमारे घर भी एक रेडियो रहा, अभी है कहीं ताखा-पेटी में धरा। गजब की चीज है रेडियो! दालान में धर दो, बजता रहे और अपना काम करते रहो। हमारे बाबूजी खूब सुनते थे 'कृषि जगत।' गोभी में चाहे बैगन में कभी दवाई नाहीं डाले। नीम की खली खेत में डालते रहे। खेत में जान आ जाती थी साहब! नीम की पत्ती का धुआँ भी करते थे हमारे बाबू...सब कीड़ा पतिंगा मर-भाग जाएँ।'

'देसी खाद और नीम की बातें कुछ और हैं भाई, इसका कोई जोड़ नहीं है।' रामनाथ ने कहा।

'अब तो इतनी दवाई होइ गई फसल वाली कि पूछो मत! 'रामअवतार बोले-'साहेब आपके पास भी रेडियो रहा होइ?'

'हमारे पास रेडियो भी था, खेती भी...' देवी ने चाय की पहली चुस्की ली-'मैं खूब क्रिकेट मैच सुनता था। गावस्कर, विश्वनाथ का जमाना था। तब सुनने का मजा था, अब देखने का है।'

'नंदलाल भी खूब कान से सटाये रहते थे रेडियो, और इंडिया का चौका पड़े तो दाँत चियारा करते थे।' सुलेमान बोले।

नंदलाल अभी भी दाँत निकाले हँस रहे हैं-'साहब! हमारे बाबूजी रेडियो में प्रचार सुनकर चाँद छाप यूरिया लाए थे, गेहूँ में छिड़कने के लिए-चाँद छाप यूरिया किसानों की पहली पसन्द, खेती में सर्वोत्तम...तब दादा ने कहा था कि ई खाद, खेत ऊसर कर देगा। लेकिन आज बिना खाद के दाना घर में दिखेगा नहीं।'

देवी प्रसाद मुसकराए-'हमारे चाचा जी पर भी विज्ञापन सवार था। वे रोज सुनते थे, 'दो या तीन बच्चे होते हैं घर में अच्छे' और उनको तीन बच्चे पैदा हुए। एक दिन दीवार पर लिखा देख लिए चाचा कि 'पहला बच्चा अभी नहीं, दो के बाद कभी नहीं' तो खूब माथा पीटे।'

'कौन नहीं घूमता था रेडियो लटकाए के!' सुलेमान नंदलाल की ओर देखकर

बोले–'तुम भी तो झाड़ा फिरने जाते थे रेडियो दबाय के... और साहेब एक दिन रेडियो में बीन बजने लगी, इ चूतिया वही रेडियो धर के फरागत होने बैठा था–वही धुन साँप वाली! मेरा मन डोले... आय गया गेहुँवन फन फटकार के! अब ई हजरत चले भाग! रेडियो–फेडियो छोड़–छाड़ के...!'

सभी हँसने लगे। औरतें भी हँसती रहीं मुँह पर आँचल रखकर। नंदलाल मुसकराते रहे बोले नहीं। किसी मिसाल में होने का सुख उन्हें गुदगुदा रहा है। देवी ने कहा कि यह किस्सा मेरे यहाँ भी कहा जाता है, लेकिन नंदलाल के साथ ही यह घटना घटी होगी और हमारे यहाँ तक फैली होगी, इसका मुझे विश्वास है।

शांति भी बैठी है। कोई उनसे कुछ पूछ नहीं रहा है, और खुद बोल भी नहीं रही है। आखिर शांति से रहा नहीं गया–'हमारे पास भी है एक रेडियो बुस कम्पनी का। हम उसे ओढ़ाने के लिए खोल सिले हैं, एकदम बैठ जाता है रेडियो पर। खोल सहित रेडियो धरी है और अभी बजती भी है। एक गाना याद है कहो तो सुनाय दें...' और शांति गाने लगी–

रुनझुन खोल ना केवड़िया, हम बिदेसवा जइबो ना।...
हमरा भइया के बोला द हम नइहरवा जइबो ना...

बिट्टन बैठी है, चुप! शांति ने दोहराकर पूरा गाना गया। मानकेसर चली आ रही है शांति का गाना सुनकर–'का गावे लगी शांति?' मानकेसर शांति की तरह मर्दों के बीच बोलने–बतियाने से अब हिचकती नहीं है–'एक हम भी सुनाय दे, 'बादल बरसे बिजुली चमकै, जियरा ललचे मोर सखियाँ..।'

औरतें गा–बजाकर चली गईं। देवी चाय पी चुके हैं। आज चाय की गरमाहट और स्वाद की तरफ ध्यान नहीं था। आज वे खूब खुलापन महसूस कर रहे हैं। शब्द हो या बोली–बानी या कार्य–व्यवहार, कोई तनाव है न दबाव! मुक्त मन से बीमारी कोस भर भागती है और उम्र बढ़ने का एहसास नहीं होता है। देवी को यह अनुभूति सार्थक लगती है।

'जनगणना में जो गाँव छूट गए हैं उसकी शिकायत करें।' जहीर ने बताया–'साहेब! कोई अबरार साहब हैं, उनका मोबाइल नम्बर अखबार में निकला रहा! हम लिखे हैं।'

'तो कर दो शिकायत!' देवी मुसकराए।

'क्या हाकिम! आप भी... इहाँ का दिक्कत है!'

'आज का काम होने दो, ज्यादा अखबार न लादो इस पर! हे कसपाती! ई दरवज्जा बन्द कर तो! आवाज घर के भीतर न जाय!' नंदलाल बोले।

'भाई देखिए! रेडियो तो हमारे जीवन से जुड़ गया था। लेकिन आज बेचारा आलमारी में बिगड़ा पड़ा है, कौन जाए बैटरी ले आवे। अब तो टीवी का जमाना है। देखो खूब नाच–गाना एक से एक सुन्दर मेहरिया देखो।' रामगोपाल बोले।

'मैं यही कह रहा हूँ कि अब मुझे लिखना है कि टीवी किसके घर में है?' देवी अपने कालम पर हैं।

'आप कोई कालम भरते हैं बाबू जी तो डर लगता है, जैसे कोई बात न होय जाय!' सुलेमान ने कहा।

'डर लागत है, बस! डर के मारे हगास तो नहीं लगती?' कसपाती ने कहा–'लेकिन साहब कोई कहेगा नहीं कि टीवी है। पहले कह चुके हैं कि बिजली नहीं तो अब टीवी काहे कहें की है! टीवी तो बिजली से ही चलेगी!'

'जौन भोंसड़ी वाला ई बतावे कि फलाँने के पास टीवी है तो हमें बताओ! काट के न रख दिया तो कहना!' गिरधारी गुस्से में हैं–'जब देखो तब! हई का है? हऊ का है? खरीदें हम बतावें सरकार को! सरकार खाने को दे रही है का।'

देवी प्रसाद ने सबको शांत किया–'भई सुनिए! लड़ना ठीक नहीं है यहाँ, जगह से लड़ाई होती है तो फायदा होता है। यहाँ तो सिर्फ यह बताना है कि... मत बताओ! चलो किसी के घर टीवी नहीं। नहीं लिखेंगे बस लेकिन जानेंगे तो! टीवी है किसके पास!'

'आप हाँडी का चावल पूछें तो हम बताय दे लेकिन...ऊ फारम में झाँट नहीं लिखने देंगे।' रामअवतार ने कहा।

'हमारे पास है साहब ब्लैक वाली-सादी। छोटी टीवी।' जुबैर खड़ा हो गया–'लिखे साहब, बिजली कटिया फँसाय के जरावत हैं। कोई का कर लेगा हमारा। का लेगा जब घर में कुछ नहीं है। एक पुरानी टीवी है, ले जाओ डाल लो उसमें...यहीं न कि नहीं देखेंगे फिलिम। बाकी झूठ नहीं बोलेंगे।'

'चलो जुबैर तो कहेंगे कि हमारे पास है टीवी। हो गया! खाली तो नहीं रहेगा...एक भरा तो समझो काम हुआ!' देवी प्रसाद ने संतोष भरी साँस छोड़ी–'रेडियो से हम मन से जुड़ चुके थे जैसे रेलगाड़ी से। रेडियो हमारे जीदन का हिस्सा था लेकिन आज टीवी ने अपनी मजबूत जगह बनाई है। यह सही है कि टीवी रेडियो जितना हमारा साथी नहीं है।'

आज यहीं देवी की सभा हो गई, बिना बुलाए–'टीवी देखने वाली चीज है लेकिन आप ठहर जाते हैं! एक जगह! मैं बुरा नहीं कह रहा हूँ लेकिन काम-धंधा छोड़कर, पढ़ना-लिखना बन्द करके खेती-बारी का काम ताख पर रखकर टीवी देखना बहुत गलत है। आपके पास काम है तो आप हैं, और तब कोई चीज-चाहे टीवी। इसे सीखने की चीज बना दीजिए, लेकिन यह तो आपको दुह रही है! आपकी चाल रुक जाती है! दाँत निपोरे, आँखें फैलाए निहारते रहते हैं आप! कभी सोचा है कि आप कितने घाटे में हैं। कोई चीज बनती है फायदे के लिए लेकिन हमें फायदा लेना आना चाहिए, इस्तेमाल जानना चाहिए। रेडियो पर इतना हो-हल्ला नहीं मचता था और टीवी...! हमारी बातचीत बन्द हो गई, हम मिलना-जुलना भूल गए। हम एक दूसरे को जानने समझने के कारण अच्छी तरह पहुँचे हैं यहाँ तक। यहाँ भले नहीं आप टीवी के दिमाग में हों लेकिन शहर पूरी तरह चपेट में है। टीवी ने जो सिखा दिया सीख गए। दो मिनट में व्यवहार बदल गया। लोग दिनभर टीवी चलाते रहते हैं, सबके अपने-अपने चैनल हैं।'

'साहब इसी घर में नंदलाल के यहाँ दुइ टीवी हैं। एक तो चलती रहत है दिन रात जब तक बिजली आवत है।' कसपाती ने साफ-साफ कहा।

'पहले वाली ब्लैक है–पुराना माडल, यह अब बन्द है। हाँ रंगीन वाली चालू हालत में है।' नंदलाल बोले।

'साहेब का सुनो! आपन बात बाद में करिहो।' जुबैर को देवी प्रसाद की बात अच्छी लगती है।

'आज हमारे पास पैसा हो न हो। विज्ञापन देखते हैं, प्रचार में फँसते हैं, बिना जरूरत के सामान उठा लाते हैं। यहाँ हम ठगे जा रहे हैं। आज के चकाचौंध में उलझकर हम ग़रीब भाई जो देह की मेहनत से पैसा कमाते हैं, उसे बहा आते हैं। खाने को रहे न रहे कम्पनी का माल चाहिए। काम चल सकता था एक छोटी टीवी से लेकिन बड़ी वाली आएगी, भले जाड़े के लिए रजाई बनवानी हो।'

'ठीक कह रहे हैं साहेब, हमारी रजाई की रूई बटुरा गई है, धागा छोड़ रही है, भीतर से झाँको तो बाहर का अँजोर देख लो, लेकिन नहीं...नहीं भरवाई गई रजाई और लड़का हमार गया फिरीज ले आया। गगरी का ठंडा पानी का खराब है! जिनगीभर तो वही पीते रहे!' रामअवतार को इस बार के जाड़े की चिन्ता है।

'फँसने को तो हम फँस गए साहब। घर की औरतें देख ले जौन चीज अपने मन की तो रट मारने लगती हैं कि ले आवो नहि तो फिर देख लिहो...'

'हमारे घर तो भइया मैगी आय रही है! दुई किसम की साबुन मेहरिया मँगवाई हैं। बड़ा लड़का लेइ आया छिड़केवाला सेंट का बड़ा डिब्बा–इसपरे!' रामनाथ बोले।

'मरो तुम लोग! लुटाओ कमाई! हमरे घर में ई सब होइ जाए तो चमड़ी खींच लें।' जहीर पर टीवी का असर नहीं है।

'हम तो घबराय गए हैं साहब देखत-देखत। एक ही चीज बार-बार रटत हैं। जी ऊब गया है। कभी दाँत साफ करें को बतलावत है, कभी बाल बदे..। सब कुछ मुँह के खातिर।'

'दो दिन में दुबले हो जाओ! गँजापन दूर करो! गोरे हो जाओ! मुश्क बना लो पाँच दिन में दिमाग की बत्ती खोल लो! ठंडा पीकर कूद पड़ो समुन्दर में! भाई मेरे! सोच समझ के! जागो ग्राहक जागो! और बेमतलब मत बैठो टीवी के पास, भागो!' देवी प्रसाद प्रगणक की भूमिका भूलकर गाँव वाले हो जाते हैं।

रामनाथ, नंदलाल, जुबैर, रामअवतार, कसपाती, गिरधारी देवी प्रसाद का मुँह ताकने लगे। वैसे देवी की बात से सबके चेहरे पर मुस्कराहट फैल गई है।

यह सबने माना कि दूरदर्शन बुरा नहीं है, बुरे हम हैं। हम समय को ध्यान में रखे। लेकिन जरूरत हो तो! दूरदर्शन से हम बहुत नजदीक हो सकते हैं। ऐसी चीजों से जहाँ हम कल्पना नहीं कर सकते, पढ़ भी नहीं सकते। चित्र से जल्दी समझ बढ़ती है। बात-बात में कोई विषय रटवाया जा सकता है। अब टीवी भी रेडियो की तरह है। नई बस्ती में जरी का काम चलता रहता है और टीवी पर क्रिकेट मैच... लेकिन वहीं कसपाती डाँटते हैं कि 'ई ससुरा जितना टीवी देखता उतने टाइम में जरी का काम सीखा होता तो बढ़िया कारीगर होता और दो पैसा कमाता।'

आज कोई काम नहीं है। आगे वाले कालम कल से भरने का मन है, लेकिन नई बस्ती में देवी हैं। पूरी बस्ती घूम रहे हैं, देख रहे हैं, चुपचाप कि टीवी है किसके घर! किसी खुले दरवाजे से दिख जाती है चलती टीवी, जहाँ कोई देख नहीं रहा होता, देवी ठहर जाते। अकेले बोर होती टीवी को उन्होंने देखा। कोई खिड़की खुली होती तो चलते फिल्मी दृश्य आँख-कान को बाध्य कर देते। किसी वस्तु के विज्ञापन में इतना आकर्षण होता कि चले अभी खरीद लाएँ, भले गेहूँ न हो घर में।

खबर फैल गई कि देवी प्रसाद चुपचाप अकेले घूम रहे हैं, गली-गली, झोला लटकाए। कानो-कान यह भी सूचना हुई कि 'कवनो गाभिन बात है! साहेब अइसे चुपचाप नहीं घूमते हैं।'

सुदामा की झोंपड़ी के सामने देवी खड़े हो गए, शायद पूरी गली घूम चुके हैं। पाँच मिनट के भीतर बबनी, छोटेलाल, भीखा, नंदलाल, रामनाथ धमक पड़े सुदामा की झोंपड़ी पर। देवी देखकर मुस्कराए, मानो कह रहे हों कि पीछा कर रहे थे क्या?

'इहाँ का खड़े हो गए साहेब! खटिया न मचिया। शुद्ध से पानी भी होगा घर में कि...' भीखा का मन है कि आज देवी साहब उसके दरवाजे चले।

सुदामा को भीखा की बात बुरी लगी लेकिन बात सही है। एक टूटी खाट जो पुआल की मोटी रस्सी बनाकर बुनी गई थी, पड़ी है। भीखा ने कुछ नहीं कहा लेकिन देवी प्रसाद समझ गए, उन्हें अम्मा की बात याद आ गई जो चारपाई बुनवाते समय कहती थीं-टूटी खाट फूटी थाल घर की दशा बताती है।...आखिर पहुँच ही गए भीखा के घर के पास देवी और उनके पीछे भीखा, नंदलाल, सुदामा...

'आज तो आपको नाहीं आवे के रहा साहेब! हमको भी खेत पर जाना है।' नंदलाल ने कहा।

'मन नहीं लग रहा था, चला गया, एकाध घंटा रहूँगा। आप अपना काम करिए।' देवी ने झोला खाट पर रख दिया।

'आज हमें काम नहीं है साहब जो कहना हो कहें।'भीखा ने कहा।

देवी प्रसाद ने बार-बार कहा कि अपना नुकसान मत करिए। अपने काम पर जाइए लेकिन कौन माने! सबके पास अपना काम है-खेती, मजदूरी, जरी का काम... काम कम-ज्यादा होता रहेगा लेकिन देवी प्रसाद रोज नहीं मिलेंगे और एक-दो घंटे की बात है। इतनी देर तक तो ताश खेलते रहते, टीवी में आँख फोड़ते, बेफायदा गप मारते, इधर का उधर लड़ाते...इससे तो अच्छा है कि देवी साहब के साथ कुछ देर रहा जाए।

भीखा ने गुड़ पानी रखवा दिया है। खाट की कमी नहीं है, बगल के बाबूलाल खुद अपनी खटिया लिए आए हैं। दो कुर्सी भी रख गई हैं। 'सत्तू घोरवाय दें साहब? जब आप कहें! ताजा सत्तू है।' भीखा ने पूछा तो देवी ने मना कर दिया।

'यहाँ हर टाइम पर खाने के लिए मिलेगा साहब! मौसम और त्योहार वाला जिनिस।' नंदलाल को अपनी नई बस्ती और संस्कृति पर गर्व है।

जाड़े में तिल का लड्डू, गोभी, मटर, पालक, साग, ताजा गुड़। गर्मी में आम पुदीना की

चटनी-पना, सत्तू, तरबूज-खरबूज, ककड़ी, बेल...सावन में दूध...' सुदामा को बहुत याद है।

'बता तो ऐसे रहे हो जैसे सब तुम्हारे घर में धरा है।' प्यारे बोले।

'बाबूजी को सब पता है! चले हैं मौसमी खाना-खुराक बताने! का साहेब नाहीं जानते हैं हिन्दुस्तानी खाना हो चाहे मुसलमानी।' जुबैर को तारीफ करने की आदत हो गई है।

देवी प्रसाद नहीं चाहते कि किसी काम में बेवजह देर हो और घर देर से पहुँचे। विषय पर हों तो काम भी होता रहे और बात भी लेकिन हमेशा उपदेश भी जी का जंजाल जैसा लगता है। फिर तो मन करता है कि उपदेश को जमीन में गाड़ दो और बेफिकर होकर काम पर चले जाओ।

'टीवी तो खूब चल रही है? करीब-करीब सबके घर में?' देवी ने गली में चुपचाप घूमने को प्रमाणित किया।

कसपाती, हीरा, छोटे ने सिर हिलाकर स्वीकार किया। कोई कुछ बोला नहीं। हाँ, सत्तू घोलकर एक बाल्टी में रखा है, मय जीरा नमक पुदीना के!

'टीवी आ गई, सिनेमा हाल खाली हो गया। पहले कितनी मारा-मारी थी कोई नई फिल्म आने पर! पर्दे पर सजीव देखना कितना रोचक लगता था!' देवी को बात शुरू करनी है।

'साहब ई बाबूलाल हेमामालिनी का फोटो रामायण में चुरा कर रखता था।' भीखा को मौका मिल गया।

'ई भी काटे थे मुमताज की फोटो अखबार से, भूसा में तोपकर रखे थे।' बाबूलाल कभी पीछे नहीं रहे हैं-'अभी जितना ई टीवी देखता है साहब कोई नहीं देखता इहाँ। क्रिकेट मैच आ जाए तो देखो इनको और बिदेश में होय तो बिना खाए-पीये ठीहा गाड़ देंगे टीवी के सामने!'

'बाबूलाल! भीखा को क्यों कहते हो! कौन नहीं हिरोइन की फोटो के पीछे पड़ा रहा। कोई दरवाजा पर चिपकाता था कोई दिवाल पर। सब हीरो बनते रहते थे साहब।' हीरालाल की निगाह सुदामा की तरफ है-

'भीखा तो मुमताज से बियाह तय करने के चक्कर में थे।' बाबूलाल ने फिर निशाना साधा-'आधा बियाह तय था आधे में कसर रही। खुद भीखा ने बताया था कि हमरी तरफ से हाँ है बस उधर से हाँ की बाट जोह रहे हैं। चाहो तो पूछ लो भीखा से!'

देवी प्रसाद आँख फैलाकर भीखा को देखने लगे, फिर एक-एक के चेहरे भी निहारने लगे मुसकराते हुए। किसी चेहरे पर तनाव है न कोई दबाव, मुक्त मुस्कान की मीठी सुगंध फैली है जो एक दूसरे को सुख दे रही है।

सत्तू कब का खत्म हो चुका है। चाय की जरूरत है लेकिन कहे कौन? देवी पानी पीकर गुजार सकते हैं दिन, लेकिन यहाँ चाय के लिए किसी से नहीं कहेंगे। चाय टाउन एरिया के पास मिलती है, और अभी देवी को जाने की जल्दी नहीं है-अपने राम जहाँ बैठ गए सो बैठ गए।

आज देवी को बोलने का कम अवसर मिला। वे जानते हैं कि अच्छे अवसर हाथ से

जाने नहीं देना चाहिए। कहने से बेहतर है सुनना और तब कुछ कहना। देवी कुछ कहते नहीं तब भी कह देते हैं जो चाहते हैं कहना। अब हो गया हूँ-हाँ...हँसना-मुस्कराना...सिर हिलाने में बहुत कर लिए देवी प्रसाद। और अब बिना कुछ कहे नई बस्ती से जाएँगे कैसे और चले भी गए तो आज रात का खाना पचेगा कैसे! हमारे सारे उद्यम मुस्कराने के लिए होते हैं, यह देवी प्रसाद जानते हैं और यहाँ देवी सहित सभी स्फुटित हैं।

'टीवी से पहले हीरो-हीरोइन का बड़ा मान था। पलक बिछाए रहते थे। अब भी है लेकिन उतना नहीं है। पहले हम हीरो-हीरोइन को सिनेमा के रोल के हिसाब से उसके चरित्र आँकते थे।' देवी प्रसाद बात समझाने के लिए खुद को गलत बताएँगे, झूठ ही सही बोलने वाला अपने को बुरा कहे तो सुनने वाला बात को सच मानते हुए खूब सुनता है और ऊबता भी नहीं-'मैं भी किसी हीरोइन की फोटो भजन की किताब में रख चुका हूँ। और खलनायक को वास्तव में बुरा और हीरो को अच्छा मानता रहा हूँ। मेरे पास सभी हिरोइनों की फोटो थी, फिल्मी गाने की किताब और डॉयलाग की भी। मैं भी किसी हिरोइन से प्यार करने की इच्छा में था, यह सब शुरुआती दिनों की बुद्धिमानी है। लेकिन अब तो बेवकूफ भी जानता है कि असल जिन्दगी तो और है। मेरे गाँव में सबसे पहले पुजारी बाबा के पास टीवी आई। भीड़ लगती थी फिल्मी गाने वाले 'चित्रहार' के लिए और इतवार को सिनेमा के लिए। आँखें फाड़े विज्ञापन देखते थे हमलोग! तब बड़ा सरल था विज्ञापन समझना, आज का कोई प्रचार हमें समझ में नहीं आता। गोदरेज, फिलिप्स, लक्स, लाल दंत मंजन, निरोध का प्रचार खूब आता था। मेरे पिताजी घर की औरतों के लिए लक्स और आदमियों के लिए लाइफबॉय साबुन ले आते थे। अम्मा बिगड़ती थीं, भरपेट भोजन की औकात नहीं, औरतों को अलग से साबुन! वे खुद मिट्टी से बाल धोती थीं-काली मिट्टी या गंगा के किनारे की मिट्टी-मुलायम मिट्टी।'

'बाबूलाल भी टीवी में देखकर निरोध खरीद लाए थे, और चुराकर रखे थे। साल भर पड़ा रहा, भूल गए कि कहाँ रखे हैं। इनके बाबू ने देखा तो खेत में गाड़ आए।' प्यारे लाल ने धीरे से कहा।

थोड़ा व्यवधान हुआ देवी को, लेकिन यह जरूरी था कि साँस भर समय मिले।

'जब रामायण टीवी पर आया तो गाँव में दस-बारह टीवी हो गई।' देवी के सामने चाय आ गई है, शायद नंदलाल के घर बनी है चाय। उनके घर दूध हमेशा रहता है, अभी भी दो भैसें दूध दे रही हैं।' ...और जब महाभारत आने लगा तो पचास टीवी गाँव में। बहुत भीड़ जुटती थी महाभारत में। काम धंधा ही नहीं दिशा-मैदान भी भूल जाते थे महाभारत के आगे! एक दिन तो सरकारी बस रुक गई थी नौ बजे गाँव में...यह रहा टीवी पर महाभारत का शोर!'

'हमने तो सुना है साहेब कि महाभारत घर में रखने से लड़ाई होती है। का सही बात है?' जुबैर ने पूछा।

'कोई लड़ाई नहीं, सब झूठ! यह कह लीजिए कि प्रेम बढ़ता है। और महाभारत वाले दिन तो कोई बीमार भी नहीं होता था, फिर भी बुखार आ गया तो वह बताता नहीं

था कि तबीयत खराब है। मैं तो समझता हूँ कि वहीं से टीवी की आदत पड़ने लगी। यह सच है कि टीवी-सिनेमा ने हमें खूब सिखाया है। हम खुद से हटकर और समाज देख सकते हैं, जान सकते हैं कि संसार कितना बड़ा है, घना है, प्यारा है।'

'सुदामा तो डांस सीख गया टीवी के आगे नाच-नाच के! अब खूब बियाह में नाचत है।' किसी ने कहा? लेकिन देवी ने नहीं सुना और वे बोलते रहे।

'...आजकल पुराण कथाओं पर खूब धार्मिक सीरियल बन रहे हैं। हमारे भीतर भी अंध विश्वास और आडम्बर भर रहा है। आज भी पढ़े-लिखे समझदार लोग फँस रहे हैं। स्वतंत्रता के बाद और टीवी से पहले समझ ठीक हुई थी। लोग विज्ञान से साबित को सही मानने लगे थे। बहुत दिनों से चले आ रहे नियम और हो रहा है में सत्य खोजने लगे थे। तर्क करने का मन बनने लगा था कि टीवी आई और फिर इसी में धन कमाने की होड़-धार्मिक कहानी पर नमक मिर्च लगाकर चटपटा सिनेमा! भले तब वैसे कपड़े गहने न रहे हों! लेकिन सिनेमा में तो हैं! घर की औरतें पूरी तरह से टीवी की हो गईं। आम आदमी की तकलीफ ज्यों की त्यों। हो सकता है इन सीरियलों के पीछे कोई राजनीति हो या कोई अपनी रोटी सेंकने के चक्कर में हो। हो सकता है कोई व्यापारिक सोच हो। मेरे घर के बगल में अभी कल ही अशोक के दो पेड़ काट डाले गए, इसलिए कि अशोक वाटिका में सीताजी ने दुख झेला था, अब वे अपने घर अशोक का पेड़ रहने नहीं देंगे।'

'साहेब! नंदलाल के घर में बारह देवताओं की फोटो लगी है। बारह चालीसा भी रखे हैं।' कसपाती ने तिरछी नजर से नंदलाल को देखा।

'नंदलाल ही क्यों! बहुतों के घर में देवी-देवताओं की फोटो है। पहले मेरे घर भी इत्मीनान से विराजमान थे-शंकर-पार्वती-गणेश, राम-सीता, राधा-कृष्ण, हनुमान... सुबह टीवी खोलिए तो रक्षा कवच, मंगल धागा, लक्ष्मी कवच, नजर बाँधने वाली माला का खूब विज्ञापन मिलेगा-अभी आर्डर कीजिए! वैसे दाम तो हैं पाँच हजार का लेकिन अभी आर्डर करने पर मात्र दो हजार नौ सौ निन्यानबे। और साथ में रुद्राक्ष की माला फ्री। भाग्य बाँचने वाले भी मिलेंगे सुबह-सवेरे। आप इन सब से बचे रहिए और टीवी के साथ मस्त रहिए।'

'किसमत कोई का हमार बाँचेगा साहेब! ऊ तो गदहे के लिंग से लिखी गई है-भोथरा!' भीखा ने हँसी फैला दी, ठहाके गूँजने लगे, जिसकी जरूरत है इस समय।

'मैं भी भाग्य नहीं मानता लेकिन मेरी दादी मानती थीं, अम्मा भी...' देवी प्रसाद ने घड़ी देख ली है-'लेकिन अम्मा को हमने बाद में समझा-बुझाकर भाग्य से दूर कर दिया था। गंगा नहाती थीं लेकिन किस्मत बँचवाती नहीं थीं किसी से। अम्मा रेडियो समझती थीं, टीवी आ गई थी अम्मा के सामने। लेकिन दादी का अजब हाल था, वे अन्त तक रेडियो समझ नहीं पाईं। वे समझती थीं कि रेडियो के भीतर छोटे-छोटे दो-अंगुल के आदमी बैठे हैं। यदि वे टीवी देख लेती तो!

बतकही समाप्त हो गई है। बीड़ी सुलगने लगी और गदोरी पर सुर्ती मलाने लगी है। कोई कमर चटका रहा है कोई अँगुली। सुदामा ने कसकर जम्हाई ली है। नंदलाल ने

नाक छिनक दिया है और खँखारने लगे हैं कसपाती। बबनी तो चुप थे, उनको कई दिन से खाँसी है। प्यारे लाल ने भरपूर थूका है। बाबू लाल का कान कुरकुरा रहा है, माचिस की तीली से वे कान खुजला रहे हैं। छोटे लाल की आँख में कुछ पड़ गया है! सुलेमान गमछे के एक ओर गोल बनाकर, उसे अपने मुँह की हवा से गरम करके बफारा दे रहे हैं। जुबैर ने झोला ले लिया है, वे सेंटर तक देवी प्रसाद के साथ जाएँगे।

'साहेब! भीखा अपनी शादी में रेडियो के लिए बहुत नाराज हुआ था। बहुत मनावन करने के बाद ई खिचड़ी खाया था। लेकिन रेडियो नहीं मिली।' हीरा ने जाते-जाते कहा।

'सही बात है! हम पाँच साल ससुर से नहीं बोले। और आज तक पका रहे हैं खिचड़ी।' भीखा ने स्वीकार किया।

'तब जमाना कुछ और था भाई!' देवी बोले लेकिन वे भी रेडियो के लिए अपने ससुर से नाराज हुए थे। जब रेडियो घर आ गया तब उन्हें चैन मिला और सूजा हुआ मुँह पचका। देवी मन ही मन याद करके मुस्कराने लगे और गली में आ गए।

...किसी के घर की खिड़की खुली है और टीवी चल रही है।-

'मेरे अँगने में तुम्हारा क्या काम है।
जो है नाम वाला वही तो बदनाम है...मेरे अँगने में...'

देवी प्रसाद नई बस्ती के बाहर आ गए।

है किसी के पास...!

देवी प्रसाद जब भी घर में घुसते हैं पहले से टीवी चलती रहती है। घर में सुशीला हैं और बेटी प्रगति...मना किसे करें! दिन भर घर में बैठे रहेंगे तो चित्रहार का मन करेगा ही! और अब तो हाल यह है कि तमाम चैनल हो गए हैं, जहाँ महिलाओं लायक सीरियल खूब आते हैं। यहाँ कहानी नहीं बढ़ती समय जाया होता है। एक घंटे के सीरियल में दस वाक्य! देवी ने सुशीला से कहा कि यह बिलावजह है, छोड़ो! हमसे प्यार करो चलो! तो देवी खुद चार बात सुनते कि अपने घूम रहे हैं बहेड़ी बाजार और हम इसी घर में सड़ रहे हैं। क्या टीवी भी न देखे।

'क्यों टीवी खोलकर बैठ जाती हो? मुझसे अच्छा मर्द नहीं है इस सीरियल में। सब मेकअप पोतकर चमक रहे हैं और हम ऐसे...' देवी ने सुशीला के हाथ से रिमोट ले लिया है।

'रुकिए! दस मिनट और आएगा! देखूँ कि सास आती है तो क्या करती है अब?' सुशीला ने रिमोट छीन लिया, वह सीरियल जी रही हैं।

'क्या करेगी! सास तुम्हारा लुग्गा-लत्ता धोएगी कि पूड़ी पकाकर खिलाएगी।'

सुशीला ने देवी के किसी शब्द पर ध्यान नहीं दिया। बनते-बिगड़ते चेहरे, संगीत की झंकार से आश्चर्य की होती क्रियाएँ, घूमती या स्थिर आँखें, खूबसूरत महलनुमा

बंगले, बेजान पड़े सोफे-कुर्सियाँ...घूम-फिर कर आ रहे वही पात्र 'आगे क्या होगा राम!' की जिज्ञासा ने पूरी तरह से सुशीला को बाँध रखा है।

दस मिनट का समय कब का बीत चुका है और अब किसी फिल्म पर सुशीला की नजर है। वे भूल चुकी हैं कि टीवी बन्द कर देना है और देवी प्रसाद जी जनगणना वाले साहब घर में पधार चुके हैं।

'नई बस्ती से आ रहा हूँ। वहाँ रेडियो, टीवी पर कई दिन से बकवास कर रहा हूँ, लेकिन वहाँ ढंग की बात, कुछ काम लायक-सार्थक! और यहाँ बेकार की बकबक में फँसा हूँ।'

'मैं जब टीवी देखती हूँ तो आपको जलन क्यों होती है? मैं भी बन्द नहीं करूँगी। आपका उपदेश मेरे इस पर! अभी और कितने दिन जाएँगे नई बस्ती? बेसमय आकर खड़मंडल कर रहे हैं, न आने का टाइम न जाने का!'

'इस पर क्या कहती हो, जब ठेंगा दिखाती हो।' इसके बाद देवी प्रसाद कुछ बोले नहीं। झोला एक कील में लटक गया है। वे भी सुशीला के बगल में बैठकर अपने मनपसन्द की पिक्चर ढूँढ़ लिए हैं। अब टीवी पर फिल्म लगान चल रही है। पिक्चर का मजा शुरू से है और अभी फिल्म शुरू ही हुई है-सन् अट्ठारह सौ तिरानबे, चम्पानेर, देश के बीचो-बीच बसा एक छोटा सा गाँव...चम्पानेर के लोग देश के हजारों गाँवों की तरह अपना गुजर-बसर खेती-बाड़ी से करते थे...

'यह फिल्म मुझे बहुत पसन्द है।' सुशीला खुश है।

'मुझे भी! मैं तो इसकी सीडी भी ले आया हूँ। हमें आमीर खान पसन्द हैं। और तुम्हें?'

'गौरी। असली नाम मुझे पता नहीं है।'

'मुझे गाँव बहुत प्यारा लगता है, चम्पानेर को देखो! मन करता है कि वहीं रहूँ।...लगान के संवाद अपने जैसा लगता है, सच-सच।'

फिल्म चल रही है और देवी की बतकही भी। देखी हुई फिल्म में बतियाते रहें तो भी देखना हो जाता है।...'मुझे तो इसके कई संवाद याद हो गए हैं-...मेरी घोड़ी को तकलीफ दिया। अब तुम लोग नहीं बचेगा। तुम लोगों से इतना लगान वसूल करेगा कि पहनने को कपड़ा नहीं रहेगा...तुम साला गुलाम लोग हमारी जूती के नीचे रहेगा।'

सुशीला ने गुलामी का पृष्ठ सुन लिया है देवी से और जान लिया है संवाद का अर्थ भी। जैसे स्वस्थ रहना सबसे जरूरी है वैसे आजाद रहना भी।

'अब आप मुझे आजाद रहने देंगे। मैं टीवी देखूँगी। ढलती उम्र में तो टीवी की आजादी हुई है! उसमें भी रोड़ा!'

'लगान के गाने अच्छे हैं।' देवी दो गीत गुनगुनाना चाहते हैं जो अभी फिल्म में दूर हैं-

आजा रे आजा रे!
...भले कितने लम्बे हो रस्ते हो!

थके न तेरा ये तन हो!

...आजा रे...!

सुशीला ने कान में अंगुली लगा ली है लेकिन देवी के मनावन पर कान सुनने को अब तैयार हैं। देवी ने कई गीत सुनाए और सुशीला ने भी...

देवी प्रसाद ने ठीक से फिल्म के गुण धर्म को समझाया। और अब तो सीडी प्लेयर भी है, खूब अच्छी गन्दी फिल्में देख रहे हैं-नंगी-नंगी। सुशीला ने फिल्म निर्माण को भी थोड़ा बहुत जान लिया है। देवी प्रसाद सारा ज्ञान सुशीला में उड़ेलना चाहते हैं। लगान चल रही और वे सटे बैठे हैं सुशीला से। 'गर्मी में देह से दूर ही रहें तो ठीक।' सुशीला ने कहा लेकिन देवी पर कोई असर नहीं। वे अपना पसीना सुशीला की ब्लाउज में सटाना नहीं चाहते हैं, लेकिन देवी की तरफ ब्लाउज में पूरा पसीना लगा हुआ है।

'नई बस्ती में आपकी बात आँख मूँद कर मानते हैं? वहाँ का कुछ बताइए तो!' सुशीला ने देवी की तरफ सिर्फ मुँह घुमाया है।

बादल छाये हैं, बूँदा-बाँदी हो रही है। तापमान बढ़ जाने से शायद ऐसा हुआ है। जो भी हो मौसम रंगीन है और देवी प्रसाद सुशीला के साथ फिल्म देख रहे हैं। बरसात का मौसम होता तो अब तक पकौड़ी खाने का मन करने लगता।

देवी प्रसाद कहना चाहते हैं कि अभी पकौड़ी बन सकती हैं, पकौड़ी के लिए बरसात की जरूरत नहीं है, अपने मन पर निर्भर है लेकिन वे बोल नहीं पाए। टीवी में विज्ञापन चल रहा है, जो जरूरी है भले कोई देखे न देखे।

'गजब के लोग हैं नई बस्ती में। सुदामा और भीखा विदेशों में खेला जाने वाला खेल रातभर जाग कर देखते हैं-क्रिकेट, फुटबाल, टेनिस... जानती हो क्यों? वे चड्ढी ब्रा देखते हैं, वहाँ की स्त्रियाँ जब ताली बजाती हैं हाथ ऊपर करके तो सुदामा मुँह बा देता है काँख देखकर। महिलाओं के खेल तो भोजन-पानी त्याग के...'

'उनकी शादी नहीं हुई है क्या?' सुशीला ने आश्चर्य से पूछा।

'अरे, आप भी! शादी से क्या मतलब! अरे, चार-चार बच्चों के बाप हैं! खा-पी के मस्त हैं। लेकिन अंग्रेजिन का मजा लेते हैं।' टीवी में लगान का कोई गीत चल रहा है। और देवी सुशीला के साथ अपने सुख-आनन्द में डूबे हैं।

सुशीला का ध्यान फिल्म लगान पर अधिक है कि देवी प्रसाद की बात पर, यह खुद सुशीला भी नहीं जानती और देवी प्रसाद ने जानने का प्रयत्न नहीं किया है। हाँ यह जरूर नया हो गया है कि देवी ज्यादा बोलने लगे हैं, विषय चाहे जो हो और नई बस्ती तो विषयों से ऊपर है?

'...मैंने रजमतिया से पूछा कि टीवी है घर में? तो बोली,'मदार धतूर खाए हैं कि टीवी घर में धरें। मरद को घर में रहने की जगह नहीं, टीवी धरें! हमारे पास इतना पैसा नाहीं है साहेब!'

'आपको उनकी सब बातें याद हैं। मैं तो भूल जाती।' सुशीला ने पूरी बात सुनी। वह यह भी कहना चाहती थी कि रजमतिया ही मिली कोई पुरुष नहीं लेकिन बात दिल

में रखना और न कहना उसे भी आता है।

'एक-एक शब्द याद है...अँजोरिया से मैंने पूछा तो बोली-खाए न मरे बिराये मरे! काम-धंधा मिलत नाहीं, टीवी धर दें तो फिर होइ गया काम!' एक से एक हैं वहाँ! इतनी लच्छेदार बात और बेबाक कि कहो मत! पता नहीं कौन बात आई कि कसपाती ने कहा-'बाप मारे मूसड़ी बेटा तीरनदाज। अब मैं लिख लेता हूँ। दफ्तर में कहूँगा, बात-बात में यही सब घुसेड़कर...'

...और फिल्म चल रही है। लगान में क्रिकेट मैच का आनन्द भरा है। खेल की तैयारी पूरी हो चुकी है। मैच शुरू होने वाला है। सुशीला की आँख टीवी पर है लेकिन देवी प्रसाद का ध्यान टीवी से पूरी तरह हट गया है...और मैच शुरू है...

सूरज पूरी तरह डूब चुका है लेकिन अँधेरा नहीं है। पानी थोड़ा बरस कर रुक गया है, सिर्फ धूल मरी है। उमस नहीं है लेकिन गर्मी से चैन है। हवा चल रही है-पछुवा। बादल घिसकते चले जा रहे हैं। जब पानी बरस रहा था तो पूर्वी हवा थी। हवा का बदलना मौसम का बदलना है। प्रगति कॉलेज से आने के बाद अपनी फ्रेंड के घर गई थी, अभी-अभी आई है! दस मिनट से ज्यादा नहीं हुए हैं और घर में रौनक आ गई है। सुशीला ने चाय देवी को दे दी है। कप से बर्तन धोने वाले साबुन की गंध आ रही है। अंगूठे से कप का किनारा पोंछते हुए देवी चाय पी रहे हैं। बरामदे में दो तीन लोग बैठ सकते हैं। साइकिल और एक टूटी खाट खड़ी है, तीन कुर्सियाँ भी दिन में पड़ी रहती हैं।

'पापा अभी कितने दिन होगी जनगणना?' प्रगति ने पूछा-'कब छुट्टी मिलेगी? लगता है आपकी वही नौकरी है।'

'नौकरी कोई हो, और यह बुरी तो नहीं है!' देवी चाहते हैं कि नई बस्ती न छूटे।

'रेडियो टीवी वाला खाना तो भर गया? अब लैपटाप है, कम्प्यूटर है!' सुशीला ने मकान अनुसूची पढ़ी है।

'तुम्हें कालम याद हैं!' देवी को आश्चर्य हुआ।

'ये लीजिए! रोज उसी को देखती-सहेजती हूँ। बिना पढ़े पढ़ना पड़ता है। मैं नई बस्ती जाऊँ तो हफ्ते भर में लीप-पोत कर चली आऊँ।'

'मतलब कि लीपना है! उस पर चिपरी नहीं पाथना है बाबा! तुम तो नौकरी ले लोगी सस्ते में! बहुत लोग पाद मार रहे हैं। अभी गाड़ी लाइन पर नहीं है। जनता बता रही है कुछ, भर रहे हैं कुछ। और मेरी भी तो पहले गाँड़ फट रही थी! जरीना से पूछो तो फलाने से समझो!'

सुशीला ने देवी के मुँह पर हाथ रख दिया-'प्रगति घर में है! सँभलकर बोलिए! कुछ भी मुँह से निकल जाय! बस निकलना चाहिए।'

'अरे, वह सुनेगी नहीं, बड़ी प्यारी बेटी है हमारी। मम्मी-पापा की बात कभी नहीं

सुनती।' देवी प्रसाद आश्वस्त हैं।

देवी ने बताया कि नई बस्ती में किसी के घर कम्प्यूटर, लैपटॉप नहीं है, इन्टरनेट की तो बात छोड़ो। कोई इसका नाम तक ठीक से नहीं ले पा रहा था। कम्प्यूटर के लिए कम्पूटर कपूटर और कनूटर तक लोगों ने शब्द बनाया और कहा, और लैपटॉप के लिए–लिपलाप, लिपटाप। जाकरून ने इन्टरनेट को इटरनीट और बुधिया ने सिटरनेट कहा।

देवी की बात सुनकर प्रगति खूब हँसी। सुशीला रोज सुनती हैं, वे मुसकराईं तक नहीं। जनगणना ने देवी को बाँध दिया है, यह सुशीला को लगता है। और साथ रहने से व्यवहार का स्थानान्तरण हो रहा है, लेकिन यह सुशीला नहीं जानती।

'पापा मुझे कम्प्यूटर चाहिए और नेट भी।' प्रगति ने अपनी आवश्यकता बताई– 'बिना कम्प्यूटर के पढ़ाई नहीं हो पाएगी पापा। मैं पिछड़ जाऊँगी, मेरी सभी फ्रेंड नेट से सर्च कर लेती हैं और मैं विश्वकोश ढोती हूँ।'

'बस इसी महीने! ले लो कम्प्यूटर! दस दिन में तनख्वाह मिल जाएगी।' देवी के कहा। प्रगति की खुशी अँट नहीं रही है। देवी के सामने उसने ताली बजाकर कहा–'मेरे सबसे अच्छा पापा' और सुशीला को–'मेरी प्यारी मम्मी, अब मेरे पास नेट होगा!'

'लेकिन प्रथम तो आओ! कम नम्बर आने पर ये चीजें नहीं मिलतीं।' सुशीला ने ब्रेक लगा दिया।

'उसका दिल न दुखाओ! दिल से ही जीवन है। जाओ बेटा जाओ! तुम फेल भी हो जाओगी तब भी कम्प्यूटर आएगा और नेट भी लगेगा।' देवी और सुशीला हँस रहे हैं और प्रगति चहकती कमरे में चली गई।

'कम्प्यूटर के दाम कम हो रहे हैं, ले लूँगा! एक ही बेटी है, सारा जहाँ उसका।' देवी खुद से बतियाने लगे। सुशीला कप रखने चली गई है। कप में चाय बची नहीं है, पेंदी में चाय का दाग सूख गया है।

'कप से अच्छा सीसे की गिलास है चाय पीने के लिए, बाहर से दिखती है कि चाय स्पेशल है कि नहीं।'

'ले आऊँगा। कम्प्यूटर के साथ एक दर्जन शीशे का गिलास भी ले आऊँगा, चाय वाले ज्यादातर गिलास ही रखते हैं लेकिन आजकल प्लास्टिक के गिलास का चलन है, यूज एण्ड थ्रो और यह सबसे बड़ी समस्या है। पटी रहती है नाली इन गिलासों से। यह एक दिन मार डालेगा सबको!'

देवी को कुछ याद आया, वे घड़ी देखने लगे। आठ बजने में कुछ ही मिनट बाकी हैं। बरामदे से हटने का मन नहीं है देवी का। वे सुशीला को बुलाना चाहते हैं लेकिन सामने गमले में लगे तुलसी के पौधे से पत्तियाँ तोड़ने लगते हैं।

'तुलसी की पत्ती तो है, क्यों तोड़ रहे हैं! आप पत्ती नहीं मुंडी तोड़ते हैं, हटिए!' सुशीला यह देखने आई कि क्या कर रहे हैं जनगणना वाले साहब, कहीं उदास तो नहीं हो गए!

'लो!' देवी ने तुलसी की पत्ती सुशीला के हाथ में रखते हुए कहा–'इसे चाय में जरूर डाला करो। तुलसी का बीज आदमीवाला ताकत बढ़ाता है। लो ठीक से, गिरे न! बरामदे में सभी जूता–चप्पल पहनकर आते हैं। हाँ याद आया अभिताभ, अंजनी आने वाले हैं। तुम्हारे हाथ की चाय उन्हें अच्छी लगती है।'

'यही कहकर खाँटी दूध की चाय आप बनवाते हैं। स्पेसल किसी को कटेगा क्या! और यह बात पहले से बतानी चाहिए। दूध चीनी चाय है लेकिन कोई नमकीन नहीं है, पानी पिलाने के लिए गुड़-बिस्कुट भी नहीं।'

'चाय में जो मजा है, वह नमकीन में नहीं। हाँ ठंडा पानी धर दो एक जग भर के! और वे अपने मतलब से आ रहे हैं। मतलब सध जाए तो चाय चढ़े इसपर और नमकीन उसपर!' देवी का भद्दा संकेत अब सुशीला को लजवाता नहीं।

'क्या मतलब है? पैसा माँगने आ रहे हैं क्या?'

'तुम भी सुशीला! पैसा है हमारे पास? सब जानते हैं फकटचन्द गिरधारी हूँ। जेब में सौ रुपया देख भी लें तो वे समझते हैं कि किसी से माँगकर रखा हूँ। मैं इतना चूतिया नहीं हूँ कि गेहूँ का पैसा कोई माँगे तो दे दूँ और वही चाटता रहूँ।' देवी ने फिर एक संकेत किया लेकिन झट् से।

...और बरामदे की तीनों कुर्सियाँ भर गईं। स्टूल पर चाय के तीन कप रखे हैं, कप से उठती भाप चाय के खूब गर्म होने को प्रमाणित कर रही है। चाय का रंग और घनत्व खुद को स्पेशल साबित कर रहा है। देवी प्रसाद से अमिताभ और अंजनी छोटे हैं लेकिन पहले नमस्कार देवी ही करते हैं–हाथ जोड़कर। अंजनी के मना करने पर भी वे मानते नहीं हैं। आज भी वही हुआ और स्वागत में देर तक खड़े रहे देवी प्रसाद। अमिताभ की जनगणना अभी शुरू ही नहीं हुई है। बहुत परेशान हैं, चिन्ता में न भूख लग रही है न नींद। अंजनी का काम शुरू तो है लेकिन बहुत गलत हो रहा है। बीस फार्म गलत हो गए। बाकायदा कलम कागज से एक-एक कालम देवी प्रसाद ने समझाया और यह भी कहा कि मैं चलकर पूरा करवा दूँगा, टेंशन मत लीजिए।'

बात पूरी समझ में आ चुकी है। अमिताभ और अंजनी ने जब यह सुना कि देवी भाई रोज सभा करते हैं अपने क्षेत्र में, तो उन्हें आश्चर्य हुआ और हँसी भी आई। देवी ने कहा, 'जिस घर पर लोग हँसते हैं वहीं घर बसता है।'

रात के नौ बज चुके हैं। अमिताभ जाने को हुए तो देवी बोले –'कहाँ? भोजन करके जाना है।'

'नहीं देवी जी! बस, हम आपका ही खा रहे हैं! यहाँ खाए चाहे अपने घर। और अभी अमिताभ लड़ाएँगे! मतलब सौ ग्राम चाहिए न झूमने के लिए!' अंजनी बोले।

'सौ ग्राम! मतलब शराब! तो मँगवा देता हूँ। यहीं लड़ा लीजिए और दौ कौर खा लीजिए!'

'अरे, छोड़िए भाई! और हाँ आपको नोटिस दी है डायरेक्टर ने कि दफ्तर का काम नहीं करते। जनगणना के साथ दफ्तर का काम भी...हमको भी कागज लिखकर

पकड़ाया गया है।'

अमिताभ ने सूचना दी तो देवी बिगड़ गए–'कौन भोंसड़ी वाला दफ्तर का काम करवाएगा! यह भारत सरकार का अति आवश्यक कार्य है जैसे चुनाव की ड्यूटी। पगलाए हैं का सब के सब! हम दिन रात दौड़ रहे हैं, पब्लिक की बात-गाली सुन रहे हैं। आवें फील्ड में! न गाँड़ फट गई तो कहना! नोटिस पकड़ाये चाहे सस्पेंड कर दें, बिना काम पूरा किए झाँट नहीं जाऊँगा दफ्तर।'

देवी प्रसाद की बात का उत्तर देना ठीक नहीं है। लेकिन अमिताभ ने इतना जरूर कहा कि 'कुछ नहीं बिगाड़ सकते। अरे, ससुरे को डायरेक्टरी करनी आती भी है। सब बैक डोर से भर्ती होकर आज निदेशक की झाँट बने हैं।'

देवी प्रसाद मुसकराए कि चलो मेरी तरह अमिताभ बोलने लगे हैं। वे मित्रों को जाते हुए देखते रहे।

नैहर जाना छोड़ो!
बतिया लो चार गाल जब मन करे!

बदनामी न सहबै, जियत जरबै...
पूड़ी-कचौड़ी हमें नाहीं चाही,
सूखी लिटिया से गुजर करबै, बदनामी न सहबै...

देवी प्रसाद मस्ती में खुश रहें बस्ती में। और वे गाते हुए टाउन एरिया दफ्तर जा रहे हैं। आज एक दूसरे को सूचना देकर अशोक, रामलखन, विजय, सतेन्द्र मिश्री जुटे हैं सेंटर पर। देवी को सभी ने बताया कि रविवार के दिन मस्ती करेंगे सेंटर पर और दोपहर को खुद सत्तू घोलेंगे पीएँगे-खाएँगे। घर से चटनी बनवाकर रामलखन ले आए हैं। अशोक प्याज और मिश्री ने सत्तू खरीदा है। विजय और सतेन्द्र के जिम्मे बरतन हैं। आज यहीं बात करेंगे, मीन-मेख निकालेंगे, थकान दूर करेंगे। देवी को कोई इन्तजाम नहीं करना है, उनका उपस्थित रहना ही किसी इन्तजाम जैसा है।

रेलिया बैरन पिया को लिए जाए रे!
रेलिया बैरन...,

देवी गाते हुए टाउन एरिया दफ्तर पहुँच चुके हैं। और प्रतीक्षा तो सुखद होती है सो साथी इंतजार में...जो देवी को देखते ही अनायास ही चहक पड़े।

रेलिया न बैरी जहजिया न बैरी, उहै पइसवा बैरीना
देसवा देसवा भरमावे, उहै पइसवा बैरी ना!

देवी के स्वर में स्वर मिलाने का अच्छा प्रयास अशोक ने किया है।

'बात सही है, हम लोग यहाँ एड़ी घिस रहे हैं, किसलिए! पैसे के लिए पेट के लिए!' रामलखन बोले और चादर बिछाने लगे–'जब तक पेड़ की छाया ठीक से साथ

देगी, यही बैठेंगे।'

घनश्याम, अजहर और केशव को भी बुलाया गया है लेकिन उनकी अनुपस्थिति से कोई फर्क नहीं है। रामलखन ने देवी से और गाने का अनुरोध किया। मिश्री थाली लेकर बैठ गए बजाने के लिए। अंजना और जरीना को जानबूझकर बुलाया नहीं गया है। वे रहतीं तो खूब स्वर-लहरी का मजा मिलता। यहाँ अपनी बोली-बानी में वे भारी पड़तीं।

'मैं ही शुरू करता हूँ।' अशोक ने एक मुखड़ा सुनाया–

अरे, बाव बहेला पुरवैया,
अब पिया मोरे सोवै ए हरी।

'अब आगे वाला देवी भाई जोड़ेंगे।'

'भोंसड़ी के गर्मी में कजली गा रहे हैं। अरे, कुछ हवादार गाओ!' रामलखन बोले।

कलियाँ चुनि चुनि सेजिया डसवलीं,
सइयाँ सुतेले आधी राति,
देवर बड़ा भोरे ए हरी।
लवँगा खिली खिली बिरवा लगवली,
सइयाँ चाभेले आधी राति,
देवर बड़ा भोरे रे हरी।

'यह कजली है। इसका विषय प्रेम है। संयोग का सुख कजली में मिलता है।' देवी ने समझाया।

'आप बहुत जानते हैं। कहाँ से इतना पढ़े हैं!' मिश्री की थाली अभी बजी नहीं है।

'तुम लोग घोंचू हो। कई बार बताया हूँ कि देवी भैया आई ए एस की तैयारी कर चुके हैं–पाँच साल। तुम्हारी तरह नहीं कि थर्ड क्लास इंटर किया, हिलते-काँपते बीए और टाइप सीख कर बैक डोर से घुस गए।' रामलखन बहुत जानते हैं देवी के बारे में लेकिन गा नहीं सकते देवी की तरह।

'मुझे लोकभाषा के गीत और कविताएँ बहुत पसन्द हैं। इस समय मालिनी जी के गाये गीत टीवी में खूब सुन रहा हूँ। पता नहीं क्यों उनके गाने में मुझे शिष्टता लगती है, आप मौज से सुन सकते हैं। ये नहीं की लोक गायकी के नाम पर फुहड़-पातर गाएँ! मैं मालिनी के शालीन व्यक्तित्व से प्रभावित हूँ।' देवी प्रसाद की छाती गर्व से तन गई है।

देवी प्रसाद ने कहा कि अब काम की बात हो जाए। कहाँ तक पहुँच गए, बाकी कितना परसेंट काम है और क्या दिक्कत है या कोई बात नई मिली...आओ अपने काम को शेयर करें। लेकिन सबने देवी को झटक दिया। 'किसी तरह घर से भाग-पराय कर यहाँ मुक्त होने आए हैं तो काम! अरे, काम की माँ की..! जिन्दगीभर गँड़घिसनी तो करना ही है, कुछ घंटे अपने लिए तो हों!'

देवी समझ गए–'हमेशा काम-काम करने से काम लौंड़े में मिल जाता है। और यहाँ तो मस्ती का दिन मुकर्रर है।' लेकिन देवी को विश्वास है कि मस्ती का नशा उतरेगा तब काम की बात होगी। और काम भी निष्ठा से होता हुआ मजाक जैसा लगता

है, क्योंकि अब लोगों से पूछना यह है कि मोबाइल टेलीफोन है कि नहीं आपके घर में!

'रामलखन गा दें तो समझो आज का दिन हन्ड्रेड परसेंट सफल हुआ।' मिश्री बोले।

रामलखन ने सुना और गा दिया–

ना डरबै ना डरबै ना डरबै राम,
जान लेइ के हथेली पर चलबै जमाने से ना डरबै राम।

'कहाँ से याद किया है भाई! वाह रे रामलखन इज्जत माटी में रौंदाने से पहले बचाय लिया! जियो राजा रामलखन! कलेजा ले–लो राजा बनारस!' विजय आपे से बाहर हो गए।

'डोलै बसन्ती बयरियाँ हो, मोरा जिया हरसाय।' मिश्री की थाली बज गई है। मस्ती सिर पर सवार है–

...अमवा की डरिया पै बोले कोयलिया!
भौंरन के संग नाचै तितलियाँ हो,
मोरा जिया हरसाय...
बिहँसि उठी फुलवरिया हो,
मोरा जिया हरसाय।

'कभी कजली! कभी बसंती गीत! और मौसम है लुयार वाला! भले दो दिन पहले बादल था और पूर्वी हवा थी लेकिन आज फिर गर्मी कपार पर सवार है।' देवी ने यही सोचा है लेकिन कहा नहीं है। मस्ती को अभी ठंडा करने की जरूरत नहीं है।

और मस्त तो देवी भी हैं। नाचने वाला नाच देख ले तो पैर उठा देता है और गीत सुनकर गायक गुनगुनाने लगता है। देवी ने खूब गीत सुनाए। रामलखन को छोड़कर सभी ने स्वर मिलाने का प्रयास किया, कई टेक याद हो गए। रामलखन ने चुटकले सुनाए लेकिन कोई हँसा नहीं और पहली बार पाँच लतीफे व्यर्थ होते देखे गए।

सत्तू घोला जा चुका है। कोई गूँथ कर कोई लपसी बनाकर कोई शरबत की तरह...सबके सामने सत्तू है और चटनी। केशव घनश्याम नहीं आए तो पछताएँगे जरूर, जब सुनेंगे कि सत्तू की दावत थी। और बात पहुँचेगी जरूर! कान मोबाइल का काम करता है, खबर कानो–कान फैलती है।

देवी की थाली में साना हुआ सत्तू पड़ा है। देवी गोल–लम्बी पिंडी बना रहे हैं, जिससे खाने में सुविधा हो। सत्तू की एक पिंडी मुँह रखकर वे लार में मिलाने लगे, जिससे घोंटने में आसानी हो। सत्तू लार में मिला ही था कि किसी तरह मुँह बनाते हुए देवी को सत्तू घोंटते देखा गया।

'क्या बात है देवी जी?'अशोक ने देवी को मुँह बनाते हुए देख लिया है। उनकी पिंडी अभी बनी नहीं है। विजय एक कटोरे में पानी डाल रहे हैं। मिश्री गिलास में घोल रहे हैं और रामलखन लपसी में लगे हैं। सत्तू पानी ज्यादा सोखता है और यहाँ किसी को अन्दाजा नहीं है।

देवी मुँह बनाते हुए दूसरी पिंडी घोंट रहे हैं–'क्या बताऊँ अशोक! जो खाए वो पछताए जो न खाए वो भी...'

मिश्री, रामलखन, अशोक एक कौर मुँह में रखकर घोंटने की कोशिश कर रहे हैं। अशोक गले के नीचे नहीं उतार पाए, वे थूकने चले गए। विजय अभी सत्तू घोल नहीं पाए, वे सबको देख रहे हैं कि क्या हो गया!

'अरे, क्या बात है भाई! क्यों इतना परेशान हैं! नमक ही तो नहीं पड़ा है। चलिए घोलकर पी लीजिए। मान लीजिए कि हम उच्च रक्तचाप वाले बड़े आदमी हैं।'

'मन करता है सत्तू अपने मुँह पर लीप दूँ! बिना नमक का कोई खाना हुआ!' रामलखन का मुँह देखने लायक है।

'इसी को तो नमक खाना कहते हैं और आप किसी के घर से यहाँ नमक माँग भी नहीं सकते। जिसका नमक खा लेंगे उसकी बात माननी पड़ेगी।' सतेन्द्र सत्तू घोलने लगे।

'झाँट न सुलगाओ! नमक की माँ की...' अशोक नमक बिना बेचैन है।

'काहे बिगड़ रहे हो। नमक हरामी की कोई इज्जत नहीं है दुनिया में!' सतेन्द्र ने एक छोटा घूँट घोंट लिया है।

'यहाँ कौन नमक हरामी कर रहा है। मिश्री से पूछो कि सत्तू लाए तो नमक का अपने उसमें डाल लिए।' अशोक ने पाँच पिंडी बना ली है।

'अरे, सुनो चूतियो! सुनो! अकिल बड़ी कि भैंस तो मिश्री कहेंगे भैंस! रामलखन की चटनी में नमक तो है, उसी को मिला दो सत्तू में, हो गया काम!' देवी के कहते ही रामलखन उछड़ पड़े, वे लपसी को घोल रहे थे पीने लायक। खुशी से झटके गए हाथ से गिलास लुढ़क गया। लेकिन फिक्र नहीं है, सत्तू चाहे जितना घोलो! पियो!

'सत्तू पानी तो सोखता ही है! नमक भी ज्यादा खाता है। जहाँ एक चुटकी तो सत्तू में डेढ़ या दो...' देवी ने फिर कहा। वे सत्तू के बारे में खूब जानते हैं।

सत्तू में चटनी मिल गई है, दो जान एक होकर स्वाद बढ़ा रहे हैं। व्यर्थ होते हुए को चटनी ने बचा लिया है। सत्तू की प्राणरक्षा हुई है, उसे चटनी का एहसान मानना चाहिए और बिना चटनी के सत्तू को बेस्वाद हो जाना चाहिए।...चलो सध गया जो साधना था। दोपहर कट रही है सत्तू-चटनी के बल पर। अब तो बरतन जूठे पड़े हैं, जिसे धोने की कतई चिन्ता नहीं है।

'अरे, नमक तो मेरी जेब है!' मिश्री के मुँह से अचानक निकला और वे नमक की छोटी पोटली जेब से निकालने लगे।

'अब क्या झाँट घोलेंगे! चूतिया कहीं के! कैसे जनमाये हो इतने बच्चे! भाभी जी परेशान ही रहती होगी।' अशोक ने नमक छीन लिया।

'चलो कोई नमक हराम तो नहीं होगा।' मिश्री पर अशोक की बात का असर नहीं है।

शाम पाँच बजे तक वहीं बैठे रहे देवी, अशोक, रामलखन, मिश्री और सतेन्द्र।

मानो सभी नैहर छोड़कर ससुराल आए हों और बना-खा रहे हों। लेकिन ससुराल में इतना मुक्त मन कहाँ रहता है। भला कोई नैहर से भाग कर ससुराल आता है? आता है! जब पिया की याद सताती है तो प्रिया ससुराल जाना चाहती है, मिलन की चाह में नैहर छूट जाता है। ससुराल में पुरुष रहे चाहे स्त्री नैहर जितना खुलापन नहीं है। जहाँ हम जन्म लेते हैं, वहीं नंगे घूमते हैं बचपन में। हमारे सारे दोषों का पता रहता है। हम तुतलाते हैं, बोलते हैं, झगड़ते हैं और वहीं धूल मिट्टी में लोटते हैं। बचपन में हमारा झगड़ा किसी से नहीं होता सब हमारे अंकल, आन्टी, ताऊ, बाबा दादी... पिताओं और माताओं की लम्बी कतार!

देवी का समोसा एकदम ठंडा हो चुका है। गर्मी से शायद खराब भी हो गया है। चाय की इच्छा हो रही है। रामलखन चाय वाले को चाय कहने गए हैं। देवी ने समोसा निकाला सूँघकर देखा-परखा 'खराब नहीं हुआ है' मुँह से निकला।

'चलिए। उठाइए! आपकी भाभी ने बनाया है आपके लिए।' देवी प्रसाद अखबार बिछाकर समोसा रख रहे हैं।

'घर का है इसीलिए अच्छा है, अभी खराब नहीं है और अभी तक छुपाए क्यों थे?' अशोक ने समोसा उठा लिया है-'तेल बढ़िया हो तो स्वाद बना रहता है।'

चाय आ गई है। देवी टेलीफोन मोबाइल की बात नहीं कर पाए हैं लेकिन शान्त हैं।

'बहेड़ी के बाजार से चाय आई है, बहेड़ी के बाजार...' विजय चाय देखकर गाने लगे, जो गाते बहुत कम हैं, बोलते भी कम।

'चाय पीयों और खिसक लो! नहीं तो घर में पप्पी नहीं मिलेगी।' रामलखन ने झोला उठा लिया।

'अभी पप्पी ले रहे हैं ससुर चूतिया!' मिश्री बोले।

'हम तो अघाये हैं, रामलखन तरसें!' अशोक रामलखन को तिरछे देख रहे हैं।

'अब चलो भाई! बिलावजह बात-बात में बिना बात के...' सतेन्द्र, विजय बरतन समेट रहे हैं। गुनगुनाते हुए देवी ने अपना झोला उठा लिया है-

रसवा के भेंजली भँवरवा के संगिया,
रसवा ले अइले हो थोर।
अतना ही रसवा मैं केकरा के बटबों,
सगरी नगरी हित मोर।

नई बस्ती में अब चिट्ठी नहीं आती। किसी के यहाँ पोस्टमैन लिफाफा लिए आ गया तो सब देखने लगते हैं कि कोई सरकारी कागज आया है। नाते-रिश्ते भी आते-जाते कम दिखने लगे हैं। पहले खूब आवाजाही थी, लेटर आता था, रिश्तेदारी निभाई जाती थी, बहू-बेटियों को आते जाते रिक्शे-ताँगे रोज कहीं न कहीं दिखाई देते थे। अब

सारे सम्बन्ध बाइ-बाइ हो गए और हम मोबाइल से जुड़ गए। खुद इंटरनेट के हवाले होकर जीत लिए जग सारा। सदेह देखकर होते हाल-चाल, उकटा-पुरान, मीन-मेख सब बीते दिनों की बात होती जा रही है। आने वाले समय में शायद कोई विश्वास करे कि आपस में मिल बैठकर हम हाल-चाल लेते थे, रिश्तेदारी में हफ्ते गुजारते थे, बेटी ससुराल से पिता के घर आती थी तो महीने-छः महीने रहती थी। तब समय खूब था। भागते रहने की होड़ नहीं थी। देवी के पिता से कोई पूछता कि 'चाचा क्या हाल-चाल है?' तो जवाब देते, 'हाल ठीक है चाल खराब है।' उनके घुटने बड़े हो गए थे।

देवी के पास दो मोबाइल हैं, एक घर के लिए जो सुशीला साथ रखना भूल जाती हैं। प्रगति के पास मोबाइल नहीं है लेकिन कम्प्यूटर के साथ मोबाइल भी खरीदने का वादा देवी ने प्रगति से किया है। घर में पहले बेसिक फोन था, तब खूब नखरे थे टेलीफोन कर्मचारियों के। देवी का बेसिक फोन आए दिन खराब रहता था। अब बेसिक फोन नहीं है और न किसी का नखरा-तिल्ला। देवी को याद है, जब वे मोबाइल का कनेक्शन लेने के लिए लाइन में लगे थे और दो घंटे बाद ऊबकर लौट आए थे। सुशीला दूसरे दिन सुबह पाँच बजे से ही लाइन में लग गई थीं, दस बजे तक सिमकार्ड के लिए फार्म जमा हो पाया था। तब पता नहीं था कि ठेले पर सिम बिकता मिलेगा!

बहेड़ी पहुँचने पर देवी प्रसाद घर फोन जरूर करते हैं कि आ गया नई बस्ती में। लेकिन आने की खबर देना भूल जाते हैं। सुशीला को फोन करने का स्वभाव नहीं है। देवी के दफ्तर से सबसे पहले अमर ने मोबाइल खरीदा था फिलिप्स कम्पनी का और कनेक्शन था उषा का! तब मारा-मारी नहीं थी मोबाइल कनेक्शन के लिए। फोन करो चाहे किसी का फोन सुनो, पैसा दोनों तरफ से लगता था। बिलावजह आपकी बात सुने और रुपया भी दें, सो इस बवाल से सामान्य मध्य वर्ग दूर था।...और अब तो वही हाथ है, पैर है, आँख है...सारी ज्ञानेन्द्रियाँ मोबाइल में समा गई हैं। हर हाथ को मोबाइल चाहिए।

देवी ने सुशीला को सूचना दे दी है कि 'वे नई बस्ती में घूम रहे हैं। आज सब्जी खरीद लाएँगे यहीं से, आज बाजार का दिन है। इस्माइल की दुकान से झोला ले लूँगा।'

'साला हरामी की औलाद! ई आदमी का नहीं सुअर का पैदा है हरामजादा।' जियावन अपने बेटे को डाँट रहे हैं और टीवी उठाकर गली में पटक दिए हैं।

'जियावन मान जाओ! बेकार नुकसान हो गया। मैं समझा दूँगा तुम्हारे बेटे को! किस दर्जा में पढ़ता है?' देवी ने जियावन का हाथ पकड़ लिया है।

'इस साल दस में है, बोर्ड है साहब! कठिन पढ़ाई है और ई टीवी से चिपका रहता है। टीवी टूट गई, कोई फिकर नहीं है, हमें पढ़ाई की चिन्ता है। नई बस्ती वइसे बदनाम है! खोजे पर भी कोई बीए मिल रहा है! नहीं न! अब ई पढ़ लेगा साहब तो हमारा नाम कितना ऊँचा होगा! लेकिन ई समझे तब न!'

'बच्चों को प्यार से समझाओ जियावन! नहीं तो आगे बड़ी दिक्कत हो जाएगी।

सिर्फ प्यार की बोली ही सही रास्ता दिखा सकती है, आज के बच्चे पहले वाले नहीं हैं। टीवी में एक्टिंग देखकर वैसा ही करने–बोलने का प्रयास और अभ्यास करते हैं। और बुराई जल्दी याद कर लेते हैं।'

'गाली निकल ही जाती है बाबूजी! हम नहीं चाहते बच्चों को गन्दी बात बोलना! लेकिन साहेब सालभर सब्जी बेचकर जो पैसा जुटाया था, उसी से टीवी खरीदा कि चलो पढ़ने से मन घबराएगा तो टीवी देखकर मन बहला लेगा। लेकिन ई ससुरा पढ़ाई से मुँह मोड़ लिया! टीवी तो है पाँच हजार की लेकिन पढ़ाई का दाम पाँच लाख से ऊपर...तो टूटे ससुरी टीवी। न रहेगी टीवी भोंसड़ी न कोई बरबाद होगा।' जियावन हाँफने लगे। देवी ने शान्त किया, उन्हें पूछना था कि मोबाइल है कि नहीं लेकिन अभी यहाँ से खिसक लेना उचित समझते हैं देवी।

'मजीद! निकलो बाहर!' देवी को सबके नाम याद हो गए हैं। वे मजीद की गली में हैं। आज कोई साथ नहीं है, न जुबैर न कसपाती। झोला इस्माइल की दुकान पर धरा है, सिर्फ पानी की बोतल वाला एक झोला कंधे पर झूल रहा है। बोतल अखबार से लिपटी है, इससे पानी जल्दी गरम नहीं होगा और इस समय ठंडे पानी की जरूरत है।

'हाँ साहेब!' मजीद एक कुर्सी ले आया जिस पर देवी बैठ गए हैं।

'मोबाइल है?' देवी ने पता कर लिया है किसी के घर में टेलीफोन नहीं है। और मोबाइल करीब–करीब हर घर में।

'है साहब! एक मोबाइल है। उसी से सबका काम चल जाता है।' मजीद ने कई लोगों के पास मोबाइल होने की सूचना देवी को दे दी है।

'जानते हो मजीद! मोबाइल ने कितनी चिन्ता बढ़ा दी है। जब यह पहले–पहल आया था तो मैं समझ ही नहीं पाया कि क्या है यह।' देवी अचानक रुक गए। उन्हें लगा कि मजीद बात समझ नहीं पाएगा। और वे आज किसी के दरवाजे बैठकर बैठकबाजी नहीं करेंगे। घर–घर जाएँगे, पूछेंगे कि मोबाइल है कि नहीं?

देवी प्रसाद आगे बढ़ गए। मोड़ पर कुत्ते बैठे हैं, वे अब देवी को देखकर भौंकते नहीं, दुबककर रास्ता दे देते हैं। पता नहीं कहाँ से जुबैर और कसपाती चले आ रहे हैं। गली–गली सूँघते रहते कि देवी साहब आएँ तो झोला टाँग लिया जाए। देवी ने झोला कसपाती को दे दिया है। आज जरूर जुबैर रुपया पाएगा, यह पहले से सोच रखा है देवी ने।

'हमारे पास भी मोबाइल है साहब! जी का जंजाल!' गेंदालाल ने खिन्न मन से कहा–'नहाये–खाए में बिपत है। जब देखो तब भोंसड़ी का बजता रहता है।'

बिना सभा की सभा। बहुत मौज है देवी प्रसाद जी को! जुबैर और कसपाती ने बगल से दो चारपाइयाँ खींच ली हैं। अभी दो और खाट हो तो काम बने लेकिन जमीन पर बैठने वाले भूमिपुत्रों को क्या फर्क पड़ता है। कुर्सी–खाट मिले न मिले, कहीं बैठ लिए, चूतड़ झाड़ दिया चल दिए। शहर नहीं है यह कि, लोग इकट्ठे न हो। खाट देखी और चल दिए कान लगाने, मुँह खोलने।

'कसपाती तुम्हारे पास है मोबाइल?' देवी के पास बस यही एक प्रश्न है। प्रश्नों पर

संसार चल रहा है! कभी सही, कभी अवाँट-बवाँट मिलते उत्तर से न प्रश्न खत्म हो रहे हैं न उत्तर।

'है साहब! लेकिन मैं रखता नहीं अपने पास। लड़का रखे चाहे औरत, चाहे जितना मोबाइल भइया बाजैं, हम उठा नहीं सकते। मैं 'फिकर-नाट' में रहता हूँ हाकिम।'

'इसकी बीबी नैहर जाना छोड़ दी है।' कलाम ने कहा।

'अब का जाएगी! दिन-रात बाप-भाई से माई-भौजाई से...दिन में दो बार तो जरूर बतियाती हैं।' कसपाती झूठ नहीं बोलते-'मोबाइल का भूत इतना सवार है कि पूछो मत। बिजली चली जाए तो बगल में इनवरटर से मोबाइल चारज होता है!'

'सेवाराम तो चौबीसों घंटा मोबाइल गाँड़ में खोसे रहता है! हगता रहता है बतियाता रहता है।' परभू ने कहा तो सेवाराम अपना मोबाइल दिखाने लगा।

'चमकाओ मत मेरे पास भी है लेकिन तुम्हारी तरह नहीं कि कान में खोंस लिए और सुन रहे हैं अंडबंड गाना-साना।'

'मोबाइल चूतियों के लिए नहीं है। इस्तेमाल करने नहीं आएगा तो चाटते रहोगे और कुछ नहीं कर सकते!' जियावन बोले।

'हमको तो आदत पड़ गई है मोबाइल से गेम खेलने की! कैसे छूटेगी ससुरी...यह आदत? काम का बड़ा हर्जा है!' कलाम दुखी हैं अपनी आदत से।

'खाए को न मिले बिराये को मिले वही हाल है। साहेब इसको समझाओ।' नंदलाल ने मुकेश की तरफ इशारा किया-'मोबाइल बिना मिनट भर रह नहीं सकता यह लौंडा। पता नहीं कहाँ-कहाँ बतियाता है। मोबाइल घर में रहे का बुरा है, जरूरत है तो बात करो नहीं तो धरे रहो ताखा पर। इस मूरख का परान मोबाइल में बसता है साहब!'

देवी प्रसाद भी जानते हैं कि मोबाइल आज सबसे जरूरी चीज है। बिना इसके लगता है कि कोई काम कर ही नहीं सकते। देवी के पड़ोस में भगतलाल हैं। मोबाइल भूल जाते हैं, तो छुट्टी लेकर दफ्तर से घर आ जाते हैं। यात्रा में हर पल की सूचना मिलती रहती है, लेकिन घर के लोग यात्री से ज्यादा परेशान दिखते हैं-कहाँ हो? कौन सा स्टेशन आया? वहाँ मौसम कैसा है? कुछ खा-पी लो बेटा!

'मोबाइल सबसे कीमती है। आज इसके बिना जीवन सम्भव नहीं।' देवी प्रसाद की वाणी विस्तार पाने लगी-'लेकिन इसका मतलब यह नहीं कि सटाये रहिए कान से हर वक्त! इससे कुछ निकलता रहता है, जो दिमाग को खराब कर देता है।'

'हाँ साहब! जिसको देखो वही गुस्से में! तनिक भी बर्दाश्त की ताकत नहीं है। आजकल के लौड़े तो कपार पर मूत रहे हैं।'

'यही कह रहा हूँ। संदेश देना, बात करना बुरा नहीं है! बेमतलब बात करना नुकसानदायक है। पैसा और दिमाग दोनों में हानि है। कान बचाओ! कान बचेगा तो दिल-दिमाग बचेगा। इतनी अच्छी चीज और इससे फायदा लेने न आए, उल्टे आप घाटे में रहें, तो क्या यह अच्छा है? कतई अच्छा नहीं! बाबा आदम के जमाने से आजतक कितनी चीजें बनीं, कोई गिनती है, नहीं न! तो हमें इन चीजों का सही इस्तेमाल करके

चीज बनाने वाले की इज्जत करनी चाहिए। तो चलो बेवजह मोबाइल कान से हटाओ! जब तक कोई घंटी न बजे। काम से क्या घबराना और जी ऊब गया तो गप मारिये, रेडियो सुनिए गाना गाइए। मोबाइल से भी सुन सकते हैं, कान में तार लगाकर भी...यहाँ कोई फौजी का नियम नहीं है, बस समझने की बात है कि कान में तार लगाने से बचिए, हो सके तो सोलहो आने बचिए। मजीद सुनो इधर! दिल-दिमाग दुरुस्त तो सब चकाचक, नहीं तो सब फुस्स! जान गए न, कि क्या होता है कान में लगाने से यह तार! बच्चे बिगड़ रहे हैं, ढेर सारा टाइम इसी में बर्बाद कर रहे हैं। माथा में टंकार मरवाना कितना सही है? सही नहीं है यह टन्न टन्न-झन-झन-झन खोपड़ी में।'

'हमारा लड़का आठवीं में फेल हो गया साहेब।' रामपाल दुखी हैं-'भला कोई दर्जा आठ में फेल होता है। मेरी जेब से मोबाइल निकाल लेगा, फिर बस हो गया...न सुनेगा न बोलेगा।'

'है बहुत बढ़िया चीज! कोई कुछ कहे! कहाँ हो? क्या कर रहे हो? पता चल जाएगा।' महेश के पास दो सिम हैं, लेकिन खूब समझ है।

'ई मोबाइल झूठ खूब बोलवाता है। दो दिन से साले को फोन मिला रहा हूँ, उठाता ही नहीं ससुरा! लड़कों से कहलवा देता है कि कह दो नहीं हैं, चाहे छोड़ देता कि बजत रहो! खुद घबराय के बन्द कर देंगे।' कसपाती अब ससुराल में फोन नहीं लगाते उनकी औरत के पास सास का फोन आता है।

'आपकी बात सही है।' देवी ने स्वीकार किया-'मैं भी अपने बड़े साहब से बात नहीं कर पाता। जब भी पूछो तो बाथरूम में हैं, या सो रहे हैं, मतलब-सोना और मूतना, या यह कह देंगे कि रांग नम्बर। मित्रो! मोबाइल ने इस बड़े संसार को छोटा कर दिया है। और यह हमारे लिए बहुत सुखद है कि एक मिनट के भीतर दिल्ली, अमेरिका से बतिया सकते हैं, बाढ़ आँधी तूफान का हाल जान सकते हैं। 'संसार बड़ा है, जानना कठिन है' यह कहना अब ठीक नहीं। दुनिया का आश्चर्य कम होता जा रहा है। ढेर सारा मुश्किल आसान हो गया है। हमें सिर्फ कला आनी चाहिए-जीने की कला। यह मस्त जीवन मस्त बना रहेगा-मुस्कराता! हम अपना संदेश कबूतर से भिजवाते थे, आज हम कबूतर से मोबाइल तक का रास्ता मजे से नाप चुके हैं। हमें सिर्फ अच्छा सोचने-करने की जरूरत है, तभी यह संसार आसान लगेगा, कोई मुश्किल खड़ी नहीं होगी।'

देवी प्रसाद का मोबाइल बज रहा है-'हैलो! हाँ कहिए?...गेहूँ नहीं पिसवा पाऊँगा। आज भात खा लेंगे।...ठीक है कोई हर्ज नहीं है, खिचड़ी तो खाते ही रहते हैं।' देवी ने फोन काट दिया।

'पता चला है कि साहब गाना भी गाते हैं। टाउन एरिया में गा रहे थे, सन्डे को!' सुदामा का इतना कहना था कि नंदलाल कसपाती और जुबैर जिद पर अड़ गए कि जब तक साहब गाना नहीं गाएँगे हम लोग हिलेंगे नहीं।

'मोबाइल से पूछे लगलीं, कइसे हई माई रे। बाबू के घुटना कइसे बा, कइसे भौजी माई रे।' और देवी ने गा दिया।

'भुलवाइए मत! कोई ढंग का...यह भी बहुत बढ़िया है, मोबाइल के ऊपर सटीक बैठ रहा है।' कसपाती की जिद पूरी हुई। आखिर देवी ने लय पकड़ ली है–

हँसि–हँसि पनवा खियवले बेईमनवा,
कि अपने गइले परदेश।
कोरी रे चुनरिया में दगिया लगाई गए,
पठवत नाहीं रे सनेस।

[9]

...इसी रास्ते से समय गया है
और कोई लकीर देखता नहीं है

देवी प्रसाद को अपने पिताजी की कही बात याद आती है। वह कहते थे कि समय निष्पक्ष होता है। समय को देखना समय देखना नहीं होता। समय के साथ चलना समय को देखना होता है। जो समय से आगे निकलते हैं उन्हें समय देखता है। हमें जरूरत थी रास्ते की, जाना पड़ता था एक जगह से दूसरी जगह। रास्ते दिमाग में बैठते-बनते रहते थे और फिर बनते गए रास्ते! और फिर गोड़ से रगड़ते-रगड़ते पगडंडी बन गई। नदी से झोंपड़ी तक हमने रास्ता बनाया फिर आगे उस पहाड़ के नीचे, जहाँ से जंगल शुरू होता है, घना! दो से तीन और फिर पाँव-पाँव अनेक रास्ते! मार्ग हमें एक स्थान से दूसरे स्थान तक पहुँचाता है। हर जीव का अपना मार्ग है, अपने चलने का ढंग है, अपना मार्ग जानता है वह। पगडंडी कठोर होती चली गई और चौड़ी भी। हमारे पालतू जानवर उसी रास्ते पर चलने लगे और फिर इतने करीब हो गए कि बिना पशु के जीवन की कल्पना भी एक कल्पना है। देवी प्रसाद को खेतों तक पहुँचने के लिए बनाए गए रास्तों की याद आती है। यह एक उपक्रम था एक दूसरे खेत तक पहुँचने का।...और रास्ते हमारे विकास के सबसे बड़े सहयोगी हुए। बिना मार्ग के राज्य और व्यापार की कल्पना करना भी मूर्खता है। ये मार्ग हमारी सभ्यता संस्कृति को यात्री बनाते हैं, गवाह तो खैर हैं ही! फिर तो चलते रहने से सुस्ताने का मन करेगा और विश्राम के लिए छाया की जरूरत पड़ेगी। पेड़ जरूरी हो गया, रास्ते में किनारे अनायास उगे वृक्षों की सुरक्षा होने लगी। वृक्ष छाया और अपना उत्पादन देने लगे। चलने वाले कितनी दूर से आ रहे हैं यह रास्ते को पता है लेकिन बताएँ कैसे कि दस कोस के बाद पानी की जरूरत है। प्यास पग भर भी आगे बढ़ने नहीं देगी, यह जानते हुए भी नहीं जानना था। लेकिन प्यास सबको लगती है। और उपाय हो गया...कुएँ खोदे गए, फिर तो सफर सुहाना हो गया। लेकिन ठहरना जीवन की क्रिया नहीं है। व्यक्ति तो और आगे है चलने में अपने होने को देखता है। सफर आसान हो गया जब जानवरों ने अपनी पीठ सौंप दी।...पीठ कब तक!

एक अकेला कब तक! और समय ने अपना एक चक्र बना लिया। पहिये की रफ्तार तेज थी, अब गाँव दूर नहीं रहे। बाजार की जरूरत महसूस हुई और फिर मार्ग व्यापारी-रास्ता बन गया। पहिया व्यक्ति के साथ-साथ वस्तु को स्थान तक पहुँचाने लगा। और हम सभी एक ऐसे युग में आ गए जो हम पगडंडियों के काल में नहीं सोच पाए थे।

देवी प्रसाद को आज नींद नहीं आ रही है। नींद की दवा का नाम जानते हैं परन्तु रखते नहीं हैं। उन्हें डर लगता है कि कभी सुशीला से झगड़ा हो गया और वह कोई बात दिमाग में बैठाकर किसी दिन दिल पर ले लीं, उदास रहते हुए अवसाद में चली गईं तो नींद की दस गोली खा सकती हैं! तब कैसे जी पाऊँगा स्त्री के बिना!

प्रगति का कमरा अलग है वह बैठक में पढ़ती और सोती है, उसे कोई व्यवधान नहीं है और देवी भी बिना बाधा के बैठते सोते हैं, दूसरे कमरे में। बेटी से क्या मतलब कि पापा को नींद क्यों नहीं आ रही है! और देवी प्रसाद नींद आना न आना भला क्यों बताएँ, यह विषय खास होते हुए खास नहीं है।

...अब रात जवान है। बारह बजने के आधे घंटे का समय है।

'तुम कौन सा गीत गा रही थी शाम को।' देवी प्रसाद सुशीला को कभी तुम कहते कभी आप। अपने को चाहे जैसे बोलो लेकिन जाना नहीं जाता है जानबूझकर बोलना।

'हमें मेहँदी मँगाय दो मोती झील से, जायके साइकिल से ना!' सुशीला ने गीत गा दिया जो उसने शाम को गाया था।

'अच्छा सो जाइए! घड़ी की टिक-टिक सुनाई दे रही है। रात रुकी नहीं है, आपके लिए!' देवी प्रसाद की पीठ पर सुशीला थपकी दे रही हैं।

'साइकिल जिसके पास होती थी, वह इज्जत वाला माना जाता था।'

'यह मुझे नहीं पता है। आज मेरे मायके में सबके पास साइकिल है।'

'यह हाथ-पैर हैं।' देवी ने नींद का कोई उपाय नहीं किया है। वे बात में बात बढ़ा रहे हैं। हो सकता है आज नींद भगाने का मन हो। लेकिन गहरी नींद में सोना कौन नहीं चाहेगा।

'मेरे गाँव में साइकिल का अकाल था। मेरे पिताजी के बचपन में सिर्फ एक साइकिल थी पंडित जी के घर।'

'आपने देखी थी वह साइकिल? कैसी थी? पुरान्री चीज मजबूत होती है।' सुशीला जानती हैं कि आज लाख उपाय करो देवी को नींद नहीं आएगी। कौए के बोलने तक आज जागेंगे देवी महाशय! जब उम्र थी तो मिलन की क्रियाओं में लीन हो जाते थे, तब नींद का खयाल ही नहीं था, आए न आए फिकर ही क्या! और तब एक समय के बाद नींद का आक्रमण हो जाता था।

'पंडित जी की साइकिल आज भी है, तब उसी से कथा-पुराण बाँचने जाते थे। आज भी कभी-कभी उनके सुपुत्र जी चलाते हैं। साइकिल कभी पुरानी नहीं होती, यह ऐसी सवारी है कि कभी मरती नहीं। पुर्जे बदलते रहो, चलते रहो! कायदे से चलाया जाए तो सिर्फ हवा भरना है टायर में बस! महीने में एक बार तेल-पानी...'

'आज साइकिल का ध्यान कैसे आ गया?' सुशीला ने पूछा।

'इसमें कौन सी नई बात है। मेरे पास यहाँ भी साइकिल ही है, चलाता भी हूँ। तीस बरस का होता तो बहेड़ी तक जाता साइकिल से और तुम्हारी मेहँदी भी ले आता।'

'वहाँ मेहँदी का पौधा है क्या?'

'नंदलाल के खेत में तीन पौधे मैंने देखे हैं, खूब पत्तियाँ हैं–भरी-भरी। वहाँ कोई पूछता तक नहीं।'

'जानती हो! मेरे पिताजी को दहेज में साइकिल मिलनी थी लेकिन नहीं मिली। नाना जी ने कहा कि मेरे सामने साइकिल पर बैठकर मेरा दामाद जाएगा तो साइकिल दे दूँगा।'

'यह कौन बड़ी बात है!'

'बड़ी बात! बहुत बड़ी बात थी! पिताजी साइकिल चलाना जानते नहीं थे। और उमर भी कम नहीं थी। वे कहते थे कि मेरी शादी देर में हुई। तब बीस साल की उम्र अधिक मानी जाती थी शादी के लिए–वर बूढ़ा मिला रे! जब मैं पैदा हुआ तब पिताजी साइकिल चलाना सीखे, पंडित जी की साइकिल से। और सिखाने का सवा रुपया दिए थे।'

'फिर क्या हुआ?' सुशीला को भी रात बितानी है।

'फिर झुमका गिरा रे! बरेली के बाजार में।' देवी प्रसाद कहना चाहते हैं कि वे नाना के यहाँ साइकिल से जाने लगे। नाना ने मकर संक्राति के दिन साइकिल खरीदकर उन्हें दी थी। नाना कहते थे, 'अब दूर नहीं हूँ देवी। जब चाहो तब आ जाया करो! कोई पैदल चलना है! साइकिल है, झट से गए झट से आए। साइकिल से रास्ते का पता नहीं चलता, बस पैडिल मारते रहो।' और नाना जी देवी की जाँघ टटोल कर देखते कि नाती मेरा तगड़ा है कि नहीं–ताल ठोंककर!'

नई बस्ती में सबके घर साइकिल है, चाहे टूटी हो, बाहर जंग खा रही हो, बिना टायर की या बिना पैडिल-हैंडिल...लेकिन है सबके घर। साइकिल से हाथ-पैर मजबूत रहते हैं, सो साइकिल चलाओ! बिना पैसे का साधन! और देवी प्रसाद अपने बाँह की उभरी मांसपेशियाँ दिखाते।

कौआ अभी नहीं बोला। शायद ठकुराइन चिड़िया अब बोले-ठाकुर जी! रोज दो उल्लू रात में बारजे पर आते हैं, डरावनी 'घू-घू' करते हैं, ठकुराइन चिड़िया के पहले! और उल्लुओं का समय अब बीत गया है, वे छिप गए हैं।

साइकिल का पहिया समय का पहिया है, श्रम-शक्ति का पहिया है, प्रतीक है। यह पहिया समय का प्रतीक है। यह पहिया कभी रुकेगा नहीं। इसकी तीलियाँ मजबूत हैं और बदलती रहती हैं। जंग लगा बदलकर नए पुर्जे के साथ चमकती साइकिल देवी प्रसाद के स्वास्थ्य की साथी है। और अभी भी वे किसी पट्ठे की तरह साइकिल पर तनकर बैठते हैं।

...अभी और भी काम है भाई जान। सिर्फ बात से चलेगा नहीं काम!

रफ्तार बहुत तेज है
कि एक मिनट में पहुँचना जरूरी नहीं है!

मान लीजिए! व्यक्ति चलता नहीं। नदी बहती नहीं। उठती नहीं समुद्र में लहरें। अंकुर फूटता नहीं, पौधे बढ़ते नहीं। रेल होती नहीं। होती नहीं बसें। नाव का पता न चलता। न कोई दौड़ता न रेंगता न उड़ता...सब कुछ ठहरा-ठहरा! तो कैसी होती दुनिया! तब किसका अर्थ होता? कौन व्यर्थ होता? लेकिन यह सब होता क्यों? सारे अर्थ चलने से हैं। सारी दृष्टि गति से है। पूरी सृष्टि चलती रहती है। हम जहाँ हैं, धरती पर, उसमें गति है। रफ्तार का होना हमारा होना है। हमारी धड़कन, हमारा रक्त, हमारी साँस सब चलने पर निर्भर है। और जिसमें गति है वह हमारे लिए जरूरी है।...सबका अपना-अपना चलना है। अपना उगना, फूटना और ढलना है। क्रियाएँ चलती रहती हैं और तब होता है हमारा पोषण। यहाँ तक कि जिनमें गति नहीं है उसमें भी क्रिया है गति है, जैसे-पैसा। धन का चलना धनी होना है। धन की गति से अवसर मिलता है।...सो रफ्तार अपनी हो, सधी हो, समझ से भरी हो और अपने काबू में हो, तो सुरक्षित होने का लाभ मिलता है।

देवी प्रसाद हफ्ते में चार दिन जरूर सुबह टहलते हैं। हवा धीमी होती है तो आगे बढ़ जाते हैं और तेज होती है तो पिछड़ जाते हैं। आगे-पीछे होना कोई होना नहीं है, यहाँ रक्त संचार दुरुस्त रखना है और हवा की गति का सुख लेना है। देवी प्रसाद के घरेलू डाक्टर ने कहा है कि धूप निकल जाए तब मार्निंग वॉक करें। लेकिन गर्मी के दिनों में देवी सूर्य निकलने की प्रतीक्षा नहीं करते। सड़क पर टहलते समय कोई मोटरसाइकिल या स्कूटर तेज गति का आभास देता है तो उसके निकल जाने की प्रतीक्षा जरूर करते हैं-किनारे खड़े होकर। रफ्तार के साथ-साथ घटनाएँ भी चलती रहती हैं, और दुर्घटना तो जैसे पीछे ही लगी है। देवी प्रसाद को धूल से बचना है। नाक पर रूमाल रखते आगे बढ़ते वे देखे जा सकते हैं। सूर्य निकलने पर टहलने, तेज रफ्तार से बचकर किनारे खड़े रहने और धूल से नाक ढँकने से देवी को लाज आती है लेकिन वे लजाते नहीं हैं। बचना-बचाना उनका स्वभाव है।

'सूरज निकलने के पहले का घूमना सुबह का टहलना माना जाता है, जैसे दोपहर और रात का खाना ही भोजन करना।' देवी प्रसाद आज नई बस्ती देर से जाएँगे।

सात बज गए हैं और नहाना-धोना बाकी है। सुशीला हँसती नहीं तो देवी महाशय नहाने-खाने में एक काम भूल जाते और यह भी पता नहीं रहता कि क्या भूले हैं, क्यों भूले हैं।

'नहाइए-खाइए और निकल लीजिए, जाना हो तो!' सुशीला ने हाथ में गमछा पकड़ा दिया है।

'दोनों जाँघिया फट गई हैं, ये देखो! आगे-पीछे अच्छी तरह..! सिलाई उधड़ी होती तो काम चल जाता। अब बेकार हो गई हैं।' देवी ने जाँघिया दिखाया।

'जँघिया पहनकर घूमिए मत घर में, लुँगी लपेटे रहिए! अभी दस दिन काम चलाइए।'

'दस दिन क्यों? नई बस्ती से लौटते टाइम डेढ़-दो मीटर कपड़ा खरीद लूँगा। सिलने में तुम्हें टाइम ही कितना लगता है।'

'मशीन खराब है। सिलाई-पुराई बन्द। और बनवाई चार सौ माँग रहा है।'

'लेकिन चलती है तो लगता है नए को फेल कर देगी।'

'पानी की तरह भागती है। इसे अपने साथ रखूँगी जिन्दगीभर! यह मेरी सास की निसानी है।'

'यही सोचकर अम्मा ने खरीदा था कि पतोह आएगी तो अपना ब्लाउज इसी पर सिलेगी। अम्मा दर्जी के यहाँ कभी नहीं गईं, अपना ब्लाउज खुद सिलती थीं हाथ से, तब मशीन घर में नहीं आई थी।'

'आप दर्जी से सिलवा लीजिए, पाँच रुपया लेगा।'-सुशीला मशीन चलाना नहीं चाहतीं-'और इतनी जल्दी मशीन बनेगी भी नहीं, मिस्त्री एक महीना दौड़ाएगा। यहाँ वही एक मिस्त्री है, इसलिए बहुत भाव खाता है।'

'भाव खाए चाहे ताव, उसके यहाँ ग्राहक बहुत होंगे।...और एक जाँघिया की सिलाई पन्द्रह रुपये से कम नहीं होगी, कहो बीस न माँग ले। तुम अपनी ब्लाउज भी सिलवा लो! मैंने देखी है, फट गई है। कपड़ा कहो तो लेता आऊँगा।'

'ब्लाउज साड़ी से ढँका रहता है। एक ब्लाउज ठीक है आने जाने के लिए। आपके लिए जाँघिया जरूरी है।'

'...जो लाख-करोड़ में हैं उन्हें छोड़ दें तो महँगाई सबके सिर पर सवार है। एक-एक पैसे का हिसाब रखना है, दाँत से पकड़ना है। लेकिन खर्च ही नहीं चल रहा है मजे से, तो हिसाब का अर्थ जानकर क्या करेंगे!' देवी की तनखाह को खर्च होने में समय नहीं लगता, बीस तारीख के बाद लटक-पटक के महीना गुजरता है। पूरा महीना खूब मस्ती रहे और पैसे की कमी न हो, यह तब होता है जब बढ़े वेतन का एरियर मिलता है या बोनस। लेकिन देवी प्रसाद का हाथ उस समय भी तंग रहता है। आखिर नून तेल लकड़ी के अतिरिक्त सोचा गया काम इसी दिन की प्रतीक्षा करता है।

देवी प्रसाद सिलाई मशीन की रफ्तार और महँगाई की स्पीड एक साथ देख रहे हैं। इस रफ्तार में घड़ी पर ध्यान नहीं गया। आज अशोक अपनी मोटर साइकिल से देवी को बहेड़ी लिवा जाएँगे।

'नल में पानी बहुत तेज आ रहा है। बाल्टी में देखो तो सही! पानी कैसे उछल रहा है।' देवी बाथरूम में घुसे हैं।

मुल्तानी मिट्टी लगाकर नहाना साबुन लगाकर नहाने जैसा नहीं है लेकिन देवी खूब पोत रहे हैं मुल्तानी मिट्टी-'पूरी तरह गली नहीं है। इसे गरम कर दो तो गल जाएगी।'

'तब तक पोतकर ऐसे बैठे रहेंगे! सूख जाएगी।' सुशीला ने देवी के हाथ से कटोरी ले ली।

'पानी का छींटा मारता रहूँगा, तब तक गल जाएगी मिट्टी! बस इसे आँच पर चढ़ा दो।'

सुशीला ने मिट्टी गरम कर दी है–'पीठ में पोत दूँ?'

'पोत दो लेकिन पानी के डालने से मिट्टी धुलेगी नहीं। तुम्हें हाथ लगाना पड़ेगा।'

कोई हार्न बजा रहा है। मोटरसाइकिल की आवाज आई है। देवी प्रसाद अभी डेढ़ रोटी ही खा पाए हैं। 'देखो कोई आया है, शायद अशोक हो।' देवी ने कहा।

सुशीला अशोक को पहचानती नहीं है, लेकिन इतनी समझ है कि दरवाजे पर होंगे तो अशोक जी ही होंगे। देवी ने उनके आने का यही समय बताया है।

'गाड़ी पर ठीक से बैठिएगा।' सुशीला ने कहा और काले रंग का बड़ा झोला पकड़ा दिया।

देवी प्रसाद सँभलकर बैठे हैं। वे गाड़ी पर बैठते हैं तो शान बघारते हैं। वे पीछे मुड़कर देख रहे हैं कि सुशीला हाथ हिला रही हैं कि नहीं लेकिन सुशीला हाथ ऐसे हिला रही हैं कि हाथ हिलाना चाहती न हों। वे देवी को देर तक देखती रहीं कि मोटरसाइकिल को, पता नहीं। सुशीला को नहीं पता कि शेष जीवन में गाड़ी-घोड़ा का सुख मिलेगा कि नहीं। गाड़ी का शौक तो देवी को भी है लेकिन 'शौक है' के सुख से आगे बढ़कर गाड़ी खरीद नहीं सके। हालाँकि हमेशा उम्मीद बाँधते रहे हैं कि स्कूटर लेंगे भले सेकेंड हैंड हो और सुशीला को बैठाकर घुमाएँगे।

–सुशीला की दूर होती छवि को देखकर उनकी बात देवी को याद आई–चपरासी के पास स्कूटर की औकात है, आप सिर्फ सोचते रहिए। तुरंत दिमाग में एक सवाल उठ आया–जीवन की असली रफ्तार कहाँ है?...

देवी प्रसाद रास्ते भर कहते रहे अशोक से–'गाड़ी धीरे चलाओ! मेरी कमर गई! अरे, भाई अशोक कलेजा मुँह में आ रहा है।' लेकिन सुनता कौन है! अस्सी से ऊपर की स्पीड! एक बार देवी को लगा कि रीढ़ चटक गई, एक आवाज हुई थी, फिर भी अशोक आज दिखा देना चाहते हैं कि तेज चलना किसे कहते हैं, भले लम्बी यात्रा पर चले जाएँ। हाथ पीछे करके सीट को पकड़े रहने से देवी के हाथ में दर्द होने लगा था, कंधे की नसें तन रही थीं। फिर भी रफ्तार के आगे यह सब छोटी बातें हैं।

बहेड़ी पहुँच गए हैं देवी। सच में पहुँच गए! विश्वास नहीं हुआ। उन्हें लग रहा था कि वे किसी गड्ढे में गिरे पड़े हैं। अशोक हृदय से धन्यवाद के पात्र हैं कि उन्होंने देवी का मौज में रहने वाला समय बढ़ा दिया है। और देवी मन ही मन सोच लिए हैं कि अशोक की मोटर साइकिल पर अम्मा कहेंगी तब भी नहीं बैठूँगा। 'ओह रफ्तार के आगे जीवन का कोई मोल नहीं!' देवी के मुँह से निकला और नई बस्ती की दिशा में मुड़ गए।

देवी की रफ्तार धीमी है। पैर आगे बढ़ नहीं रहे हैं। निगम आटा चक्की के पास वे बैठ जाएँगे, ऐसा लगता है। साइकिल की विशेषता से विशेष प्रभावित हैं देवी। वे खुद कई प्रकार के सामान ढो चुके हैं। यहाँ तक कि ईंट भी साइकिल से करीब चार हजार तक ढोए थे। साइकिल खींचना स्वयं में रोचक है, चूतड़ उठाकर पैडिल पर जोर लगाना अपनी ताकत आँकना भी है। देवी को कभी स्कूटर नहीं भाया। सुशीला से भले स्कूटर की तारीफ कर लें लेकिन साइकिल जैसे घर की गाय और मोटरसाइकिल मरकहा साँड़,

और कार चार घोड़े वाला रथ। विदेशों में लोग साइकिल शान से चलाते हैं और यहाँ मजबूरी में। देवी ऐसी मानसिकता को खूब गरियाते हैं, थूकते हैं, साइकिल भक्त देवी पूरी साइकिल खोल बाँध सकते हैं, बिगड़े तो बना सकते हैं चाहे पंचर जोड़ना हो या तीली कसना!

यह समय बाइक का समय है। भोजन का जुगाड़ हो न हो। पढ़ने में फिसड्डी हों, तैंतीस परसेंट को तीर मारना मानते हों, तन पर एक जोड़ी कपड़ा शुद्ध से न हो, छत की जगह घास-फूस हो लेकिन बाइक चाहिए! भले अम्मा के गहने गिरवी रखना पड़े।...और फिर रफ्तार देखिए तो हीरो बनते हैं, ससुरे शर्ट की पूरी बटन खोलकर हवा में बाल उड़ाते हुए, हवा से बातें करते हुए! ब्रेक मारेंगे चर्रेऽऽऽ।...ये युवा हमारे प्राण हैं, हमारी औकात हैं, सारा संसार इन्हीं का है। लेकिन ये खुद को पहचानते नहीं! सिर्फ बाइक का विज्ञापन देखने को सुख समझ रहे हैं। लेकिन सभी ऐसे नहीं हैं। हमारे पास युवाओं की ऐसी फौज भी है जिन पर हमें गर्व है! हम विश्व में प्रमाणित हैं युवाओं के कारण, इन्हीं कारणों से जीने की इच्छा बनी रहती है, जिसे हर कोई अपनाना चाहता है! हर विषय-क्षेत्र में इनकी जिम्मेदारी है और हिस्सेदारी भी... ये युवा रफ्तार जानते हैं। इनके हाथ में गति नियंत्रित रहती है। ये विज्ञापन की समझ जानते हैं। देवी प्रसाद दोनों तरह के युवाओं को मिलाकर विमर्श चाहते हैं, जिससे कोई दुर्घटना न हो और हम चढ़ते चले जाएँ अस्सी बरस की उमर तक।

नई बस्ती में कम से कम तीस बाइक हैं लेकिन कोई इसकी सूचना नहीं दे रहा है! बहुत समझाने पर बुलाकी के लड़के जीवनलाल और कलाम के भाई अहमद ने बाइक होने की बात स्वीकारी है।

'आज बहुत सन्नाटा है नई बस्ती में। क्या बात है?' देवी इस गली से उस गली घूम रहे हैं। गहरी उदासी छाई है और इसका कारण किससे पूछे? देवी रोज इस्माइल की दुकान से होकर आते थे, आज सीधे गली में हैं। जुबैर ही बताएँगे देवी को, सो जुबैर से मिलना जरूरी हो गया।

'क्या बात है जुबैर? इतनी चुप्पी क्यों है?' देवी ने पूछा।

'साहेब!' जुबैर रोने लगे-

'बताओ तो क्या हुआ?' देवी ने जुबैर को छाती से लगा लिया और खुद अपनी आँख भरने से रोक नहीं पाए।

'कमला का एक्सीडेंट हो गया साहेब! कार वाले ने टक्कर मारी थी साहेब।'

'बच गया न कमला!'

'नाहीं साहेब कहाँ! कार वाला कोई जोर से नहीं लड़ा था, बाकी पीछे से ट्रक आ रही थी, पूरी देह पर चढ़ गई। पीछे उसकी औरत बैठी थी। दोनों अल्ला को...' जुबैर फूट-फूटकर रोने लगा। नई बस्ती में वह जुबैर का पक्का दोस्त था लेकिन दिखाई कम देता था, उसको धंधे से फुरसत नहीं थी। अभी शादी हुई थी-एक साल पहले। नई बस्ती में सब कहते थे कमला बहुत तेज गाड़ी चलाता है। आज तक कोई उसको ओवरटेक

नहीं कर पाया था, वही पास माँगता आगे-आगे भागता रहता था।

'अब तो जीवन गया! जिसका कोई मूल्य नहीं-अमूल्य। बेसमझी से भागो! बेचारा जीवन कब तक बचाएगा आपको!' देवी ने सोचा।

जुबैर को चुप कराते हुए देवी ने कोई उपदेश नहीं दिया।...सिर्फ जीवन से ही सब कुछ है और एक दूसरे का जीवन बचाना चाहिए, अपने जीवन के साथ-साथ। लेकिन शव यात्रा से शुरू हुआ ज्ञान मरघट पर अपनी पराकाष्ठा पर पहुँचता है और फिर घर आकर ऐसे बिसर जाता है जैसे मृत्यु अब कभी नहीं आएगी। देवी प्रसाद श्मशान के ज्ञान को कभी नहीं भूलेंगे, शायद वे यही सोच रहे हैं।

भ्रष्ट हो जाएँ तो अमीर की तरह रहे और यह होना पसन्द नहीं है!

'नई बस्ती में मन नहीं लग रहा है। और अभी दस दिन का काम शेष है। काम समाप्त करने की तारीख भी दस दिन बाद आ जाएगी।' देवी का मन उचट गया है।

'नई बस्ती में तो आपकी जान बसती थी! फिर मन न लगने की बात?' सुशीला ने पहले व्यंग्य किया फिर पूछा।

'कमला ट्रक से लड़कर मर गया! पहले कार ने टक्कर मारी फिर ट्रक चढ़ गया जो पीछे ही लगा था। कमला बाइक चला रहा था। दहेज में मिली थी बाइक।'

'यह कोई नई बात है क्या! रोज लड़ते-मरते हैं, कोई गिनती है!'

'वहाँ मैं काम करता हूँ और कमला जुबैर का दोस्त था, जुबैर मेरा...'

'इतना सोचेंगे तो कहीं धेला भर काम नहीं कर पाएँगे। आया है सो जाएगा, राजा रंक, फकीर, मिट्टी में मिल जाएगा बना हुआ सरीर।'

'बहुत अच्छा लड़का था, उसकी बीबी सुन्दर थी, वह भी मर गई। वह पीछे बैठी थी। एक साल पति के साथ रही बेचारी।'

'अच्छे लोग जल्दी गुजर जाते हैं। हमारे बाबा कहते थे जो बहुत बढ़िया होता है उसे भगवान बुला लेते हैं।'

'कमला में एक बुराई थी कि बहुत तेज गाड़ी चलाता था।'

'अकाल मौत तो गलती से ही होती है। चाहे गाड़ी लड़े चाहे रेल।'

'प्रगति को स्कूटी लेने का मन था लेकिन अब झिझक रहा हूँ। एक ही बेटी है। प्रगति मेरा प्राण है सुशीला!'

'मेरी भी जान उसी में बसती है लेकिन क्या घर में बैठाए रहे! तमाम लड़कियाँ बाइक तक चला रही हैं। सावित्री की लड़की टाटा सफारी चलाती है। और है प्रगति से सालभर छोटी।'

देवी के दिमाग से घटना दूर करने की पूरी कोशिश हो रही है। यह तब होगा जब देवी प्रसाद चाहेंगे। दिल-दिमाग-मन खुद सँभालना पड़ता है और जिसने इस विषय को हल कर लिया वह सार्थक और समर्थ हो गया। देवी का प्रयास जारी है और अभी सुखद

परिणाम नहीं है।

'स्कूटी लेंगे तो हमें भी बैठाएँगे न!' सुशीला को आशा है।

'लेना होगा तो प्रगति के लिए लेंगे, अपने लिए नहीं।'

'घर में स्कूटी होगी तो क्या आप नहीं चलाएँगे! मैं सीखूँगी चलाना और जब चाहूँगी बाजार-हाट कर आऊँगी।'

'और मैं तुम्हारे पीछे बैठा रहूँगा आराम से, लेकिन पहले वेतन का एरियर मिले तो!'

'मैं भी कह रही थी कि इतना पैसा कहाँ धरा है कि मन ही मन मिठाई खा रहे हैं।'

'वेतन आयोग लग गया है। एरियर से स्कूटी आ जाएगी। लेकिन कम्प्यूटर नहीं।'

'आप तो कहे थे कि तनखाह से कम्प्यूटर खरीदेंगे!'

'कोशिश करेंगे! और कोशिश सफल हो, सच हो, यह कौन जानता है!'

अब तक जीने की कोशिश करते रहे हैं देवी प्रसाद और जीना है तो जीने का प्रयास आगे भी करना पड़ेगा। नई बस्ती में नई समझ बनाने का प्रयास देवी ने किया है जो अभी धीमा पड़ा है। यहाँ तेज रफ्तार की जरूरत है लेकिन यहाँ गति दूसरे पर निर्भर है। सुशीला ने देखा-देखी देवी की तरह सामाजिक कार्य का मन बनाया था लेकिन कोई गति नहीं रही। सुशीला को बस यही सोचना-करना है कि धूप अपनी है-ले लो सुख! हवा पर किसी का रोक नहीं-खा लो हवा! आसमान खुला है सबके लिए-देख लो जी भर! धरती मेरी माता है-बैठे रहो चूतर टेक कर जमीन पर!

'नई बस्ती में सभा नहीं कर पा रहा हूँ, क्या करूँ?' देवी को बड़ी चिन्ता है।

'हो गई मीटिंग! अब बैठ जाइए। आप पता नहीं क्या चाहते हैं, जिसे बदलना होगा अपने आप बदलेगा, आपके कहने से नहीं। यहाँ सब स्कूटर-कार खरीद रहे हैं, मजा ले रहे हैं जीने का, और आप चले हैं नाली साफ करो तो पानी मत गिराओ, बिजली बन्द करो! सबके पास बुद्धी है, अकिल पानी भरने नहीं गई है, जो टट्टी करके धोना जानते हैं समझिए कि अकिलदार हैं। वह बेवकूफी नहीं कर रहा है, वह बेवकूफ बना रहा है कि हम तो कुछ समझते नहीं हैं!'

सुशीला की रफ्तार ने देवी को चकित कर दिया है। वे पहली बार सुशीला को इस प्रकार सुन रहे हैं। '...और सुनिए कहीं से पैसा जुटाइए, कमाइए, स्कूटर खरीद लीजिए। मैं कार तो नहीं कह रही हूँ! साइकिल की कोई पूछ नहीं है। कौन सी कसरत कर रहे हैं आप, हाँड़ी की तरह पेट निकल गया है! पचका लीजिए साइकिल चलाकर!'

'साइकिल चला रहा हूँ तो यह इतना है, नहीं तो पेट नाँद हो जाता। और भी व्यायाम हैं जो मैं करता नहीं हूँ,? तुम्हें प्यार करने का भी टाइम चाहिए न! हर चीज के लिए समय चाहिए।'

'नई बस्ती वालों के पास समय है आपकी बकवास सुनने के लिए! वहाँ भी कार होगी!'

'वहाँ कार किसी के पास नहीं है। बाइक है, कुल तीस बाइक।'

'और आप रेलिया बैरन गा रहे हैं। गाते रहिए आपको कौन रोकेगा जनगणना वाले बाबूजी!'

'यहाँ देखती हो बाइक कितनी हो गई हैं, सरन नहीं है। और जो भ्रष्ट हैं उनके पास कार है, जो तुम अगल-बगल देखती हो। सब थर्ड क्लास के कर्मचारी हैं, लेकिन अफसर से मिलकर कमा रहे हैं। मैं गाँड़ घिस लूँगा लेकिन यह काम नहीं करूँगा। शहर में निकल जाओ तो भ्रष्टों को देख लो कार में घूमते हुए! मैं तो थूकने से मना कर दूँ उनके मुँह पर। मेरी थूक उनके चेहरे से साफ है-एक ईमानदार लार!'

'मेहनत से भी कार खरीदी जा सकती है।'

'मैं यह कहाँ कह रहा हूँ कि नहीं खरीदी जा सकती लेकिन मेहनत की कार इतनी भीड़ नहीं लगाती शहर में। कहीं जाम न होता शहर। विज्ञान से आगे बढ़ना ठीक है, लेकिन कार-मोटर का दबाव हमें रोगी नहीं बना रहा है? अमीर की तरह रहना परिश्रम करके आज अजीब बात की तरह है। साइकिल से चलो और गिरने का मन करे तो किनारे लुढ़क लो! मन की आस पूरी! कार से यह सुख भोगने का मन करेगा? भले शूगर बढ़े, रक्तचाप रोज नपवाना पड़े, पेट गगरी हो जाय-जैसे नौ महीने होने वाले हो! लेकिन कार चाहिए।'

'अपने जीते जी कार हो जाती तो जिन्दगी जिन्दगी हो जाती।'

'नहीं तो जिन्दगी जिन्दगी नहीं है, मुर्दा है! कार लो! मजा लो! क्यों कोई मना करेगा लेकिन औकात तो हो! सही औकात, जहाँ गर्व हो कि यह असली औकात मेरी है-कार वाली! तब उसकी सीट पर बैठना मजा देगा! न पीठ दुखेगी न सुन्न होगा चूतर! और फिर चाल कन्ट्रोल में, पेट्रोल अपनी निगाह में और तुम मेरे करीब में।'

'मजाक नहीं! स्कूटर चाहिए, जल्दी! नहीं तो रेलिया पिया को नहीं मुझे लेकर चली जाएगी। और आप साइकिल से ढूँढ़ते रह जाएँगे।'

'जो कार में नहीं बैठा उसका खून नहीं पानी है!' देवी प्रसाद जोर से हँसने लगे। ठहाका लगाना और सुशीला को खुश करना देवी को आता है।

...और खजाने का पता लगाना है
जहाँ मेरा बक्सा नहीं है!

सारी दुनिया तेल पर चल रही है। मानो तेल ही सड़क हो और जीवन की खुराक। देवी के बचपन में घर के पूरे बजट का आधा खर्च भोजन-पानी में खर्च होता था। उनके पिता जी के समय में पूरे खर्च का तीन चौथाई भोजन पर और उनके पिताजी और फिर उनके...सिर्फ खाना-खर्चा! आज ठीक उल्टा है, बजट का दस प्रतिशत दाल रोटी का खर्च है बाकी तेल-पानी क्रीम-पाउडर, फोन-टीवी...फेशियल और मसाज! जिनके पास रकम है, काली कमाई है वे अपनी कालिख धुलते-धुलवाते रहते हैं-घर में टाइल्स लगवाकर, संगमरमर पर फिसलकर, मुकदमे में फँसकर, जेल जाकर, बन्दूकें रखकर...उनके भोजन का बजट इतना कम है कि वह प्रतिशत में नहीं है। वे यह भी नहीं

जानते कि भोजन जरूरी है जीने के लिए। देवी जैसे लोगों को वे कीड़े-मकोड़े समझते हैं और नई बस्ती के गरीब बेचारे तो कीड़ों की पंक्ति से भी नीचे हैं।

देवी प्रसाद ने एक शुरुआत की है कि एक अकेला कुछ भी कर सकता है। वह लोगों को जुटा सकता है, एक से ग्यारह फिर एक लाख लोग बना सकता है, नाली साफ कर सकता है फिर नदी को ओर बढ़ सकता है। किसी भ्रष्ट को एक साथ हजार आदमी गाली दे सकते हैं, उसकी सारी सम्पत्ति जब्त करके असहायों, गरीबों, जरूरतमंदों में बाँट सकते हैं या रोजगार के साधन जुटा सकते हैं। पूरी दुनिया एक हो सकती है। प्रदूषण के खिलाफ बच्चा-बच्चा खड़ा हो सकता है। पर्यावरण को बचाना हमारा धर्म हो सकता है। मन्दिर मस्जिद को त्याग कर व्यक्ति-व्यक्ति में प्रेम प्रगाढ़ हो सकता है।...हो क्या नहीं सकता देवी की तरह कोई शुरू तो करें। लेकिन इस समय देवी ढीले हैं। ढीलें क्यों हैं! इसकी चिन्ता उन्हें है। हैं तो वे परिवारिक व्यक्ति! आगे नाथ है और पीछे पगहा भी है। और इस समय उनके बैंक खाते में सिर्फ इतनी धनराशि है कि बचत खाता चलता रहे। जरूरत भर रुपया रहे तो विश्वास बढ़ता है और चिन्तामुक्त होकर जीने की इच्छा बनी रहती है।

आज फिर सुबह से उमस हो रही है! बादल छा गए हैं। कहीं बरसात भी हो गई है! हवा में ठंड नहीं है लेकिन गर्मी का एहसास भी नहीं है। टैम्पो वाले को देवी ने किराया नहीं दिया है, फुटकर पैसा नहीं है, वह मान गया है, कल ले लेगा दो-तीन रुपया। बोतल में पानी भरा है लेकिन अखबार से लिपटी नहीं है बोतल। चाय पीने का मन हो रहा है। देवी चाय की दुकान पर खड़े हैं। चाय पूरी तरह बनी नहीं है लेकिन उबाल खूब है। दुकानदार चाय को बड़े चम्मच से चलाकर भगोने से चिपकी चाय की पत्ती को उबाल के बीच में कर रहा है। देवी के घर ऐसे चाय नहीं बनती है।

'अरे, देवी भैया पहले से मौजूद हैं। चल रे रामलखन! चाय की दुकान पर! चाय तो पिलाएँगे ही, बड़े जो हैं।' अशोक ने देवी को देख लिया है।

'बहुत मन कर रहा है रेल में बैठने का।' रामलखन के हाथ में चाय की गिलास है।

'जाओ! माल गाड़ी खड़ी मिलेगी स्टेशन पर।' अशोक ने कहा।

'हमारे पड़ोस में कार खरीद रहे हैं लोग। दो कारें आई हैं और दोनों दफ्तर के बाबू हैं।'

'भई जो कमाएगा वही खाएगा इस जमाने में। उनको देखो जो करोड़ों डकार रहे हैं। बाबू बेचारा पा गया होगा कहीं से लाख दो लाख।' अशोक बोले।

'और दिखाने के लिए लोन लिया है-कार लोन।' देवी ने पता कर लिया है कि कैसे कार खरीदी गई है।

'जो करोड़ों कमा रहे हैं ब्लैक मनी, चूस रहे हैं गरीबों का पैसा, विकास की धनराशि लूट रहे हैं, उनकी माँ की...' अशोक अभी एक कोठरी ही बनवा पाए हैं, बाकी दो घर सिमेन्ट की चादर से पटा है। सारी गृहस्थी एक कमरे में, बाकी दो में से एक रसोई घर एक लैट्रिन-बाथरूम।

'जेल भी वही जा रहे हैं अशोक! चिन्ता उन्हीं को है कि कोई जान न पाए इतनी रकम! 'रुपया गाड़ें कहाँ' की फिकर सोने थोड़े देगी।' देवी ने कहा और चाय की

गिलास खाली कर दी–'जिसके पास रुपया नहीं रहता उसे अच्छी नींद आती है। हमारे घर में कोई कम्पोज की गोली आज तक नहीं खाया।'

'जेल जाएँ साले चाहे मुँह मरावें, हमसे क्या मतलब! हम तो हैं हगन्डी लाल! गाँड़ धोकर हाथ धोने के लिए साबुन का भी पैसा हमारे पास नहीं है।' रामलखन बोले।

'क्यों अभी कल ही तुमने एक दर्जन साबुन खरीदा था–इकट्ठे!' विजय भी आ गए हैं और खड़े हैं चुपके से रामलखन के पीछे।

'तुम भी तो कमाने के पीछे पड़े थे! कमाये? बोलो कितना मिला कमीशन।' मिश्री ने विजय से कहा।

'रामलखन का अनुभाग बड़ा झाँटू है लेकिन ई ससुरा मानता नहीं है! झूठे कोशिश करता रहता है जैसे औरत की छाती में हाड़ टटोलना।...आज तक अधेला नहीं मिला।' अशोक बोले!

'अरे, छोड़ो यार! कौन कमाया कौन बहाया क्या मतलब, अभी तो हम जनगणना में लगे हैं। चलो खाली टाइम में आइसक्रीम बेचें। एक नम्बर की कमाई होगी।' देवी ध्यान हटाना चाहते हैं–'मेरा मन घूमने का हो रहा है, पैसेन्जर ट्रेन से। इतनी औकात तो है कि रेल का मजा लिया जाए बीस–तीस खर्च करके। बिना मतलब एक–दो स्टेशन जाएँगे फिर वापस...'

'घूमेंगे भी तो पैसेन्जर से धत तेरे की।' मिश्री बोले।

'सुनो मिश्री! पैसेन्जर गाड़ी धीरे तो चलती है लेकिन लड़ती–भिड़ती बहुत कम है। पटरी से उतर भी जाए तो चोट–चपेट से अधिक कुछ नहीं होगा।' रामलखन का मन है रेलगाड़ी में बैठने का।

'पैसेन्जर ट्रेन का अपना मजा है। धीरे चलती है तो ठीक लेकिन जब रफ्तार पकड़ती है तो सुपरफास्ट का मजा देती है, लगता है मुफ्त में यात्रा कर रहे हैं।' अशोक कोई तारीख तय करने के मूड में हैं।

'मेरा मन नहीं है घूमने का, वो भी ट्रेन से। बिलावजह कोई क्यों जाये गाँड़ मराने।' विजय को बेवजह घूमना अच्छा नहीं लगता।

'अरे, चूतियाराम जब सब चलेंगे तो मजा आएगा। मतलब से तो पूरी जिन्दगी गाँड़ मरा रहे हैं। बेमतलब भी कुछ हो तो जिन्दगी का मतलब है।' अशोक ने खूब सुनाया विजय को।

'सब कुत्ते जगरनाथ जावेंगे तो पतरी कौन चाटेगा।' विजय को तैयार करना कठिन है।

'जाओ! दाल रोटी चलाओ! घसको यहाँ से, कुकुर बिलार मत बनाओ! चूतिया समझ रखे हो क्या!' अशोक बिगड़ गए।

'ई भोंसड़ीवाला हमेशा उल्टा बतियाता है। एक तो कमाई लौड़े में मिल गई, ऊपर से ई दिमाग खराब किए हैं, अरे, मत जाओ खूँटा गाड़ कर बैठो उसी पर।' रामलखन झगड़े के मूड में आ गए।

'बस! बस भाई रामलखन!' अशोक एकदम चुप! 'हँसी–मजाक को दिल से लोगे तो बुरा हो जाएगा और कोई बात दिमाग में तो रखो मत; एक जगह रहना है, खाना–हगना है। हम चूतियापा करेंगे तो बाकी लोगों को मौका मिल जाएगा और वे भी बिना बात के झगड़ा करते फिरेंगे।' देवी ने समझाने का प्रयास किया।

'किसको मौका मिल रहा है जी! हमेशा उपदेश पेलते रहते हैं। उपदेश की माँ की...' अशोक शांत नहीं हुए हैं।

'अरे! वह एक बात है! मुहावरा है! समझो तो! इसके पहले भी तो गाली-फक्कड़ देते रहते थे सभी लोग। कोई फर्क पड़ा। बात में दम नहीं है और दिल पर लेकर दिल दुखा रहे हो।'

'हमारा दिल गया तेल लेने। हमारा दिमाग खराब होता है। दिल-फिल कमजोर मर्दों का काम नहीं है।' अशोक को एक गिलास पानी पीना चाहिए।

'मैं नई बस्ती में इससे सौ गुना सुनता हूँ लेकिन वहाँ कोई झगड़ा नहीं करता। कोई प्रयोजन नहीं था कुत्ता कहने का। लगता है काम नहीं हुआ है इसलिए मूड उखड़ा है।' देवी ने तब तक समझाया जब तक स्थिति नार्मल नहीं हो गई।

...और एक घंटा सेंटर पर चुपचाप सभी बैठे रहे। कोई पेशाब करने जा रहा है कोई पानी पीने। मिश्री ने चाय भी मँगा दी है। लेकिन कौन तोड़े मौन!

'क्या कहूँ देवी भाई! एक तो जनगणना गाँड़ फाड़े है और पाँच दिन से साला घर में तीन लोगों को लेकर ठीहा गाड़े है। जाने को आज कह रहा था लेकिन श्रीमती बनती हैं न! रोक लीं कि जाना एक दो दिन बाद, घूम लो! इतने दिन बाद आए हो। यह नहीं पता है कि दो को और फोते में लटकाए है। इधर रुपया-पैसा सब खतम हो गया। अभी किराया भी साले को देना है, सबसे छोटा वहीं है। और सुनो, भाई का फोन आया था, बेटे का एडमिशन करवाना है! पाँच हजार की मदद उसको चाहिए।' अशोक हल्के हो गए। बात दिमाग में फँसी थी, निकल गई।

'अच्छा हुआ कि विजय से झगड़ा हुआ और तुम हल्के हो गए। लेकिन किसी और पर बिगड़े होते तो मारपीट हो जाती। थोड़ा झगड़ना और उसे दिल-दिमाग से न लेना फायदेमंद है। घबराओ मत अशोक सब सुलझ जाएगा।' देवी ने फिर उपदेश दिया जो अशोक को बुरा नहीं लगा।

'जनगणना में आपको क्या दिक्कत है। चलो सब मिलकर करा देते हैं!' रामलखन ने और ठंडा किया।

'वही ससुरा कालम भरो! अरे, कहो तो सब अपनी माँ बहन लिख दें। अट्ठाइस से पैंतीस कालम नाक में दम किए हैं। रेडियो है कि नहीं, कम्प्यूटर है क्या? बैंक का खाता कोई बताएगा! पचास तरह के सवाल वहाँ लोग पूछ रहे हैं और मैं चूतिया की तरह मुँह बाये देख रहा हूँ, कोई जवाब नहीं है मेरे पास! सात दिन से हग-मूत रहा हूँ इसी को लेकर!'

'इसमें कौन सी बड़ी बात है! कार कम्प्यूटर किसी के पास शायद हो। एक दिन घूम के देख लो, किसके घर रेडियो बज रहा है, कहाँ टीवी चल रहा है। गली में घूमेंगे तो पता चल जाएगा। टीवी का विज्ञापन रेडियो से अलग है। थोड़ा दिमाग लगाओ अशोक!' रामलखन ने उपाय बताया।

'यह भी कर सकते हैं आप, कि दस-दस घर के लोगों को एक जगह जुटाकर उनसे पूछ लें कि किसके पास क्या है। कोई नहीं बताना चाहता है तो न बतावे! हम

लड़ाई तो करेंगे नहीं।' अशोक को उपाय सूझा।

'अन्दाज से भर दो साले को, कौन ससुरा आएगा देखने। सुपरवाइजर भोंसड़ी के एक दिन तो दिखे नहीं। जो चेक करेगा उसकी भी फट के हाथ में आ जाएगी।' रामलखन ने दूसरा उपाय बताया।

'नहीं गलत भरना ठीक नहीं है। सरकार ने विश्वास किया है आप पर, यह बहुत जिम्मेदारी का काम है और हम अपनी निष्ठा को बदनाम नहीं कर सकते। बैंक खाता भले न कोई बताए, हम बहेड़ी के बैंक से खाते का पता तो कर सकते हैं, लेकिन पहले पूछ तो लें।' देवी गलत काम के पक्ष में कतई नहीं हैं।

'सरकार ने हमारा विश्वास किया है! हम निष्ठावान हैं। हमारी जिम्मेदारी बनती है और जिसने यह सड़ा झोला पैड सप्लाई किया है वो! और जिसने इसकी गुणवत्ता पर मुहर लगाई है, दस्तखत किए हैं वो! उनकी कोई जिम्मेदारी नहीं? कोई निष्ठा नहीं? जवाब दीजिए! वही कार खरीद रहे हैं। बैंक रुपया में जमा कर रहे हैं। हमारी तरह नहीं कि एक रुपया बैंक से निकाल लें तो खाता गया काम से। उतना ही बचा रहता है भोंसड़ी का पैसा कि खाता चलता रहे।' रामलखन बिना घूस-कमीशन के रह गए आज तक।

'अच्छा चलो! जाओ अपने क्षेत्र में देखो। सतेन्द्र कुछ घर निपटा कर आ गए सेंटर पर मूतने।' देवी विजय की पीठ पर मुस्कराते हुए ऐसे हाथ फेर रहे हैं कि भई यह सब तो जीवन का हिस्सा है, सुनते रहो, बढ़ते रहो, एक दिन उम्र का आखिरी दिन भी आ जाएगा। और मैं तो चला, जिधर मेरा रास्ता...

देवी प्रसाद को अब केवल अंतिम कालम भरना है। इसके पहले कि वे इसे पूरा करें, वे जुबैर, कसपाती, सुदामा, नंदलाल, कलाम, भीखा से बतियाना चाहते हैं। और देवी आज इस्माइल की दुकान पर बिना झोला रखे नंदलाल की बैठक की ओर बढ़ रहे हैं।

'नंदलाल आप घर पर जरूर मिलते हैं। काम धंधा मंदा है क्या?' देवी बात बढ़ाने का उपाय कर रहे हैं।

'काम की कमी नहीं है। किसानी में काम बहुत है लेकिन बहू-बेटे सब करते रहते हैं साहब, जहाँ उनसे नहीं बनता वहाँ हम खड़े हो जाते हैं।'

नंदलाल ने जुबैर, कसपाती, सुदामा, भीखा, कलाम को बुलवा लिया है।

'जुबैर सब हो गया! बस यह पूछना है कि बैंक में खाता है कि नहीं।' देवी सीधे अपनी बात पर आ गए।

'पूछिए साहब! हमारा खाता नहीं है और सुदामा का भी नहीं है।' जुबैर ने कहा।

'हम तो कभी बैंक गए ही नहीं साहब!' सुदामा बोले।

'यह कोई नहीं बताएगा साहब!' कलाम ने कहा-'लोग यही समझेंगे कि पूरी पोल ले रही है सरकार कि कितना कमाती है जनता।'

'अरे, इसमें फँसने का पूरा चान्स है। सरकार ने पहले बिजली पूछी, टीवी की टोह ली,

अब चली है रुपया कितना धरे हो, बताओ!' भीखा ने कहा–'हम आपको नहीं कह रहे हैं साहब। आप आए हैं तो हमें बताना ही पड़ेगा लेकिन जरा चालाकी तो देखो सरकार की...!'

'बात यह नहीं है भीखा! सरकार चाहती है कि हमारे समाज की आर्थिक स्थिति क्या है। कमाते खाते बचाते हैं कि सब फूँक-ताप देते हैं। और कौन बचाने लायक नहीं है? यह तो अच्छी बात है कि सही-सही बताएँ कि हमारी थाती कहाँ तक है। हमारी बस्ती मजबूत है कि नहीं।' देवी बोले।

'बिल्कुल मजबूत नहीं साहब!' जुबैर पहली बार तेवर में आए–'घर गिरा पड़ा है, खाने का ठिकाना नहीं है, बैंक में खाता क्या सुई धागा से खोलवा लें। कोई नहीं बताएगा साहेब ई सवाल।'

'और जिसके पास है, वह बताएगा काहे। खर्चा-पानी से चोराय-पचराय के बैंक में चुपके से जमा किए हैं तो काहे बतावें! पूरा मुहल्ला डुग्गी पीटें कि फँलाने के बैंक में रुपया धरा है!' कसपाती ने कहा।

'इहाँ तो बच्चे पर बच्चे बियाय रहे हैं, खिलावें की जमा करें रुपया। नई बस्ती में आधे लोग करज में डूबे हैं, वो कौन देगा!'

'अरे, जो हगेगा वह फेंकेगा!'

'खाता तो खुलवा लेते हैं लेकिन चलाते नहीं है बाबू जी! हम दस नाम गिना सकते हैं। शौक में गए कि हमारे घर भी पासबुक हैं और बस धरी है पास बुक! उसमें कुछ है नहीं।' कलाम ने साफ-साफ कहा–'हमारे घर हैं, दो पासबुक लेकिन चलती नहीं हैं। कभी खुल गई थी पासबुक।'

'इहाँ दारू पीने से बचे तब तो बचावे?' सुदामा ने कहा

नंदलाल ने अपनी पासबुक सामने रख दी–'लिखें साहब हमारे पास है खाता बैंक में। ये देखिए पासबुक। तीन हजार सात सौ पचास रुपया है।'

'मैं कोई जबरदस्ती नहीं कर रहा हूँ। अपना धन सबसे बताना उचित नहीं है, और यहाँ सिर्फ यह पूछा जा रहा है कि खाता है कि नहीं! कितना जमा शेष है यह नहीं बताना है।' देवी ने समझाया।

'तब कैसे पता चलेगा कि नई बस्ती के पास कितनी मजबूती है पैसे के मामले में! आपने अभी कहा कि समाज की थाती का पता चलेगा। बिना बताए कैसे जानेंगे साहब?' भीखा ने बात पकड़ ली।

'आर्थिक स्थिति का मतलब यह है कि आप बचाने के बारे में सोचते हैं कि नहीं। खाता होगा तो जरूर जमा करेंगे और नहीं जमा कर रहे हैं किसी वजह से, तो बाद में करेंगे। रुपये को लेकर कुछ बदलाव आया है कि घर में ही गाड़ रहे हैं। सरकार कभी जनता को फँसाएगी भी यह सोचना बेवकूफी है। आखिर सरकार जनता की तो है! आप सरकार हैं। और सरकार जानना चाहती है कि बैंक का प्रभाव कितना है आप पर! कितना फायदा उठा रहे हैं आप बैंक से कि महाजन पर विश्वास कर रहे हैं।'

'आप सरकारी आदमी हैं सरकार की तरफ तो रहेंगे ही। नमक हरामी आप तो नहीं कर सकते, यह सबको विसवास है।' सुदामा ने कहा।

'मैं कुछ नहीं कहूँगा। सिर्फ इतना कहूँगा कि बूँद-बूँद से सागर भरता है। आप चाहे तो आपकी बाल्टी, आपका लोटा भर सकता है। आप दस रुपया कमाते हैं, सिर्फ दस पैसा बचाइए, आपको इतना सुख देगा कि आप जिन्दगी जीना चाहेंगे। दस पैसा हाथ में रहेगा तो आप ताकत महसूस करेंगे।'

देवी प्रसाद ज्यादा समझाना नहीं चाहते हैं। सेंटर पर सबका मूड ऑफ हो गया था। बहेड़ी आने की वजह से नई बस्ती आना पड़ा देवी को।

'साहेब कुछ सुनाय दे!' कसपाती ने विनती की।

'आपके मुँह से बिना कुछ सुने अब हम लोग टसकना भी चाहें तो नहीं हिल सकते।' नंदलाल की बात तो देवी को माननी पड़ेगी-'आपकी बोली में मिसिरी है साहब!'

'अच्छा सुनिए! इसे गाऊँगा नहीं बस सुना दूँगा-

मोटी-मोटी लिटिया लगइहै रे मेहरिया
कि बिहने जाए के बाटे घाट।
तीन चीज मत भुलइहै साँवर गोरिया
हुँकवा चिलमियाँ रे आग।
के धोवे अड़ही-गड़ही के धोवे बीच धार
केकरा के लुगवा में पनिहा पइठलें
के चलल रे पराय।
भइया धोवें अड़ही-गड़ही, भउजी धोवे बीच धार
भउजी के लुगवा में पनिहा पइठलें
भइया चलेलें पराय।

[10]

लो फिर आ गए लाल फारम लिए!

आम लद गए। लड़-भिड़ कर बच गए। लटके हैं आम अपनी-अपनी डाल पर। अकेले हैं, जोड़े में हैं। आम भला पके हों, रस से भरे हों, चूसने वाले देसी हो या फाँक काट कर खाने वाले, मीठे रसीले आम! वाह! फलों का राजा आम...तो क्यों न झुकें हम किसी आम से भरी टोकरी पर! खूब आम लदे हैं बहेड़ी के बाग में। आम अच्छे पुष्ट हैं नंदलाल के बाग में। आम के ढेर लगे हैं रियाज मियाँ के बरामदे में। आम सड़ रहे हैं जो आँधी में गिरकर कहीं ढँक गए हैं। पिछले साल की आँधी ने ठोस आमों को गिराकर जमीन

को पाट दिया था। इस साल मजे से आम हैं। और मजे करेंगे आम और आम खाने वाले।

देवी प्रसाद को खूब डाँट पड़ी थी जब अम्मा ने आम मँगवाया था बाजार से और देवी सड़ा-गला उठा लाए थे। कुछ आम ऐसे भी होते हैं जो ऊपर से कड़े होते हैं, लगता है कि पका गूदा काटकर खाएँगे वाह! और मुँह से पानी चूने लगता है लेकिन काटो तो भीतर का गला-गला सड़ा जैसा और ऊपर का आधा कच्चा-थोड़ा पका पीला-पीला! पूरे जीवन में देवी इतना आम नहीं खाए जितना इस समय बहेड़ी में खा रहे हैं।

दो दिन का विश्राम और पहले की तरह लदा हुआ झोला। और उसमें एक झोला-पके आम के लिए! देवी प्रसाद ने एक किला फतह कर लिया है, मतलब यह कि मकान वाला फार्म भर गया है। 'पैंतीस कालम थे। काम और अनुभव नया था और व्यवहार के विस्तार को भी बहेड़ी में खूब देखा देवी प्रसाद ने, यह कोई मामूली बात नहीं थी। कुल मकान एक सौ पैंतीस थे। खूब मजा आया घर-घर जाकर। एक घर में पाँच बार बैठकर, एक ही सवाल कई बार पूछकर, वाह क्या खूब है! देवी प्रसाद को आदत हो गई है किसी से बतियाने की। वे किसी से भी बतिया सकते हैं, बात करने के लिए घर में घुस सकते हैं, औरत हो या मर्द बेहिचक कुछ भी पूछ सकते हैं। यह काम देवी प्रसाद को जँच गया है। और इस बार तो केवल चौदह कालम हैं।

बस हो या टेम्पो आम की टोकरियाँ लदी हैं। खाली भरी पेटियाँ बस में चढ़ने-उतरने वालों के लिए खरोंच का काम कर रही हैं। किसी ने बस के दरवाजे पर पाँच खाली पेटियाँ रख दी हैं। आगे भी दो टोकरियाँ खड़ी-पड़ी हैं। देवी प्रसाद देख-भाल कर बस में चढ़े लेकिन कहीं घुटने के नीचे खट् से लग गई आम की पेटी। बैठते ही घुटने को उन्होंने सहलाया, पैंट ऊपर सरकाकर देखा कि कहीं कटा-पिटा तो नहीं। और ठीक है, कहीं छिला-विला नहीं है। ऐसी चोट तुरन्त खून नहीं दिखाती, न चमड़ी उधड़ने का बोध कराती, लेकिन दो दिन बाद खुट्ठी मिलेगी उसी जगह।...और आज तो देवी इतने खुश हैं कि खुशी नाभि से नीचे की ओर जा रही है। मन ही मन गुदगुदाहट का मजा कोई उनसे पूछे! लेकिन क्या वे बताएँगे अपनी गुदगुदी। बच्चे थोड़े हैं कि अंगुली दिखा दो तो हँस दें। और अब तो पूरी बहेड़ी में देवी प्रसाद के नाम की चर्चा है।

देवी प्रसाद की खुशी अड़ाती नहीं और सेंटर भी दूर नहीं है। टेम्पो वाले ने किराया ले लिया है। सेंटर अब भरा-भरा रहता है। प्रगणकों के काम पूरे हो रहे हैं, कई तो ऐसे हैं जिन्होंने दोनों फार्म मकान और परिवार के भरकर सैंत दिए हैं, जमा तभी करेंगे जिस दिन अन्तिम तारीख होगी। वे आते हैं टाउन एरिया में गप मारने, गाली-गलौज करने, हँसने गाने। और घर की चिन्ता-फरमाइश से दूर अपने बतियाने के बारे में सोचते रहते हैं। बात मनमाफिक हो तो न गर्मी लगती है न जाड़ा, हाँ भीगते हुए ज्यादा बात नहीं की जा सकती, बरसात देखते हुए तो दिनभर गपियाया जा सकता है।...और आज की गर्मी तो बरसात की प्रतीक्षा कर रही है।

कोई किसी को नजर नहीं आवें
चल नहरी में डूब जाये...

हो-हो! हे-हे!
चल गड़ही में डूब जाएँ...
हे-हे! हो-हो!

देवी की मस्ती बाहर निकल आई है लेकिन वे कहना चाहते थे–

आओ नजर से नजर को मिलाएँ
चल दिल्ली हम घूम आएँ।

'क्या गा रहे हैं। लगता है मस्ती कपार पर चढ़ी है।' अशोक ने देवी को देख लिया है।

'देवी भैया आ रहे हैं हो! गाते-बजाते चलते हैं...भई उनसे जीना सीखना चाहिए।' मिश्री बोले, उन्होंने भी देवी को देख लिया है।

'लगता है काम पूरा है इसीलिए अंड का संड गा रहे हैं। फिल्मी गाने को मौज में आकर अपनी लाइन पेल रहे हैं।' रामलखन का काम पूरा है लेकिन फेयर करना बाकी है।

बन गइलीं बन के कोयलिया हो रामा
सइयाँ तोरे कारन...
सइयाँ तोरे कारन हो बलमा तोरे कारन
बन गइलीं बन के...

देवी गाते-गाते ठुमुक जाते हैं। वे कभी अशोक कभी विजय और रामलखन का गाल सहलाते हुए एक ही पंक्ति को बार-बार रट रहे हैं।

'हो गया भाई! याद हो जाएगा हमको भी। भैया बस! घर में गा दूँगा तो मेहरारू को सुबहा हो जाएगा कि कहीं हो गया बड़ा काम! कोई जुल्फ दिखाकर उसी में शाम करवा रही है।' अशोक कुछ और बतियाने के मूड में हैं।

'हम तो एक हाता पर नम्बर डाल दिए। चहारदीवारी थी, गेट भी था तो हम समझे कि कोठरी होगी! लेकिन कोई कोठरी नहीं। गेट से झाँक कर बाद में देखा तो झोंपड़ी बनी थी। गैर आवासीय दिखा दिया हूँ। देवी भैया कोई बात तो नहीं होगी।' सतेन्द्र ने अपनी समस्या बताई।

देवी ने सतेन्द्र की समस्या नहीं सुनी लेकिन अशोक कान के तेज हैं–'चूतिए मर गए औलाद छोड़ गए! ससुर के! अरे, जो हो गया हो गया, अब का उसी में पिले पड़े हो! चोखा की तरह मुँह बन गया गाँड़ मराते-मराते! अभी इनको नम्बर दिख रहा है!

बन गइलीं बन काठी ले अइलीं
ऊ काठी मेहरारू के देहलीं
मेहरारू एगो चुम्मा दिहलस
ऊ चुम्मा से फूले ना समइलीं...

देवी प्रसाद ही नहीं, सभी मूड में हैं। काम हो जाने के विश्वास की प्रसन्नता भोजन पचाती है, पेट दर्द ठीक हो जाता है, सिर भारी नहीं होता, देह के दर्द का पता नहीं चलता। राग रसोइयाँ पागरी ठीक से नहीं बनती तब भी खूब स्वाद आता है। आज जो

सेंटर पर नहीं पहुँचेगा, पछताएगा।

देवी प्रसाद ने गीत गाना बन्द कर दिया। लेकिन बोलना कौन बन्द कराये! हँसने वाली गैस की तरह जब देखो तब बोलने वाली टिकिया खा लेते हैं देवी–'हमारी जनगणना, हमारा भविष्य। प्रगणक हलकान, नागरिक परेशान।' देवी प्रसाद ने बोलना शुरू कर दिया है। अशोक, विजय, मिश्री, रामलखन, सतेन्द्र, केशव, घनश्याम और अजहर बैठे हैं। केशव और घनश्याम किसी प्रगणक का काम पूरा करवा रहे हैं।...और इधर देवी शुरू हैं–'अखबार वाले कह रहे हैं कि प्रगणक अधूरी जानकारी लेकर मनमाने ढंग से अनुसूचियाँ भर रहे हैं।'

'अरे, तो आवे इहाँ! मिल जाएगी पूरी जानकारी! अखबार वाले भी...जनगणना को लेकर बहुत लोग लड़परेतन बतिया रहे हैं।' मिश्री ने गुस्से से मुँह बनाते हुए कहा।

'जनगणना की जागरूकता के लिए होल्डिंग लगाए जाएँगे और प्रगणकों को सुरक्षा प्रदान की जाएगी।' देवी बोले।

'झाँट किया जाएगा! अब तो आधे से ज्यादा काम समाप्त! कुछ हुआ? एक भी होल्डिंग हमको तो नहीं दिखी! कहाँ लगी है?' रामलखन देवी को आगे नहीं बढ़ने दे रहे हैं– 'और प्रगणक बेचारा भले लात-घूँसा खाए। है कोई गारंटी?'

'होल्डिंग सार्वजनिक जगह पर लगेगी जैसे-अस्पताल के पास, कचहरी के रास्ते पर, मरघट पर, विधान सभा के पिछवाड़े, कालेज के गेट पर...और सुरक्षा के लिए यह जनगणना वाला बड़ा सा झोला है तो! कौन भोंसड़ी वाला बोल देगा अंडबंड, ई झोला दिखलाय नहीं देंगे।' मिश्री की बात हँसने के लिए काफी है।

'कल मैं शहर गया था। वहाँ मेरे भैया हैं अमित, बेचारे खासे परेशान हैं। पूरी सूची भर लिए मकान वाली! दो दिन बाद गए तो वहाँ कोई नहीं है, घर भी कोई नहीं है! बाइस परिवार था वहाँ! कहाँ गया!' घनश्याम हमेशा मूड़ी गोते काम किया करते हैं और आज तो और काम है। उन्हें प्रगणकों को हेल्प करना है, जहाँ पच्चीसों गलतियाँ हैं!

'क्या घनश्याम बेमतलब की बात! घर छोड़ के कहाँ कोई भाग जाएगा! और घर तो वहीं रहेगा!' रामलखन को विश्वास नहीं हुआ।

'जनगणना के काम में कुछ भी हो सकता है। वहाँ सभी झोंपड़-पट्टी वाले थे। जिसकी जमीन थी उसने भगा दिया। अब बोलो!' घनश्याम की नजर किसी सूची पर है। सामने कोई प्रगणक बैठा है।

'साथी हाथ बढ़ाना, एक अकेला थक जाएगा, मिलकर साथ निभाना...साथी हाथ बढ़ाना।' अशोक को पुरानी फिल्मों के गाने याद हैं। वे घनश्याम की ओर देख रहे हैं।

'मेरे हलके में पता नहीं कौन भोंसड़ीवाला घुस आया था। मेरे नम्बर के ऊपर नम्बर डाल रहा था। अरे, ससुर! देख रहे हो कि कोई दरवाजे पर या बगल में नम्बर डाल रहा है, तो का गाँड़ मरा रहे हो। लेकिन नहीं, मराने आएँगे ही।' बातचीत में कोई महाशय शामिल होने का सफल प्रयास कर रहे हैं, राजकुमार नाम है। देवी और साथियों की बातें कई बार वे सुन चुके हैं।

'सबकी नजर राजकुमार पर है। अशोक को जलन हो रही है कि एक हमीं थे, यह कौन मुझसे बीस आ गया! खैर स्वागत है चूतियों का!' अशोक ने मन ही मन कहा।

'जो नम्बर डाल रहा है वह महा चूतिया है।' किसी ने कहा।

'भोंसड़ी वाले डाल-डाल पर बैठे हैं, जनगणना क्या खाक होगी।'

'सुनो! ऊ लौड़े के तीन दिखा रहे हैं कि हम निष्ठावान कर्तव्य परायण कर्मचारी हैं, बाकी सब चूतिए हैं। भइया! यहाँ हम भी मरा रहे हैं गली-गली। हम यहाँ बैठे-बैठे अपने चूतड़ से सुपाड़ी नहीं तोड़ रहे हैं।' अशोक जैसे खार खाए बैठे हैं।

'हमारे इलाके में मन्दिर और मस्जिद दोनों हैं।' देवी बोले-'मन्दिर की तरफ जाता था तो खूब हनुमान जी का चित्र अपने दिल में आँख मूँदकर बैठाता था और मस्जिद के सामने खड़े होकर-'हे मस्जिद बाबा हमें बचा लेना! हमें उबारो हे मस्जिद जी!' कहता था लेकिन एक दिन ध्यान आया कि कोई यह न सोच ले कि मैं मजाक उड़ा रहा हूँ। लेकिन जुबैर कई बार सुना था, गलत बात होती तो वह टोकता जरूर। जुबैर मेरा दोस्त है, असली पक्का वाला दोस्त! वह कुछ बोला नहीं इस बारे में। और मैं तो वही कह रहा था जो मैं जानता हूँ। कोई मूर्ति तो वहाँ है नहीं, तो मस्जिद को ही नमस्ते करता रहता था। और मुझे किसी का डर भी नहीं है, क्योंकि हम सभी, चाहें हिन्दू हो या मुसलमान सब हिन्दुस्तानी हैं और कोई तालिबानी नहीं। लड़ना हमारे स्वभाव में नहीं है। हिन्दू-मुसलमान भाई-भाई की मिसाल बहेड़ी से ज्यादा और कहाँ मिल सकती है! और पूरा भारत बहेड़ी की तरह ही है। हमें सिखाया गया है कि मन्दिरों में अजान हो और मस्जिदों में घंटे बजें! अब इसका मतलब यह थोड़े है कि चलो जानबूझकर मन्दिर में अजान करो और एक घंटा लेकर मस्जिद में मारो टन-टन! मेरे गाँव घर के बगल में गरीब मियाँ रहते हैं। आज भी हम उन्हें चाचा कहते हैं। कोई भी उनके प्यार के आगे फेल है। दुलार तो नटई तक भरा है। मेरे बाबूजी और गरीब चाचा एक साथ हुक्का पीते थे।'

अजहर खूब ध्यान से देवी की बात सुन रहा है। बाकी भाई लोग तो इसे फालतू समझ रहे हैं, जबकि यह सबसे जरूरी प्रकरण है।

'देवी भैया बस करो! कुछ और हो तो बताओ! ई उपदेश मत पिलाओ! हिन्दू हैं कि मियाँ हैं। सब ठीक हैं। हमें इससे का मतलब! बस नौकरी करो घरे जाओ।' अशोक कभी गम्भीर बात नहीं सुन सकते-'यहाँ एक सुपरवाइजर आया है। जानते हैं आप? पागल है पूरा पागल! लोक निर्माण विभाग में जूनियर इंजीनियर है। खूब रुपया कमाया है। रुपया कमाकर पगलाया है। बाप-दादा कभी इतना रुपया दिखाए तो हैं नहीं। मैंने पूछा तो वह बोला कि ईमानदारी से कमाऊँगा तो सालभर में पाँच लाख और बेईमानी पर उतर आऊँ तो सीमा नहीं है कहो तो साल में पचास लाख भी हो जाए। हद है देवी भाई! हम तो सुन लिए तो जैसे हमारी टट्टी सटक गई, जैसे डर में होता है। अब वे बेचारे महत्त्वहीन काम देख रहे हैं जहाँ दोकड़ा भी नहीं है, तो पागल की तरह घूमते रहते हैं ईमानदार बनकर कि अब जी भर गया है रुपया से।' अशोक ने लम्बी साँस ली।

देवी को लगा कि वे भी पागल हो गए हैं लेकिन रुपया देखकर नहीं और धतूरा-भाँग खाकर भी नहीं। वे तो कुछ और ही देख रहे हैं, बोलना चाहते हैं–'हे भाई! सुनो-सुनो! खेतों की बदहजमी दूर करो। खेत को बचाओ! पर्यावरण को खतरा है। हर आदमी इस पर विचार करे और अपना धर्म बना ले। चलो हरी खाद का प्रयोग करें! सनई बोए खेतों में! केंचुआ पालें, गोबर को व्यर्थ न जाने दें! कम्पोस्ट खाद में प्लास्टिक न रहे, यह रहे खयाल! चलो मस्त रहें! व्यस्त रहें! सामाजिक और व्यवहारिक हों। अपनी बात कहने की आदत डालें। दूसरों की सुनने की इच्छा रखें। चलो मित्रो! गाँव चलें! कस्बे में घूमें! चलो शहर की ओर लेकिन गाँव छोड़कर नहीं। चलो! गलियों में घूमें, खाक छानें तो मिलेगा कि करना क्या चाहिए। चलो! खूब बतियाएँ और जनसंख्या समझाएँ! धान की बुआई होने को है। बरसात की प्रतीक्षा है।'

देवी प्रसाद याद करने लगते हैं कि कैसे दादा जी आसमान ताकते थे, बादल की प्रतीक्षा करते थे। धान के बीज की नर्सरी तैयार हो जाती थी। रोपने लायक धान अपनी लम्बाई पा जाते थे। तब पानी की कितनी जरूरत होती थी। पिताजी ने महँगी खाद और बीज का इन्तजाम कितनी कठिनाई से किया था। और एक बार तो बाकायदा अच्छी किस्म के बीज सिली-सिलाई बोरी का खरीदे थे। बोरी पर मुहर लगी थी-प्रमाणित बीज। खाद भी चाँद छाप की असली यूरिया...कोई नकली खाद नहीं।

देवी प्रसाद स्मृति से बाहर आए–'खुश रहने के लिए व्यस्त रहें, आओ चलो जनगणना करें! तनाव मुक्त रहें और पूरा जीवन जीएँ।' देवी ने इतना कह लिया तब कहीं माने।

इस बार अशोक भी देवी को ध्यान से सुन रहे हैं।

अब रोज टाउन एरिया पर प्रगणकों की भीड़ जुटेगी।

'फिर आ गए साहब! का छूट गया?' रज्जन बो ने पूछा।

'अबकी लाल फारम है! देखो! अब का पूछिहै बाबू!' बुद्धेश्वरी थोड़ी घबराई है।

देवी प्रसाद जनगणना से ऊबे नहीं हैं। लेकिन यहाँ यह खबर फैली है कि हो गई जनगणना। देवी को देखकर फिर तरह-तरह की चर्चा होने लगी हैं। देवी नमस्ते करते-मुसकराते, हाथ हिलाते, झोला लटकाए चले जा रहे हैं जुबैर मियाँ की खोज में।

'...अब तुम्हारे घर का लिख गया सब। तो समझो घर की किसमत जाग गई। रौनक बड़ी मशक्कत से आवत है। शुरुआती दिक्कत तो हम सभन को झेले के पड़ी!' जुबैर बरगद के नीचे दस-बारह लोगों को जुटाकर भाषण दे रहा है-बाकायदा खड़ा होकर। देवी चुपचाप देख-सुन रहे हैं-छिपकर! उन्हें कोई देख नहीं रहा है।

'...सरकार के पास बहुत रकम धरी है। नई बस्ती जइसन हजार मोहल्ला तो समझो झाँट बराबर। सरकार चाह ले तो लीख से लाख कर दे। हमें मालूम चला है कि सरकार सबको खाना पकावे बदे गैस देई रही है, अब खूब पकाओ-खाओ मौज करो,

न धुआँ न धक्कड़। नल से पानी अब घर-घर गिरिहैं, कनेक्सन लगे वाला है। ई तो बात है...अभी और सुनो! खाना पकावे बदे रसोई की कोठरी बनिहै भइया! सरकार का आदमी आवेगा बनवावेगा। ई नहीं कि ईंटा ले लिए सीमेन्ट पा गए और बेचकर दारू पीकर टुन्न होइ गए। अब मजा लो किचिन का! खड़े-खड़े रोटी पकावेगी मेहरिया, जब चाहो खड़े-खड़े बतिया लो चार गाल। लकड़ी-फकड़ी गई तेल लेने। ई सब पेड़ बचावे का उपाय है और ई जिनगी भी बचावे का उपाय...जानत हो राम आसरे चाचा! ई मौसम को राइट टाइम बनावे का भी उपाय है।'

लोटन ने बीच में टोक दिया-'ई सब होगा तो टैक्स भी तो लगेगा और यहाँ खाने का ठिकाना है नहीं।' लोटन अभी जवान है, शादी नहीं हुई है, जवानी का जोश है, सोचता भी ठीक-ठाक है लेकिन यहाँ तो डाँट पड़ेगी उसे।

'हरे लोटना! भोंसड़ी वाले! बीच में बोलकर जुबैर को भुलवा रहा है। एक बात इधर से उधर निकल गई तो लेनी के देनी पड़ जाएगी।' रामआसरे बिगड़ गए।

'चार लात गाँड़ पर जमाओ! ससुर के नाती! बकर-बकर...ज्यादा कबिज ना बनो चुप्पे बइठो।' चौधी की बात से लोटन चुप हो गया। आखिर बहस तो होनी चाहिए लेकिन यहाँ तो सिर्फ सुनना है। लोटन चाहकर भी वहाँ से हट न सका।

'...हाँ तो सुनो भैया! बाथरूम भी बनेगा घर-घर। घर में खाओ, पैखाना करो! कोई फिकर मत करो, हम सब ने वोट दिया है, मजाक नहीं है। हम सरकार बनावत हैं, हम खुदै सरकार हैं।...अइसे नहीं अमेरिका से चढ़ा-ऊपरी लगी है। हम तो जानत हैं कि सबुरी के सौ धार, तो सबुर करो लोटन! हम यह भी जानत हैं कि हमरे लड़का-बच्चा को देख लो तो हाथ गोड़ लकड़ी पेट बकरी, लेकिन जितना समाती है वही न खिला-पिला पावेंगे।'

देवी प्रसाद धीरे से आए और पीछे दरी पर बैठ गए। जुबैर ने देख लिया-'अरे, साहब! आप! उहाँ का बैठ गए! आवें इहाँ आवें।'

लोटन कुर्सी लेने चला गया। लेकिन देवी न बैठना चाहते हैं न बोलना। लेकिन ऐसे कोई उन्हें जाने भी नहीं देगा।

कुर्सी आ गई है और देवी प्रसाद को बैठना पड़ा है। जुबैर को देवी ने समझाना चाहा कि भाषण कैसे देते हैं, और कोई गाली वाला शब्द इस्तेमाल नहीं होना चाहिए, बात दूर तक फैलती है। ऐसी बात बोलनी चाहिए कि सुनने वाला तुमसे बँधा रहे मुग्ध होकर। लेकिन किसी के सामने कमी निकलना खुद में एक कमी है।

'साथियो! मुझे फिर आना पड़ा है। अब हम परिवार के विषय में जानेंगे। यह जरूरी है, बहुत जरूरी! यह देखिए लाल फार्म इसमें जो बातें लिखी हैं वह आपको और पुख्ता करेंगी। जुबैर ने जो कहा, सही है। लेकिन हो जाएगा सब, अभी यह कोई नहीं बता सकता! सरकार भी नहीं। हमें अपना काम करते और फल की इच्छा के साथ चलते रहना चाहिए। हम काम करेंगे, लड़ेंगे और कभी अपनी मुट्ठी को अंगुली नहीं होने देंगे।'

'साहब तहसील दिवस में कोई शिकायत ठीक से सुनी नहीं जाती।' हीरालाल

आकर बैठ गए हैं।

'इसी के लिए तो जागना है, अपनी औकात बतानी है कि हे अफसर महोदय! आप मेरी वजह से नौकरी में हो, चलो उठो यहाँ से! सुलझाओ समस्या।' देवी ने आसान तरीके से समझाया।

'धरमराज के सगे दामाद उनके दूसरे मकान पर लाठी के जोर से कब्जा जमाये हैं। इनसाफ की आस में भागते-दौड़ते बेचारे थकि गए, आँख समझो पथरा गई। सालभर अर्जी लगाये रहे। लेकिन फुस्स। पता चला बाद में, यह कि तहसील वाले खुद कब्जा करवाने में लगे थे। रुपया खाए थे साहेब!' रामआसरे ने आज की व्यवस्था पर दो शब्द कहे।

'ई कहो कि धरमराज हाईकोट चले गए, अब दूध-पानी का पता लग जावेगा।'

'बेचारे को अपनों ने खूब सताया, जीना हराम कर दिया। कोढ़ फूटेगा साहब! गलत काम को भगवानों देखता रहता है।'

'कुछ नहीं फूटेगा!' देवी बोले-'लड़ाई सत्य के लिए लड़नी चाहिए, भगवान भरोसे तो हाथ की मैल भी हाथ नहीं आएगी।'

देवी नई बस्ती में है, यह सुनकर पहले की तरह कसपाती, नंदलाल, सुदामा, भीखा, छोटेलाल आ धमके हैं। देवी ने देखा कि एक बूढ़ी औरत लाठी टेकते चली आ रही हैं।

'सुना है कि हमार नाम नाहीं चढ़ाए हो। काहे? बोलो! कई पुस्त से यहाँ हम रहते आए हैं।' बूढ़ी माई का नाम साबिरा है। उनका कहना गलत नहीं है, पुश्त-दर-पुश्त जो यहाँ का निवासी रहा है, भला उसका नाम कैसे छूट गया! लेकिन छूटेगा कैसे नहीं! मकान गणना में कहीं उनका मकान दिखा ही नहीं। जमीन पर सामान बिखरा है। उसे इन्तजार है कि कॉलोनी बने तो उसे एक कमरे का आवास मिले, और अभी उसके मकान में काम हो रहा है, जिसे देवी प्रसाद ने गैर आवासीय दिखा दिया है।

'जुबैर क्या करें साबिरा का?' देवी ने पूछा तो जुबैर की समझ में नहीं आया कि बोले क्या।

जुबैर और देवी इस्माइल की दुकान में आ गए हैं। इस्माइल कोई रास्ता सुझाएँगे।

'इस्माइल माई साबिरा को मस्जिद में दिखा देते हैं।' देवी ने एक तरीका खोज लिया है।

'नहीं साहब! मस्जिद में नहीं!' इस्माइल ने कहा-'कमेटी को एतराज हो सकता है। इस बार की कमेटी जो बनी है उसका मिजाज कुछ समझ में नहीं आ रहा है। मस्जिद अल्ला की इबादत की जगह है, लेकिन पता नहीं क्यों हमें मेम्बरान के दिमाग का जायका नहीं मिल रहा है।'

'अरे, भाई! घर अल्लाह का! एतराज किसी को क्यों? कहीं पनाह भले न मिले, खुदा के घर में तो जगह मिलेगी! और वहाँ दो दुकानें भी तो मस्जिद में हैं। दुकान हो सकती है, व्यापार किया जा सकता है, साबिरा माई रह नहीं सकतीं?' देवी को आश्चर्य हो रहा है।

'अल्लाह के बन्दे हम हैं लेकिन यही छूट हमें दिक्कत पैदा कर सकती है, जो चाहे वही आकर मस्जिद गन्दा करता फिरे। आओ अल्लाह की इबादत करो! जाओ अपने घर! अब कमेटी कोई मुसीबत मोल नहीं लेगी। और साहेब इसका बेटा ठीक नहीं है।'

लगता है इस्माइल कमेटी का मेम्बर है। अब देवी प्रसाद क्या करते! साबिरा को मन्दिर में जगह मिलना बहुत मुश्किल है, वह मुसलमान है। मन्दिर हो या मस्जिद, ये ईश्वर की जगह है। भला इंसान को यहाँ कैसे जगह मिलती! साबिरा जैसे तमाम लोग अपना सामान सड़क के किनारे रखे एक छोटे से घर की आशा में पड़े-पड़े अपना विश्वास हटा चुके हैं। देवी प्रसाद ने नंदलाल के घर साबिरा को फिलहाल किराएदार दिखा दिया है। और सच भी तो यही है कि बेटा-बहू नंदलाल के घर में ही शरण पाए हैं। एक या दो महीने में वह पक्की कोठरी की मालिक बन जाएगी, जहाँ उसका बेटा अपनी स्त्री के साथ रहेगा। साबिरा का बेटा चालीस साल से ऊपर का लगता है। शादी नहीं हुई थी और उम्र भागी जा रही थी। काम-धंधे में भी कमजोर था, सो पटना भाग गया कमाने-खाने, और यहाँ साबिरा किसी तरह बनी-मजूरी करके पेट चलाती रही। दो साल बाद बेटा बहू लेकर आया तो साबिरा के पैर कहीं नहीं पड़ रहे थे। बीस साल बाद उसने अपने पाँव में रंग लगाया और ठीक से कंघी करके बालों को सँवारा और दर्पण देखा। चेहरे पर उभरी झुर्रियों में वह अपने को जवानी जैसी ताकत महसूस करने लगी। बहू की उम्र बीस वर्ष से कम थी और वह खूब गोरी-भली थी। देवी प्रसाद को बाद में पता चला कि साबिरा का एक और बेटा है जो बगल वाले मुहल्ले में रहता है। उसका मिजाज ठीक नहीं है, माँ से झगड़ता रहता है। भूखी पड़ी माँ को देखकर भी उसका दिल नहीं पसीजा था, जब साबिरा का यह बेटा पटना चला गया था। वह कॉलोनी में हिस्सा चाहता है लेकिन साबिरा एक सेंटीमीटर भी नहीं देगी, हिस्सा तो छोड़िए! आज साबिरा के घर में बस एक कमी है कि बहू अब नखरे दिखाने लगी है, जिसे बेटा उठाता-ढोता है। साबिरा तो खुश हैं! वह गाती रहती हैं–

चलौ देखि आवें अल्ला के बारादरी।
अल्ला मियाँ माँ का का चढ़त है,
नीबू नौरंगी छोहारा गरी।
चलौ देखि आवें अल्ला के बारादरी...

परिवार अनुसूची बार-बार देख रहे हैं देवी प्रसाद। नई बस्ती में पढ़े लिखे बहुत कम हैं। मकान की गणना के समय ही ज्ञात हो गया था कि पेशा क्या है यहाँ, और शिक्षा अपने पास कितना प्रतिशत रखती है। फिर भी देवी आज फार्म खोलकर ऐसे देख रहे हैं जैसे वह कोई श्रीयंत्र हो, या कोई बानी लिखी हो, कुछ आयतें और कुछ श्लोक...मानो कहीं कोने में चौपाइयाँ और उपदेश...

देवी प्रसाद कालम पढ़ते जाते, लिखते जाते जैसे किसी से बतिया रहे हों–'कालम एक...दो...तीन...चार...पाँच...और यह छः वैवाहिक स्थिति वर्तमान में क्या है, विवाहित है कि अविवाहित, विधवा है कि विधुर है, कि सम्बन्ध विच्छेद हो गया है, मुसलमान होगा तो तलाक होगा।'

'किसकी शादी करा रहे हैं? लगता है तलाक वाला मामला है!' सुशीला ने पूछा।

देवी अपने फार्म पर नजर गड़ाए हैं, जबकि आधे से अधिक फार्म भर गए हैं– 'कालम सात शैक्षिक योग्यता, तो भई नई बस्ती इस मामले में कमजोर है, हिलती-काँपती जी रही है। मुश्किल से सौ में दस लोग पढ़े होंगे और उच्च शिक्षा तो कहिए मत! कालम नम्बर आठ है पेशा, यानी क्या करते हैं। करेंगे क्या बेचारे कोई नौकरी थोड़े धरी है। जरी का काम है, सुई धागा...कुर्ते की कढ़ाई, स्त्रियाँ चिकन का काम करती हैं। क्या बूटे बनाती हैं साहब! वाह खूब! जरदोजी के काम में मूड़ी गोते करीब-करीब हर घर में कारीगर काम करते मिल जाएँगे। यही जरदोजी उनके लिए रोटी दाल भात का इन्तजाम करती है। काम कोई खराब या बुरा नहीं होता काम के प्रति निष्ठा होनी चाहिए और काम सीखने की ललक होनी चाहिए।'

'क्या हो गया है आपको, न चाय न पानी न खाना! आयँ! अपने से क्या बतिया रहे हैं पागलों की तरह।'

'चुप रहो, बड़ा मजा आ रहा है। मैं अपने 'फार्म भाई साहब' से बतिया रहा हूँ।' और देवी फिर मूड़ी गोत लिए लाल फार्म पर।...कालम नौ माता पिता का नाम यह बहुत टेढ़ा कालम है, देखने में सिर्फ आसान है। सुशीला! अभी एक कालम तुमसे बतियाऊँगा। बड़ा मजेदार है! कालम दस...ग्यारह...बारह...तेरह...और यह रहा चौदह... चलो भोजन लगा दो भूख खुलकर लगी है।'

सुशीला ने खाना परोस दिया है।

'ठंडा हो गया भात और दाल भी। थोड़ा गरम करके एक चम्मच घी डाल दो! घी से जायका बन जाता है।' देवी ने दाल की कटोरी सुशीला को थमा दी।

'बेसमय खाएँगे तो खाना पानी तो हो ही जाएगा।'

'तुम मिर्च बहुत खाती हो। खड़ी मिर्च हरी वाली बस दो काट में खतम! कैसे खाती हो इतना तीता?'

'हरी मिर्च से खून बढ़ता है, देखो मेरा होंठ लाल है कि नहीं!'

'है, ओंठ बहुत लाल है लेकिन ओंठ लाली भी तो लगाती हो!'

'एक मिर्च खाया करिए पेट के कीड़े मर जाएँगे। ये लीजिए गरम दाल, घी भी पड़ा है। थाली इधर करिए जी!'

'मिर्च मुझे तीखी लगती है, कान झन्ना जाता है और सुबह टट्टी होने में परपराता है।'

'खाते समय भी वही बात। मुँह बन्द! बन्द मुँह!' सुशीला अपने ओठों पर अंगुली लगाकर बता रही है कि ऐसे चुप रहा जाता है।

'आओ बैठो एक सच्ची घटना सुनाएँ, नई बस्ती की।' देवी प्रसाद ने भरपेट खाना खा लिया है लेकिन पानी सिर्फ दो घूँट! पानी पीना वे जानते हैं इसलिए उनकी पाचन शक्ति मजबूत है।

'सुनाइए जनाब!' सुशीला करीब बैठ गई हैं।

'यही लाल फार्म लेकर रामसजीवन के घर गया तो मालूम हुआ कि एक औरत घर छोड़कर बच्चों को त्यागकर चली गई। रामसजीवन पोस्टमैन थे। बेटा खेती करता है,

आठ पास है। ओमप्रकाश नाम है उसका। पक्का मकान आठ बीघे की खेती और पोस्ट मैन की नौकरी पिता की! दाल रोटी का अकाज कभी नहीं हुआ। दूध भी भरपूर, चार भैंसे खड़ी हैं घर के बारह। भैंसों के थन देखो तो लगे कि जमीन छू जाएगी–भर-भर बाल्टी दूध! बहू का नाम बीना है। समझ रही हो?'

'हाँ समझ रही हूँ लेकिन समझने लायक हो तब न कुछ समझें, आप तो पँवारा लेकर बैठ जाते हैं। अरे, असली बात बताइए। जल्दी! मुझे खुजली हो रही है!'

'तो खुजला लीजिए लेकिन ऐसे कैसे बता दें कि देखो बेटा हो गया...भैंस बियाय गई पाड़ा। अच्छा सुनो! बीना भी आठ पास थी। ओमप्रकाश बेचारा खेती-बारी में लगा रहा, गोबर-पानी करता रहा और बहू तो सुन्दर थी ही। ओमप्रकाश उसे पढ़ाने की जिद भी करने लगा कि चलो पढ़ लेगी तो बच्चों को पढ़ाएगी। घर की बात बदल जाएगी। और बीना ठाट से रहने-पढ़ने लगी। घर का कोई काम कानी अंगुली से भी नहीं छूती। बीना ने बी.एड. किया और इलाहाबाद में टीचर हो गई बाकायदा सरकारी स्कूल में। उसके दो बेटे भी हुए थे। शहर की हवा, पढ़े-लिखे समाज में उठना-बैठना और तीस दिन बाद हजारों में तनखाह। पैसे और पढ़ाई के घमंड ने उसे संवेदनहीन बना दिया। उसने घर छोड़ दिया। बच्चों को त्यागकर उसने किसी अन्य से शादी रचा ली। मैं उसके बड़े बेटे से मिला हूँ। जब वह आठ साल का था तब उसकी माँ घर छोड़ी थी। उसे बहुत याद है। बेटे को माँ पसन्द नहीं है। घर के लोग हाथ मलते रह गए और वह छटककर निकल भागी। मेरी अम्मा कहती थीं माई का जी गाय की तरह होता है। मैंने सुना तो था लेकिन आज वह घर देख लिया जहाँ माता कुमाता हो गई। बेटे का चेहरा इतना मासूम था कि मैं देखकर रो पड़ा। माँ जिन्दा है, नौ महीने पेट में रखी है, पैदा की बच्चे को, वह एक नई जिन्दगी पाई बच्चे को पैदा करके और चल दी किसी जानवर की तरह! विश्वास नहीं होता!'

'ऊ अपना घमंड देखा रही है। रही होगी बदचलन। क्या पढ़ लिख लेंगे तो पति को छोड़ देंगे? ससुर को भूल जाएँगे? बेटा बेचारा! आय-हाय! अरे, उस बुजार को कभी सुख नहीं मिलेगा।'

'उसका बेटा बहुत तेज है पढ़ने में। इस समय वह आठ में है। फर-फर-फर-फर अंग्रेजी बोलता लिखता है। क्लास में प्रथम...बताओ! भला सब कुछ भरा-पूरा है। इतनी सम्पत्ति बनवाने में कई पीढ़ी गल जाएगी यदि ईमानदार हों तो। और सुनो! बीना को सुख नहीं है, बीमार रहती है अक्सर, और उसके आदमी को शूगर हो गया है। ओमप्रकाश ने दूसरी शादी नहीं की। लेकिन यहाँ सभी हट्टे-कट्टे हैं।'

सुशीला ने बीना को खूब भला-बुरा कहा लेकिन क्या फर्क पड़ता है। संसार बड़ा है कथाओं के लिए। सत्य घटनाएँ बहुत मिलेंगी जहाँ ठहर का सिर खुजलाना पड़े या माथे पर बल देना पड़े या सुनने का मन ही न हो।

हम बुद्धिज हैं, हमारा विकास है! हमारी क्रियाओं में गति है और रोज नए विचार, सोच को साथ लेकर नया करने की ललक। हमारे पास एक भिन्न संवेदना है। हम परिवार बनाते हैं उसे स्मृति में रखते हैं। इतिहास बनाते-लिखते हैं। बच्चे हमारे प्राण हैं।

आपकी हर गति में बच्चे शामिल हैं। बच्चों के बिना संसार का कोई अर्थ नहीं। सबसे मूल्यवान हमारे बच्चे। और बच्चे माँ के सबसे करीब! बड़े हो जाने पर भी मन करता है कि उकड़ूँ होकर माँ की गोद में बैठ जाऊँ जैसे पेट में था।...बच्चों से इतिहास बनता है। चलो खूब प्यार करें बच्चों को और उनको दुलार दें!

नई बस्ती से परिवार अनुसूची पेंसिल से भरकर देवी घर लाते हैं और सुशीला के सहयोग से फाइनल करते हैं।

'रबड़ कहाँ है? ये देखो इस पर बॉल पेन चला दिया हूँ। सूख भी रही है स्याही जल्दी, अब इसे मिटा दो तो पेंसिल का लिखा मिट जाएगा।'

'ये है रबड़ और यह पेन काला और नीला भी!' सुशीला एक-एक फार्म सावधानी से मिटाती हैं। फार्म पर बॉल पेन का लिखा रह जाता है, जो हमारी जनगणना का साक्ष्य है।

'मजा आ रहा है मिटाने में? लिखो फिर लिखो, चढ़ाकर, फिर मिटाओ! जो मिट गया वह खत्म हो गया, जो रह गया वह हमारा हो गया।'

'मजा तो है लेकिन आपकी बात समझ में नहीं आ रही है।'

'चलो नई बस्ती में तुम्हें छोड़ दें। एकाध महीना रह लो! औरतें खूब मान-जान करेंगी। जो मजा बहेड़ी में वह नहीं बरेली में।'

प्रश्नों में देवी प्रसाद खुद एक प्रश्न हैं कि क्या करें अपने दिमाग का? आज भी वही हालत है समाज की जो पचास साल पहले थी। परिवार वाला फार्म व्यक्ति की बौद्धिक क्षमता के साथ-साथ सम्बन्धों पर गहरी दृष्टि रखने वाला फार्म है। एक-एक कालम प्रश्न खड़े कर रहे हैं, बड़े प्रश्न! जैसे मकान गणना वाले फार्म के कालम। पूरी तरह बहस की एक माँग है लेकिन अभी जल्दी है फार्म भरने की। और शीघ्रता हमें विमर्श से भटका देती है और हम मुद्दे भूल जाते हैं और सिर्फ कालम भरने की औपचारिकताओं में टाइम पास कर देते हैं।

देवी के सामने सुशीला फार्म भरवाने और पेंसिल का काम मिटाने में व्यस्त हैं। सुशीला की लगन देखते बन रही है। एकाग्र मन मुख पर अंकित है और वह बहुत सुन्दर लग रही हैं। कभी चूड़ी बजती-खनकती हैं, कभी बाल आगे आ जाते हैं, कभी आँचल सरक कर उरोजों के उभार को उजागर करता है।

'उम्र का खूब झंझट है सुशीला!' देवी पूछना चाहते हैं कि तुम्हारी उम्र क्या है, लेकिन वे तो जानते हैं, और यहाँ पूछना जानबूझकर होगा तो काम बंद कर देंगी सुशीला जी।...'नई बस्ती में एक स्त्री अड़ गई कि उसकी उम्र अड़तालिस साल है और बेटे की चालीस। बेटे की सर्टिफिकेट भी वह दिखाई। मुझे सौतेली माँ का भ्रम था न दिमाग में बात थी। सो लिखना पड़ा माँ अड़तालिस बेटा चालीस। वह माँ घोषित कर रही है अपने को। जन्म देने वाली माँ का नाम कोई बताना नहीं चाह रहा है, न बाप न बेटा न सौतेली माँ। माँ को पालने-पोसने का शौक होता है और माँ कहलाने का गर्व।'

'मैं तो सगी माँ हूँ। भला हुआ सौतेली न हुई, नहीं तो कितना भी करो, लोगों की नजर में मैं अच्छी नहीं कही जाऊँगी।'

'तुम अपने पर क्यों लेती हो! मजा खराब करती हो। नई बस्ती अब छूटने वाली है, बस हफ्ते भर और फिर वहाँ की कथा रहेगी न कोई खास याद। बस इतना रहेगा कि गए थे बहेड़ी एक बार...'

'चाय बनाऊँ कि साँप का शरबत?' सुशीला ने रबड़ रख दिया।

'पहले हमें बेवकूफ बनाओ फिर यह पेंसिल बना दो और फिर...फिर...हाँ मेरा कान करम कर दो।'

पूरे घर में हँसी गूँज रही है। देवी बदन तोड़ रहे हैं। अंगड़ाई का अपना स्वाद है। देह पर कूदते बच्चे दर्द दूर कर देते हैं लेकिन बच्चे बड़े हो गए हैं। देवी कहना चाहते हैं कि 'मुझे पकड़कर कस के दबाओ सुशीला! मेरी छाती को बाँहों में भर लो और जोर लगाओ...थोड़ा कसो!' लेकिन कभी नहीं कह पाते ठीक से मन की प्राकृतिक बात, जो स्वत: शब्दों-वाक्यों से होकर मुँह तक आती रहती है। और यह ढीठ मुँह खुलता नहीं।

देवी प्रसाद ने सुशीला को एक संवाद सुना दिया है कि लो देखो नई बस्ती!

'तुम्हारी उम्र क्या है?' देवी ने पूछा।

'पचास' एक स्त्री बोली।

'और बेटी की?'

'लिख लो चालीस।'

'अरे! दस साल में बच्चा!'

'हम का जाने कि कितने साल में बच्चा होत है। हम जब छोटे थे तो तब से यहीं हैं। हमें कुछ होस नाहीं था जब हम यहाँ आए रहे, दुइ साल के रहे हम। यहीं खाए-बढ़े। यहीं सादी-बियाह...अब बच्चा भया तो का उमर रही हम नाहीं जानत साहब, अपने अन्दाज से लिख लो!'

देवी प्रसाद को नई बस्ती में घूमना है तो घूमना है। और अब तो प्रश्नों की आदत हो गई है। प्रश्न पूछने से पहले उत्तर मालूम हो जाता है। तमाम प्रश्न अपने उत्तर के साथ गाल-माथा, दाँत, जीभ, बाल हाथ-पैर, घर-द्वार और खाट-चटाई पर उपस्थित रहते हैं। सिर्फ पूछने आना चाहिए और देवी तो प्रश्नवाचक चिह्न की तरह अपनी देह लिए घूमते फिर रहे हैं।

'बाबूजी! का फायदा है ई सब लिखवावे से? का कोई हमरी बेटी का बियाह कराय देगा?' एक स्त्री माथे तक घूँघट डाले बोल रही है-'कार्ड बना है लेकिन कुछ मिलत नाहीं। आधा-तीहा देकर भगाय देत हैं। सबका घर पक्का बन गया है, हमरी यही झोपड़ी है हाकिम। हमारे बगल में मोहिन्दर का पक्का घर है, फिर भी उसे कॉलोनी मिल गई। हमारा फारम भरा है लेकिन पता नहीं कहाँ छिपाय दिए हैं...'

देवी प्रसाद ने सोच लिया है कि इस महिला को हक दिलाकर रहेंगे। चाहे मुख्यमंत्री तक जाना पड़े या कोर्ट कचहरी। बेचारी कितनी भोली है, सभ्य और शरीफ है। सीधे आदमी

का मुँह कुत्ता चाटता है और अब देवी कुत्ते को बताएँगे कि मुँह चाटना किसे कहते हैं।

'घबराओ मत बहिन। मैं हूँ तुम्हारे साथ और तुम्हें आवास दिलाऊँगा चाहे जो करना पड़े। बेटी का विवाह भी हो जाएगा। जुबैर से खबर भेजती रहना। मैं नई बस्ती में कोई गलत काम अब होने नहीं दूँगा।' देवी को तोष देना ही अब जरूरी नहीं है, कुछ करना बहुत जरूरी है।

'का भरा जा रहा है अब? का साहेब! आप यहीं बस जाएँ और रोज पूछत रहे हम बतावत रहे।'

'नमस्ते विसुनदेई चाची! कैसी हो! अभी बहुत काम है चाची।' देवी ने नमस्ते कहा तो विसुनदेई अघा गई।

'अब तो तुम घर के हो गए हो भैया! याद है जब पहले हमसे मिले थे। कइसा हड़काई थी तुमको! बुरा तो नहीं माने हो आज तक? कोई बात हिरदय में नहीं रखनी चाहिए।'

'याद है चाची! आप ने कहा था, मैं अकेली हूँ, घर में दुलहिनें हैं, भाग जाओ नहीं तो ठीक नहीं होगा, घर में घुसते चले आय रहे हो।' देवी ने स्मृति पर जोर डाला है।

'हाँ याद तो है! और बाद में जब खटिया पर बैठ गए तो पंखा झेली की नहीं? झेली न! हमको भी सुवागत करने आता है हाकिम!' विसुनदेई की आँख भर गई।

देवी प्रसाद ने विसुनदेई को मना किया कि रोना नहीं...और साहस बटोरकर उसकी आँख अपने रूमाल से पोंछते हुए आगे बढ़ गए।

'आप कितना पढ़ी हैं?' देवी ने पूछा।

'मैं बी.ए. हूँ। मेरे अब्बा ने मुझे पढ़ाया है सर।' एक स्त्री गर्व से बता रही है लेकिन तुरन्त उसकी उदासी चेहरे पर छा जाती है–'लेकिन मेरे पढ़ने से क्या होता है सर! घर में बन्द हूँ और न कहीं आना न जाना। बहुत चाहा कि कोई नर्सरी स्कूल ज्वाइन कर लूँ। बहेड़ी में कई प्राइवेट स्कूल खुल गए हैं। एक तो मेरे मामू का ही है। लेकिन यहाँ किसी को मंजूर नहीं है। स्कूल में पढ़ाकर कमाया गया हजार रुपया इन लोगों को काटेगा।'

'घर में आप ही पढ़ी हैं?'

'जी सर मैं ही हूँ, बाकी सभी मजबूत अँगूठा वाले हैं। मेरे अब्बा को बताया गया कि जनाब नौकरी करते हैं, शहर में पढ़े हैं लेकिन यहाँ आई तो पता लगा कि अलिफ के नाम बे नहीं जानते। मियाँ साहब सिलाई करते हैं और घर के लोग जरी का काम। काम कोई हो सर पढ़ा लिखा होना जरूरी है। पढ़े-लिखे होने से रौनक रहती है, हुनर में चमक आती है, लफ्ज में औकात दिखती है। पढ़ाई से इंसान में काबलियत आती है। मैं मानूँगी नहीं, स्कूल में पढ़ाऊँगी जरूर! धीरे-धीरे सब मेरी बात पर आ जाएँगे सर।'

देवी प्रसाद यहाँ रोए नहीं और न ही वह स्त्री रोई। पढ़ी-लिखी स्त्री को साहस दें तो वह दुगनी प्रेरणा ग्रहण करती है और आगे का रास्ता मजबूत बनाती है। स्त्री शक्ति का नाम है और नजर तो स्त्री की ही तेज होती है। देवी ने खूब साहस भरी बातें की। स्त्री का उदास चेहरा खिल उठा। देवी को विश्वास हो गया कि एक-दो महीने में वह कोई स्कूल ज्वाइन कर लेगी।

देवी को याद आ रही हैं वे बातें जो दादा कहते थे–'पढ़ोगे-लिखोगे होगे खराब, हल जोतोगे आएगा अनाज।' लेकिन दादा ने देवी के पिता को पढ़ाया और देवी तो जैसे प्रथम श्रेणी रहे हैं। दादा ने बाद में अपनी बात सुधार ली थी–पढ़ोगे-लिखोगे होगे नवाब, घर बैठोगे होगे खराब।'

देवी अपनी मूँछ पर हाथ फेर रहे हैं जैसे उनके दादा फेरते थे।

सेंटर पर रोज आना जरूरी लगता है!

देवी को यह पता है कि जुबैर रोजी-रोटी का काम करते हुए पूरी तरह से सामाजिक कार्यकर्ता बन गया है। उसके साथ नई बस्ती के कई लोग हैं। अपने काम के बाद बाकी बचे समय में वे बहेड़ी के अन्य क्षेत्रों में काम करते हैं। उनके विस्तार की सूचना सबको है। बहेड़ी के सभी प्रगणक तो उसे ठीक से जानते हैं। यह देवी प्रसाद की प्रेरणा है और प्रभाव भी।

नई बस्ती में देवी की मुँह बोली बहन भी एक है जो इन्तजार करती है कि देवी साहेब आवें तो एक झोला पका आम दे दूँ। बढ़िया आम छाँटकर एक झोले में पहले से ही रख देती है। सब जान गए हैं कि देवी मुनिया को बहन मानते हैं। घर पर बिना बताए एक दिन चुपके से साड़ी भी ले आए थे उसके लिए।

देवी सोचे थे कि बहेड़ी में आम सस्ते मिल जाएँगे मुफ्त जैसे! खूब खाएँगे। इस बार आम से प्रगति और सुशीला अघा जाएँगे। लेकिन यह क्या! बिल्कुल मुफ्त में आम! मुनिया ने जैसे देवी के लिए आम की पूरी जिम्मेदारी ले ली है। डाल के पके आम से पहले पाल के आम ओरिजनल दशहरी! रस और मीठे गूदे से भरे आम। देवी को फलों के राजा का साथ कभी नहीं भूलेगा। यहाँ ऐसी भावना नहीं है कि 'मुफ्त का चंदन, घीस मोरे नंदन।'

मुनिया आज देवी को खोज रही है। सिर पर आम की टोकरी और आम से भरा झोला...और उसने देवी को देख ही लिया।

'बहन कहते हो और घर आने में लजाते हो! ये लो अपना झोला! कल आना तो झोला जरूर लाना!' मुनिया झोला थमाती चली गई। आम भी तो बेचना है। उसके पास आम का छोटा सा बाग है। और यह उसका मौसमी व्यापार है।

देवी आम का झोला पकड़े मुनिया को जाते देख रहे हैं।

आज देवी एक घंटा भी नहीं रहे नई बस्ती में। सेंटर पर चले आए हैं। वहीं अपनी छाती सहलाएँगे, पेट देखेंगे, पैर की मालिश करेंगे, जाँघ रगड़कर ताल ठोकेंगे, आँख को सुस्तवाएँगे। देवी को सामान्य होना और थकान मिटाना आता है।...देवी गाते-बजाते चले आ रहे हैं–

जाका गुरु है आँधरा, चेला निपट निरंध।
अंधे अंधा ठेलिया, दोऊ कूप परंत॥

'पंचो राम-राम! का हो पारस भैया केतना भरे नाम-गाँव, का हो माधव कुछ उखड़ा कि जोर मारते बीता है महीना! हे रमेश तोहरी मेहरिया तो नहीं पदाय रही। बोले रे! का बन्दर की तरह ताक रहे हो।' अशोक के साथी और हो गए हैं और सब एक स्वभाव के, कोई थोड़ा कोई ज्यादा।

'बोले का! वो देखो भैया आम लादे आय रहे हैं।' माधव ने देवी की ओर इशारा करते हुए कहा।

'देवी प्रसाद जिन्दाबाद! जिन्दाबाद! जिन्दाबाद!! देवी तुम आम बटोरो! हम खाते जाएँगे! जिन्दाबाद! जिन्दाबाद!!' कई आवाजें एक ही शब्द की ओर हों तो एक मजबूत गूँज होती है। सेंटर के बाकी लोग देवी को देख रहे हैं। सबकी कलम रुक गई है।

'क्या सतेन्द्र भाई! खूब खर्राटा ले रहे हैं। हृदय सलामत तो है न! जाँच करा लीजिए बी.पी. नपवा लीजिए और ईसीजी भी।' देवी ने आते ही सतेन्द्र को पकड़ लिया है।

सतेन्द्र सिवाय मुस्की काटने के, बोले नहीं।

रामलखन को बोलना पड़ा-'जनगणना वालों का दिल सलामत है। फील्ड वर्क से हृदय मजबूत बनता है, बस दिमाग खराब है। और आप जैसा झोला भर आम मिल जाए तो टेंशन भी दूर।'

'यह आम तो छूने नहीं दूँगा। यह मेरी बहन ने दिया है अपनी भाभी के लिए।' देवी को लगा कि ये सब आम पर टूट पड़ेंगे तो गुठली भी नहीं बचेगी।

'मेरे क्षेत्र में खूब झगड़ती हैं औरतें।' पारसनाथ बोले।

'यह कौन बड़ी बात है।' अशोक ने कहा-'मेरे यहाँ तो काम करना मुश्किल है। रोज किचाइन करते हैं सब! गाली तो जैसे उनके मुँह के ऊपर... झगड़े वाली जगह से मैं घिसक जाता हूँ चुप्पे से।'

'तुमको तो सिर्फ गालियाँ याद हैं, देवी भैया तो घर की पोल जानते हैं। रात में रुक जाएँ तो हर्ज नहीं है।' रामलखन बोले।

'मैं घात नहीं कर सकता।' देवी बोले-'नई बस्ती मेरी आँख है, मेरा दिल है और कोई अपनी आँख फोड़वाना चाहेगा क्या? क्यों कोई चाहेगा कि हृदय फेल हो! मैं पोल जानता हूँ तो बताऊँगा थोड़े जीते जी!'

'कुछ भी हो, देवी भाई नई बस्ती को बहुत कुछ सिखा दिए हैं, कोई वहाँ मूर्ख नहीं बना सकता, खुद बेवकूफ बन जाएगा।' मिश्री ने कहा।

'जानते हो नई बस्ती में एक आदमी से मेरा झगड़ा भी हो गया। सुनो हू-ब-हू सुना रहा हूँ। एक नाटक समझो! मैं बोल रहा हूँ आप समझ लेंगे-

'पत्नी को बुलाइए।'

'उन्हें नहीं बुला सकता।'

'क्यों?'

'यह भी कोई बताने की बात है।'

'अरे, भई, उनके माता-पिता का नाम पूछना है।'

'औरत है कैसे बाहर आएगी। मैं पूछकर बता देता हूँ।'

'कितनी बार घर से भीतर-बाहर होते रहोगे। तीन बार तो घर में घुस चुके हो बच्चों की उम्र और जन्म स्थान पूछने में। क्या तुम्हारी बीबी बाहर कभी डाक्टर के पास नहीं गई। टट्टी फिरने तो खेत में जाती तो हैं आपकी बेगम। तुम्हारा पक्का घर है और लैट्रिन अभी बनी नहीं है। नाली के किनारे धूप में खड़ा हूँ। इतना बड़ा घर है। छाँह में बैठा नहीं सकते?'

'भीतर बैठने की जगह नहीं है। घर अपने लिए बनवाए हैं कि आपके लिए!'

'इतना बड़ा घर है और बैठने की जगह नहीं!'

वह बिगड़ गया। मुझे भी थोड़ा जोश आ गया। आवाज दोनों ओर से तेज होने लगी थी।

'आप अपना नाम बताइए, मैं आपकी शिकायत करूँगा कि आप जनगणना के नाम पर घर में घुसकर औरतों से बतियाते हैं।'

मेरी तो फट के हाथ में आ गई लेकिन अपने को सामान्य करते हुए मैं भी हड़काया-

'करो शिकायत। हम पूरी जानकारी लेंगे सही-सही और सही रिपोर्ट लिखेंगे। तुमने जनगणना में सहयोग न देकर झूठ बात कहने की कोशिश की, मुझसे झगड़ा-लड़ाई किया, फार्म फाड़ने की कोशिश की, मैं चलता हूँ अभी एक एफआईआर करवाता हूँ और तुम्हें जुर्माना सहित जेल भिजवाता हूँ, एक हजार जुर्माना है। मैं रसीद दे रहा हूँ। मजाक थोड़े कर रहा हूँ।'

'बाबूजी मैं सिलाई करता हूँ। चार मशीनें चलती हैं। मैं आपको समझा नहीं था।' वह गिड़गिड़ाने लगा।

तब तक जुबैर, जहीर और नंदलाल आ गए और उसे डाँटने-फटकारने लगे। अब वह मिठाई जैसी बोली बोलता है। हिन्दू-मुस्लिम एकता की बात करता है।

देवी प्रसाद को सुनना अच्छा लगता है। सभी चुप बैठे देवी के शब्द कान में डालते रहे, पचाते रहे।

'आपका तो रुतबा है वहाँ। मैं होता तो भाग खड़ा होता।'

'अरे, भाई डर तो है ही! प्रगणकों के नम्बर भी आम हो गए हैं और बड़े अफसरों के नम्बर अखबार में आने से लोगों ने नोट कर लिए हैं। कहीं शिकायत हो गई तो डंडा डाल देंगे अफसर!' मिश्री बोले, वे डर-डर कर काम करते हैं।

'चलो आज का काम पूरा! हो गया दस फार्म, अब कल। जाइए वहाँ! देवी प्रसाद जी के यहाँ मजा लीजिए।' घनश्याम ने एक प्रगणक की पूरी सहायता कर दी है।

'हे केशव भाई! मेरा नक्शा बन जाता! बन जाएगा तो आम की चटनी घर की खिलाऊँगा।' देवी का मजाक खुद मजाक करता है।

वह देर तक अपनी रफ्तार में बने रहे। मूड में हों तो उनसे बेहतर किस्सागो कोई नहीं हो सकता। देवी ने बताया कि शुरू में कैसे नई बस्ती के लोग समझते थे कि सरकार जनगणना के बहाने पता कर रही है कि कोई गलत आदमी तो नहीं छिपा है।

थोड़ी देर बाद समय का खयाल आया तो कहानी समेटते हुए देवी ने पूछा, 'अरे, भई! घर नहीं जाना है क्या? गर्मी में मरे जा रहे हो! काम हो जाए तो फूट लो।'

'क्यों देवी भाई! टाइम से घर नहीं पहुँचेंगे तो भाभी जी गरमा जाएगी क्या?' अशोक का मूड बाप रे!

'हाँ तो क्या! यह तो रोज की बात है! समय से नहीं रहोगे तो चार बात कौन सुनेगा।...उनको भी मेरा यह काम देखकर समाज में कुछ कहने का हौसला जाग गया है। कई घर गईं और बिजली-पानी समझाई हैं। अब रोज एक घंटा देती हैं। एक घर जाती हैं, बैठक करती हैं। दो स्त्रियाँ और साथ में हैं। सब मिलकर महिला संघ बनाएँगी। पुरुष की गन्दी मानसिकता और बिगड़ी व्यवस्था से लड़ेगी। वे लड़ लेगी, हमारी तरह नौकरी नहीं करती हैं कि डर के मारे गाँड़ दबाये रहे। बीस-पच्चीस औरतें तैयार हैं।'

'वाह! देवी जी! वाह! हम तो लट्टू हुए जी आप पर!'

रामलखन ने दौड़कर देवी को गले लगाना चाहा लेकिन हाथ मिलाकर अपनी जगह पर...

'पहले बहुत मोटी थीं मेरी श्रीमती जी अब छरहरी हो गई हैं। हे सुनो! सुन्दर लगती हैं पहले से।' देवी के चेहरे पर खुशी स्पष्ट झलक रही है। गालों में लालिमा आ गई है– 'पहले अनुलोम-विलोम से घबराकर विलेन हो गई थीं। अब तो पूछना ही नहीं है, अब वे जान छिड़कने वाली मुस्कान की मालिक हैं। लेकिन अब चलो! कमरी-बोरा उठाओ।' देवी के मुँह से निकला–

दोष पराये देखि करि, चले हसंत हंसत।
अपने याद न आवई, जिनका आदि न अंत॥

हफ्ता भर समय नहीं है
और देवी प्रसाद सुशीला के साथ घर में हैं।

...लाले-लाले ओंठवा से बरसेला ललईया
हो कि रस चुवेला
जइसे अमवाँ की ढेंपिया से रस चुवेला
हो कि रस चुवेला!

'ले-लो आम! मेरी बहन मुनिया ने दिया है! झोला भर आम! खोल रे किवाड़ी! अरे, कोई है घर में कि बेवजहे बना है ई घर!'

'आ गए गाते-बजाते! खुला है दरवाजा आइए!'

'आऊँ क्या! पकड़ो! हाथ तन गया ससुरा! वो मुनिया भी खूब है, ठूँस-ठूँस कर भर देती है, चाहे पिचुना जाएँ आम ससुर!'

तोरी धानी रे चुनरिया इतर गमके
इतर गमके रे कि मन तरसे
तोरी धानी रे...

'बैठ जाइए! सुस्ता लीजिए फिर रातभर टेरते रहिए! कोई बोलेगा नहीं!'

आम आम आम खूब आम! भर गया मन, ऊब गया मन, आम की फिकर नहीं है। आम का रस कई दिन पड़ा रहता है फ्रिज में। सुशीला पड़ोस में आम भिजवा चुकी हैं। उनकी दोस्त जो महिला संघ की हैं, जब देवी घर में नहीं रहते हैं, उस समय छककर आम की दावत उड़ा चुकी हैं। इस बार सुशीला को आम ने खूब इज्जत दी है। और यह सब नई बस्ती की मुनिया बहन का कमाल है।

'आपकी आम वाली बहन कैसी है?' सुशीला ने पूछा।

'बहुत मजे में हैं। मैं तो सगी बहन मानता हूँ। कभी जाऊँगा तो एक साड़ी और पाँच सौ रुपया ले जाऊँगा। जानती हो पहले दिन क्या कही थी। कही थी कि 'बहन बोल दिए तो आम का पैसा काहे को। देना हो तो इस बहन को साड़ी दो, चूड़ी पहनने को पैसा दो। आम तो अब जब आओगे तब मिलेगा भैया! खाना-पानी भी अगर आप कहो तो!' खाना-पानी के लिए वह संकोच रही थी कि साहेब हैं पता नहीं हम लोग के हाथ का खाएँ न खाएँ। जिस दिन आम दी थी, पहले दिन, उस दिन कई औरतें तमाशा देख रही थीं।'

'किसी दिन जाइए उसे रुपया साड़ी दे आइए। और हर साल खिचड़ी के मौके पर साड़ी देते रहिए। बहन कहने से नहीं निभाने से रिश्ता चलता है।'

'प्रगति बेटा! आओ! कहाँ रहती हो! छिपी रहती है। डरती है क्या रे!' देवी ने बेटी को पुकारा।

'छिपती नहीं, पढ़ती हूँ। और आप तो जनगणना में लगे हैं। आप खुद कई दिन बाद पूछ रहे हैं।' प्रगति का तेवर नाराजगी का है।

'नहीं बेटा, तुम तो मेरी पुतरी हो! नाराज क्यों हो? अच्छा जो पूछता हूँ वह बताओ।' सुशीला चुपचाप देवी और प्रगति की बतकही सुन रही हैं।

'पूछिए पापा! आएगा तो बताऊँगी। आप हमेशा सवाल ही पूछते रहते हैं।...अच्छा सॉरी पापा! पूछिए-'

'रेडियो किसने बनाया?'

'मारकोनी ने।'

'साइकिल?'

'मैकमिलन।'

'टेलीफोन?'

'ग्राहम बैल।'

'सिलाई मशीन?'

'हो।'

'कम्प्यूटर?'

'एकर्ट मेंसिली।'

'टेलीविजन?'

'जे.एल. बेयर्ड।'

'ई-मेल?'

'रे टॉम लिंसन।

'अरे, वाह! मेरी बेटी तो टॉपर है। सुशीला तुमने देखा, प्रगति क्या क्या याद की है। इसे मैं नई बस्ती के बच्चों से पूछता था, कोई बता नहीं पाया था। मैं कई लड़कों की कापी में इसे लिखा हूँ कि वे याद करेंगे और कोर्स के अलावा भी जानने की कोशिश करेंगे।'

'लेकिन बस पापा! अब मत पूछिएगा।'

बस इतनी देर तक प्रगति रही पिता के साथ। वह अपने कमरे में चली गई। आज के बच्चे पढ़ाई के प्रति गम्भीर हैं। सभी दिमाग रखते हैं, सोचते हैं भविष्य और सबकुछ भरा होने के बाद भी स्वयं को व्यस्त रखना चाहते हैं। प्रगति अच्छा करेगी। खर्च हो रहे पैसे और समय का वाजिब मूल्य उसे मिलेगा। हो सकता है नए विचार आ जाएँ और वह इतिहास में कुछ ऐसा लिख जाए जो अभी तक अति महत्त्वपूर्ण होते हुए भी अछूता हो। देवी प्रसाद अपनी बेटी से खासे खुश हैं।

'रात हो गई है। कुछ खियाल है। टाइम से खा लीजिए और नींद ले लीजिए, सुबह से लग जाएँगे। जमकर करेंगे चार घंटा तो आधा काम पूरा कर लेंगे।' सुशीला ने देवी के चेहरे पर थकान देखी है।

वही सब्जी रोटी, एक गिलास दूध और खीरे का सलाद। देवी को इतना बहुत है। वे दादा से सुन चुके हैं कि रोटी भात के साथ कुछ मिलाने को हो, दाल या तरकारी, तो समझो भोजन पूरा। दूध-दही का साथ तो ठाट का भोजन। देवी प्रसाद बचपन में खूब नमक रोटी खाए हैं। कभी-कभी भूखे तो कभी दूध-खीर! गाँव में खान-पान मौसम के हिसाब से होता है। भैंस दूध दे रही है तो छक रहे हैं दूध-दही-छाछ और अभी गाभिन हैं तो सूखी रोटी का सहारा!

देवी का पेट भर गया है! डकार से पेट का हल्का होना अच्छा लगता है। पेट में हवा भरी हो यह ठीक नहीं, यहाँ हवा दर्द देती है।

'खाई के मूतै सूतै बाएँ, काहे बैद बुलावे जाएँ।...थोड़ी टीवी देख लें?' देवी पेट सहलाते हुए निवेदन करने लगे, जैसे कोई बालक आज्ञा माँगता है।

'अभी आप बाएँ सोने की बात कर रहे थे और यह भूल गए कि रात में भोजन के बाद सौ कदम आराम से टहलना चाहिए।' सुशीला को देवी की सेहत का खयाल रहता है।

'तुम चलोगी तो! तुमसे कदम मिलाना मजा देता है।'

देवी प्रसाद ने पेशाब करने की क्रिया सम्पन्न कर ली है। सौ पग से अधिक की दूरी भी पूरी हो चुकी है। लेकिन वही पुराना स्वभाव बचपन वाला कि अम्मा कुछ सुनाएँगी तब सोएँगे। देवी प्रसाद की अम्मा रोज कोई न कोई कथा सुनाती रहती थीं-ऊँट, बाघ, सियार, बिलार... अम्मा को रोज की घटती घटनाएँ कथा-कहानी की तरह सुनाने की कला आती थी। आज वही स्वभाव देवी पर सवार है लेकिन नींद के साथ सुनने, सुनाने का अनुबंध पहले से स्थापित है।

नंदलाल के घर घटी घटना देवी प्रसाद को याद हो आई है। नंदलाल की बेटी तब

नौ बरस की थी। नंदलाल ने एक घर दो कमरे वाला बनवाया था। बगल में छोटा सा दुर्गा माई का मन्दिर और मन्दिर की दीवार से चिपकी एक मूर्ति हनुमान जी की। सामने भगवान शिव की पिंडी भी। छोटा ही सही, पूरी उपस्थिति और अपनी हैसियत में मन्दिर का मान है। नंदलाल ने खाली कोठरी को उपयोगी बनाया और उसे एक परिवार वाले को किराए पर दे दिया। आदमी सीधा और सज्जन दिखता था। पता नहीं क्यों उसके दिमाग में बुरे विचार आग हो गए। यह देखकर कि आज घर में बीबी-बच्चे नहीं हैं। उस व्यक्ति ने नंदलाल की लड़की को फुसलाकर अपनी कोठरी में बंद करके अपना मुँह जो कहीं दिखाने लायक न हो, बना लिया। कोठरी की एक दीवार मन्दिर से सटी थी।

मासूम बेटी की चीख और फिर शोर बाहर न जाए, उस हैवान ने उसका गला दबा दिया। लेकिन ध्वनि तो बाहर गूँज चुकी थी जो पहचान में थी। फिर क्या था लोग इकट्ठे हो गए। मार-मार कर कचूमर तो निकाल दिया, लेकिन उसके प्राण बच गए। जहीर और रामआसरे ने कहा कि अब हम इसे मारकर तो मुक्त ही करेंगे। इसे भोगने दो कष्ट। यह जेल की कोठरी में संसार से अलग रहे। पूरा माहौल इस पर थूके...और वह पुलिस के हवाले...

'अरे, उसका ऊ सड़ जाय! जितनी देवियाँ हैं उसको बोटी-बोटी काट क्यों नहीं देतीं!' सुशीला को वह मिल जाए तो मूड़ी ऐंठ देंगी, और मरोरकर जान ले लेंगी। नाइट बल्ब की रोशनी में भी चेहरे पर गुस्सा देखा जा सकता है।

'वहीं दुर्गा खड़ी हैं सभी हाथ में हथियार लिए। गाल फुलाए गदा सँभाले हनुमान खड़े हैं। बूँद-बूँद पानी घड़े से चूता हुआ शंकर जी की पिंड़ी को तर कर रहा है। हाय! किसी ने चीख नहीं सुनी! एक मासूम किसी के कामवेग की शिकार हो गई। आखिर कामदेव महराज आते ही क्यों हैं, ऐसे गलत समय पर।'

'बात तो सही कह रहे हैं। यदि कामदेव हैं तो क्यों आते हैं बलात्कारियों के दिमाग में? उन्हें तो कुकर्मी की चीज को गला देना चाहिए, न रहेगा ऊ न होगी कोई घटना।'

'यह सब मन को बेवकूफ बनाने और शान्त करने का तरीका है। कामदेव कोई देवता नहीं है। मूर्त रूप हो तो भला-बुरा कहो। जितनी भी मूर्तियाँ लगी हैं क्या कर पाईं? यह कहकर जीने का उपाय करना है कि 'यही बदा था, उसके साथ।' बस यहीं हम मार खा जाते हैं।...मैंने देखा है वह घर जहाँ यह घटना हुई थी। नंदलाल और गाँव के लोग उस नई पक्की कोठरी को तोड़ डाले, मारे गुस्से में। यह भी शांत होने का तरीका हो सकता है लेकिन इससे हैवानियत खत्म नहीं होगी। मनुष्य बनना या जो मैं कहता हूँ बुद्धिज होना अपने ऊपर निर्भर है। हमारा ज्ञान, हमारा विवेक, हमारी शिक्षा और हमारी समझ हमें बुद्धिज बनाती हैं। और तब हम उसकी रक्षा करते हैं।'

'आज सो जाइए! बारह बज रहे हैं। हम दो घंटे लेट हैं। बारह बजे के पहले सोना बाद के सोने से लाख गुना फायदेमंद है।'

यह घटना देवी प्रसाद को कहानी की तरह कहना चाहिए, लेकिन वे अपने उपदेश के बुखार से परेशान हैं। अम्मा की तरह किसी कथा को रोचक बनाना उन्हें आता है

लेकिन वे सुशीला के सामने जानकार होने का उपक्रम करते रहते हैं।

कमरे में चल रहे कूलर की ठंडी हवा ने किसी सपने की ओर देवी को ठेल दिया है।

आज पहला दिन पहला नहीं है

पूरा बिस्तर और एक मेज परिवार अनुसूची से भरा-ढँका है। इन्हीं फार्मों में पूरे संसार का नाम और समाज देवी देख रहे हैं। देवी प्रसाद का यह कमरा पूरा जनगणना कार्यालय की तरह हो गया है। वे यहाँ के सबसे बड़े अधिकारी और चतुर्थ श्रेणी कर्मी भी हैं।

नई बस्ती की जिस गली का नाम आता है, बस पूछिए मत! देवी वहीं हो जाते हैं, उस गली के व्यक्ति के साथ। देवी प्रसाद के व्यवहार का स्थानान्तरण सुशीला पर भी हो रहा है, लेकिन पता लगने योग्य इसका प्रतिशत नहीं है। देवी प्रसाद नहीं जानते हैं कि व्यवहार के स्थानान्तरण के कारण व्यक्ति के व्यवहार का विकास होता है। यह प्रक्रिया निरन्तर चलती रहती है। सुशीला को जनगणना की जानकारी है। फार्म भरने में भले देवी जैसी तेजी न हो लेकिन देवी से सफाई अधिक है। यह घर को साफ-सुथरा रखने वाले व्यवहार का ट्रान्सफर है।

'यह क्या लिखे हैं?' सुशीला ने एक नाम दिखाया।

'यह रजमतिया है। गजब की औरत है, चढ़ी रहती है हमेशा। हमसे बोली कि 'साहेब इसका नाम मुखिया में मत लिखो। हम इतना पैदा किए हैं तो मुँहफुकौना का नाम काहे? ई बैठे-बैठे बीड़ी फूँकता रहता है। न काम न धंधा! हम आज तक साहेब खटत हैं, बनी-मजूरी करत हैं, तब पेट चलत हैं। और ई गाली बकता रहता है और कभी दारू मिल जाए तो पूरी बस्ती कपार पर उठा लेता है। देखो बैठा है साहब! उसको लाज भी नाहीं आवत।'...और वहीं उसका पति बैठा था। वह वहीं से बोला कि 'बियाये तो यही हैं साहेब! सात बच्चे हैं इसके, इसी का नाम मालिक में लिख लो।'

'बस शादी कर लिया और बच्चा पैदा किए जा रहा है बस! ऐसा मर्द कैसे मर्द कहलाएगा जी! हम तो भगा देते घर से।'

'यही तो रीति है कि मर्द है तो महान है। उससे ही सिंदूर है, लाज है, समाज में प्रतिष्ठा है।'

'दारू और बीड़ी पीकर महान है! ऐसी इज्जत हमारे इस पर।' सुशीला अंगूठा दिखाती है।

'मकान वाला फार्म पूरा भर गया है कि बाकी है, जरा देखो तो!' देवी ने मकान अनुसूची के पूरे फार्म सुशीला की ओर बढ़ा दिए हैं।

'सब भरे हैं।' सुशीला फार्म उलट रही हैं।

'इस फार्म से आँख चमकती है। पीला के बीच में सफेद! और इतना हल्का पीला है कि उसमें चौकोर सफेद वाला खाना दिखता ही नहीं। मुझे बड़ी दिक्कत हुई थी। लगा

कि आँख कमजोर हो जाएगी। आँख फैलाकर देखना पड़ता था। यह कौन बनाया है? बिना दिमाग वाला होगा। लेकिन आई.ए.एस. जैसे बड़े अधिकारियों को तो रंगों का ज्ञान होगा! पीला रंग सबसे अधिक चमकता है। अपनी बालकनी देख लो।' पीले रंग की प्लास्टिक का पर्दा लगा है-तिरपाल वाली प्लास्टिक। जब धूप पड़ती है तो कितनी चमकती है बालकनी। पता नहीं कैसे अधिकारी बन गए हैं, जिन्हें आँख की हिफाजत के बारे में पता नहीं है। मैं तो यह मूल्यवान आँख किसी मूल्य पर बचाये रखूँगा। अरे, पीले की जगह हल्का हरा कर देते, नीला कर देते, केसरिया और सफेद भी बुरा नहीं है। काली स्याही से लाइन बनाकर घेर देते। इस पीले का क्या औचित्य है समझ में नहीं आता।

'आपसे वे चालाक हैं! हरा मुसलमान का, केसरिया हिन्दू का और सफेद पता नहीं...और कई रंग तो राजनीतिक पार्टियों ने अपने नाम कर लिए हैं। पीला रंग इस टाइम स्वतंत्र है।'

'अरे! तुम कितनी समझदार हो गई। यह महिला संघ का प्रभाव है। और तुम अच्छा बोल भी रही हो।'

'सीख जाऊँगी तो मर्द की नाक काट दूँगी, जीभ भी...क्या समझे हैं!'

'तब तुम सीखो मत! अरे, भाई हमें अंग-भंग कराके थोड़े रहना है।'

उमस है। बादल छा रहे हैं, थोड़ी देर में हवा झुरुकेगी तो उमस गायब हो जाएगी लेकिन जोरदार पानी पड़ेगा, यह विश्वास नहीं हो रहा है। देवी प्रसाद का यह फार्म भरने का काम न होता तो जरूर वे सुशीला से बिना काम की बात करते-बिना ओर-छोर की बात। एक बार तो मन हुआ कि फार्म वगैरह रखो किनारे और चलो हो लो बिना चिन्ता में। फिकिर में ज्यादा रहने से दिल को खतरा है। और यह मौसम तो दिल पर आ जाता है।

'बिजली चली गई, अब गर्मी में काम क्या घंटा होगा।' देवी सोच रहे हैं कि वे चिन्ता में अभी और रहें लेकिन चिन्ता वाला काम अभी रुका है।

'मैं पंखा झलती हूँ आप काम करिए! जाड़ा होता तो मजा रहता। रातभर इसी में सिर गोते रहते। बिजली नहीं रहती तो लालटेन जलाते लेकिन काम बन्द नहीं करते।'

'बिजली आ गई! ओह! पहले क्यों नहीं लालटेन का नाम लिया, बिजली डर गई कि 'मेरी जगह लालटेन कैसे जल सकती है, मैं तो उसे पछाड़कर जगह बनाई हूँ और अब तो हर व्यक्ति के साथ भोजन की तरह हूँ, मैं जीवन बन चुकी हूँ।'...जानती हो पहले होल्डर से लिखते थे-निब वाली। एक दो शब्द के बाद स्याही बोरना पड़ता था।...आगे देखो किसका नाम है? पहले मिटा लो!' देवी पूरी निष्ठा से लगे हैं।

'मुमताज लिखा है।'

'हाँ मुमताज। इससे पूछा कि क्या हाल है मुमताज, तो इसकी भी कहानी शुरू-'आज हमारी शादी है बाबू, कल से हम दो हो जावेंगे।' पहले जब इससे पूछा था कि चूल्हा कितने हैं तो वह बोली थी दो चूल्हे जलते हैं। मैं घर के आँगन में था। उसके पास सिर्फ आँगन ही था। बाँस-बल्ली लगाकर तिरपाल वाली पन्नी से बना बरामदा ही

उसका कमरा था। आँगन का चूल्हा दिखता था। मैंने कहा यहाँ तो एक चूल्हा बना है! तब उसने कहा कि 'एक और है, मेरी बहन का है, कभी-कभी आती है। ईंट रखकर खाना बनाती है। शहर में ब्याही है, उसके पास बाइक भी है, लेकिन यह दुई कोठरी की जगह पर उसकी आँख लगी है। वह कब्जा जताने आती है।' मुमताज के माँ बाप मर गए हैं। मुमताज की शादी हो गई, उसी नई बस्ती में। मर्द जरी का काम करता है। अब वह ठीक से भरपेट भोजन तो पा ही जाती होगी।'

'आज बिजली आँख लड़ा रही है बुजरी! फिर कट गई!' सुशीला ने दस फार्म मिटा दिए हैं।

'चलो सुस्ता लो! फार्म रख दो! बरामदे में छाया आ गई है। चाय चढ़ा दो, चलो बैठा जाए थोड़ा!' देवी की गरदन तन गई है। गरदन का व्यायाम कर रहे हैं और बरामदे में बैठने का उपाय बना रहे हैं।

आराम से बैठना काम के बाद, आराम हराम नहीं है। थककर पसीना सुखाना, कोई रोग नहीं है। एक लोटा पानी पीना, पानी का व्यर्थ होना नहीं है। देवी प्रसाद बहुत ऊबते नहीं हैं। रोज दाल-भात-सब्जी रोटी खाते हैं, इसमें प्राकृतिक स्वाद है एक नौकरी और एक घर में रहते हैं। स्त्री के नाम पर सुशीला एक मजबूत नाम है। देवी प्रसाद को अपनी वस्तुओं के साथ रहना खूब आता है, इसी में मजा लेना एक मजा है।

बूँदा-बाँदी हो रही है। हल्की मीठी हवा ने गर्मी पर पानी फेर दिया है। देवी को बूँद-बूँद पानी गिरना देखना है। अब उन्हें बिजली के आने न आने की प्रतीक्षा नहीं है। सुशीला के साथ बैठकर वे पूरी रात इसी बरामदे में गुजार सकते हैं।

यह सही है कि इसे दूसरा दिन मानना है!

गरीबी क्या होती है। बिना पढ़े जीवन कैसे आगे बढ़ता है। बिना मकान के, बिना कपड़े के दीनहीन क्या सोचते हैं अपने बारे में। सम्पन्न व्यक्ति को देखकर कैसा लगता है। ईंधन जुटाते लोग! गन्दा पानी पीकर प्यास बुझाते लोग! उठौआ पैखाने के सामने घंटों खड़े बतियाते और बदबू सूँघते लोगों को देवी ने करीब से देखा है।

'...हाँ, गरीब है वह, लेकिन समझदार है। मधु नाम है उसका। बड़ी मजेदार औरत है। खूब हँसती और बतियाती है, उसे खुलकर रहना पसन्द है।'

देवी फिर एक बात लेकर बैठ गए लेकिन फार्म पर कलम चला रहे हैं। यहाँ दिमाग का कोई खास काम नहीं है। पेंसिल से लिखा है उस पर कलम चलाना है। और सुशीला को मिटाना है। बोलते बतियाते, आँख लड़ाते, पानी पीते, चाय बनाते, लघुशंका की शंका मिटाते, बेधड़क पादते-पूदते, कान खुजलाते, चिपका फोता छुड़ाते-खुजलाते देवी प्रसाद की कार्य-यात्रा चल रही है।

'आपको औरतें खूब मिलती हैं!' सुशीला चिढ़ रही हैं।

'औरतें मिल नहीं रही हैं, मैं उनसे मिलता हूँ। किसी का हाव-भाव अच्छा लग सकता है। बोली-बानी पसन्द आ सकती है। किसी का लजाना जँच सकता है। मैंने मधु को देखा है, वह सब खूबी है उसमें। वह कहती है कि 'गरीब हैं तो क्या? बेफिकर होकर टाँग पसारकर सोते तो हैं। और गरीब काहे साहब! हमारे राजा साहब खाने-नहाने भर कमा लेते हैं। बस इतना है कि बैंक में रुपया नहीं धरा है। ज्यादा पैसा होता है तो असांती रहती है साहब!' क्या गजब की औरत है! सुन्दर भी है!'

'यह क्या लिखा है, बालकराम! इसमें बहुत दबाकर पेंसिल चला दिए हैं, मिटाने पर लकीर रह जाएगी।'

'तुमको भी पुरुषों के नाम पर रुकना पड़ रहा है।'

'मुझसे मजाक मत कीजिए! ये लीजिए अपना फारम।'

'तुमको कह दिया तो तीता लग गया! आओ बैठो! गुस्सा थूक दो! चलो बहुत काम है।'

'काम आपका है, मेरा नहीं।...आप नई बस्ती में जाते हैं तो बस औरतों से उनकी हगनी-मुतनी पूछते हैं। एक रात रुके भी...क्या मैं उल्लू हूँ। मेरे दिमाग में भूसा नहीं है। बस आप इतना पढ़ी नहीं हूँ।'

'तुम भी तो घर-घर जाती हो! महिला संघ बनाई हो, मैं तो कुछ नहीं कहता, खुश ही होता हूँ।...और तुम्हारा भी क्या भरोसा!' देवी ने दहला रखना चाहा।

'मैं सब फाड़-फूड़ दूँगी आरम-फारम।' सुशीला फार्म झपटने लगीं।

देवी को अब गुस्सा आ गया-'ये क्या मूर्खता है आयँ।' और फिर देवी ने सुशीला का बाल पकड़ लिया, सुशीला ने पकड़े देवी के दोनों कान। दोनों ओर ठेला-ठेली शुरू है। कोई स्पष्ट शब्द नहीं बस लम्बी साँस और हूँफने की ध्वनि। मारपीट करने की आदत नहीं है, आदत की क्या बात किसी को कभी जानबूझकर थप्पड़ भी नहीं मारा होगा। पाँच मिनट में दोनों परानी थक गए, लेकिन ठेलना रोके कौन? बेइज्जती मोल कौन ले? अब एक जगह खड़े होकर कान पकड़े, बाल पकड़े हूँफ रहे हैं।...और अब खूब पसीना जो शक्ति को प्रमाणित कर रहा है।

दरवाजे की घंटी बजी और कान छूट गया, बालों से हाथ ने नाता तोड़ लिया। प्रगति ने फिर घंटी का स्वीच दबाया- टन्-टन्...

देवी ने दरवाजा खोल दिया है और कुर्सी पर बैठकर हाँफ रहे हैं। सुशीला आँख में आँसू भरे साँस खींच रही हैं। एक भिन्न प्रकार के मौन की ध्वनि गूँज रही है। चुप कहीं कोने में बैठा नगाड़ा पीट रहा है। सन्नाटे ने लिखना शुरू कर दिया है। प्रगति मम्मी पापा को समझने का पूरा प्रयास कर रही है। शायद उसने ऐसी पढ़ाई अभी नहीं पढ़ी है कि ऐसे समय में क्या किया जा सकता है, जबकि कोई बात ही न हो कहने लायक कि कह कैसे दिया यह बात, यह बात तो बात है ही नहीं।

'पापा आपके कान लाल क्यों हैं? मम्मी आपके बाल! क्या बात है? कोई बोल क्यों नहीं रहा है।'

‘बेटी मेरी तबीयत ठीक नहीं है। देखो पसीना! कान इसी से लाल है।’

‘लेकिन मम्मी की ब्लाउज भींगी है, उनको पसीना क्यों? पापा डॉक्टर को दिखा लीजिए, चलिए अभी मैं चलती हूँ।’

‘नहीं बेटा डॉक्टर को फोन किया था। लहसुन खा लिया हूँ, अब ठीक हूँ। डॉक्टर ने कहा कि हवा में बैठ जाइए और दस मिनट बाद चाय पी लीजिए।’

प्रगति की समझ में नहीं आया कि तब बन्द कमरे में क्यों बैठे हैं। जरूर कोई बात है। देवी प्रसाद बात बनाना और समझाना जानते हैं। वे सुशीला की ओर क्षमा की नजर से देख रहे हैं और सुशीला लाज से। प्रगति चाय बनाने चली गई है और देवी बरामदे में... किसी तरह सुशीला साथ आई हैं।

‘हम यही बुद्धिज हैं! आप कहते हैं कि हमारे पास बुद्धि है जो चलती है।’

‘प्रगति न आती तो कैसे हमारा ठेलना-ठालना बन्द होता? मैं तो यही सोच रहा हूँ।’

‘आज जो हो गया उसे पूरी जिन्दगी नहीं भूल पाऊँगी।’

‘भूल तो मैं भी नहीं पाऊँगा। लेकिन हम-तुम हाथ-पैर चलाना नहीं जानते हैं। यहाँ यह बहुत अच्छा रहा।’

‘मैं तो हाथ उठा देती लेकिन अब यही रह गया है। मैं केहुँनी से पीठ पर मार दूँ तो तीन दिन अँकड़ी रहेगी पीठ।’

‘मैं लात चला सकता हूँ। लेकिन स्त्री जानकर लात महराज चुप्पी साध गए थे। एक एड़ा लगा दूँ तो हगाय-मूताय जाएगा।’

‘पापा चाय।’ प्रगति की चाय बढ़िया बनी है। सुशीला और देवी मुस्कराने का प्रयास कर रहे हैं। यह भी जता रहे हैं कि मैं हारा नहीं हूँ, और मैं भी तो पराजित नहीं।

प्रगति को मम्मी पापा के लफड़े में नहीं पड़ना है। उसे अभी स्वतंत्रता आन्दोलन तैयार करना है। आधुनिक इतिहास का क्षेत्र व्यापक है। जितना प्रगति पढ़ेगी उतनी ही परत खुलती जाएगी इतिहास की। अब उसे मूल स्रोतों से पढ़ना है।

‘लड़ाई कितना थका देती है! तुमने देखा?’ देवी बोले।

‘ताकत तो लगती है लड़ाई झगड़े में।’ सुशीला सामान्य हो रही हैं।

‘नई बस्ती में नत्थूलाल कह रहा था कि औरत पर हाथ फिरा नहीं कि वह फैली। देखो मैं तुम्हारे पीठ पर हाथ फिरा रहा हूँ।’

‘यह बात नहीं है। बात यह है कि औरत जब गवना होकर ससुराल जाती है तो वहाँ की हवा और पानी...फिर पति का पहला प्यार-संग...वह कुछ मोटी हो जाती है। देह गदरा जाती है। उसे आपने देखा था न! वही मीना। गवने गई तो बिल्कुल लड़की थी अट्ठारह की रही होगी और साल भर बाद आई तो एकदम औरत बन गई।’ सुशीला सामान्य हो गईं।

देवी झगड़े से नुकसान और फायदा समझना नहीं चाहते हैं। अभी सुशीला को उपदेश काटने दौड़ेगा, और अच्छी बातें व्यर्थ होती हैं तो बहुत बुरा लगता है। ‘मन करता है कि ऐसे समय में मूर्ख बना रहूँ। तब बेवकूफ रहना बड़ा फायदेमंद लगता है।’ देवी

ने यही सोचा है।

'यह भी तो कहा गया है कि औरत रहे तो आप से नहीं तो गई बाप से।' देवी ने कहा।

'बिल्कुल! किसकी हिम्मत है कि हमें रोक ले कोई! हाँ मैं खुद अपनी इज्जत बचाकर रहती हूँ। कोई दाग नहीं लगा सकता है। और अब तो उमर चली गई महाशय जी!'

'आज बहुत प्यार आ रहा है। झगड़ा ऐसा कभी हुआ नहीं! और लगता है ऐसा प्यार कभी जताया भी नहीं, जो आ रहा है भीतर से प्यार!'

'करिये प्यार! जता लीजिए! देखे कि कैसा होगा आज का प्यार! अरे, वही एक बात है प्यार में और क्या! जब उमर खिसकने लगती है तो खूब बात आती है। चलिए सब बुरी बात और दो घंटे से पहले जो हुआ उसे थूक आएँ, फिर बात करें। और बात नहीं चलिए फारम उठाइए! कागज भरवा दूँ नहीं तो माथा फोड़ लेंगे। अभी दस दिन पहले पगलाए थे न! जब देखो तब बहस। ज्यादा बकर-बकर ठीक है क्या?'

देवी सोचने लगे कि, 'ये देखो! जो मुझे बोलना चाहिए, श्रीमती खुद बोल रही है। समझाऊँ क्या कद्दू!'

'तबीयत थक गई अब कल...' देवी देखना चाहते हैं कि सुशीला जी मौज में हैं कि नहीं।

'नाटा करे खटर-पटर कब नाधोगे, आँख कान बैठ गया कब खोलोगे! सब फार्म छितराय गया, ये देखिए बेड के नीचे भी है! अब उठाइए इसे!' सुशीला फार्म समेट रही हैं।

'अंधा गुरु है बहरा चेला, माँगे गुड़ तो देता ढेला।' देवी प्रसाद कलम उठा लिए हैं- 'अंजनी भी अपनी बीबी से भरवा रहा है, क्या करे! नई नौकरी है, ऊब जाता है। कई बार उसके फार्म गलत हो चुके हैं।'

'मैं बहरी नहीं हूँ।'

'मैं भी कहाँ गुरू हूँ! वो तो मुँह से निकल गया।'

'गलत तो आपके भी हुए हैं कई फारम।'

'मैं बीस फार्म ऐसे ही उठा लाया था बिना प्राप्त किए। हो गलत! दूसरा भर देंगे। फार्म गिनकर मिलता है, इसका भी हिसाब देना पड़ेगा।'

'तब तो सँभालकर! सरकार की चीज कीमती होती है, लेकिन सरकार हमारी चीज भी कीमती समझती है? यह कहाँ पता है!'

'चलो कल सरकार से पूछते हैं। नई बस्ती का जुबैर कई सवाल पूछने वाला है सरकारझ से।'

'मान लीजिए कुछ फारम खो जाए तब क्या होगा? नौकरी चली जाएगी?'

'अमिताभ के आठ फार्म खो गए हैं। जुगाड़ में हैं कि कहीं से झटक लें। मैंने कहा भी सस्पेंड होने से क्या डरना और इतनी जल्दी फार्म के लिए और वह भी सादा, कोई सस्पेंड नहीं करेगा और जिन्दगी भी कौन बहाल है, निलम्बन की तरह तो जी रहे हैं।'

सुशीला को यह दफ्तरी कार्यवाही समझ में नहीं आई लेकिन फार्म के महत्त्व का ज्ञान हो गया है।

दिन तीसरा है...
और नहीं लगता कि दिन शुरू हुआ है

दूसरे दिन का प्यार देवी और सुशीला कभी नहीं भूलेंगे। झगड़े के बाद प्यार! वाह खूब!! आज मूड ठीक है। एकदम हल्के और नए जोश के साथ! घुटने के दर्द को सहते-सहलाते देवी प्रसाद नहा-धोकर, खा-पीकर अपने अन्तिम चरण में चरण रख चुके हैं।

'देखो भाई बुरा नहीं मानना। फिर आ गई एक स्त्री! एक नहीं दो! कोई बात स्त्री से होकर आती है तो वह पूर्ण होती है बात, उसमें लज्जत होती है, एक भिन्न किस्म की मिठास!'

'ये लीजिए मिट गया! देखिए सही मिटाई हूँ न!'

देवी ने फार्म लिया और एक ओर रख दिया-'हलकनिया से पूछा था कि पैखाना घर में है कि बाहर जाती हो? जानती हो क्या कही?'

'मैं कैसे जानूँगी? ये देखिए नहीं मिट रहा है।'

'क्यों नहीं मिटेगा साला! फार्म है फार्म की झाँट है।'

'सब अपना बोलिएगा! मेरा वाला नहीं, खबरदार!'

'अरे, यह क्या भर गया!' देवी अनुसूची देखकर चौंक गए। चौंकना नाटक की तरह है और वे नाटक करना नहीं चाहते यहाँ तो इस नीरस काम को सरस बनाकर रस लेना है-'मुखिया से सम्बन्ध वाले कालम में जरदोजी और पेशा वाले कालम में आठवीं पास! धत् तेरे की! मैंने पेन भी चला दिया है। अच्छा चलो उस पैड से एक फार्म ले आओ भर दें, कल नई बस्ती जाकर मुखिया से साइन करा लेंगे।'

'एक बार और देख लीजिए कि कोई गलत तो नहीं है।'

'जिन्दगी दोहराने का नाम है, मुड़कर देखिए, बार-बार देखिए। देखने का अभ्यास जीवन आसान कर देता है। हमारे बड़े बाबू रोज परेशान रहते हैं। उनकी बोली सुनो-'का कहीं, ससुरा इस कालम का उस कालम में लिख जाता है। छोटी सी लाइन खींचे है साले! देखाते नाहीं है तो कइसे लिखे। लाइन के ऊपर कुल अक्षर सट जाता है भाई! और सटे के ना चाही।...कोई अफसर आय के फारम भरदे तो जानी मरद! पाद मरिहैं सब! आवत हैं सेंटर पर तो अफसरी झाड़त हैं। हाथ में ले लें ई बड़ा सा लंडा जस अनुसूची तो जानी हम! इहाँ गाँड़ फटी जाए रही है।'...बड़े बाबू ने और पचास फार्म लीप-पोत दिए हैं।'

'अपना देखिए!'

'देख रहा हूँ, अपना मेरे आगे है। और पत्नी के साथ बैठकर...और बात क्या है!'

'क्या कर रहे हैं?'

'नम्बर-नाम डाल रहा हूँ। हाँ पुलिंग-स्त्रीलिंग की गलती मुझसे खूब हुई है। वह पेन चलाते समय दुरुस्त कर लूँगा।'

'क्या कह रहे थे पहले और बात कहाँ खींच ले आए।' सुशीला ने मिटाना बन्द कर दिया है।

'क्या कह रहा था? भूल गया?'

'इसी को दिमाग कहते हैं। ज्यादा जोर देंगे तो सब भूल जाएगा। दिमाग अपने हिसाब से चलता है।...आप हलकानियाँ की बात कह रहे थे।...नाम भी ऐसा है कि...हलकानियाँ, किसमतिया, लबरहिया। ऐसा कोई अपनी बेटी का नाम रखता है।'

'अब देखो तुम पूछ क्या रही थी और अब बात क्या कर दी! भूल तो जाएगा ही! इसी का नाम बुद्धिज की जिन्दगी है।...नाम तो रखेंगे ही ऐसा, वे पढ़े नहीं हैं। न शब्द जानते हैं न अर्थ। उनके पास काम का अर्थ है। वे काम करना जानते हैं–बस! हाँ तो हलकनियाँ।' देवी स्मृति पर जोर देते हैं–' ...पूछा उससे कि कहाँ जाती हो फरागत होने तो बोली–'खाए के है कुछ कि हगे जाय! पेट में कुछ बनेगा तब न जाएँगे दिशा–मैदान!' अजीब हालत है। मेरे भीतर हूक सी उठी थीं। मैंने उस दिन जाना कि हूक क्या होती है।'

सुशीला आगे सुन पाएँगी, यह नहीं लगता। वह दरवाजे से बाहर निकल रही है। आँख कोई देखे तो जाने कि गीली हो गई कि नहीं। वैसे देह की भाषा गीली आँख की ओर जा रही है।

देवी को क्या रोना क्या हँसना! वे तो नई बस्ती जी रहे हैं। अभी सुशीला से बल्लन बो की बात बताते लेकिन अभी बात की स्थिति नहीं है। कल–परसों में जरूर बता देंगे कि बल्लन बो को अपनी अम्मा का नाम पता नहीं है। पूरा घर उनकी अम्मा को दुलहिन कहता था। बल्लन अम्मा बुलाती थीं। बचपन में शादी हो गई थी, और पाँच साल की मासूम बेटी ने दुलहिन के संबोधन को अपने छोटे से सिर पर धर लिया था।

सुशीला अभी घर में नहीं आई हैं। बाहर आक्सीजन घर से ज्यादा है। साँस ठीक से आएगी तो आँसू नहीं आएगा। बात भूल जाएगी और फिर देवी के साथ एक नए दिन के लिए हाजिर। उपस्थित रहना जरूरी है। हमारा होना हमारे होने का प्रमाण है।...देवी प्रतीक्षा कर रहे हैं कि सुशीला आए तो एक–दो बात और बतिया लूँ। काम पूरा है लगभग, सिर्फ समेटने और सूचना बनाने की तैयारी करनी है। फिर देवी सोचते हैं कि जब कल का समय है तो क्यों न कल पर टाल दें सब कुछ।

'क्यों समेट रहे हैं अभी तो आधे से ज्यादा दिन है और रात भी अपनी है।' सुशीला चाहती हैं कि इस कार्य से फुरसत मिले।

'काम बस दो घंटे का है।...आज घूमने भी चलेंगे। गोल–गप्पे खाएँगे। आलू की टिकिया खाए बहुत दिन हो गया। बी ब्लाक चौराहे पर आइसक्रीम भी क्वालिटी की देता है।'

'अच्छा बस! एक घंटे का रेस्ट। इंटरवल के बाद बात करेंगे।...जाइए बाथरूम में! और मैं चली बाल में चोटी बनाने। काली माई की तरह झोंटा फैला है।'

'बस एक बात और सुन लीजिए फिर विश्राम... पिछाड़े में चुन्ना काट रहा है, कह लूँगा तो शांति हो जाएगी।'

'इतनी उम्र हो गई और ऐसी भाषा बोलते हैं!'

'बोलता नहीं हूँ जीवन जीता हूँ। मुँह गोबर बनाकर जीऊँ क्या! नई बस्ती में कई घर ऐसे हैं, जहाँ मर्द रोज अपनी औरत के साथ सोता है। बच्चे–पर बच्चे हो रहे हैं, कोई फिकर नहीं है। मैंने समझाया कि इससे आपको आगे बढ़ने में बाधा होगी। तो कहने लगे

कि बच्चे भी तो सम्पत्ति हैं। मैंने फिर समझाया कि कंडोम का इस्तेमाल करो तो बोले कि इसकी इजाजत नहीं है। अल्ला के यहाँ क्या जवाब देंगे। उसकी बनाई चीज में दखल देना ठीक नहीं है।'

'इसमें भगवान की बात क्या है! निरोध के पहले भगवान थे और जब गीता रामायण कुरान बाइबिल बना तो निरोध था ही नहीं। तो भगवान ने मना किया न कहा कि लगाओ इसे। अरे, यह तो अपने मन की बात है, इसमें बेचारे भगवान को घुसेड़ना ठीक नहीं है।' अभ्यास से ज्ञान बढ़ता है जो सुशीला में दिख रहा है।

'कुछ तो लजाते हैं और कुछ कहते हैं यह झंझट कौन पाले! बड़ी छीछालेदर है। मुसलमान भाई ज्यादा हैं वहाँ, और कई औरतें रखे हैं। कहने पर कहते हैं कोई खाना दे रहा है क्या! सब अल्ला मियाँ की देन हैं। भला अल्लाह क्यों दुख देगा, सुख चैन छीनेगा, भीड़ बढ़ाएगा। मैं तो कहता हूँ कि अल्लाह को अल्लाह रहने दो, अपनी भूल-गलती की जिम्मेदारी ईश्वर पर मत थोपो! समझो तुम! हर साल एक लेड़ी-लेड़ी भर बच्चे निकाल रहे हो, क्या ठीक है? लेकिन उनको जनसंख्या की चिन्ता थोड़े है। काम-काज की फिकर भी नहीं। बड़े होंगे तो...आठ-दस साल के,...कोई बकरी चराएगा, कोई आम-जामुन बेचेगा, कोई सब्जी लेकर बैठ जाएगा सड़क की पटरी पर, जबकि यह उमर पढ़ने और बचपन जीने की है। सुशीला मुझे इस गली को खूब देखना-समझाना है मतलब जुबैर जहीर वाली गली। मुझे विश्वास है कि कामयाब हो जाऊँगा। और कई लोग मेरी बात समझने भी लगे हैं। और सुनो! मेरी तरह प्रेमप्रकाश भी परेशान हैं। उनके क्षेत्र में भी बच्चे बहुत हैं।'

सुशीला ने सोचा कि कितना कठिन है जनगणना का काम! लेकिन सुशीला को इस समय सोहर गाना है-

जनमउ ए पूत, जनमउ हमइ दुखिया के घरे हो।
कइसे जनमउ ए माई तोरे दुखिया के घरे हो।
माई टुटही खटिया ओलरबू तुकारी गोहरइबू हो।
जनमउ ए पूत, जनमउ हमइ दुखिया के घरे हो।
सोने के खाट सुताइब, ललना गोहराइब हो।

सुशीला पूरी तरह लय में गा रही हैं। दो लाइन सुनने के बाद देवी की आँख लग गई है। आज उमस का दिन है। घर में कूलर ने उमस को गैरहाजिर कर दिया है। देवी ठंडी हवा में हल्की नींद का सुख भोग रहे हैं। बादल छाये हैं। पानी जरूर बरसेगा। मानसून आने न आने का ज्ञान समाचार चैनलों, अखबारों ने ले लिया है। वैसे समय मानसून का है। मौसम का हाल बाजार में मिलेगा, बस कुछ दिनों की देर है।

काले बादल छा रहे हैं। बिजली की गड़गड़ाहट तेज हो रही है। बादल का बढ़ना-घेरना साफ-साफ देखा जा सकता है।...और जोर से बिजली तड़की। सुशीला गाना बन्द कर चुकी हैं। देवी उठ बैठे हैं, थोड़ा चिहुँके भी। फिल्मों के दृश्य की तरह सुशीला को बाँहों में भरना चाह रहे हैं, और यह चाह पूरी नहीं होगी। दोनों प्राणी बाहर बरामदे में आ गए हैं। काला

बादल देखकर देवी के मुँह से निकला–'काला बादल जीव डेरावे, भूरा बादल पानी लावे।' लेकिन आज ऐसा नहीं होगा। काले बादलों ने रंग बदलना शुरू कर दिया है।

...और बड़ी–बड़ी बूँदों के अचानक आक्रमण से पूरा वातावरण बदल गया है।

चौथा दिन
लगता है कि यह एक पूरा दिन है

कल की वर्षा ने बरसात की सूचना दे दी है। उमस नहीं है लेकिन बादल हैं, जो न तो गरजने वाले हैं न बरसने वाले। फटे–छिटके बादलों के कहीं–कहीं दिख जाने से और उसमें झाँकते नीचे आकाश ने स्पष्ट कर दिया है कि आज पानी नहीं पड़ेगा। वैसे अखबार में खबर छपी है कि पानी बरसने का अनुमान है, और अन्दाजा लगाकर कभी–कभी सरकार भी चलती है। मौसम और जीवन तो अनुमान पर अपनी योजना बनाते ही रहते हैं। देवी प्रसाद की योजना है कि आज यह काम समाप्त... सुपरवाइजर रोज आ रहे हैं सेंटर पर। जो तेजू खाँ बनते हैं वे अपना बस्ता जमा कर चुके हैं। मौसमी आनन्द के मालिक देवी को दो दिन और मौसम का परिवर्तन जीना चाहिए था। लेकिन किसी कार्य का पूर्ण होना रोके नहीं रुकता। पेट में ठहरा गर्भ कहीं छिप सकता है। देवी प्रसाद खुद बकर देंगे कि 'हो गया सब काम, चलो करें विश्राम।'

कनफूका गुरु हद्द का, बेहद का गुरु और।
बेहद का गुरु जब मिलै, लहै ठिकाना ठौर॥

देवी यह दोहा दोहरा–दोहरा कर गा रहे हैं। उनकी दोहे वाली लय सध गई है।

'समेटिए सब कि दोहा दोहराएँगे! आज बहेड़ी भी जाना है। यह सब बोझा जाइए उतार आइए! बहुत हो गई जनगणना।' सुशीला फार्म, नाम, पेंसिल, रबड़, पता, सम्बन्ध, लिंग, पेशा से घबराकर अंडबंड बोलने लगी हैं।

'वही कर रहा हूँ। बस एक घंटा और, सब सैंत गया है, इसे फिर देख–दोहरा लूँ। एक घंटा में मैं तुम्हारे साथ क्या से क्या कर देता, तुम्हारा साथ मिले तो!'

देवी फिर कोई दोहा टेर रहे हैं। गीत–कविता से काम करने की इच्छा बनती है और जोर लगा के हईसा से काम एक फुट आगे बढ़ जाता है।

'मकान गणना सार।' देवी ने दोहे को विश्राम दिया है और अब जुट गए हैं अन्तिम चरण में–'अन्त भला सो सब भला...और यह रहा नक्शा। यहाँ तीन गलियाँ हैं और पाँच इसमें से फूटी शाखाएँ हैं। ये दो तालाब, और कुआँ और यह...मस्जिद का चिह्न भी ठीक है। आवासीय और गैर–आवासीय मकान स्पष्ट हो रहे हैं।...सुशीला सुनो! आओ दिखाएँ इन चूतियों के कारनामे जिन्होंने यह कागज बनाया है, नक्शा वाला। मूर्ख कहीं के! हिन्दी दिवस मनाएँगे। कहेंगे हिन्दी हमारी माता है। इस पर लिखे हैं दिनाँक, यह सही है तुम खुद बताओ! तुम तो एम.ए. नहीं हो लेकिन इतना तो जानती हो हिन्दी का कितना अपमान है यह! मेरी औकात नहीं है, नहीं तो मैं मुकदमा पेल देता इसी दिनांक

को दिनाँक लिखने पर। यही नहीं सुशीला चिह्न को चिन्ह लिखा है। चिन्ह भी ठीक है लेकिन इसे कविता या गीत में कवि लोग प्रयोग करते रहते हैं। यहाँ कोई कविता तो बन नहीं रही है। जैसा परोसोगे वैसा स्वाद मिलेगा और खून बनेगा!'

देवी प्रसाद का जी खट्टा हो गया।

'मन को ठीक रखिए! मन से ही जीवन है और इस एक चन्द्र बिन्दु से क्या फर्क है। इंसान गिन लिए गए न! मतलब बुद्धिज!' सुशीला ने कहा।

देवी सुशीला से कैसे कहें कि बिन्दु से ही सब कुछ है। एक एक कण का जोड़ ही है यह प्रकृति। और यह पहाड़, एक एक बूँद से भरती नदियाँ, लहरों से खेलता समुद्र। बिन्दु का प्रभाव वैज्ञानिक खूब जानते हैं, उन्हें पता है कण का हजारवाँ हिस्सा भी।

देवी प्रसाद मुसकराए। उन्हें लगा कि उनकी बात एक से दो तो हुई और अब इसे बढ़ने से भगवान भी रोक नहीं सकते। भगवान में ताकत होती तो समाज में फैल रहे अपराध रोक देते और आज हमारा समाज अपराध के बिना होता। मेरे बच्चे अपराध शब्द जानते ही नहीं। मिट जाता शब्दकोश से यह शब्द–अपराध!

नक्शा कम्पलीट होकर फाइल में स्थान पा चुका है।

'चलो एक काम पूरा और लोकेशन सार भी समझो पूरा।'...हम बढ़ते हैं नक्शे से, चलते रहते हैं जीवन भर नक्शे के सहारे। नक्शा न हो तो देश–दुनिया का पता ही न हो। कहाँ भारत, कैसा अमेरिका, किस तरह का चीन–जापान! आजकल के बच्चे नक्शा बनाते हैं। नक्शा बनाने में सभी परेशान हैं, सरकार भी... देवी प्रसाद का नक्शा बगल के नक्शे से जुड़कर बड़ा हो जाएगा फिर बहेड़ी एक हो जाएगी। फिर बहेड़ी का विस्तार होगा और पूरी पृथ्वी एक होकर सूर्य का चक्कर लगाती मिलेगी। और लगा रहेगा चन्द्रमा भी अपनी यात्रा में पीछे–पीछे! और कुछ बिगाड़ नहीं सकेगा शनि पृथ्वी का। राहु–केतु ताकते रह जाएँगे आकाश, जैसे कोई किसान ताकता है आसमान असाढ़ में।

'जानती हो सभी लोकेशन के लिए चिन्ता करते हैं।' देवी ने सुशीला से कहा– 'कोई अपने घर की लोकेशन देख रहा है, कोई दुकान की...हमें पूरी धरती का लोकेशन ठीक करना है। पूरी दुनिया की बेहतरीन लोकैलटि हो जाए तो कितना मजा हो! तब हर जगह का मजा पेरिस जैसा।'

'बनारस में मजा कम है क्या! और नई बस्ती की लोकेशन देखिए। आप लगते हैं पूरे संसार भर की चिन्ता करने! आपका माथा भारी नहीं होता क्या जी!'

'बनारस में बहुत अंडस है। वहाँ गंगा को गन्दी कर दिए हैं भाई लोग! सड़क को चाट खाए हैं अधिकारी! गलियाँ संकरी! रिक्शे, आटो का जाम! ठगते पंडे–पुजारी! गाँव–देहात से आए भटकते रोगी। आवारगर्दी करते छात्र। बजबजाते मन्दिर के पास फूल। बन्दर को हनुमान जी मान चुके प्रसाद से छुटकारा पाते भक्तगण। जाकर देखो बनारस! शहर को शहर बनाना सरकार का काम है और उतना ही वहाँ के लोगों का।'

'एक बात पूछो तो झड़ी लगा देते हैं। कौन पूछे आपसे!'

'हाँ यह ठीक है।' और देवी मकान अनुसूची का हिसाब लिखने लगे–'मकान अनुसूची यहाँ से यहाँ तक कुल अनुसूची प्राप्त–दस, अतिरिक्त प्राप्त–तीन, खराब हुई–एक, प्रयोग हुई–बारह।' देवी प्रसाद अनुसूचियों के बाकायदा नम्बर डाल रहे हैं।

'...यह तो हो गया इसे इधर रख देता हूँ। हे मकानसूची माई! ठीक से जमा हो जाना, नहीं तो देंगे दुई हाथ खाए भर का!'

'किससे बतिया रहे हैं। नई बस्ती में घुसुर गए का? अरे, अपने घर भी रहिए, कि जब देखो तब वहीं मानकेसर के दुआरे खड़े रहते हैं।'

'शंका समाधान करो सुशीला! इसकी कोई दवा नहीं।' और देवी फिर अपने समेटने की मुद्रा में–'कुल परिवार सूची प्राप्त–सौ, अतिरिक्त प्राप्त–पचास, पूर्व में प्राप्त–पन्द्रह। अब यह हुई कुल प्राप्त –एक सौ पैंसठ। इसमें से भरी गई सही अनुसूची–एक सौ चौदह लेकिन खराब हो गई–बारह, सादी बची–चौबीस, पूर्व में पैंसठ। चलो मिल गई अनुसूची की गणना, चलो सही हो गया। मतलब कि सही अनुसूची एक सौ चौदह और खराब एवं बची हुई इक्यावन।'

सुशीला ऐसे बोर होने वाले काम में नहीं पड़ने वाली हैं। बोरियत भरा काम देवी करें। और उन्हें तो अभ्यास है, वे इसी में गा लेते हैं, हँस लेते हैं, कूद–फाँद नहीं सकते, लेकिन कोशिश कर लेते हैं। एक काम पूरा होने पर सुशीला की पप्पी ले आते हैं...और फिर तैयार–

आछे दिन पाछे गए, गुरु से किया न हेत।
अब पछतावा क्या करै, चिड़ियाँ चुग गईं खेत।

'...और मैं पछता नहीं रहा हूँ। मैं तो समेटना सहेजना चाह रहा हूँ। सुशीला! है कोई माई का लाल जो इस बिखरे में जी सके।' और फिर देवी प्रसाद की निगाह अपने सहेजने में–'प्रगणक सार तीन प्रतियों में बन गया। और यह मकान गणना सार में कुल मकान–एक सौ पैंतीस, पूर्ण आवास–तिरानबे, गैर आवास–तीस, अन्य उपयोग–नौ!'

'क्या गिन रहे हैं? बहेड़ी भी जाना है और लगता है बादल घेर रहे हैं।'

'गिनने दो! अभी तुम बच्ची हो! जाओ देखो! बादल बरसने वाले हैं कि घेरने के चक्कर में भागे जा रहे हैं।'

सुशीला नाराज तो नहीं हुई लेकिन बाहर नहीं गईं। देवी चिढ़ाने की गरज से बेवजह लम्बी मुस्कान तान रहे हैं–'अच्छा ये देखो! कुल व्यक्ति नई बस्ती में हैं पाँच सौ पैंसठ, इसमें से तीन सौ आठ आदमी हैं और औरत हैं दो सौ सत्तावन। परिवार पर नजर डाले तो छानबे।...अब बाहर देखो, बादल क्या औकात रखते हैं।'

...और अब वर्किंग शीट तैयार है। देवी ने पूरा बस्ता बाँध दिया है।

'गिनती में बहुत जान होती है। गिनते रहो तो कभी नुकसान नहीं होता। गिनती ने हमारे कार्य को तीव्र बनाया है, हमारा विकास गिनती से है।' देवी प्रसाद को आज गिनती ही प्रमाणित करेगी। वे जानते भी हैं कि गिनती न हो तो पूरी व्यवस्था अस्त–व्यस्त हो जाएगी। देवी को विश्वास है कि वे अपनी गिनती पूर्ण करके निष्ठा के साथ जनगणना वाले झोले में कैद हो चुके हैं।

पानी जोर से बरस रहा है। सामने का घर पानी की मोटी धार से धुँधला दिख रहा है। लेकिन देवी आज बहेड़ी जरूर जाएँगे। झोले के साथ एक छाता बढ़ गया है और यही छाता उन्हें 'सचेत होना और बचके रहना' प्रमाणित करेगा। सेंटर पर छाते को लेकर बहस होगी। देवी एक साँस में दस गाली बकेंगे तब जाकर मित्रों की खुराक पूरी होगी।

'छाता के साथ यह पन्नी भी ले लीजिए। प्लास्टिक की नई पन्नी है, इसी साल खरीदी हूँ, जब होली पर आलू की चिप्स बनाई थी।' सुशीला ने एक सामान और बढ़ा दिया है, जो पानी की बोतल वाले झोले में ठूँसा जा रहा है।

'पत्थर पड़े चाहे पानी, जाना है जरूर! और एक दिन जाना सबको है। यात्रा कभी खत्म नहीं होती। सुना खूब जाता है कि मरने के बाद भी यात्रा चलती रहती है। तो आज की यात्रा निरस्त नहीं होगी।'

'बच-बचाके जाइएगा। इतनी मेहनत से सहेजे हैं अपना काम। एक भी कागज भींज गया तो आपकी मेहनत पर दाग लग जाएगा। जा रहे हैं औवल नम्बर पाने तो कहीं ये न हो कि माँगे गए पूत मर गया भतार।'

देवी जोर से हँसे और पप्पी के लिए ओठ गोल करके सामान्य हो गए। कभी-कभी सामान्य क्रियाओं के लिए साहस नहीं होता। वैसे पानी की रफ्तार कम हो रही है। बन्द होने वाला है पानी और देवी घर से निकलने वाले हैं।

रात जो बीत गई है, पूरी तरह बरसात को समर्पित थी। रात में बरसने का सुख अपना अलग मिजाज रखता है। ऐसी रात में सोएँ या जागें आनन्द कम नहीं होता। रात के पानी का संगीत दिन के पानी वाले संगीत से स्पष्ट और विचारवान होता है, लेकिन डर भी लगता है। जहाँ प्रकाश नहीं है वहाँ भय है। रातभर पानी तो बरसा ही! बिजली भी खूब तड़की थी। देवी प्रसाद दुबके नहीं थे, वे अपनी बिखरी जनगणना कार्य की सामग्री देख रहे थे। कभी बरामदे की अलगनी पर फैलाई गई लुंगी, बनियाइन, जाँघिया और शर्ट टो आते कि सूख गई या कुछ है कसर। रात का पानी बहुत तेज था लेकिन बादल फटने जैसा नहीं था। 'बादल कभी न फटे हे भगवान!' सुशीला बोल देती है, जब मूसलधार पानी पड़ता है। बांदल का फटना कभी सुखकर नहीं रहा।

पानी जब भी पड़ता है देवी को बचपन की बरसात याद आती है, जब कच्चे मकान की एक कोठरी धाँय से भहरा गई थी। पिताजी पानी के देवता को मनाने लगे थे, वैसे कोई घायल नहीं हुआ था। उस कोठरी में भूसा रखा जाता था। देवी के पास गाँव में एक भैंस थी, खूब लदकर...पानी दो भैंस के बराबर पीती थी। पिताजी कहते थे-'हरामजादी का पेट नाँद है, पानी से इसका पेट बरसात में भरता है। पानी की सुन्दरता देवी से ज्यादा कोई नहीं जानता।

पानी-पानी सोचते देवी बहेड़ी पहुँच गए। बहेड़ी की गली में एक ट्रक फँस गया है। एक टैम्पो वाला किनारे से निकालने के चक्कर में नाली में धँस गया है। एक पुलिस का

आदमी वहीं खड़ा है, जो अन्य लोगों के साथ दाँत चियार कर हँस रहा है। दोनों ड्राइवर खासे परेशान हैं। आखिर ट्रक निकल ही जाएगा और टैम्पो भी अपना रास्ता पकड़ लेगा, लेकिन लोगों को हँसकर नहीं कोई उपाय सोचकर रास्ते चलने लायक करना चाहिए। देवी भी खड़े हैं चुपचाप।...खैर रास्ते का कष्ट दूर हुआ।

देवी प्रसाद देर से दबाए थे जो गीत गाना चाह रहे थे, और अब उन्हें कौन गाने से रोक सकता है। सेंटर का गेट भी दिख रहा है–

जब से हम अइलीं पिया तोहरी महलिया,
हो तोहरी महलिया,
मैं रात–दिन कइलीं टहलिया रे पियवा,
रात दिन कइलीं टहलिया।
देहियाँ झरानी मोरी करति टहलिया
हो करति टहलिया,
सपना में सुख के सपनवाँ रे पियवा
रात–दिन कइली टहलिया।
तबहूँ न भर पेट भोजनिया रे पियवा
रात–दिन कइली टहलिया।
चिपरी पाथत मोरी अँगुरी खियानी
हो अँगुरी खियानी,
तबहूँ न तन पे कपड़वा रे पियवा
मैं रात–दिन कइली टहलिया।

देवी प्रसाद चार लाइन के बाद टाउन एरिया के प्रांगण में आ गए हैं। जो जहाँ बैठा है, खड़ा है, झुका है, अनुसूचियों का मिलान कर रहा है, अब सबकी नजर देवी की ओर है।

'आ गए, भैया हमारे आ गए! एक मन का बोझा बाप रे!' अशोक पहले टोकना चाहते हैं।

'पानी बरस रहा था। इतना न इन्तजाम करता तो सब वहीं भैंस के गोबर में...और फिर से चिपरी पाथना पड़ता।' देवी ने उत्तर दिया।

'भैया इतना गावत काहे हो?' मिश्री को जैसे दया आ रही है।

'देवी भैया जब से जनगणना शुरू हुई है तब से गा रहे हैं और अब ई गावें न तो समझो जीएँ न!' रामलखन ने देवी को खूब सुना है।

'गाते तो ये पहले भी थे लेकिन महीना–पन्द्रह दिन में एक दफा।' सतेन्द्र ने कहा।

'अरे, ये पगलवा देंगे। भैया घर में भाभी कैसे रहती हैं। वहाँ तो कंठ से लंठ हो जाते होंगे।' अशोक का झोला जमा हो गया है।

'बकबक न करो। अब जमा करने दो, ई जो मराके ले आए हैं।' देवी ने झोला धर दिया।

केशव ने जाँच शुरू कर दी है। सुपरवाइजर श्रीमान अवस्थी बैठे–बैठे सिगरेट फूँक रहे रहे हैं। उन्हें बस हस्ताक्षर के रूप में जलेबी बनाना है। जिम्मेदारी तो देवी प्रसाद की

है। देवी ने सोचा कि खूब वाहवाही होगी काम की सफाई और निष्ठा देखकर, लेकिन यहाँ काम की कोई बात नहीं। झोला मेज पर पटको, मिलान कराओ प्राप्त होने का प्रमाण लो, खिसको।

सुपरवाइजर महोदय अभी सिगरेट पी रहे हैं। अन्तिम कश की कोशिश में सिगरेट आधे से ज्यादा जल चुकी है लेकिन अभी अंगुली जलाने में सिगरेट को समय लगेगा। केशव जी ने संकेत दे दिया है कि देवी जी आप मित्रों के साथ बैठिए, गप मारिए, आपका काम हो रहा है। इस प्रतिष्ठा से देवी फूल गए हैं।

...और देवी शुरू हो गए–'रे रंडी! हे घटिहा! हे नंगा! हरे फलाँने बो ज्यादा हीरोइन मत बन! समझी रे घटिही! जाँघ उघार के मत देखाव! ज्यादा चिल्ल पों मचावे से बिया नहीं जाएगी।' अशोक ने देवी का मुँह बन्द कर दिया। उनकी हथेली पूरी तरह से ओठों से ढँक ली है। सामने से अंजना और जरीना आ रही हैं।

'देवी भैया पर नई बस्ती के लोग भूत की तरह सवार हैं भाई! भूत कपार पर चढ़ जाता है तो कोई हो, वह बकेगा ही!' रामलखन ने भी देख लिया है जरीना को।

'क्या ठाट है! क्या मौज है! जमा हो गया न! अब उतरा देवी जी के सिर से एक झोला आम।' अंजना देवी से मजाक कर लेती है। जरीना की हिम्मत नहीं है।

'देवी भैया स्कूटी खरीद लिए हैं। खूब भागते हैं बैठाकर भाभी जी को।' मिश्री ने कहा।

'चलो, बुढ़ौती में मजा तो मिला गाड़ी का। हे भइया स्कूटी पर बैठा के भाभी को पिक्चर देखाय देते!' अशोक ने जानबूझकर बूढ़ा कहा है।

'ऐसे न कहो अशोक। देवी जी अभी बूढ़े नहीं हैं। इतना बड़ा झोला लादना यहाँ किसी के बस का नहीं है।' अंजना ने अशोक की बात स्वीकार नहीं की है।

'अरे, इसी स्कूटी दौड़ाने में गिरे थे हमीं न! यह कहिए कि कुछ टूटा-फूटा नहीं। बस खरोंच लगी केहुँनी में, घुटना छिल गया और पैंट फट गई।' देवी ने अपनी चोट दिखाते हुए पैर से घुटना निकाल दिया है।

'ये देखिए जवान भाई का! और बताये भी नहीं। अब सँभलकर...भाभी को बैठाकर पीछे मुड़-मुड़ कर बतियाइएगा नहीं...नहीं तो ठेहुँना चला जाएगा पानी भरने।' अशोक बोले।

'कुछ भी हो मैं खुश हूँ। पत्नी से वर्षों पहले का वादा पूरा हुआ है। बेटी प्रगति खुश है। और बरामदे में खड़ी स्कूटी से मेरी शान में चार गुना बढ़ोत्तरी हुई है, जो घुटने के छिल जाने की याद को एक सेकेंड भी बर्दाश्त नहीं कर रही है।'

सबके झोले जमा हो गए हैं। जैसे लग रहा है कि नौ महीने का गर्भ ठीक से जीवन के साथ धरती पर आ गया हो और माँ को किसी पीड़ा की फिकर नहीं है शिशु के आगे। किसी को समझ में नहीं आ रहा है कि क्या करें। कल से दफ्तर जाना होगा, और वही पुराना काम, और एक लालच, एक इच्छा एक युक्ति कि कहीं से वेतन के अतिरिक्त मिल जाए, तो सेब-संतरा ले चलें! सौ ग्राम दारू पी लें। टॉप क्लास का टिकट लेकर फिल्म देख लें। एक जूता बाटा का खरीद लें। हम भी प्रेमचंद का गोदान पढ़ लें और

कहें कि हमने प्रेमचंद को जाना-समझा है।

रामलखन, अशोक तो जरूर कल दफ्तर में हाजिरी लगाएँगे। दिनभर अतिरिक्त के लिए विमर्श करेंगे, सोचेंगे, चिन्ता में रहेंगे। मिश्री, सतेन्द्र, विजय भी नहीं मानेंगे। सधे-सधाये हाथ हैं, ज्वाइन कर लेंगे तो शायद कुछ और आसरा लगे। ये लोग घर में रहना पसन्द नहीं करते हैं। घर का काम करना पड़ेगा, औरत से चार बात सुनकर चुप रहना होगा। उलाहनों और फरमाइशों को कान में बैठाना होगा। अवकाश के दिन घर में, इन लोगों के लिए एक कैदखाने की तरह है। अशोक तो दफ्तर भाग जाते हैं दो घंटे के लिए, वहीं चाकीदार से बतियाते रहते हैं। माँ-बहन की गाली बकते हैं कि अभ्यास न छूट जाए।

लेकिन अंजना और रंजना तीन दिन दफ्तर नहीं जाएँगी। दफ्तर से रोज एक घंटा पहले भागती हैं और एक घंटा देर से पहुँचती हैं। दोपहर, लंच टाइम में बगल की मार्केट घूमती हैं।, हाथ में प्लास्टिक का थैला लटकाए। आधे घंटे का ब्रेक दो घंटे में खत्म होता है। देवी पूरे संसार को समझा सकते हैं, दफ्तर के साथियों को नहीं। भला कभी मगर से बैर ठीक रहा है। यही कारण है कि देवी प्रसाद प्रिय हैं और उनके नाम के आगे जी लगता है।

देवी प्रसाद को तीन दिन दफ्तर जाने का प्रश्न नहीं है। अभी जनगणना की ड्यूटी दिखाई जा सकती है। यह तीन दिन खासा इन्तजामी और खुशनुमा होने वाले हैं। देवी प्रसाद सिनेमा देखेंगे किसी हॉल में। जमकर चाट खाएँगे-गोल-गप्पे, आलू की टिक्की समोसे... किसी दुकान से कम्प्यूटर के लिए मोल भाव करेंगे। सुशीला को एक साड़ी तो जरूर खरीदेंगे। अभी उन्हें दो जाँघिये का कपड़ा भी लेना है। सिलाई मशीन फिर खराब हो गई है, शायद ठीक से बनाया नहीं है। और मशीन का भरोसा भी क्या है! अब तो स्कूटी भी मिस्त्री के यहाँ आती जाती रहेगी! स्कूटी धुलती-पुछती रहे, तेल-पानी मिलता रहे, हवा चेक कराते रहें, एक हाथ रहे तो स्कूटी का साथ खूब रहेगा।

पानी जोर से बरसने लगा है कल की तरह। बादलों का क्या ठिकाना कब आ जाएँ। और आ धमके ढेर सारा पानी लेकर बादल! और देवी प्रसाद ने दोहा गाना शुरू कर दिया है-

साथी हमरे चलि गए, हम भी चालन हार।
कागद में बाकी रही, ता तें लागी बार।।

पानी बन्द होने का नाम नहीं ले रहा है। रात दस बजे तक साधन मिलने की उम्मीद है और उम्मीद पर संसार चल रहा है।

'पानी बन्द न हो लेकिन रफ्तार कम कर दें भगवान, चींटी की चाल जैसा, तब भी भाग चलें घर।' मिश्री को उम्मीद है कि पानी बन्द हो जाएगा।

'देवी भइया एक गीत होई जाए। ई दोहा में मजा नहीं आया।' रामलखन ने निवेदन किया।

'पानी देखकर गाँड़ फट रही है और ई ससुर गीत सुनेंगे।'

अंजना और जरीना अपने में बतिया रही हैं, उनका ध्यान इधर नहीं है। और देवी भाई का यह नकटा गीत-

पिया माँगे गौना मैं नादान।
सइयाँ के बोलाए से मैं ना बोलूँ।

यार के बोलाए से बोलूँ जैसे मैना।
सइयाँ के इशारे से मैं ना देखूँ।
यार के इशारे से डोले दोनों नैना।

अंजना और जरीना ने मुँह घुमा लिया है, उनकी हँसी समाती नहीं। पानी की मूसलाधार झींसी में बदल गई है। देवी प्रसाद बिना झोले के उदास लग रहे हैं। लेकिन बरसात देखने का मजा उनसे कोई छीन नहीं सकता।

'जो पूर्ण हो गया काम, उसको सलाम!' देवी के मुँह से निकला।

पंख झाड़ कर कौआ बोला! काँव-काँव-काँव!
कि रात में हठ कर बैठी बरसात!

बहुत सुख मिलता है जब तकलीफ दूर होती है। काम की धुन में कहीं दर्द नहीं होता। काम के हो जाने पर पूरा अंग जैसे लोढ़े से कूँची हो।...काम कोई भी हो उसकी पीड़ा या सुख खुद भोगना होता है। देवी प्रसाद को भोगना आता है चाहे खुशी हो या उदासी। देवी जी बाएँ से चलते हैं। बहुत आसान है बाएँ चलना, यहाँ पाखंड नहीं है और दुर्घटनाओं का डर भी बहुत कम है। देवी प्रसाद अपनी साइकिल की हैंडिल बाएँ हाथ से खूब ठीक सँभालते हैं। गाँड़ धोना-खुजलाना, नाक छिनकना, कान खुजलाना, आँख का कीचड़ निकालना...बायाँ हाथ करता है मुश्किल काम! वैसे भी कहीं खुजली हो रही हो तो बाएँ हाथ से वह जल्दी मिट जाती है। बायाँ, व्यक्ति का स्वभाव है। वाह रे बाएँ! तुम न रहो तो खूब गन्दगी बनी रहे। और जो गन्दगी साफ करने से भागा, वह गहरी गन्दगी में गिर गया। और सुन्दर भी तो तुम्हीं हो बाएँ! बाएँ बबरी फेर लो तो फिर देखो अपना मुँह दर्पण में, कितना सुन्दर! जैसे कहीं जा रहे हों किसी प्रेमिका से पहली बार मिलने।

देवी प्रसाद ने सुना था कि बाएँ तरफ का दिमाग मजबूत होता है, खूब पढ़ता लिखता सोचता है। बाएँ का पूरा प्रभाव दाहिने पर है। और देवी प्रसाद छज्जे के नीचे-नीचे बाएँ चलते हुए घर आ गए हैं। तीसरा दिन शुरू हो गया है, आज का दिन बरसात का होते हुए बरसात का नहीं है। लेकिन धूप नहीं निकलेगी, यह मौसम बादलों का है। जब उमस बढ़ेगी, तब पानी पड़ेगा। देवी बिना जगाये आज जाग गए थे। भूल से दाएँ करवट सो गए थे, करवट बदलना जरूरी था, सो पेट में गैस भर गई है और गरदन की नस भी तन गई है। आलस्य ने आक्रमण कर दिया है, उन्हें कोई दवा लेनी पड़ेगी कि गैस दूर हो और मन चंचल।

दो दिन के अखबार में क्या खबर छपी थी, देवी को पता नहीं है। खूब पानी बरस रहा था, पानी के मुहावरे सामने बतिया रहे थे। आज किसी मुहावरे का अता-पता नहीं है। देवी पर दवा का असर हो गया है। पेट से गैस निकल रही है। धीरे-धीरे आलस्य किसी और का सिर पकड़ेगा, देवी के सिर से वह उतर रहा है। '...चाय वाह! ताजगी का एक कप।' देवी के हाथ में चाय का कप है।

'प्रेम विवाह की सजा, गला घोंटा और खेत में जलाया...' सुशीला मुख्य समाचार

की तरह अखबार पढ़ रही हैं–'जल भराव ने शहर का हुलिया बिगाड़ दिया है...आसमान से अमृत बरसा...किसानों के चेहरे खिले...धरती जुड़ा गई है...स्कूल के बाहर बच्चे घुटने तक पानी में खड़े रहे...रिक्शे का पहिया नहीं दिख रहा है, पानी में डूबा है...'

'बरसात का मजा लूँगा और मौज में रहूँगा। मैं एक हफ्ते का मेडिकल अवकाश भेज कर पनिगर होना चाहता हूँ। बोलिए! आप क्या चाहती हैं?' देवी प्रसाद का ध्यान अखबार पर नहीं है। बीती रात को खूब हुई बरसात से वे अभी छूटे नहीं हैं।

सुशीला समाचार से हटी नहीं हैं–'कृष्णानगर कॉलोनी और इन्द्रलोक का सबसे बुरा हाल है...शक्तिनगर के घरों में पानी घुस गया है...अशियाना में कोई घर नहीं बचा, जहाँ पानी-पानी न हुआ हो...जानकीपुरम् में बाढ़ की स्थिति है...'

'क्या लेकर बैठ गई हैं! नारियल का तेल पीठ में लगा दीजिए प्लीज! पीठ में कल से कलकलाहट हो रही है, दाने हो गए हैं क्या?'

'कुछ भी करने चलो भेंड़ डाल देते हैं। कई दिन से अखबार नहीं आ रहा था, तीन दिन का अखबार बरामदे में पड़ा था, लगता है अखबार वाला नागा नहीं करना चाहता। पैसा लगता है, फोकट में तो है नहीं!'

'पढ़कर पइसा वसूल लो! देखना छूटे न एकौ शब्द! लेकिन मेरी प्यारी बुढ़िया बीबी! जरा पीठ में तेल...'

'हुँ तेल! इधर करिए पीठ!' सुशीला ने बाकायदा पीठ में तेल लगा दिया है। पीठ में दाने नहीं हैं लेकिन पीठ को तेल चाहिए।

'आज पूरा अखबार चाट जाएँगी क्या? कभी इतना पढ़ती तो नहीं थीं! वैसे आज बीच का पूरा पेज कल की बरसात का है।'

'फोटो देखिए! कितना साफ छापे हैं सब!' और सुशीला मुख्य समाचार के बहाने कोई खबर छोड़ना नहीं चाहती हैं, लेकिन उन्हें कृष्णचन्द याद आ गए–'कृष्ण भाई साहब का क्या हाल है?'

'अखबार से कृष्ण पर कूद पड़ीं! कृष्ण के घर छापा पड़ा है। जाँच चल रही है, जेल जाने से उसे कोई रोक नहीं पाएगा।...बड़ा बेटा डिप्रेशन में है, कई बार जान देने की कोशिश कर चुका है, इलाज चल रहा है। उसकी बीबी को अब गहने अच्छे नहीं लगते, शायद ब्यूटीपार्लर भी न जाती हों। एक दिन उसके घर गया था तो उसकी पत्नी की भौंह चौड़ी थी, भौंह बनवाई नहीं थीं। इधर बीच कृष्णचन्द की जान-पहचान कई मंत्रियों से हो गई थी। कृष्ण एक साल दिल्ली के पड़ोस वाले जिले में रहा, खूब कमाया। वहीं एक प्लाट भी खरीदा है। फिर वह सोनभद्र आया, अब वहाँ भी नहीं है। मलाईदार जगहों पर खूब रुपया बरसता है और वह इसमें पीछे नहीं है। चढ़ गया सबकी आँख पर, अब करो कमाई! सब गाँड़ में घुस जाएगा। लेकिन मुझे उसके बेटे को देखकर दया आ रही थी।...सब धन-दौलत बेकार है सुशीला!'

'चाय और बना दूँ कि लैट्रिन जाएँगे?' सुशीला ने देवी का पँवारा रोक दिया है।

'बना दो! कुछ सुनगुन तो नहीं है, थोड़ा लगे तो जाऊँ।'

सुशीला ने चाय चढ़ा दी है। जब तक चाय बनेगी, कुछ और खबर पढ़ लूँगी, यही सोचा है सुशीला ने–'तेज बारिश, शहर के नाले बर्दाश्त नहीं कर पाए...उफनाये नाले...एक बच्ची बह गई नाले में...'

'क्या! पढ़ो फिर से!' देवी प्रसाद का मुँह खुला रह गया।

'यह तो परसों का अखबार है। कल वाले में भी एक बच्चा नाले में बह गया।' सुशीला फिर झुक गईं अखबार के पन्ने पर–' ...और आज तो हद है! तीन बच्चों को नाले ने लील लिया, बह कर गोमती में समाए बच्चे...तीन में से दो बेटियाँ थीं।...बारिश के समय घर के बाहर बच्चों को न जाने दें...खुले नाले जान लेवा साबित हो रहे हैं...बेटी के गम में बेहोश हो गए खलील...'

देवी प्रसाद की आँखें गीली हो गईं। अब आँखें पूरी तरह भर जाएँगी और फिर आँखों में पानी समा नहीं पाएगा। देवी प्रसाद बोलना चाहते हैं, लेकिन इस समय कोई वाक्य मुँह से निकालना सम्भव नहीं है। उनके सभी शब्द आँखों के हवाले हो गए हैं। देवी को याद आया कि जब वे छोटे थे तो एक बच्ची खेलते-खेलते कुएँ में गिर गई थी। सपाट कुआँ बिना घेरे के असुरक्षित था। बच्ची के माता-पिता का रो-रोकर बुरा हाल था। तब देवी यह नहीं जानते थे कि कोई रो क्यों रहा है। यह लड़की तो सोई है, किसी के सोने पर रोना क्यों? उस घटना को देवी जब भी याद करते हैं, दो बूँद आँसू टपकने से रोक नहीं पाते।...और आज भी देवी की आँखों में पानी कम नहीं हुआ है।

सुशीला जानती हैं कि भावुक क्षण देवी को रुलाता रहता है। उन्होंने देवी की ओर देखा और फिर समाचार पर एक नजर टिक गईं–'जम्मू कश्मीर में पुलिस और प्रदर्शनकारियों के बीच टकराव के बाद कर्फ्यू लगा दिया गया, लेकिन बच्चे सूनी सड़कों पर फुटबाल खेल रहे हैं, उन्हें कर्फ्यू से क्या लेना देना!'

देवी प्रसाद वहीं बैठे हैं दो घंटे से। फरागत होने के लिए दबाव तो बना था लेकिन अब फ्रेश होने वाले प्रेशर का कहीं पता नहीं है, बिसर गया है शौच-कर्म! देवी अपना कंधा टटोल रहे हैं। इसी कंधे पर लाद लाए थे नई बस्ती से पाँच सौ पैंसठ लोग, जिसमें स्त्रियाँ दो सौ सत्तावन थीं। अब वे नई बस्ती जाएँगे। एक नजर सबको देखेंगे। जुबैर, कसपाती, झब्बो, जाकरुन, मानकेसर, नंदलाल, मुनिया, हलकनियाँ के यहाँ जरूर जाएँगे देवी प्रसाद, और हाल-चाल पूछेंगे, हिदायत देंगे कि बच्चों को नदी-नाले के किनारे न जाने दें...तब देवी को संतोष होगा।

पंखा चल रहा है। प्रगति की तबीयत ठीक नहीं है। सुशीला ने एक कप चाय और दे दी है कि शायद शौच हो लें देवी।...और देवी उठे, सोई प्रगति को देखने लगे कि ठीक से सोई है कि नहीं, कहीं वह उठकर नाले के किनारे खड़े होकर पानी के तेज बहाव को देखने न लगे! देवी प्रसाद ने अपना गमछा प्रगति को ओढ़ा दिया है, जो प्रगति को कंधे तक ही ढँक सकता है।

कैसे कह दूँ कि यह उपसंहार है!
यह तो डूडा कॉलोनी है!

माघ-मास आधा बीत चुका है। हेमन्त के बाद शिशिर ऋतु की अपनी सुगन्ध है, धूप में खास गरमाहट है। हवा बहेगी तो ठंड होगी, वैसे सब ठीक हैं देवी के दादा कहते भी थे, 'न माघ जाड़ा न पूस जाड़ा जब बहे बयार तब लागे जाड़ा।' देवी प्रसाद इसे जानते हैं लेकिन कहते नहीं हैं। पहले कहते थे, और अब सुशीला ऐसी बातों से ऊब चुकी हैं। आज कोई नहीं सुनता पुरानी बातें-कहावतें, लेकिन जो सुने नहीं हैं वे सुनते तो हैं, अर्थ नहीं जानते। देवी प्रसाद को बसन्त की सूचना हो गई है, सिर्फ प्रतीक्षा है ऋतुराज की। थोड़ी मादकता, थोड़ी सी आलस, थोड़ी जँभाई और बैठे-बैठे कहीं भी एक मीठी नींद मार लेना...वाह कितना आनन्द है!

कल बसन्त पंचमी थी। देवी प्रसाद के बचपन में विद्या-ज्ञान की देवी का बड़ा मान था। सरस्वती पूजा की धूम से पूरा शहर, कस्बा, गाँव तेज ध्वनि से गूँजते गीतों-भजनों-नारों के हवाले हो जाया करता था। देवी प्रसाद खूब नाचते और गाते थे। आज ऐसा नहीं है। सरस्वती को जान गए हैं आज के छात्र, और जमकर तैयारी कर रहे हैं। पूरा देश एक ऐसी शिक्षा की ओर चल पड़ा है, जिसकी बहुत जरूरत है। फिर भी जो सरस्वती के भरोसे परीक्षा पास करना चाहते हैं, वे अपने गले के साथ अन्याय कर चुके हैं, गला पूरी तरह बैठ गया है। गले के ऊपर चूना पोते, टॉफी चूसते कुछ बच्चे दिख रहे हैं। और तृतीय श्रेणी में उत्तीर्ण होने पर खूब खुश हो रहे हैं।

देवी प्रसाद को प्रतीक्षा नहीं थी, अब वे कहें किससे कि इन्तजार खत्म। और यह विश्वास भी नहीं था कि फिर झोला कंधे पर लटक जाएगा। नौ फरवरी से अट्ठाइस फरवरी की रात यानी बारह बजे तक या एक मार्च को शून्य बजे तक यह महान काला झोला जनगणना वाला साथ देगा। सामग्री वही, शैली वही, सिर्फ कुछ भिन्न है तो अनुसूची में, लेकिन कोई परेशानी नहीं है। बीस दिन का काम पाँच दिन में होने का पूरा विश्वास है। देवी प्रसाद जानते हैं कि काम भले दुहराया जाए लेकिन बात नहीं। एक ही बात बार-बार कोई क्यों सुनेगा! और देवी तैयार हैं, इस तैयारी में तैयार होने जैसा नहीं है।

कम्बल कंधों पर लद गया है। रजाई की जगह अब कम्बल ओढ़ेंगे देवी। स्वेटर पूरी बाँह वाले रखे जा रहे हैं। मौसम का बदलना उम्र को बढ़ते हुए देखना है। एक हाफ स्वेटर और एक सदरी जरूरी है देवी के लिए। सदरी में कई जेबें हैं, जो रबड़ पेंसिल, इंकपैड रखने के काम आएँगी। बहेड़ी के बाद देवी का मन किसी काम में नहीं लग रहा था, वे लगातार छुट्टियाँ ले रहे थे। समय को काटना नहीं हो रहा था, और इसी समय में कुछ घंटे निकालकर नई बस्ती हो आते थे देवी। इस बार देवी प्रसाद को डूडा कॉलोनी मिली है। यह आश्रयहीनों के लिए बनी एक कमरे की कॉलोनी है। नरपतखेड़ा के पास बनी यह कॉलोनी अनेक परिवारों के साथ मुस्करा रही है, जहाँ अनेक स्थानों से आए लोग अपनी छत के मालिक हैं। भिन्न-भिन्न स्थानों पर बनी यह डूडा कॉलोनी

छोटी नहीं है। क्रम से बने मकान अच्छे लगते हैं। देवी को काम करने में कोई दिक्कत नहीं है। आवासों पर बाकायदा नम्बर पड़े हैं। लेकिन गन्दगी से यहाँ भी पीछा नहीं छूटा है। विभाग का ध्यान सफाई पर नहीं है, और लोग तो जैसे करते आए हैं साफ-सफाई वैसे करेंगे, अपना साफ करेंगे दूसरे के दरवाजे पर थूकेंगे।

यहाँ कुछ भी हो, नई बस्ती का मजा नहीं है। डूडा कॉलोनी का अपना स्वभाव है। बहेड़ी जो कभी गाँव था सैकड़ों साल पहले, आज कस्बा बन गया है। बहुत अपनापन है वहाँ, लोग जन्मभूमि समझते और पाहुन का अर्थ जानते हैं, उनके अपने पैतृक काम भी हैं जो सम्बन्धो पर आधारित हैं। आज सभी पैतृक कार्य लाभ-हानि की नजर से देखे जा रहे हैं, लेकिन लगाव कम नहीं हुआ है।

डूडा कॉलोनी बाकायदा आवंटित हो चुकी है, यहाँ भी लोगों के अपने घर हैं। लोग यहाँ रहने वाले स्थानीय संस्कृति के साथ-साथ एक मिले-जुले व्यवहार में रह रहे हैं। यही व्यावहारिक स्थानान्तरण एक समाज का निर्माण करेगा। फिर यहाँ उनके बच्चों की जन्मभूमि होगी जो यहाँ बस गए हैं, अपनी जमीन, अपना आसमान होगा। अपनी छत पर गर्मी के दिनों में बिना कुछ बिछाये सोएँगे, देखेंगे तारे और उड़ते जहाज!

नरपतखेडा की मुख्य सड़क पर चाय-पान की बड़ी दुकान है। दुकानदार अर्जुन तीन भाइयों में बड़ा है। सभी भाई दुकान पर काम करते हैं और मुस्टंड हैं, साँवले-चिकने। जैसे सभी देह में रोज तेल की मालिश करते हों और किसी को एक घूँसा पीठ पर मार दें तो वह झाड़ा कर दें। अर्जुन तीन बीघे खेत का मालिक है। जमीन नरपतखेड़ा के मेन रोड पर है। डूडा कॉलोनी के विकसित हो जाने से उसकी जमीन एक करोड़ से अधिक की हो चुकी है। एक से बढ़कर एक जमीन के जरूरतमंद, जमीन के लोभी, भवन निर्माण के व्यवसाई आए और मुँह-माँगा दाम लगाया, लेकिन वह पट्ठा हिला नहीं। यही इसका बैंक बैलेन्स है। जमीन पर उसका पूरा कब्जा है, उसी भूमि पर चाय की दुकान है! यहीं सड़क मुड़ती है, मोड़ का फायदा सीधी सड़क से अधिक है। देवी प्रसाद का सेंटर यही चाय की दुकान है, और वे ठीहा गाड़ चुके हैं। वे यह भी बता चुके हैं कि ठीक से गिलास धोकर चाय देना। तीनों भाइयों के चेहरे पर खुशी इतनी है कि मानो एक अँजुरी प्रसन्नता दे रहे हों। यहाँ भी रामलखन, अशोक, विजय से पीछा नहीं छूटा है। और यही दुकान सबका सहारा है।

गली-गली में शोर है

देवी प्रसाद बहुत सुखी हैं। किसी को दुख देना उनके व्यवहार में नहीं है। वे दिल से सबका भला चाहते हैं और अपने दिल की दिल्ली पर राज करते हैं। बहुत ठीक होता है सामने निन्दा करना। यह जानकर भी कि आलोचना बहुत अच्छी चीज है, जरूरी

है, फिर क्यों अपनी कमी जानकर मुँह फूल जाता है, देवी समझने की कोशिश करते हैं। वे कभी सामने बड़ाई और पीछे बुराई नहीं बतियाते! उन्हें याद है कि, 'क्या घमंड करना! क्या किसी पर हँसना! मेरी नाव भी कभी समुद्र में होगी!'

देवी ने सुना था कि जुबैर यहाँ भी आ चुका है। नरपतखेड़ा में एक बैठक उनकी हो चुकी है। जुबैर बिना पढ़ा-लिखा लेकिन दिमाग से कड़ा! कितनी आदमीयत भर गई है उसमें। यहाँ डूडा कॉलोनी में भी उसकी चर्चा है।

सामाजिक कार्यकर्ता बनकर भ्रम फैलाना ठीक नहीं है। आडम्बर और अशिक्षा के बहाने वोट की मानसिकता से समाज नहीं बदलेगा। हाँ कार्यकर्ता पार्टी में अपनी छवि बना! सकते हैं। जुबैर ने यहाँ बता दिया है कि, 'हमारी कोई जाति नहीं है, हम मजदूर हैं, कारीगर हैं और सिर्फ एक आदमी हैं। कोई आदमी तीरथ करें, हज करें, मत्था टेक आए...क्या फायदा जब उसे इंसान से मुहब्बत ही न हो।' जुबैर ने बढ़ती महँगाई के विरोध में बहेड़ी में प्रदर्शन किया था, यह देवी जानते थे, लेकिन वह अपना विरोध राजधानी पहुँचा चुका है! तो अब देवी की प्रसन्नता देखते बनती है।

गलियों में घूमते-घूमते गली-ज्ञान का होना कोई आश्चर्य की बात नहीं है। गली कहीं की हो उसका अपना स्वभाव है। देवी जानते हैं, शहर की गली, खूब घूमे हैं कस्बे की गली, रहे हैं गाँव की गली...

गलियों में बेवजह के सम्प्रदाय, बिना अर्थ के धार्मिक स्थल, स्वार्थी सामाजिक कार्यकर्ता, एक दो विद्वान, ढेर सारे बेवकूफ? थोड़े बहुत शान्त लोग, उद्दंड और बदमाश, शक्तिशाली, निर्बल, धनी, निर्धन, अड्डेबाज, रूढ़िवादी और न जाने क्या-क्या देखा देवी ने। आज वे डूडा कॉलोनी की क्रमबद्ध गली, जो बाकायदा नक्शा खींचकर बनाई गई है, घूम रहे हैं। यहाँ का अपना अनुभव होगा जो देवी प्रसाद दर्ज करेंगे। हम बहुत कुछ लिखते, पढ़ते, सहेजते रहते हैं और हमें पता भी नहीं होता। देवी ने जाना कि तीन चौथाई लोग ऐसे हैं जो गलियों का जीवन नापसन्द करते हैं। लेकिन जो बाप-दादों से रहते आए हैं और उनका अपना पैतृक आवास है, उन्हें पसन्द है अपनी गली। शायद बाहर का हो-हल्ला उन्हें पसन्द नहीं है, और खास यह भी है कि यहाँ पड़ोसियों से निकटता है। यहाँ चोरी का डर नहीं है और अनैतिक तत्त्वों से सुरक्षित भी हैं।

आज पता नहीं क्यों देवी प्रसाद गली में हैं। गली कहीं पढ़ लिए हैं, देख लिए हैं गली। बिना गली के बस्ती कैसी! और अर्जुन की दुकान में रखी एक साफ-सुथरी चौकी पर पालथी लगा बैठ गए हैं देवी प्रसाद!

...और जब यहीं से शुरू करनी है कार्ययात्रा, तो सबका मिलना रोज जरूरी है, यहीं इसी दुकान पर!

'आज हमने गली सोचा है।' देवी ने अशोक से कहा।

'आप सोचिए! और हम करें, घूमें गली-गली!'

'मैं तो कह भी रहा हूँ, सोच भी रहा हूँ। बहुत पहले जब पढ़ता था कॉलेज में तब गली के विषय में पढ़ा था। और अब तो जान गया हूँ गली!'

‘आपका काम हो गया आज का? हमारा हो गया! हे विजय चुप मार के बैठे रहो! भैया आज गली में बिछलाएँगे।’

‘कुछ न कुछ सुनते चलो इस देवी से! प्राणनाथ का क्या ठिकाना कब चल दें छोड़कर देह को।’ देवी ने मुस्कराकर कहा।

‘यह सब बकवास नहीं! गली-गली कहिए जाहि बिधि राखें राम ताहि बिधि रहिए।’

‘राम नहीं अपनी बनाई बिधि से रहना है। मनुष्य श्रेष्ठ है और मैं तो इसे बुद्धिज कहने लगा हूँ। मानव का विश्वास, मानव में विश्वास, मानव से विश्वास जरूरी है।...हमारा समाज क्या है? बोलो! समाज हमारे अस्तित्व का आधार है। हमारा व्यक्तित्व समाज में निर्मित और विकसित होता है। हमारे पास सम्बन्धों की एक शृंखला है, एक बुनावट जहाँ हम एक दूसरे से बँधे रहते हैं। इन्हीं सम्बन्धों की जटिलताओं में हमारी एक व्यवस्था है, हमारा एक नियम है, जहाँ हमारा होना व्यक्ति का होना है, बुद्धिज का होना है। हमारी ढेर सारी व्याख्याएँ हैं।...बात गली की थी, वहाँ भी एक समाज है। गली में सबसे अधिक हुल्लड़बाजी और झगड़ा होता है। लोग निन्दा करते मिलेंगे। मादक वस्तुओं का प्रयोग, छेड़खानी-जैसे धक्के लगाना, अश्लील शब्द कहना। गलियों में अश्लील प्रदर्शन जैसे हाथ से लिंग या योनि बनाना प्रायः देखा जाता है। बच्चों के अपराध भी खूब हैं यहाँ-लड़ाई-झगड़ा, अशिष्ट व्यवहार, शोरगुल... गलियों में खेलते बच्चे मिल जाएँगे, और आप तो जानते होंगे अशोक कि गली में गोली का खेल खूब खेला जाता है। यही गोली-कंचे का खेल हमें जुए तक ले जाता है।’

‘हमार बेटवा बाबू जी! खाली घूमत रहत है। अबहीं घर नाहीं आया, कहीं खेलत होगा गोली-कंचा, और अब तो किरकेट का जमाना आ गया। न खाए की सुध न नहाये का खयाल। मोटी मैल बैठी है देह पर...जाओ ससुर!’ देवी के पास जमीन पर बोरा बिछाकर डूडा कॉलोनी का एक आदमी चाय पी रहा है। देवी उसे ध्यान से सुन रहे हैं, लेकिन अपनी बहस में शामिल नहीं किए हैं।

‘ऐ भाई चुप रहो। अपने बेटवा को दो दुई थप्पड़ और तुम भी घर में रहो, फालतू अड्डेबाजी न करो। अपने सुधरोगे तब तो सुधारोगे।’ अशोक के इशारे से वह तीन फुट घिसक गया अपना बोरा लेकर।

‘गलियों का अपना व्यवहार है। जरूरी नहीं कि जो शहर की गली में हो वह गाँव में हो। इतना जरूर है कि यदि बाहरी व्यक्ति गली में जाता है तो उसे गन्दगी, सँकरापन, भीड़, शोर, सवारी की असुविधा जैसी अनेक खामियाँ दिखती हैं, जबकि वह भी किसी गली से आया है।’

‘वाह देवी भैया! मजा आ गया। बड़े मजे से कटेगी जनगणना! पता नहीं चलेगा और हम अट्ठाइस फरवरी की रात में होंगे यहीं, अपने इलाके में।’ विजय ने हाथ झटक दिया है।

‘ऐसे नहीं चलता है कि देना सेर भर और लेना सवा सेर। कुछ तुम भी बोलो, कुछ वो भी बोलें, कुछ हम भी बोलें।’ देवी अशोक की ओर देख रहे हैं।

'हम का बोले देवी भैया!' अशोक अलसाए से हैं–'परसों एक प्रगणक मिला था। उसने लिए एक सौ छब्बीस फार्म जिसमें सौ खाली हैं और छब्बीस गलत-सलत भरे हैं, एक दिन में पूरा काम समाप्त! सुपरवाइजर ने कल सुना तो कहने लगे एफ आई आर हो जाएगी तो वह प्रगणक पहले तो गिड़गिड़ाया फिर दो घंटे बाद सौ ग्राम दारू लगा आया–'कि अब करो एफ आई आर...अब कर ही दो साहब...!'

'अरे, भइया मेरे बगल में भी एक हजरत हैं। मुखिया स्वर्गवासी हैं फिर भी उसका डिटेल भरे हैं चोदऊ के! और लिखे भी हैं स्वर्गवासी।' विजय बोले।

'कोई हमसे पाँच सौ ले ले, लेकिन ई लड़परेतन से छुट्टी दे! अभी सबको गिना है। तो फिर गिनो कि कितने आदमी हैं, साला यह कोई काम है!'

'इससे क्या जाता है। अनुभव के संसार में मौज कर रहे हैं, यह क्यों नहीं कहते! पाँच हजार देकर भी ऐसा भोग नहीं भोग सकते। देवी के पास समय है और कोई अभी यहाँ से हिलने वाला नहीं है। दूसरी बार चाय आ गई है, बाकायदा गिलास धोकर।

हम विराम लेते हैं
और चाय पीने नहीं जाते हैं

कवनी चिरइया सुख सोवे भइया रे
कवनी चिरइया सुख सेवै रात...
सुखिया चिरइया सुख सोवे भइया रे
दुखिया चिरइया सेवै रात...

सोनू जाटव ने सीमा से प्रेम-विवाह किया था। कुछ लोगों को यह विवाह मंजूर नहीं, सो-सोनू को बुलाकर उसके मुँह में कपड़ा ठूँसकर मार डाला।...मोनिका और मैकूलाल एक ही गोत्र के थे। परिवार वाले इसके खिलाफ थे। बुरी तरह पिटाई के बाद पंखे से लटका दिया गया और केस बन गया आत्महत्या का।

प्रेम गुनाह नहीं है। प्रेम मरेगा नहीं। भावनाओं की मृत्यु सम्भव नहीं है। विस्तार में जाती भावनाएँ मजबूत होती हैं। यहाँ कष्ट खुराक है, जैसे किसी मूँज-पतलों को जला देने से उसकी बाढ़ अच्छी होती है। इसका अर्थ यह नहीं कि कष्ट देना भोजन देना है, और नष्ट करना जीने का उपक्रम करना। बात को समझने की ठीक से जरूरत है। प्रेम हमारा स्वभाव है। हमारी ढेर सारी क्रियाएँ प्रेम से संचालित हैं। प्रेम को बचाने की जरूरत है।

यह साबित भी है कि परिवार के मर्जी के खिलाफ शादी के फैसले को सम्मान के तराजू पर तौलना गैरवाजिब है। दो प्रेमी के अन्त के दर्दनाक मामले जिस प्रकार आ रहे हैं, कतई ठीक नहीं है। यह नकारात्मक सोच का परिचय है। यह समाज के लिए हानिकारक भी है। यह भी स्पष्ट खबर है कि राज्यों को निर्देश दिए गए हैं कि तंग करने वालों के खिलाफ कार्यवाही की जाए। वयस्क जोड़े सुरक्षा के लिए आते हैं तो उन्हें पूरी सुरक्षा दी जाए। लेकिन यह भी सूचना हुई कि पुलिस बेशर्म और संवेदनहीन है, उससे

इंसानियत की उम्मीद करना बेमानी है। व्यवस्था ठीक से व्यवस्थित हो जानी चाहिए थी, लेकिन नहीं! सब अपना घाव जानते हैं, अपना सम्बन्ध पहचानते हैं। हमलावरों की कहाँ इतनी ताकत है कि कहीं भाग जाएँ। पुलिस चाहे तो अपराधी हग-मूत दें। लेकिन सबकी अपनी जरूरत है, इच्छा है। और जरूरत इंसान को कुछ भी बना सकती है। अभी कुछ दिन पहले कार कन्ट्रोल से बाहर हो गई थी और एक स्त्री घिसटती चली गई थी पाँच सौ मीटर, एक जीवन चला गया। जीवन से बढ़कर कुछ भी नहीं है। सुखी, स्वस्थ्य और लम्बे जीवन के लिए वह स्त्री बारह तीर्थ यात्राएँ कर चुकी थी, अमरनाथ की यात्रा भी। सड़क पर नियमों को जेब में रखकर चलते लोगों की भरमार है, और 'जिन्दगी सलामत है' के गीत गाये जा रहे हैं। एक खबर यह भी कि 'किसान की आय बढ़ाना है, प्रदेश सरकार ने ठाना है।' किसान बेचारा, खेत का रखवाला, अन्न उपजाता, मौसम सहता, श्रम का बादशाह! करता आत्महत्या भूख से, कर्ज से! सबसे अधिक मौसम मार किसान के पेट पर होती है। किसान की समस्या नारे से नहीं सुलझेगी।

हम सभी किसी मूर्खता में पड़े हैं, हमें अपनी बेवकूफी की जाँच करनी चाहिए। तमाम लोग पीछे पड़े हैं कि कब इस मूर्ख को मूर्ख बनाकर अपना मूर्ख सीधा किया जाए।...और हम बेटी का कन्यादान करने से पहले किसी ट्रक के नीचे कुचल जाते हैं...कुछ महीने पहले पिता का दिन था, खूब सम्मानित हो रहे थे पिता! वाह भाई खूब! जन्मदाता का अभिनंदन है। और पिता को ढेर सारे उपहार जो एक बच्चे के पिताश्री हैं। लेकिन ऐसे पिता को समारोह से बाहर भी करना चाहिए जिनके चौदह बच्चे हैं। और एक वह पिता है जो बैल की तरह कंधे पर जूआ रखे खट रहा है, यहाँ सोचने की जरूरत है।

पुलिया पर बैठे हैं देवी प्रसाद और उनके साथी। यहाँ गप मारना और गीत गाना अच्छा लगता है। पुलिया पर उदास बैठना भी उदासी दूर करने का उपक्रम है। चाहे पुलिया पर बैठे या चाय की दुकान पर आज का काम पूरा हो जाने पर ही सुस्ताना हो रहा है, यह नहीं कि काम के पहले विश्राम।

'अशोक मिल गए तो समझो पूरा काम!' देवी ने अशोक की बड़ाई की-'साथी ठीक हो तो साथ चलता है साथ-साथ और काम का बोझ नहीं होता! काम एक सहयोगी की तरह कि चलो मेरे साथ! जिससे कुछ काम हो और रोटी का विश्वास बने।' देवी को साथ एक जीव की तरह मूर्त दिखाई दे रहा है।

'कुछ फुटकर सुनाइए! यहाँ के काम में दम नहीं है। सीधी बनी गलियों में काम है, कुल चार-पाँच गलियाँ हैं, बस!'

'क्या सुनाऊँ अशोक, अब हम अन्त की ओर हैं। जीवन भी नीचे की तरफ है, इसका अर्थ निराशा नहीं, मतलब है कि हम समझते हैं समय।...नई बस्ती में मैंने देखा था कि अपने आगे के समय को एक मजदूर ने समझा था। दोनों परानी मेहनत से रोजी कमाते थे। रोज के कमाये गए पैसे में से बचाते भी थे पढ़ाने के लिए बच्चों को! मैं जब

बच्चों की उम्र पूछने लगा, तो एक बच्चा दौड़कर अपना रिपोर्ट कार्ड ले आया। यह देखकर बगल वाला पड़ोसी कहने लगा, 'साहब हम भी एक बच्चे को पढ़ाते हैं।' नई बस्ती से डूडा कॉलोनी शिक्षा के मामले में आगे है।...यहाँ मैं जब किसी बच्चे से स्टूल माँगता हूँ बैठने के लिए, तो वह गन्दा सा स्टूल सामने रख देता है और जब नहीं बैठता हूँ तो उसकी माँ अपने आँचल से स्टूल झाड़ती है–'बैठ जाओ बाबू जी!' अशोक यह सामान्य सी बात कितनी गहरी है।...मैं यहाँ भी एक जुबैर चाहता हूँ। खोज जारी है! समय बदल रहा है अशोक भाई! अशोक मतलब विजय भी...'

विजय ने चौड़ी मुस्कान फैला दी है।

'...और कभी लगता है कि समय कहाँ बदला, मन तो वही है, विचार तो वही हैं जो गहरे पैठ गए थे। भाषा थोड़ी बदली है लेकिन मानसिकता वही है, तेवर भी वही... चाहे जितना खर्च हो जाय! पैसा तो है ही खर्च के लिए। पेट में बच्चा आ गया तो किसी तरह पता करेंगे कि बेटी है कि बेटा, और यदि बेटा हुआ तो अल्ट्रासाउंड रिपोर्ट के साथ बच्चे की तस्वीर भी चाहिए और फिर उसे अपने एलबम में सजाकर रोमांचित होते रहेंगे। यह वह समय है कि विदेशों में नशा हाईस्कूल के बच्चों की संस्कृति का हिस्सा बनता जा रहा है और सेक्स इन किशोरों के लिए सामान्य चीज है। लेकिन इस विषय पर अमेरिका चिन्तित है।...समय आ गया है कि ठीक सोचो कि भरोसा करना है कि नहीं। अभी यह भी खबर है कि गर्भ निरोधक गोलियाँ नकली बन रही हैं, विपरीत प्रभाव से हानि हो रही हैं, नोटिस मिली है ऐसी कम्पनियों को।...समय आ गया है कि दलित के हाथ का खाना न खाने वालों का बहिष्कार कर दिया जाए और उन्हें बाकायदा अछूत मान लिया जाय– बिना आरक्षण का लाभ दिए। समय आ गया है कि विज्ञान के इस्तेमाल का, लेकिन साइंस का दास बनने का नहीं है समय। सुना गया कि फेशबुक पर देखा जा सकता है कि सीक्रेट लाइफ को पसन्द करने वालों की संख्या कितनी है? शायद बीस लाख के पास पहुँची है। समय आ गया है कि विज्ञापनों पर ठीक से नजर डाले। पहले यह कि इस्तेमाल की जरूरत हो, जेब गवाही देता हो, मन भी हो, तो वस्तु का मोल-तोल करना चाहिए और वाजिब मुनाफा दुकानदार को लेने के लिए कहना चाहिए।'

विजय और अशोक कहाँ बोल पाते इतना! और यही बात है कि वे बात को तरसते रहते हैं, जो देवी प्रसाद पूरा करते हैं बतियाकर।

दूर से अर्जुन ने देख लिया है देवी को, कि पुलिया पर बैठे गप माप रहे हैं! अर्जुन के छोटे भाई ने तीन गिलास ठीक से धोना शुरू कर दिया है।

हमारी मजबूरी है कि एक कप चाय पीना है

डूडा कॉलोनी में देवी को एक दिक्कत यह है कि दिन में कुछ घरों में ताले लगे रहते हैं। अकेले रहने वाले काम पर चले जाते हैं। देवी प्रसाद को सुबह सात बजे से

पहले पहुँचना चाहिए जिससे एक घंटा उन परिवारों को दे सके जो दिन में नहीं मिलते हैं। और देवी प्रसाद आज घर से चार बजे भोर में चले हैं, पाँच बजे तक अर्जुन की दुकान पर पालथी मार बैठ गए हैं, दुकान की पहली चाय के साथ। बोहनी का पैसा अर्जुन कई जगह छुआकर माथे लगा रहा है–चूल्हे से, चाय के भगोने से, लक्ष्मी–गणेश की मूर्ति से और गल्ले से।

आज माघ पूर्णिमा है, संत रविदास जयन्ती। सुबह दो–तीन घंटे के बाद कोई काम नहीं होगा। यहाँ खूब धूम मचेगी। काम अभी बाकी है, आज अट्ठारह तारीख हो गई है। देवी प्रसाद लच्छन, बीपत, पन्नालाल से मिल रहे हैं, उनकी पूरी सूचना दर्ज हो गई है। देवी की पुरानी आदत है–गली घूमना। और वे एक ही गली के कई चक्कर लगाकर किसी खाली पड़ी कुर्सी पर या चारपाई पर बैठ जाते हैं।

आठ बजने में कुछ मिनट की देर है और देवी प्रसाद फिर अर्जुन की दुकान पर... अशोक, रामलखन, विजय में से कोई नहीं आया है। देवी आज कुछ लिखकर लाए हैं, सुनाने के लिए लेकिन अभी सब झोले में पड़ा है। देवी सोचने लगे कि आएँगे भोंकवाने वाले मित्र तो क्या कहेंगे–'पहली जनगणना कब शुरू हुई थी और कुछ चुनी हुई जाति के बारे में थी, और बाद में जो पूर्ण रूप से जनगणना हुई जो दस्तावेज के रूप में मान्य हुई, यह एक ऐतिहासिक कार्य था। तब कुल पैंतीस के आसपास काम के प्रकार बताए गए थे।'

...और देवी प्रसाद अभी अपना लिखा पन्ना झोले से निकाल ही रहे थे कि राहु-केतु की तरह अशोक और रामलखन दिख गए। विजय भी आ रहे होंगे।

'आज क्या निकल रहा है?' रामलखन ने पूछा।

'कुछ सुनाने–दिखाने ले आया हूँ। इसका फोटोस्टेट आपको दे दूँगा, रखा हूँ।' देवी प्रसाद लिखा हुआ पन्ना दिखाने लगे।

'सुनाइए! दिखाइएगा बाद में।' अशोक की जिज्ञासा बढ़ी।

'है कुछ नहीं बस जनगणना पहले कैसे होती थी, पेशा आदि क्या हुआ करता था वही है। धार्मिक पेशा में पंड़े–पुजारी, मठाधीश, मुल्ला, मौलवी, काजी, इमाम, पादरी, पदाधिकारी, सेवक दाह और दफन की क्रियाएँ सम्पन्न कराने वाले।'

'और ये सब आज भी हैं! मालपुआ उड़ाते हुए!'

'मालपुआ ससुर के! जमाना कहाँ गया! ई अभी खीर पूड़ी सोच रहे हैं। दारू मुर्गा भी पुराना हो गया।'

'बहस ज्यादा न पेलो! सुनो!' देवी की गम्भीरता भंग हो रही है–'...और यह भी पेशा है–भिखारी, हिन्दूसंत, हिन्दूभक्त, जुआरी, चोर, मुखवीर, ओझा–सोखा, टोना करने वाले, झाड़-फूँक करने वाले, हिजड़ा, भड़वा, दलाल, कुटना, गाँजा–अफीम भाँग बेचने वाले। हुक्का बनाने वाले और कुआँ खोदने वाले।'

'और मूर्ख बनाने वाले, लोगों को ठगने वाले, प्यार भरी बातें मोबाइल पर करने वाले, अश्लील संदेश भेजने वाले।' और अशोक ने हँसी फैला दी है।

'बड़ा मजेदार है! मैं जनगणना कार्यालय जाकर यह लिखा हूँ कि रहेगा तो काम

आएगा।' देवी ने कहा।

'क्या काम आएगा! अरे, जी छूटे इस काम से! और आप हैं कि पूरी जनगणना की रिपोर्ट लादे हैं कपार पर।' रामलखन खीझे।

'मेरी बेटी इतिहास पढ़ती है, यह उसके लिए है। और सुनो पशुओं के भी समुदाय हैं। नुकसान पहुँचाने वाले-चूहे, बन्दर, घड़ियाल, गीदड़।'

'और यहाँ तो नेता-अफसर नुकसान कर ही रहे हैं। देश को रसातल में पहुँचा दिया। आज उनको भी लिखो, इन जीव-जन्तुओं के साथ।'

'तो का ऊ चूहे से कम हैं!

'अरे, सुनो यार! इतना पन्ना ले आया हूँ कि ज्ञान में इजाफा हो तो लगे हुज्जत करने!' देवी प्रसाद ने तेज आवाज में कहा।

देवी प्रसाद बहुत कुछ कहना चाह रहे हैं लेकिन पन्ना थमा कर जी छुड़ा लिया है।...बहुत सही होते हुए भी विषय उबाऊ हो सकता है, अतीत सुनकर हँसी आ सकती है, गुस्सा आ सकता है। लेकिन सत्य को अस्वीकार करना सम्भव नहीं होता। जनसंख्या का घनत्व घातक है। निश्चित ही आस-पास के समूहों में संघर्ष की बढ़ोत्तरी हो सकती है या स्थिति बन सकती है। यह आपसी तनाव क्यों होता है, शायद यह कारण हो कि सभी एक ही प्रकार के लक्ष्य को पाने का प्रयास करते हैं। निश्चित ही हमारी बढ़ती जनसंख्या अलगाव पैदा करती है। और यह भी सही है कि अचानक लोग यदि कम हो जाए, तो वह बड़े संकट की स्थिति बन जाती है। देवी प्रसाद बढ़ती जनसंख्या की विशेष भूमिका को जान गए हैं कि यह सामाजिक विघटन का कारण बनती है। श्रम की असामनता विभाजन की ओर जाती है। असमानता की अवस्था में सुधार की क्रियाएँ असफल हो जाती हैं। देवी प्रसाद सोचते हैं कि पहली जनगणना में जनगणना कर्मी कितने रोमांचित, भावुक हुए होंगे! और काम की ललक खूब बनी होगी। और जनता तो उस समय भी डरी होगी कि अंग्रेजी सरकार कहीं फँसरी न लगा दे और जो पूछा होगा कर्मी ने झूट-साच बता दिया होगा जनता ने। लेकिन सभी ज्ञान की इंद्रियों में कम्पन जरूर हुआ होगा।

लिखिए कि हम चमार हैं लेकिन पहले एक कप चाय पी लीजिए!

जाति के आधार पर जनगणना को लेकर पक्ष-विपक्ष में बहस छिड़ी है। यह क्या हो रहा है जाति को लेकर! किसे फायदा है? किसे हानि है? अजीब स्थिति है! धर्म जाति विहीन समाज की कल्पना में यह गणना कहाँ से आ गई। हम किसी जाति के हो क्या मतलब! कितने हैं फँला जाति के लोग, क्या अर्थ! अर्थ है कि हम मनुष्य हों, बुद्धिज हों और हमारी रोजी-रोटी चलती रहे, स्वास्थ्य सेवाएँ उपलब्ध हों, शिक्षा की समुचित व्यवस्था हो। धूप, वर्षा, जाड़ा से बचे रहें, घर हो। आने-जाने का साधन हो।

और हम पर्यावरण की चिन्ता करें, इस हेतु समय दें।

जब 1931 में जाति के आधार पर जनगणना हुई थी तो इसका विरोध जबरदस्त तरीके से हुआ था। तब धर्म के आधार पर बाँटने के षड्यंत्र के बाद शायद जाति के आधार पर व्यापक रूप से एक ओछी मानसिकता तैयार की जाने की कोशिश रही है। आज फिर उसे जिन्दा करने का क्या अर्थ! क्या फिर वही 'फूट डालो और सत्ता पाओ!' वाला दिमाग सक्रिय है। हमारे पूर्ण लोकतंत्र की शुरुआत में जाति विहीन समाज की कल्पना की गई और जाति को समाप्त करने के कार्य को प्रमुख माना गया था। जो देश की एकता अखंडता की बात करते हैं, वे कैसे जाति की गणना की बात करते हैं! क्या अखंडता एकता समाज में खड़ा होने का एक बहाना है? और चिन्तन कहीं और है? हम किस पर भरोसा करें, किस दल को देखकर खुश हो लें। वैसे हम संविधान की दुहाई देते हैं और उसकी धज्जियाँ भी उड़ाते हैं, क्या हम आज नहीं जानते हैं कि जाति लोकतंत्र और समाजवादी विचाराधारा के सिद्धान्तों के प्रतिकूल है? क्या हो गया है समाजवादी विचारकों को? क्या उनके विचार माटी-माटी हो गए हैं? क्या फिर से समाज नए तरीके से कुछ और जोड़ कर विद्रूप हो रहा है? बँट रहा है? जरूर कोई द्वन्द्व चल रहा है, एक भीतरी संघर्ष हमारी नींद हराम किए हैं! विचारको! सोचो! एक साथ आओ एक मंच पर! कोई उपाय निकालो! आप तो महान हो! महानता की कसौटी क्या है यह तो बताओ? हे महान भाई! आइए हमारे साथ अपनी महानता सिद्ध कीजिए!

देवी प्रसाद को अभी और सोचना है। वे चाय की दुकान पर आ गए हैं। अर्जुन एक अच्छे आदमी को चाय पिला रहा है, वह गर्व कर रहा है। देवी को देखते ही उसकी मुस्कान फैल जाती है, और एक नई चंचलता चमक के साथ वह चाय का भगौना चूल्हे पर चढ़ाने लगता है। चाय की दुकान पर डूडा कॉलोनी के एक-दो व्यक्ति जरूर नजर आते हैं, जो देवी के क्षेत्र के हैं और देवी से बतियाना चाहते हैं।

...आज भीतरी सुधार की जरूरत है, जमीन की सूक्ष्म सच्चाई जानने की आवश्यकता है। करोड़ों लोग गरीबी में जी रहे हैं, जिनकी आमदनी दो जून रोटी भी नहीं है। आजादी के इतने दिनों बाद, अपना शासन होने के बावजूद, 'जनता की सरकार' का शीर्षक माथे पर ढोने के बाद भी, भरपेट भोजन नहीं, दवाई नहीं, पढ़ाई नहीं, शुद्ध पानी नहीं, रास्ता नहीं, छत नहीं, सुरक्षा नहीं, व्यवस्था नहीं। देखो भाई देखो! चोर हैं, लुटेरे हैं, अपहरणकर्ता हैं, नशेबाज हैं, बहके युवा हैं। मस्त नेता हैं, रुपये पर रखकर नमकीन खाते हैं। बलात्कारी हैं, करोड़ों डकार गए अफसर हैं। शिक्षा-माफिया हैं, भू-माफिया हैं। माफिया एक भयमुक्त शब्द है। विचारवान हँस रहे हैं, राह दिखाने वाले लूटने की ताक में हैं। देखो ये हमारे बच्चे जिन पर हम गौरव करते हैं, कुपोषण के शिकार हैं! इनके सूखे चूतड़ देखो! हाय रे! इन बच्चों के गाल पर झुर्रियाँ जैसे साठ साल की उमर!

...कई राज्यों की विधान सभाओं ने 'पिछड़ी जाति की गणना हो', यह इच्छा जताई है। कब तक 1931 के आधार पर योजनाएँ बनेंगी। जब अनुसूचित जाति, जनजाति की गणना हो सकती है तो पिछड़ों की क्यों नहीं, तब सवर्णों की क्यों नहीं। सरकार की

जिम्मेदारी है कि पिछड़ी जातियों को आगे बढ़ाए तो बिना आधार जिम्मेदारी कैसी? आप खुद विचार कीजिए! देवी प्रसाद विचार करते-करते माथा भारी कर चुके हैं। शायद यहाँ भी किसी को खुश कर किसी को नाराज करने की स्थिति जैसा है। हमारे विचार किस करवट बैठ रहे हैं। इसका पता लगाना जरूरी है।

कुछ दशक पहले जनगणना में लोगों के उपनाम नहीं लिखे गए थे। अस्पृश्यता को कानूनी अपराध बनाया गया। अन्तर्जातीय विवाह को वैध माना गया। 1931 के बाद व्यावहारिक कारणों से जाति की चर्चा बन्द कर दी गई। तब ऐसे मामले भी आए कि लोग अपने को ऊँची जाति का बताने लगे, इससे उनकी हीन भावना अस्वस्थ होने लगी। यही नहीं कई जातियों के नाम बदल गए। आज खतरा जाति आधारित जनगणना का नहीं है! आँकड़ों के आधार पर एक राजनैतिक औजार निर्मित हो जाने का है, जो इस्तेमाल करके कोई बड़े नाखून वाला सत्ता पर काबिज हो सकता है, फिर नोंच-बकोट कर हमारा खून चूसने का सफल प्रयास कर सकता है। नए-नए विवादों का जन्म तो होगा ही, देखी-अनदेखी का खतरा भी बढ़ सकता है।

देवी प्रसाद चाहते हैं कि पूरी दुनिया के लोग जाति आधारित उपनाम हटा दें और एक नई शुरुआत करें। नया सोच, नया विचार, नया जमाना, नया समाज, नया रास्ता, नया संसार...वाह! क्या खूब हैं हम! बुद्धिज लोग!!

...जाति पर राजनीति करने वालों की नजर पिछड़ी जाति पर है। जाति आधारित समाज की बात तो छोटी हो गई, इसी आधार पर राजनीति हो रही है। पूरा व्यवस्था का आधार जाति हो जाएगी तो समाज का क्या होगा? तब हमारा बौद्धिक वर्ग किस रास्ते पर खड़ा मिलेगा? चिन्तनीय स्थिति है। जातिवाद हमारे खून में समा गया है। कोई दवा चाहिए कि खून साफ हो। लेकिन यहाँ तो भीतर से एक नारा आ रहा है 'जातिवाद जिन्दाबाद!'...और जाति के भीतर जाति फिर गोत्र, फिर कहाँ का गोत्र! किस क्षेत्र का गोत्र! अब निश्चित ही इस जातिवादी बदबू को खत्म करना होगा नहीं तो कोई भयंकर बीमारी हो जाएगी, जिसकी दवा नहीं होगी, सिर्फ मौत!!

...देवी प्रसाद अपने नाम के आगे किसी जाति का नाम नहीं लिखवाना चाहते, वे मानव हैं लेकिन मानव फिर दानव आता है, और दानव भी व्यक्ति थे! तो यह क्या! फिर वही कि हम बुद्धिज और हमारा धर्म बुद्धिज धर्म या बुधिता धर्म! हम न हिन्दू हैं न मुसलमान, न सिख न ईसाई, न बौद्ध न पारसी। हम तो व्यक्ति हैं और हम व्यक्तियों के समूह में रहते हैं। बुद्धि ने हमारा विकास किया है इसमें किसी धर्म की क्या आवश्यकता!

...और देवी फिर अर्जुन की दुकान पर। नई बस्ती की तरह यहाँ न कोई बरगद का पेड़ है न एकत्र होने वाले लोग, लोगों को खबर हो गई है कि देवी प्रसाद बहेड़ी में जनगणना कर चुके हैं और खास रहे हैं।

जुबैर की नरपतखेड़ा में रिश्तेदारी है, तो उसका विस्तार यहाँ तक है। देवी प्रसाद सोचने लगे कि वाह रे जाति! और जाति गणना से क्या हम संकोची नहीं हो जाएँगे। कोई न बताना चाहे कि मैं दलित हूँ तो क्या करें वह? पड़ोस तो उसे ऊँची जाति का समझकर सलाम करता है, लेकिन यहाँ तो लिखना पड़ेगा कि हम फलाने हैं। देवी ने सूची देखी, कई जातियों पर रुकना पड़ा देर तक, जैसे वे नई बस्ती में सूची देखते और रुकते थे। देवी ने 1931 की भी सूची देखी थी, वहाँ भी वे बनजार, बेलदार, बखरिया, डफाली, कंजड़ किसान जैसी कई जातियों पर रुके थे, घंटों सोच में डूबे थे।

अर्जुन की दुकान की ओर पाँच-सात आदमी चले आ रहे हैं। वे आकर सभी देवी के सामने जमीन पर बैठ गए।

'साहब नमस्ते! आप हमारे घर रुकते ही नहीं, चले जाते है, पूछ-पाछ कर। सुना है कि आप बहेड़ी में बहुत नाम कमाये हैं, जुबैर नाम के आदमी को आपने आदमी बना दिया।'

'बैठिये! खड़े होकर बोलने की जरूरत नहीं है।'

व्यक्ति बैठ गया। वह डूडा कॉलोनी में शायद सबसे ज्यादा पढ़ा है। एम.ए. पास है, अभी हाल में उसकी नौकरी लगी है, वह चतुर्थ श्रेणी कर्मी है। वह जानकारी करने का प्रयास करता रहता है।

'ये देखिए! मजमा लगा है!' अशोक ने देवी को देख लिया- 'भैया यहाँ भी खोदने लगे हैं! का भाई यहाँ कोई जुबैर मिल गया क्या?'

आज पहली बार देवी की बढ़ गई इस छोटी सी सभा में अशोक, रामलखन, विनय सम्मिलित हुए हैं। और अब बढ़ गईं सबकी जिज्ञासाएँ।

देवी प्रसाद सामने बैठे सातों व्यक्तियों के नाम जान लिए हैं-अकबर, कल्लू, साहू, मुरार, श्रीधर, राजाराम, बिरेन्दर, मेघाराम।

'आप हम सभी की जाति लिख रहे हैं? कहाँ से यहाँ आए हो? कहाँ जनम हुआ?...हम इस झोपड़ पट्टी में भले न जन्में हो लेकिन यहीं मरेंगे, हाँ अब एक कोठरी पक्की मिल गई है तो झोपड़ी का झंझट खत्म।' मुरार भाई बोले।

डूडा कॉलोनी में आवास यहाँ की झोपड़पट्टी में रहने वालों को ही आवंटित किया गया है। कहाँ अंडस, गन्दगी, शीत घाम बारिश का महाकष्ट! और अब सुखिया सब संसार है! और इस कॉलोनी के बनाने वाले ठेकेदार, इंजीनियर, लेखाकार, और कई बड़े अफसर भी सुखी हो गए हैं, और छोटे कर्मी भी खूब डुबकी मार चुके हैं।

'मित्रो! मुझे आज अपने जुबैर की याद आ रही है।...मैं जानता हूँ कि आपको कुछ जानने की इच्छा यहाँ खींच लाई है। मुझे पता है कि किसी चीज की शुरुआत करने में कठिनाई होती है जैसे मुझे हो रही है कि बतियाऊँ कैसे और कहाँ से..., लेकिन मुरारजी ने शुरुआत कर दी है। शुरू करना महत्त्वपूर्ण है और जारी रहे तो और महत्त्वपूर्ण... मित्रो खबर छपी थी कि बच्चे और उसकी माँ की सुरक्षा को लेकर नई शुरुआत की गई है, तबीयत को लेकर सरकार को चिन्ता है, बचपन सँवारने का काम सरकार करेगी। एक और खबर है कि वैज्ञानिकों ने ढूँढ़ा है लम्बी उम्र देने वाला जीन।...आपके बच्चे का

स्वास्थ्य ठीक नहीं है, माँ भी देह-जागर से ठीक नहीं है। मैंने आपकी कॉलोनी देखी है। दस से अधिक लोग अपाहिज मिले हैं। दो मानसिक रोगी और एक मंदबुद्धि लड़की। ऐसा क्यों है? इसके दो कारण अभी याद आ रहे हैं- पहला-पढ़ाई की कमी, दूसरा-सरकार की अनदेखी। पढ़ लेंगे तो पहले अपनी आँख देखेंगे, आईना नहीं। और ऐसी स्थिति में हम लम्बी उम्र का जीन लेकर क्या करेंगे! यही जीवन भार बना है।'

'पढ़ाई कराएँ कि हाथ का हुनर सिखवाएँ। पढ़कर ज्यादा का करेंगे, छीलना तो घास ही है।' मेघाराम ने कहा।

'नहीं मेघा। ऐसा नहीं है। आप कहाँ के हैं! कहाँ चले आए हैं! यहाँ आपकी पढ़ाई ही आपका सहारा है। हाथ का हुनर जरूरी है। लेकिन पढ़ाई अच्छी रहेगी तो हाथ का काम अच्छा करेंगे। और मुझे खुशी है कि आप सभी अपने बच्चों को पढ़ा रहे हैं। आप करते क्या हैं सोचिए! फेरी का काम, जरी, दुकान पर काम, ठठेर, बर्फ मलाई बेचने का काम, चाट-गोलगप्पे, साइकिल पर सब्जी बेचना, सिलाई, मजदूरी, पोताई-रँगाई...कोई काम खराब नहीं है, यह मैं बहेड़ी में भी कह चुका हूँ। बच्चों को आप पढ़ाएँगे तो वे आप से बेहतर करेंगे। और यही करना है क्या! वे ऊँचे पद पर पहुँच सकते हैं। सिर्फ आप को शहर में होने का अहसास हो कि शहर में काम करना है रोज, और बच्चों को जहाँ तक औकात चले पढ़ाना है।'

'साहब हमारी कॉलोनी में एक चोर भी है, उसको कैसे ठीक करें?'

'यह आप खुद ठीक करेंगे। चोर, छिनाल, जुआरी इनसे तो गंगा मइया हारी...लेकिन आप हारेंगे नहीं।'

'हे अर्जुन एक लड्डू सबको खिलाओ तो! और स्पेशल चाय भी।' अशोक कभी इतनी देर तक चुप नहीं रहे हैं, लेकिन आज देवी का लोगों से बतियाना देख कर भूल गए हैं जनगणना कार्य।

'आप अखबार पढ़िए, रोज! बिलावजह बैठकर नाखून कुरेदने से मजा नहीं आएगा। अब समय बदल गया है। देश-दुनिया जानिए... चोट लग गई तो हल्दी, प्याज, देशी घी बाँधिए, लेकिन चोट लगे ही क्यों! यह उपाय पहले हो। अपने परिवार को मजबूत बनाना है तो प्रेम और सम्मान जानिए, करिए! ये देखिए अखबार में छपा है, 'पथरी का इलाज बिना आपरेशन, शूगर जड़ से खत्म, सफेद दाग हेतु मिले, जिनके पास बच्चे न हों वे जरूर मिलें-लड़का ही होगा...आप को ठगने वाले विज्ञापनों से बचना होगा, कैसे बचेंगे? पढ़ाई से!'

देवी को तमाम विज्ञापन याद हैं लेकिन यहाँ डूडा की समस्याओं पर बात हो तो बात बने। विज्ञापन में उलझकर वे भी प्रचार की सामग्री होना नहीं चाहते।

'जाति क्यों लिख रहे हैं साहब?' श्रीधर ने पूछा।

'श्रीधर तुम पढ़े लिखे हो, बहुत जानते हो। हमें अनुसूचित जाति और जनजाति का आँकड़ा देना है। मैं जाति को बुरा मानता हूँ। अब देखो कितनी मूर्खतापूर्ण बात है। पूर्व की जनगणना में दलितों को हिन्दुओं में शामिल न किया जाए यह प्रकरण आया है। कोरबा एक जनजाति है, कोरबा नृत्य भी मशहूर है, ये जंगलों में रहते थे, जिन्हें हिन्दुओं में नहीं गिना जाता था। ये राजा चंदेल नाम के देवता की पूजा करते थे। जाति जनगणना

हुई तो ये हिन्दू होने का दावा करने लगे। अब वे काली माई, गंगा माई, महावीर और महादेव की पूजा करते हैं। सरैहिया जाति भी बाद में हिन्दू बन गई जो जनजाति थी और हिन्दू मान्यता से अलग थी।

'बाबा कहते थे साहब कि जब जनगणना हुई थी, तो हम हिन्दू नहीं थे, वैसे गणना में हम चमार थे।' श्रीधर ने देवी की बात प्रमाणित की।

'उस समय की गणना भी क्या गणना रही होगी! रामजानी हिन्दुओं की एक उपजाति थी जो तवायफ का काम करती थी। अभी भी कुछ गाँव हैं। ब्राह्मण इनके हाथ का पानी नहीं पीते हैं, बाकी सब ठीक है।'

'हाथ साबुन से धोकर देगा तब भी नहीं पीएँगे बाभन पानी!' बिरेन्दर ने कहा।

'यही बिरेन्दर अपनी जाति बताने में संकोच कर रहे थे कल। मेस्तर हैं, ठीक हैं, क्या बुरा है। हम तो पैखाना साफ करते हैं, लजाएँ क्यों! जो साफ करवाते हैं, वे डूब मरें! लजाएँ! बिरेन्दर ने मजाक में कहा भी कि मेरा नाम बदबू लिख लो। अब सोचो जो व्यक्ति समाज को स्वच्छ बनाता है उसके दिमाग में क्या बैठा है। और जो गन्दा करता है वह क्या सोचता है। मानो गन्दा करना उसका अधिकार हो। मेरे हिसाब से जिसने गन्दगी फैलाई, उसका नाम दुर्गन्ध होना चाहिए।...यहाँ तो डूडा कॉलोनी है, सभी आनन्द से हैं। नई बस्ती में जाकर देखो! जहाँ से मैं आया हूँ।'

'बाभनों ने समाज का सत्यानाश किया है साहब।' मुरार ने कहा।

'मुझे शब्दकोष बनाना हो तो मैं बाभन का अर्थ लिखूँ–बदमाश, बैरी, पोंगा, पाखंडी। पितृपक्ष में लागी आस बाभन कूदै नौ–नौ हाथ।' श्रीधर खार खाए बैठे हैं।

'अरे, भाई इतना न गरियाओ! ब्राह्मण दो रुपये में भी पूजा करा देता है। वह कई स्थानों पर ठाकुरों, बनियों, अहिरों, काछी–कुर्मियों से बेहतर है।' देवी ने ब्राह्मणों का पक्ष लिया है।

'मैं तो चमार हूँ साहब, मुझे लाज नहीं है, मुझे तो गर्व है कि मैं बिलावजह नहीं हूँ।' श्रीधर तेवर में आ गए–'मैं गाँव से यहाँ आया हूँ। यहाँ की गति ठीक नहीं, सब अपनी–अपनी देह निहारते हैं। मैं तो कहता हूँ तुम पता नहीं कहाँ के हो, यहाँ तो सब धर्म जाति भुलाकर इंसान बनकर रहो। ससुरे रोज लड़ते हैं, हर घर में झगड़ा होता है रोज। कोई दारू पीकर आता है, औरत को मारता है, कोई बेटे को पीटता है बिना मोह–माया के। चार पैसा मिलेगा तो जुआ खेल आएँगे साले–हरामी! मैं खूब सुना हूँ, 'जात सुभाव न छूटे, कुत्ता टाँग उठाके मूते।' हमको गाँव में कहा जाता था– चमर–पिल्ली, चोर–चमार साले। मैं भी ढीठ था साहब, मैं कहने लगा बभना साले! जजमान मुसीबत में बाभन मजे में।...हमको जिस जाति के लोगों ने चिढ़ाया, मैं छोड़ा नहीं साहब भले पिटाया, खूब मार खाया। आप बताइए किस जाति पर कहावतें नहीं बनी हैं, सबमें कमी है, सबमें गुण हैं। मेरे गाँव में पंडित लोग अधिक हैं अब उनकी ही जबरदस्ती चलती है। मैं तो यहाँ भाग आया।'

देवी प्रसाद का मुँह खुला रह गया। वे यही तो कहने आए थे आज! जो ये श्रीधर कह रहा है और देवी से ज्यादा जानता है जाति के बारे में।

'...मैं आदमी हूँ आदमी! मेरा कोई धर्म–अर्म नहीं! कोई जाति नहीं! धर्म का नाश

हो! इंसान में प्रेम हो! साबुन से हाथ धोकर खाना दे रहा हूँ खाओ! यह गिलास चलते पानी में धोई गई है पी लो पानी! आप देखिए साहब कितना बाँटा है! ब्राह्मण का नाम–चक्रपाणि, कलाधर, मुरलीधर, राजाराम, देवव्रत। क्षत्रिय का नाम–बलवान, हनुमान, वीरेन्द्र, महेन्द्र, नागेन्द्र, जोधाबाई, कलावती। वैश्य का नाम–करोड़ीमल, गरीबदास, रामसजीवन, ओमप्रकाश, सोना, रूपवती, फूलझारी, बाला। शूद्र का नाम–कतवारी, घुरहू, गोबरी, जहरा, मोहरा, मूँस, लेड़ी, चेखुरी। मेरा नाम मेरे पिता ने बहुत सोच समझकर रखा है–श्रीधर।...क्या नहीं बाँटा है साहब जानवर, त्योहार, देवता, चिड़िया-पक्षी, पत्थर भी बाँट दिया है। मेरा तो एक बार मन हुआ था कि अपनी देह में आग लगा दूँ साले को भसम हो जाय! न रहेगी देह ससुरी न इतना हिस्सा लगेगा! मैं ऐसे नहीं जान गया साहब! नौ दिया तेल जला है, तब जानता हूँ। बहुत खून चुसवाएँ हैं हमारे बाप-दादा, गटई रेतवाए हैं! गाली सुने हैं–बहनचोद, बेटीचोद, मादरचोद, भाग साले डंडा डाल देंगे उलटकर! अब मुझे कोई कह कर देखे तो हम बतावें कि क्या मतलब होता है इसका!'

'अरे, ई बहुत बोल रहा है हरामजादा हो।' राजाराम ने श्रीधर का कालर पकड़ लिया–'हम कोदो दे के नहीं पढ़े हैं रे भोंसड़ीवाला। हई हरामी का देखो रे! जो मन में आ रहा है तड़ से बक दे रहा है। मार के दुरगत न बना दिया तो कहना साले! गरियाये जा रहे हैं!' राजाराम ने एक-दो घूँसा चला भी दिया है। श्रीधर ने भी हाथ छोड़ दिया है। ढकेली-ढकेला हाथ-लात... अकबर, कल्लू, साहू, मुरार, बिरेन्द्रर मेघराम बचा भी रहे हैं, हाथ भी घुमा रहे हैं। अशोक, रामलखन, विजय कूदकर किनारे अर्जुन के पास खड़े हो गए हैं। देवी बार-बार चिल्ला रहे हैं। हाथ पकड़कर छोड़ा रहे हैं। अर्जुन और वहाँ चाय पीने वाले आखिर श्रीधर और राजाराम को छुड़ाने में सफल हो ही गए।

'ये क्या मूर्खता है! बेवकूफ! यही बात हो रही है कि कहाँ से आए, यहाँ तुम्हारा कौन है। यही पड़ोस का आदमी माँ-बाप है, भाई बन्धु है। कोई नहीं आएगा टिकटी लेकर। कफन लेकर यही श्रीधर भाई खड़े मिलेंगे। ये राजाराम तो पहले आएँगे सुख-दुख बाँटने। मुझे बहुत दुख हुआ। मैं भेदभाव रहित समाज बनाने की कसम खाए हूँ और आप लड़ रहे हैं। जाति, क्षेत्र, धर्म सम्प्रदाय को मिटाकर एक साफ-सुथरा समाज बनाइए न भाई! जहाँ देवी प्रसाद बैठकर गप मार सकें। कर्म हमारा धर्म है। मैंने बहुतों को संकल्प लेते हुए भी देखा है लेकिन बाद में वे वर्मा, शर्मा, सिंह, यादव रावत, गौतम हो गए! हाय रे! मेरा समाज! ओह रे डूडा कॉलोनी! किसी जाति को भला, बुरा कहने की जरूरत नहीं है। सभी जाति के लोग अच्छे हैं। ब्राह्मण भी। आज पंडित बहुत अच्छे मिल जाएँगे और दुष्ट दलित-हरिजन भाइयों की भी कमी नहीं है। हमारी लड़ाई किसी जाति से नहीं है, मानसिकता से है। मेरा खून इंसान है, मेरा हाथ कर्म करता है, कर्म हैं हम, हम कर्मचारी हैं, सेवा करने वाले हैं, शिल्पी हैं, इंजीनियर, डॉक्टर हैं। मेरा दिमाग पढ़ने-लिखने वाला है। और पेट कैसे भरे? यह उपाय करना है। और पैरों को मजबूत करना है जिस पर यह देह टिकी है। उद्देश्य तक यही पैर ले जाएँगे आपको। ज्ञान को कर्म से जोड़कर जाति विहीन समाज के अंग बनिए, व्यक्ति कहलाइए!' देवी प्रसाद की आँख भर गई।

16/2/24

श्रीधर की कमीज फट चुकी है, और राजाराम का कुर्ता भी...सभी देख रहे हैं देवी को, उनकी आँख को, जो लगातार आँसू बहा रही है। देवी कंधे पर झोला लटकाए चले जा रहे हैं, वे पीछे नहीं देख रहे हैं।

आज अट्ठाइस फरवरी है, रात के बारह बजे हैं। इसी समय देखना है कि किसके पास घर नहीं है। देवी प्रसाद को कोई बेघर नहीं मिला है, डूडा कॉलोनी में लेकिन उन्हें पता है कि शहर में कई बेघर हैं। पता नहीं उनकी उपस्थिति दर्ज हो रही है कि नहीं, और दर्ज भी हो जाएगी तो फर्क क्या पड़ता है।

सड़क सुनसान है। कुत्तों से बचने के लिए देवी डंडा ले आए हैं। तारीख बदल गई है। टेम्पो मोटर साइकिल और कारें कहीं-कहीं दिखाई दे रही हैं। कोई टेम्पो वाला मिल ही जाएगा।

देवी प्रसाद को उफनाते नाले और बहती बच्चियों की खबर याद हो गई है।

...और फिर होगी बरसात, आएगा असाढ़, बरसेगा मूसलाधार पानी! मौसम विभाग देगा चेतावनी! फिर जाम हो जाएँगे नाले! झाँककर देखेंगे बच्चे भरे नाले! कि पानी कितना है!

देवी याद कर रहे हैं बचपन का खेल-गोलाई में बच्चे खड़े हैं, एक बच्चा बीच में है, बीच वाले देवी ही हैं। बच्चे बोलते 'घोंघा रानी कितना पानी।' देवी बोलते हैं, 'इतना पानी' और घुटने तक हाथ से दिखाते हैं। फिर बच्चे बोलते हैं, 'घोंघा रानी कितना पानी।' देवी बोलते हैं, 'इतना पानी' और कमर तक हाथ ले जाते हैं। इसी तरह देवी डूब जाते हैं और कहते हैं, 'मैं तो डूब गया! डूब गया!' गोलाई में खड़े बच्चों के पास जाकर देवी देखते हैं कि कमजोर जगह कहाँ है, और कहते हैं-'हई दुवरिया काटीं?' बच्चे बोलते हैं-'मूसर से मारीं?' और फिर इसी तरह घूमते-घूमते जहाँ जगह-कमजोर मिलती है देवी वही हाथ झटक कर भाग जाते हैं।...और फिर वही क्रम शुरू हो जाता है-'घोंघा रानी कितना पानी!' 'इतना पानी...!'

...और दुनिया सात अरब हो गई! 31 अक्टूबर, 2011 को सुबह सात बजकर पच्चीस मिनट पर उत्तर प्रदेश की राजधानी लखनऊ के समीप माल महिलाहाबाद क्षेत्र की विनीता ने एक बच्ची को जन्म दिया है और उसने संसार की सात अरबवाँ होने का गौरव पाया है। बेटी का नाम नरगिस है। जियो बेटी नरगिस! तुम प्रतीक हो, हमारे होने का, हमारे गौरव का, हमारी शक्ति का! हमारी पहचान तुम्हीं से तो है बेटी नरगिस!!

□□□